MAYA HUGHES

The Years I Dreamed Of You

Die Romane von Maya Hughes bei LYX:

Die Fulton-University-Reihe:
1. The Memories We Make
2. The Second We Met
3. The Chances We Take
4. The Rules We Break

Die Loving-You-Reihe:
1. The Moment I Fell For You
2. The Years I Dreamed Of You
3. The Time I Stayed With You *(28. 07. 2023)*

Maya Hughes

THE YEARS I DREAMED *of You*

Roman

Ins Deutsche übertragen von Bianca Dyck

LYX

LYX in der Bastei Lübbe AG
Dieser Titel ist auch als E-Book erschienen.

Die Bastei Lübbe AG verfolgt eine nachhaltige Buchproduktion. Wir verwenden Papiere aus nachhaltiger Forstwirtschaft und verzichten darauf, Bücher einzeln in Folie zu verpacken. Wir stellen unsere Bücher in Deutschland und Europa (EU) her und arbeiten mit den Druckereien kontinuierlich an einer positiven Ökobilanz.

MIX
Papier | Fördert gute Waldnutzung
FSC® C014496
FSC www.fsc.org

Die Originalausgabe erschien 2021 unter dem Titel
»The Sin Of Kissing You«.

Textredaktion: Jana Karsch
Umschlaggestaltung: © Zero Werbeagentur GmbH unter Verwendung von Motiven von © tomertu/shutterstock; Runrun2/shutterstock; Elon Tom/shutterstock
Satz: Greiner & Reichel, Köln
Gesetzt aus der Adobe Caslon
Druck und Verarbeitung: GGP Media GmbH, Pößneck

Printed in Germany
ISBN 978-3-7363-1883-0

1 3 5 7 6 4 2

Sie finden uns im Internet unter lyx-verlag.de
Bitte beachten Sie auch: luebbe.de und lesejury.de

Liebe Leser:innen,
dieses Buch enthält Elemente, die potenziell triggern können. Diese sind:

Verarbeitung von Tod, Verlust und Trauer und Schilderungen von toxischem männlichem Verhalten

Wir wünschen uns für euch alle das bestmögliche Leseerlebnis.
Euer LYX-Verlag

1

Dare

Die Türen des Krankenwagens wurden zugeschlagen. Ich war frühzeitig zum Trainingslager erschienen, aber der Weg zu meinem Zimmer war durch die Wohnheimleitung und einen Geist aus meiner Vergangenheit verzögert worden. Nach der ganzen Hektik, die Schwangere in einen Krankenwagen zu verfrachten, hing das unterbrochene Wiedersehen mit dieser Frau aus meiner Vergangenheit nun wie eine düstere Wolke über dem neuen Kapitel meines Lebens als Profifootballspieler.

Sie hatte mir einen so wütenden Blick zugeworfen, dass ich mir sicher war, es würde kein erfreuliches Wiedersehen werden. Nicht, dass ich etwas anderes erwartet hätte nach der Art und Weise, wie wir auseinandergegangen waren.

Hank, der Assistenztrainer der Tight Ends, sprach mit erhobener Stimme, um sich über das Gemurmel der Menge hinweg Gehör zu verschaffen, die sich gebildet hatte, als der Krankenwagen vor dem Gebäude gehalten hatte. Ich hätte jedem seiner Worte angestrengt lauschen sollen. Zweimal am Tag Training. Teammeetings für alle und solche nur für die Offensivspieler. Ernährungsberatung. Krafttraining. Teambuilding-Aktivitäten. Ich musste dazu bereit sein, härter für meinen Platz im Team zu arbeiten, als ich es je zuvor in meinem Leben getan hatte. Ich hätte mir Notizen machen und mir jede

Silbe einprägen sollen. Stattdessen konnte ich meinen Blick nicht von der schwarzhaarigen Frau abwenden, die in den letzten vier Jahren jede Nacht meine Träume heimgesucht hatte.

Bay. Ihr Name hallte in meinen Gedanken wider wie ein Gong, der mich bis ins Mark erschütterte. Ihre letzten Worte an mich suchten mich jede Nacht heim und rissen mir wieder und wieder das Herz heraus. Bay.

Sie wandte sich zu mir um, und ihr Blick begegnete meinem. Sehnsucht kollidierte mit Scham wie ein Lastwagen mit einer Tankstelle und explodierte in meiner Brust.

Ich war wie erstarrt, unfähig mich zu bewegen oder zu sprechen. Oder irgendetwas anderes zu tun, als die Frau anzusehen, zu der sie geworden war, seitdem sie mir vor eintausenddreihundertachtundneunzig Tagen den Rücken zugewandt hatte. All die Ansprachen, die ich seit Wochen – seit *Monaten* – in meinem Kopf eingeübt hatte, blieben mir in der Kehle stecken.

»Keyton«, bellte Hank.

Ich schrak auf und riss den Blick von ihr los. »Sorry, Sir.«

Er schüttelte den Kopf. »Diese Geistesabwesenheit schüttelst du bis morgen besser ab. Bei all der Aufregung habe ich die Schlüssel von der Wohnheimleitung gar nicht erhalten.«

Unwillkürlich machte ich einen Schritt nach vorn und legte ihm eine Hand auf die Brust, um ihn am Losgehen zu hindern. »Keine Sorge, ich kann das erledigen. Ich bin sicher, Sie haben wichtigere Dinge zu tun.«

Seine Augen verengten sich, bevor sich sein Blick aufhellte. »Da hast du recht. Es sollte schon alles auf deinem Zimmer sein. Falls nicht, kann die Wohnheimleitung oder die Teamkoordination dir helfen.«

Damit ging er davon und ließ mich alleine auf dem gepflasterten Hof des Wohnheimgebäudes zurück, das hinter mir von der kalifornischen Sonne beleuchtet wurde. Das siebenstöckige

Gebäude aus Glas und Stein würde für die nächsten vier Wochen mein Zuhause sein. Unser Trainingslager.

Ich hatte nie damit gerechnet, hier zu landen. Nur vier Monate zuvor hatte ich in meinem leeren College-Stadthaus gesessen. Das Gebäude war von den vorherigen Bewohnern »Puff« getauft worden, und es war der Ort gewesen, an dem Nerfgun-Gefechte, Grillabende im Garten und andere Dinge stattgefunden hatten, die ich für immer in meiner Erinnerung tragen würde. Aber in jener Nacht war ich allein gewesen.

Ohne die anderen Jungs war mir das Haus vollkommen verlassen vorgekommen. Ich hatte bei laufendem Fernseher neben dem Telefon gesessen und mich gefühlt, als würde mein Herz in einem Schraubstock stecken. Nachdem die erste Runde des Drafts geendet hatte, war jeder Herzschlag eine Herausforderung gewesen. Ich hatte nicht erwartet, in der ersten oder sogar der zweiten Runde aufgerufen zu werden. Über den Bildschirm hatte ich zugesehen, wie zwei meiner Mitbewohner ihre Einladungen ziemlich früh erhalten hatten. Sie hatten dort mit ihren Freundinnen gesessen und waren mit einem breiten Grinsen im Gesicht in den Arm genommen worden. Ihre Namen waren in den ersten zwei Stunden aufgerufen worden.

Ihre Tickets in die Profiliga kamen mit sieben- und achtstelligen Antrittsboni daher.

Und dann, als ich die Hoffnung schon aufgegeben hatte, war mein Name in der dritten Runde aufgerufen worden. Ich hatte keine Gruppe von Leuten um mich herum gehabt, die gejubelt und meinen Namen geschrien hatten, so wie die anderen Jungs. Stattdessen hatte ich alleine in meinem Zimmer gesessen und irgendetwas Zusammenhangloses vor mich hin gemurmelt, als das Telefon geklingelt hatte. Wenigstens war so niemand in der Nähe gewesen, um Zeuge des benommenen Ausdrucks zu sein, den ich eine Woche lange im Gesicht getragen hatte.

Der Gedanke, dass das Ganze hier tatsächlich passierte, war mir zu unmöglich erschienen, um ihn an mich heranzulassen. Selbst dann nicht, als das Flugticket nach Kalifornien in meinem Briefkasten gelandet war. Auch nicht, nachdem ich alles von meinem Kram verkauft hatte, was ich nicht quer durchs Land schleppen wollte, und den Rest eingepackt hatte.

Bei jedem einzelnen Schritt hatte ich erwartet, dass mir jemand mitteilen würde, dass das Ganze bloß ein schrecklicher Fehler sei. Oder dass ich nach einer Kopfverletzung in einem Krankenhausbett aufwachen und feststellen würde, dass ich nach wie vor ein Achtzehnjähriger war, der in Greenwood lebte.

Aber die Gefühle, die mich durchströmt hatten, als ich Bay das erste Mal seit unserem Abschluss wiedergesehen hatte, überzeugten mich nun doch davon, dass das hier real war. Ihren stechenden Blick konnte sich mein Gehirn nicht so detailliert ausmalen.

Mit schwitzigen Händen, schmerzhaft zusammengezogenem Magen und staubtrockenem Mund – weitaus schlimmer als bei unserem Spiel mit doppelter Verlängerung im August in Arizona – betrat ich wieder das Gebäude. Die nächsten vier Wochen würden wir gemeinsam innerhalb dieser Wände wohnen.

An den Türen auf beiden Seiten des Gangs standen jeweils zwei Namen und das Logo der L.A. Lions. Das Ganze erinnerte mich stark an den Einzugstag im College – nur dass jeder dieser Namen hier Hunderttausende bis Zigmillionen Dollar erhalten würde anstelle eines Bergs an Schulden, den man anhäufte, um am Ende mit einem Stück Papier in der Hand vom College abzugehen.

Die Gänge waren leer. Der Rest des Teams würde erst morgen am Antrittstag ankommen und die Zimmer füllen, aber ich war einen Tag früher gekommen. Nicht nur, um mich ohne das ganze Durcheinander in Ruhe einrichten zu können, sondern auch, weil ich sonst nirgendwo hinkonnte.

Nach fast drei Jahren mit meiner neuen vorübergehenden Familie, die aus einigen der besten Typen bestand, mit denen ich Football gespielt hatte, waren wir nach dem Abschluss getrennte Wege gegangen. Im einen Moment hatten wir noch zusammen abgehangen, gelacht und getrunken, und im nächsten hatte ich einsam in einem stillen Haus gesessen. Ich war als Letzter abgereist, was bedeutete, dass ich wieder ganz von vorne anfangen musste. Wir würden uns wiedersehen – sie hatten mich bereits dazu genötigt zu versprechen, dass ich nach dem Ende der Saison an einem Gruppenurlaub teilnehmen würde. Aber irgendwann würde ihr Leben hektischer werden und ich würde zurückgelassen werden.

Jetzt hatte ich ein neues Team, und diese Phase würde vielleicht sogar noch schneller vorbei sein. Ich würde das Trainingslager überstehen müssen, während die Gefahr, hinausgeworfen zu werden, stets über mir hing.

Alle anderen verabschiedeten sich vermutlich gerade von ihren Familien, gaben ihren Freundinnen Abschiedsküsse und feierten. Ich hatte einige wirklich großartige Typen zurückgelassen, die Freunde fürs Leben sein würden, allerdings hatte ich mich immer wie eine späte Ergänzung zum Team gefühlt und versucht, Halt zu finden, während alle anderen sich bereits eingelebt hatten. Ich war der Außenseiter. Und jetzt fing ich in einem neuen Team an, in dem ich erst einmal meinen Platz würde finden müssen – wenn es überhaupt einen für mich gab. Doch all diese Sorgen waren verblasst, sobald ich Bay gesehen hatte. Ihr Anblick war wie ein Schlag mit einem Hammer direkt gegen die Brust, der mir das Atmen schwer machte und mich benommen und schwindelig zurückließ.

Ich war davon ausgegangen, dass ich auf diesen Tag vorbereitet war, falls das Universum jemals so gnädig mit mir sein und ihn eintreffen lassen würde. Es war schwierig gewesen, nicht nach ihr zu sehen, geradezu unerträglich, nicht einfach in den sozialen Medien nach ihrem Namen zu suchen und ihr Gesicht zu sehen. Aber es wäre noch schwieriger gewesen, sie draußen in der Welt zu sehen und zu wissen, dass ich von Glück würde reden können, wenn sie mir nicht in die Eier trat, falls wir uns je wiedersehen sollten.

Das Trainingslager würde also noch härter werden, als ich mir vorgestellt hatte. Teammeetings. Spieltraining. Krafttraining. Ich würde Teil eines neuen Teams sein. Und Bay Bishop, das einzige Mädchen, das ich je geliebt hatte, würde den nächsten Monat über nur wenige Schritte entfernt leben. Ihre Worte hallten in meinem Kopf wider: *Niemand könnte dich so lieben, wie du bist. Denn du bist ein Arschloch, das nicht anders kann, als die Menschen um sich herum zu zerstören.*

Ich stand vor ihrer Tür. Auf einem Zettel stand ihr Name zusammen mit »Wohnheimleitungsassistenz« und ihrer Handynummer darunter. Es war eine andere als die, die noch in meinem Handy eingespeichert war und an die ich über die Jahre Hunderte, wenn nicht Tausende von Nachrichten geschrieben hatte, nur um sie dann wieder zu löschen. Selbst wenn ich sie abgeschickt hätte, hätte sie sie nie erhalten. Hatte sie meinetwegen ihre Nummer geändert? Hatte sie sichergehen wollen, dass ich keine Möglichkeit hatte, sie zu kontaktieren, während sie ihr neues Leben begann? Gab es überhaupt eine Entschuldigung für das, was ich getan hatte?

Als ich endlich die Hand hob, waren die Schatten auf dem Gang bereits länger geworden, hatten sich ausgedehnt und lauerten wie drohende Gestalten in allen Ecken. Dadurch fühlte ich mich kleiner, wie der verkorkste Achtzehnjährige, der nicht das Recht gehabt hatte, ihr die Dinge zu nehmen, die ich ihr genommen hatte.

Ich hatte die Faust erhoben, aber noch bevor ich anklopfen konnte oder es mir noch einmal anders hätte überlegen können, flog die Tür schon auf.

Ihr Kopf schnellte zurück, um meiner gehobenen Hand auszuweichen.

Hastig zog ich die Faust zurück und schob sie verlegen in meine Hosentaschen. »Hi.« Klang das so dumm, wie es mir vorkam?

Sie sog scharf die Luft ein. Und starrte mich an.

Jepp, definitiv. All der Small Talk, die ganzen Ideen, wie ich ein Gespräch hätte beginnen können, blieben mir im Hals stecken. Sie zu fragen, ob sie wie geplant Rechnungswesen als Hauptfach studiert hatte, wie ihr Abschluss gelaufen war – diese belanglosen Informationen wurden von der Wolke überschattet, die seit Jahren über mir hing. Wenn es um Bay ging, lief nie irgendetwas, wie es sollte.

Sie war noch genauso schön, wie ich es in Erinnerung hatte. Ihre Haare waren feucht, und sie roch nach dem Himbeer-Duschgel, das sie schon in der Highschool benutzt hatte.

Verdammt, wenn sie Zeit zum Duschen und Umziehen gehabt hatte, hatte ich schon länger hier draußen gestanden, als ich dachte.

Ihr welliges Haar wurde sowohl von der Feuchtigkeit als auch durch seine Länge beschwert. Es hing ihr jetzt weit über die Schultern. Die Brille war weg. Ihre stechenden champagnerfarbenen Augen verengten sich, während ihr Verstand die Tatsache verarbeitete, dass ich vor ihr stand. Sie war nicht froh, mich zu sehen. Warum sollte sie auch?

»Ich habe dir nichts zu sagen.« Sie stand mit verschränkten Armen im Türrahmen ihres Zimmers.

Ich leckte mir über die Lippen. »Der Schlüssel zu meinem Zimmer.«

Ihre Augenbrauen zogen sich zusammen.

»Hank hat gesagt, du würdest ihn mir geben.« Ich klammerte mich verzweifelt an diese Ausrede, wobei ich fest damit rechnete, dass sie mich dazu verdammen würde, draußen zu schlafen, bis jemand anderes auftauchte, um nach dem Schlüssel zu fragen.

Stattdessen atmete sie schwer aus und nickte. Ich war noch nie so froh darüber gewesen, frühzeitig da gewesen zu sein, denn so hatte ich ein paar kostbare Minuten in ihrer Gegenwart ergattern können.

Die Tür stieß ihr in den Rücken, als sie sie hinter sich zufallen ließ.

Wir standen dicht voreinander und starrten uns in die Augen. Die Luft um uns herum knisterte auf eine Art, wie ich es noch nie zuvor gespürt hatte, wenn ich in ihrer Nähe gewesen war.

Niemand könnte dich so lieben, wie du bist. Denn du bist ein Arschloch, das nicht anders kann, als die Menschen um sich herum zu zerstören.

Was sollte ich bloß zu ihr sagen, wenn ich ihr nicht einmal sagen konnte, dass sie sich irrte? Es gab so vieles, was ich ihr sagen wollte, aber Worte würden rein gar nichts ausrichten.

Sie schob mich mit der Schulter beiseite und ging an mir vorbei, da ich anscheinend die Fähigkeit verloren hatte, in ihrer Gegenwart normal zu funktionieren. Ein kleiner Beutel mit Reißverschluss hing an ihrem Handgelenk. Auf ihrem Rücken hatte sich ein nasser Fleck gebildet, an der Stelle, wo ihre Haare das marineblaue Oberteil berührten. Ihre Jeans schmiegte sich um ihren Po und ihre kraftvollen Beine, die bei jedem Schritt zu versuchen schienen, einen Krater in den Boden zu stampfen.

Die Zeit der Trennung hatte ihre brodelnde Wut und die

Feindseligkeit mir gegenüber offensichtlich nicht mal um ein Grad abkühlen lassen. Das hatte ich zwar auch nicht erwartet, doch vielleicht hatte ein irrationaler Teil von mir dennoch darauf gehofft, dass alles vergessen sein würde oder dass es womöglich nur ein Fiebertraum gewesen war, den ich mir ausgedacht hatte, damit ich ihren Verlust besser verkraften konnte. Und dass sie mir eine dafür verpassen würde, dass ich sie nie angerufen hatte.

Vermutlich hatte ich einen Schlag auf den Kopf zu viel eingesteckt.

Ich beeilte mich, mit ihren schnellen Schritten mitzuhalten. Wir gingen um eine Ecke, und sie schob eine Hand in ihre Hosentasche, um eine Schlüsselkarte herauszuholen und sie vor das Kartenlesegerät zu halten. Neben der Tür hing eine Plakette mit der Aufschrift »Wohnheimleitung«.

»Wie war dein Abschluss? Heiß, nehme ich an. Es ist heiß …« Um nicht an meinem Kragen zu ziehen, ballte ich die Hände an meinen Seiten zu Fäusten.

Sie musterte mich mit versteinerter Miene, die eine klare Botschaft sandte: *Sprich verdammt noch mal nicht mit mir.*

Die Tür öffnete sich lautlos, und das Licht ging flackernd an. Sie marschierte zu dem durchsichtigen Behälter mit den bunten Ordnern, auf denen Klebezettel befestigt waren.

Mit flinken Fingern sah sie die Box durch, bevor sie einen Ordner herauszog und mit ausdruckslosem Gesicht wieder zu mir zurückkam.

War sie nicht kurz davor, vor Anspannung durchzudrehen? Oder vielleicht war sie eher kurz davor, mir das Gesicht zu zerkratzen oder mir einen raschen Tritt zwischen die Beine zu verpassen.

Sie hielt mir den Ordner entgegen, als würde es sich um einen toten Fisch handeln.

»Hast du schon einen Job gefunden oder bleibst du als Wohnheimleitung hier?«

Die Stille schmerzte mir in den Ohren.

Meine Kehle schnürte sich zu.

Sie ließ den Blick kurz auf den Ordner sinken, bevor sie ihn wieder zu meinem Gesicht hochschnellen ließ.

In diesem Augenblick war mein Mund trockener als die Sahara. Ich griff nach dem Ordner, wobei ich ihre Finger streifte.

Sie riss die Hand zurück, und der Ordner fiel zwischen uns zu Boden.

»Bay.« Es klang wie ein Krächzen, wie das Knarren eines rostigen Tors, dieses Wort, das ich mir vor über einem Jahr verboten hatte auszusprechen. Irgendwie schien es eines der wenigen Wörter zu sein, die ich in ihrer Gegenwart äußern konnte.

»Lass es.« Ihre Stimme klang scharf und endgültig, aber ich konnte ihr nicht so nahe sein, ohne mit ihr zu sprechen.

»Wir müssen reden.« Das Trainingslager würde zermürbende, nicht enden wollende dreißig Tage andauern, auf die ich mich vorbereitet hatte. Aber das bedeutete auch, dass sie mir so viel aus dem Weg gehen konnte, wie sie wollte. Zu wissen, dass sie mir näher war, als sie es seit Jahren gewesen war, ohne dass ich irgendetwas von dem, was ich ihr zu sagen hatte, aussprechen konnte – das würde mich umbringen.

»Wir müssen gar nichts. Diese Sache …« Sie gestikulierte zwischen uns hin und her. »… hat in Greenwood geendet.«

Sie versuchte, sich an mir vorbeizuschieben, doch ich konnte sie nicht gehen lassen, noch nicht. Es gab nicht eine einzige Sache, die ich ihr hätte sagen können, damit sie blieb. Nicht so, wie ich es gerne gewollt hätte. Nicht so, wie sie es verdient hatte.

Sie blickte stur geradeaus und lehnte sich mit der Schulter an den Metallrahmen der Tür.

Ich musste mich zurückziehen. Ich musste ihr den Weg frei machen. Allerdings war das hier womöglich der letzte Moment, den ich in ihrer Nähe verbringen konnte.

»Es tut mir leid.«

Ihr Kopf zuckte zur Seite. Unsere Körper waren sich so nah. Wir atmeten die gleiche Luft, reichten sie zwischen uns hin und her, wie in all den Nächten, in denen ich sie gezeichnet hatte, in denen wir zusammen Filme geguckt hatten oder in denen ich mich einfach wie der glücklichste Kerl auf der Welt gefühlt hatte, weil sie an meiner Seite gewesen war.

»Was für ein verdammtes Pech. Du kannst dir diese Entschuldigung so weit in den Arsch schieben, dass du die Haare auf deinen Fingerknöcheln schmecken kannst.« Ihre Augen blitzten gefährlich. Jeder ihrer Muskeln war angespannt und strahlte genau die Wut aus, die sie gerade mit jeder Silbe zum Ausdruck gebracht hatte.

»Also, das war verdammt bildlich.« Meine Mundwinkel zuckten, da meine Nerven mich im Stich ließen. Sie wirkte wesentlich härter als früher. Vielleicht hatte die Zeit, die sie in meiner Nähe verbracht hatte, dazu geführt.

»Ich wollte, dass du dir ein klares Bild machen kannst.« Ihre Stimme klang leise und giftig.

Ich ließ den Arm sinken und trat ein Stück zurück, bot ihr damit allerdings nach wie vor keinen direkten Fluchtweg. Ich verhielt mich in vielerlei Hinsicht völlig falsch, aber wieder einmal konnte ich einfach nicht anders. »Können wir nicht einfach miteinander reden?«

»Welcher Teil unserer bisherigen Interaktionen lässt dich annehmen, dass ich dir auch nur ein Wort zu sagen habe?«

»Ich … Ich dachte, du würdest vielleicht reden wollen.« Meine Handflächen fühlten sich an, als sollte mir der Schweiß von den Fingerspitzen tropfen. Es gab so viele Dinge, die ich ihr bei unserer nächsten Begegnung hatte sagen wollen. Ich hatte gedacht, mir würde mehr Zeit bleiben, um einen guten Plan parat zu haben, wenn es so weit war. Oder wenigstens ein paar funktionierende Gehirnzellen. »Um reinen Tisch zu machen.«

Ihre Wangen waren auf die gleiche Art gerötet wie früher, wenn ihr aufgefallen war, dass ich sie im Unterricht beobachtete hatte. Oder als ich sie gekitzelt hatte, bis sie mir keuchend befohlen hatte aufzuhören. Oder als wir in unseren Kappen und Roben auf dem Footballfeld gestanden hatten und sie mir gesagt hatte, dass ich verschwinden soll.

»Darüber, wie du mich vor der ganzen Schule gedemütigt hast? Darüber, dass du mit mir geschlafen und mir anschließend das Herz gebrochen hast?« Sie schluckte schwer. »Oder darüber, dass du die Gitarre meines Dads kaputt gemacht hast?« Ihre Stimme brach, und ich wollte mir die eigene Hand abhacken für das, was ich getan hatte.

Die Gitarre ihres Dads. Damals, an diesem sonnigen Sommernachmittag, hatten wir auf dem Feld gestanden, umgeben von unseren Klassenkameraden, und sie hatte gesagt, was ich mit einem Gegenstand angestellt hatte, der eine wertvolle Erinnerung an ihren Vater gewesen war. Und da hatte ich gewusst, dass es vorbei war. Sie würde mir nie vergeben, doch ich musste einfach wissen, ob es ihr gut ging. »Über egal was. Über alles.«

»Es gibt nichts, was du sagen könntest, um diese Dinge wieder in Ordnung zu bringen. Absolut gar nichts.«

Schritte durchbrachen die Stille in dem zuvor verlassenen Korridor. »Bay, alles okay?«

Ein Typ kam auf uns zu, die Hände hatte er an den Seiten zu Fäusten geballt, so als wäre er bereit, sich für Bay zu prügeln. Ich würde es mit ihm aufnehmen können. Ich hatte die letzten zehn Jahre auf die eine oder andere Art trainiert und war in der Highschool schon oft mit Typen seiner Größe fertiggeworden. Aber ihn windelweich zu prügeln würde im Moment keines meiner Probleme lösen. Dadurch würden es nur verdammt viele mehr werden.

»Ja, ich bin hier fertig. Einer der Footballspieler ist früher angekommen, also habe ich ihm seinen Schlüssel gegeben. Er wollte gerade gehen.« Ihre Worte brannten wie ätzende Säure.

Mit dem Ellenbogen schob sie mich zur Seite, und die Tür, die hinter ihr zufiel, stieß mir gegen die Schulter.

»Wenn du sonst noch irgendwie Hilfe brauchst, wird dir die Teamkoordination sicherlich mit allem Weiteren helfen können.« Ihr Blick wirkte kühl und gleichgültig, ihr Tonfall fest und höflich, so als würde sie mit einem nervigen Fremden sprechen.

Dann ging sie mit dem Typen davon, der uns unterbrochen hatte, ohne ein einziges Mal zurückzublicken.

Jeder ihrer Schritte zog den Schraubstock um mein Herz ein bisschen fester zu.

Ich holte meine Sachen aus dem Auto.

Als ich den Aufzug betrat, vibrierte mein Handy.

Eine Nachricht von einer unbekannten Nummer. Seitdem mein Name im Draft genannt worden war, waren es mehr geworden. Meine Nummer zu ändern stand nach dem Trainingslager ganz oben auf meiner Liste. Momentan wollte ich jedoch kein Geld ausgeben, das ich nicht hatte, und die Menge der Nachrichten hatte inzwischen etwas nachgelassen.

Unbekannt: Freut mich, dass du etwas aus dir gemacht hast.

Mein Magen zog sich schmerzhaft zusammen. Ich blockierte die Nummer, so, wie ich es mit allen anderen davor gemacht hatte, und suchte nach meinem Zimmer. Nachdem ich gedraftet worden war, hatte ich viele Nachrichten bekommen, in denen ich um Geld, Tickets, Ausrüstung oder Connections gebeten worden war. Schließlich folgte jedoch eine andere Art von Nachrichten, die ab und zu eintrafen, eingestreut zwischen jenen Bitten, die mittlerweile zu einem dünnen Rinnsal geworden waren. Diese sprachen die dunkle Furcht an, die ich mit unendlich viel Mühe hinter mir gelassen hatte. Sie jagten mir einen Schauer über den Rücken und ließen kalten Schweiß auf meiner Stirn ausbrechen. Sie erinnerten mich daran, woher ich kam und wie sehr ich mich angestrengt hatte, um nie wieder dorthin zurückkehren zu müssen. Ich warf mein Zeug in eins der Schlafzimmer des Zweizimmerapartments, das einen gemeinsamen Wohnbereich und eine Kochnische hatte, und sah mich dabei kaum richtig um. Werbegeschenke der L.A. Lions lagen im ganzen Zimmer verteilt, dazu gab es Pakete mit Informationsmaterial auf dem Kaffeetisch vor dem Flachbildschirm.

Ich holte meine Trainingsklamotten aus der Reisetasche und zog sie an, bevor ich direkt wieder ging.

Auf dem Gang entdeckte ich jemanden in einem Lions-Poloshirt.

»Hey, wo ist der Trainingsbereich?«

Der Typ zuckte erschrocken zusammen. Vielleicht war ich ihm ein bisschen zu sehr auf die Pelle gerückt. Ich wich einen Schritt zurück und entspannte die Hände an meinen Seiten.

»Der … Der Trainingsbereich für das Team hat noch nicht geöffnet, aber das Fitnessstudio auf dem Campus ist offen. Es ist da drüben.« Er zeigte durch das Fenster am Ende des Gangs, das den Blick auf ein zweistöckiges Gebäude auf der anderen Straßenseite freigab.

»Danke.« Ich klopfte ihm auf den Rücken und eilte aus dem Gebäude. Im Fitnessstudio angekommen, ging ich sofort zur

Hallenbahn auf der zweiten Etage. Ohne mir Gedanken darüber machen zu müssen, meine eigene Zeit zu übertreffen, pushte ich mich einfach so weit, bis sich meine Beine anfühlten wie Wackelpudding. Als ich völlig außer Atem war und meine Muskeln brannten, begab ich mich in den Bereich mit den Geräten. Ich wählte eine freie Bank, lud die Gewichte auf und drückte die glatte Metallstange so oft nach oben, bis mein letzter Durchgang um ein Haar damit geendet hätte, dass ich meine eigene Luftröhre zerquetschte.

Schwitzend, keuchend und kaum noch in der Lage zu gehen, schleppte ich mich zurück auf mein Zimmer. Es war besser, alles bei einem Work-out rauszulassen, als mich wieder meinen alten Gefühlen hinzugeben. Es war besser, wenn ich mich an den Rand der Erschöpfung trieb, obwohl ich wusste, dass meine Muskeln vor dem Trainingslager Zeit zum Erholen brauchten. Ich hatte keine andere Wahl.

Das kontrollierte und ausgeglichene Leben, an dem ich mich die letzten vier Jahre über festgehalten hatte, löste sich allmählich vor meinen Augen auf. Das Einzige, was noch schwieriger sein würde, als von Bay getrennt zu sein, wäre, ihr so nahe zu sein. Denn egal, was ich tat, sie würde die zerbrechliche Schale niederreißen, die ich über mein Leben gestülpt hatte, um alles zusammenzuhalten. Ich würde für immer in unserer Vergangenheit feststecken, bis ich alles wiedergutgemacht hätte. Bis ich auch nur einen winzigen der Teil der Liebe zurückverdient hatte, die sie mir geschenkt hatte, bevor ich sie zerstört und nichts als Scherben zurückgelassen hatte.

2

Bay

Ich riss mich zusammen, bis ich es aus dem Gebäude geschafft hatte. Das Herz hämmerte mir gegen die Rippen, als wollte es aus seinem Gefängnis ausbrechen. Meine Beine gaben nach, und ich drückte den Rücken an die Steinwand am unteren Ende der Treppe. Nur etwas so Starkes konnte mich jetzt aufrecht halten. Ich stützte die Hände auf die Knie und schnappte nach Luft.

»Was zur Hölle ist hier los? Was hat der Kerl dir getan?« Spencer hielt mich an der Schulter fest und funkelte wütend die Tür an, durch die wir gerade gegangen waren.

Ich tätschelte seine Hand. »Nichts. Er hat gar nichts gemacht. Bin nur einem Geist begegnet.«

»Du kennst ihn.« Er reckte den Hals, als könnte er durch die Glas- und Steinziegel an der Vorderseite des Gebäudes einen Blick auf Dare erhaschen.

Mein Herzschlag beruhigte sich allmählich wieder, und ich fühlte mich nicht länger, als hätte man mich auf ein Laufband gezwungen, das dreißig Kilometer pro Stunde lief. »Aus der Highschool.«

»Und der traurige Hundeblick in seinen Augen?« Er beugte sich vor, um nach den schmutzigen Details zu graben. »Der Ich-trete-dir-gleich-in-die-Eier-Blick in deinen?«

Mit einem selbstzufriedenen Grinsen hob er das Kinn. »Du warst mit ihm zusammen. Ich bin sicher, er wäre auf der Piratenparty über die Planke gegangen.«

Das krönende Event am Ende unserer Orientierungsphase im ersten Jahr am College war eine Piratenparty gewesen: ein geradezu monströses Schiff aus Pappe, Planschbecken voller blauer Plastikbälle, Leute in billigen Kostümen mit Augenklappen und aufgeklebten Schnurrbärten. Bis heute kursierten epische Geschichten über diesen Abend. Spencer war »über die Planke gegangen«, wobei die Pappe gebrochen war, und bei seinem Fall ins Bällebad hatte er mir beinahe ein blaues Auge verpasst, während ich auf dem Rücken geschwommen war.

»Er hätte das verdammte Piratenschiff zerstört.« Mein Blick verengte sich, und ich funkelte Spencer an. »Okay, wir waren zusammen – oder so was Ähnliches.«

»Du wirkst nicht so, als würdest du auf Sportler stehen.« Er verschränkte die Arme und lehnte sich neben mir an die Wand.

»Woher willst du das wissen?« Ich stieß mich von der Wand ab und ging auf das Parkhaus zu.

»Weiß auch nicht. Wir kennen uns ja erst seit unserem ersten Jahr. Ich würde sagen, solange ich dich kenne, bist du immer nur mit Typen ausgegangen, die genau dem Gegenteil entsprachen.« Seine Augen leuchteten auf, als hätte er gerade eine längst verschollene Schatzkarte entdeckt. »Und er ist der Grund dafür, richtig? Keine durchtrainierten Sportler für unsere Bay. Nö, sie ist nur hinter den Nerds her. Oder Emo-Typen in Jeggings.«

»Das waren Skinny-Jeans.«

Spencer hustete sich in die Hand und gab dabei einen Laut von sich, der verdächtig nach »Jeggings« klang.

»Er hat nichts mit den Typen zu tun, auf die ich stehe. Er hat überhaupt gar nichts mit meinem Leben zu tun. Ich denke nicht mal an ihn.« Ich drückte auf den Knopf an meinem Autoschlüssel, um den Wagen aufzuschließen, bevor ich die Tür öffnete. Als ich mich auf den Sitz plumpsen ließ, stießen meine Zähne aufeinander.

»Sicher.« Spencer öffnete die Beifahrertür und spähte zu mir hinein. »Du denkst kein bisschen an ihn und bist deshalb auch nicht in das falsche Auto eingestiegen.«

Verdutzt musterte ich die Becherhalterung und die verchromte Sonnenbrille auf dem Armaturenbrett. Fluchend sprang ich aus dem Auto. »Wer zum Teufel schließt sein Auto nicht ab?« Ich schlug die Tür zu und schaute mich um, um sicherzugehen, dass der Eigentümer nicht in der Nähe war.

Spencer lachte und schlenderte zu meinem Auto hinüber, das drei Plätze weiter geparkt war.

Mit wütendem Blick fuhr ich mit dem Finger an meiner Kehle entlang, bevor ich in meinen Wagen stieg.

Immer noch lachend öffnete er die Tür und setzte sich.

»Du kannst auch zu Fuß gehen.« Ich verkrampfte die Finger am Lenkrad.

»Miss Er-hat-nichts-mit-den-Typen-zu-tun-auf-die-ich-stehe.«

Ruckartig drückte ich aufs Gas und bremste sofort wieder. Spencer schoss nach vorne, wobei sein Kopf auf das Armaturenbrett aufschlug.

»Arschloch.« Er schnallte sich an und rieb sich die Stirn.

»Musst du gerade sagen.«

»Ich sage ja nur, dass dein Ex, der Profifootballspieler, den nächsten Monat über in deinem Gebäude wohnen wird.«

Wenn mein Herz weiterhin so viele Schläge aussetzte, würde ich damit vermutlich zum Arzt gehen müssen.

»Glaubst du, er würde mir ein Autogramm geben?«

Ich boxte ihm gegen die Schulter. »Ist das jetzt dein Ernst? Ich erleide gerade einen Herzinfarkt und du faselst was von Autogrammen?«

Er lächelte und zwinkerte mir zu. »Erwischt.« Er formte Pistolen mit den Fingern und zielte auf mich, was nur dazu führte, dass ich sie ihm brechen wollte. »Warum erzählst du mir nicht davon? Danach fühlst du dich bestimmt besser.«

»Das bezweifle ich, aber na gut.« Während der Fahrt gab ich ihm die Kurzfassung der ganzen Geschichte. »Im Senior Year hatten wir was miteinander. Ich habe gesungen. Er hat Football gespielt. Wir haben gevögelt. Er hat die Gitarre meines Dads zerstört. Wir haben unseren Abschluss gemacht. Ende.«

Nachdem ich das Auto geparkt hatte, packte er mich am Arm. »Du hast gesungen?«

Ich warf die Hände nach oben. »Das interessiert dich am meisten daran?«

Mit offenem Mund nickte er. »Ich wusste, dass du Gitarre spielst, aber du hast tatsächlich gesungen?«

Ich schloss die Augen, und die Luft, die aus den Lüftungsschlitzen strömte, erinnerte mich an die kalte Brise auf der Hintertreppe, als ich dort das erste Mal mit meiner Gitarre gesessen und entschieden hatte zu singen. Die Energie war durch meine Finger geflossen und die ersten Töne hatten sich angefühlt, als würde ich die rostigen Scharniere eines Koffers öffnen, der randvoll mit alten Erinnerungen war. »Er war der erste Mensch, in dessen Gegenwart ich gesungen habe, abgesehen von meinem Dad.«

»Und er hat dir das Herz gebrochen?«

»Wohl eher zerschmettert, aber ja. Das hat er. Klassische Bad-Boy-trifft-braves-Mädchen-Explosion.«

Traurigkeit und Mitleid füllten seinen Blick. »Die Gitarre konnte nicht repariert werden?«

Ich schüttelte den Kopf. In meinen Augen stiegen Tränen auf. »Sie war vollkommen ruiniert. Als ich die Einzelteile in meinen Armen angesehen habe, konnte ich sie einfach nicht behalten. Selbst wenn ich sie in den Koffer gepackt und so getan hätte, als wäre die Gitarre nicht kaputt …« Ich schüttelte den Kopf. »Ich habe sie weggeworfen.« Nur ein Stück nicht. Das einzige intakte Teil. Das Perlmutt-Inlay um das Schallloch herum, auf das ich als Sechsjährige mit einem Filzstift gemalt hatte. Es war mir immer als das zerbrechlichste Teil der Gitarre erschienen, doch irgendwie hatte es überlebt. Meinen Dad hatte das Gekritzel nicht gestört, stattdessen hatte er gesagt, dass es der Gitarre mehr Charakter verliehen hatte. Ich blinzelte die Tränen fort und packte das Lenkrad fester.

»Das ist echt scheiße.« Er schüttelte den Kopf, wodurch seine verstrubbelten blonden Haare noch mehr durcheinandergerieten.

»Was du nicht sagst. Wir sind spät dran. Lass uns gehen.« Ich sprang aus dem Auto. Im Gebäude zeigten wir der Rezeptionistin unsere Mitarbeiterausweise. Sie reichte Spencer ein Klemmbrett mit unseren Aufgaben für den Abend. Er genoss ihre Aufmerksamkeit, während sie mit den Wimpern klimperte und ihm ein flirtendes Lächeln schenkte. Seine zerschlissene Jeans mit den herabhängenden Hosenträgern kam mir mehr als idiotisch vor, aber ihm mangelte es dennoch nie an Frauen, die sofort mit ihren Haarsträhnen spielten, sobald er in der Nähe war.

Ich hingegen war weiterhin unsichtbar. Es war ein Wunder, dass sie nicht noch einmal nach meinem Ausweis fragte, obwohl ich schon seit drei Jahren herkam.

Ich verdrehte die Augen, und wir gingen in den Keller. Die Temperatur sank, als wir die milde kalifornische Sommerluft hinter uns ließen und in die leicht muffige Kellerluft hineintraten.

Wir benutzten unsere Ausweise, um die Tür von Raum 13 zu entriegeln, die sich am Ende eines langen Gangs mit vielen weiteren Türen befand. Unser Studio war kaum größer als ein Wandschrank. Es gab gerade genug Platz für einen Zweisitzer, zwei Drehstühle und die Computermonitore mit dem dazugehörigen, fast wandlangen Mischpult. Und einen übervollen Aschenbecher.

Spencer griff danach und leerte ihn in den Abfalleimer. »Sie könnten wenigstens ein bisschen aufräumen, bevor sie gehen.« Nachdem er sich die Hände an der Hose abgewischt hatte, blätterte er den ersten Zettel auf dem Klemmbrett um. »Hast du was von den Jobs gehört, für die du dich beworben hast? Du gehst am Ende des Monats, oder?«

»Versuchst du jetzt schon, mich loszuwerden?« Ich lachte, aber meine Brust wurde eng. Mit den letzten beiden Angeboten hatte ich so meine Probleme gehabt, aber eines stand noch aus. Genau das, von dem ich wusste, dass sie mich niemals nehmen würden, und bei dem ich um Zugeständnisse gebeten hatte, die eine frischgebackene College-Absolventin gar nicht fordern sollte.

Selbstsabotage an Tisch eins, bitte. Selbstsabotage an Tisch eins.

Die Bewerbungen hatte ich losgeschickt, nachdem Mom mich darüber ausgequetscht hatte, was ich nach dem Abschluss machen wollte. Anscheinend war Couchsurfen, *House Hunters* gucken und so tun, als müsste ich nicht in der echten Welt leben, keine gute Antwort. Aber noch war ich nicht fort.

»Was steht heute an?« Ich loggte mich im Computer ein und spielte an den Knöpfen und Reglern des virtuellen Soundboards herum.

»Ehefrau eines Basketballspielers. Freundin eines Basketballspielers. Mom eines Footballspielers?« Er kniff die Augen zusammen. »Oder Freundin. Kann ich nicht genau sagen.«

»Die müssen ja irgendwas tun, um ihren Tag zu füllen.«

»Das ist eine Masche, um irgendwann eine Realityshow zu bekommen.«

»Der absolute Traum.« Ich nahm Spencer das Klemmbrett ab, bevor ich die Namen und Notizen überflog. Der Gedanke daran, mein Leben live von Millionen von Leuten mitverfolgen zu lassen, ließ mich erschaudern. »Wie lange wird's wohl dauern, bis uns die Ohren bluten?«

»Ich würde sagen, bis zum ersten Refrain. Wirst du das hier nicht vermissen, wenn du einen Job hast, bei dem du genug verdienst, um tatsächlich zu überleben?«

»Dieses glamouröse Leben hier?« Ich drehte meinen Stuhl und schlug mir das Knie am Tisch an. Schmerz schoss mein Bein hinauf. Mit einer Grimasse rieb ich mir das Knie. Ich würde es tatsächlich vermissen. Den Geruch des Studios, eine Mischung aus Schaltkreisen, Stahl und Holz, die Geräuschdämpfer an der Wand. Die langen Nächte. Menschen dabei zuzusehen, wie sie Musik machten, auch wenn ich es selbst nicht konnte. Die Aufnahmen zu mischen und sie genau richtig hinzubekommen. »Wie könnte ich das nicht?«

Unsere heutige Kundin kam fünfundvierzig Minuten zu spät zu ihrer zweistündigen Aufnahmesession, und zwar mit einer Gefolgschaft von mindestens fünf Leuten. Die Begleitpersonen wies ich an, im Wartebereich Platz zu nehmen, da mehr als zwei Leute unser winziges Studio in einen Sarg verwandelt hätten.

Als ich wieder zurückkam, hatte Spencer bereits alles vorbereitet, was unsere Kundin in der Aufnahmekabine benötigen würde. Mit den Kopfhörern auf dem Kopf und angeschaltetem

Mikrofon starteten wir den Background-Track und gaben ihr das Startsignal zum Singen.

Sobald sie loslegte, schoss ich aus meinem Stuhl hoch, und meine Finger flogen förmlich über die Regler, um den Ton auf unserer Seite der Scheibe herunterzudrehen.

Spencer und ich tauschten einen Blick aus, und ich musste mir auf die Lippe beißen, um nicht zu lachen. Wenn ein Pfau von einer kettensägenschwingenden Eule ermordet worden wäre, hätte das nicht schrecklicher klingen können. Und die Musik … Falls sie jemanden bezahlt hatte, um die Tracks für sie zu erstellen, sollte sie eine Erstattung und Schadenersatz verlangen.

Aber wir mussten mit dem arbeiten, was wir hatten. Also justierte ich, glich aus, was möglich war, und benutzte so viel Auto-Tune, wie ich konnte. Ich betrat die Kabine und gab ihr ein paar grundlegende Tipps, um das Kreischen auf ein Minimum zu reduzieren.

Zum Glück machte sie so viele Pausen, dass nur etwa fünfzehn Minuten Aufnahmezeit zusammenkamen, in der wir ihr zuhören mussten.

»Ich bin sicher, so was habt ihr vorher noch nie gehört.« Sie nahm die Kopfhörer ab und grinste dabei, als könnte sie Mariah Carey Konkurrenz machen.

Ohne dass das Lächeln auf seinem Gesicht ins Wanken geriet, flüsterte Spencer mir aus dem Mundwinkel zu: »Das hier wird mich noch in meinen Träumen heimsuchen.«

»Meine Alpträume werden Alpträume davon haben.« Auch ich hielt mein Lächeln aufrecht und sagte dann durch die Sprechanlage: »Das kannst du laut sagen. Wenn du willst, hätten wir jetzt das Playback für dich fertig.«

Sie gesellte sich auf unserer Seite zu uns, und ich verschränkte die Arme vor der Brust, damit ich mir nicht die Hände auf die

Ohren schlug, als Spencer auf Play drückte. Nachdem sie sich hundertmal selbst mit dem Handy dabei gefilmt hatte, wie sie sich die Tracks anhörte, und ich das Gefühl hatte, dass mir die Ohren bluteten, war unsere Arbeit getan und die Kundin ging.

Wenigstens schien sie mit dem, was wir auf die Beine gestellt hatten, zufrieden zu sein. Ich hätte jemanden dafür ermordet, um wenigstens zehn Prozent ihres Selbstbewusstseins zu besitzen, was ihren Gesang anging.

»Bist du bereit, das alles hier aufzugeben, um Buchhalterin zu werden?« Er drehte sich in seinem Stuhl herum – oder versuchte es zumindest und stieß sich stattdessen das Knie an dem Zweisitzer und am Pult.

»All dieser Glamour, ich weiß, ich weiß.« Trotzdem sah ich mich in dem kleinen Wandschrank um, in dem ich fast zwei Jahre verbracht hatte, und wusste, dass ich ihn vermissen würde. Einfach alles hier. Ich wollte nicht gehen. Manchmal war mir danach, meine Füße in den Boden zu rammen und meine Finger in das durchgesessene, kaputte Ledersofa zu krallen, auf dem Hunderte von hoffnungsvollen Hinterteilen Platz genommen hatten, bis man mich rauswarf. Das Leben eines Studiomusikers konnte großartig sein, wenn es das war, was man wollte.

Ich hatte einen Vorgeschmack darauf bekommen, wie es war, vor anderen Leuten zu singen. Eine winzige Kostprobe, bevor das Kartenhaus in sich zusammengefallen war. Ich konnte nicht mehr so weitermachen und anderen dabei zusehen, wie sie ihren Traum lebten.

Zu versuchen, beide Realitäten parallel zu leben, würde mich langsam umbringen. Ich konnte Buchhalterin sein oder hinter einem Mischpult sitzen und endlos viele Menschen in die Aufnahmekabine gehen sehen. Ich war damit zurechtgekommen, Aufnahmen zu leiten, nach Schema F vorzugehen und so zu tun, als würde es mir reichen, hinter dem Pult zu sitzen. Dann war Dare aufgetaucht und hatte das Gleichgewicht in meinem Leben durcheinandergebracht, indem er mir gezeigt hatte, dass ich vor anderen singen konnte.

Dass er jetzt wieder aufgekreuzt war, war lediglich eine Erinnerung, die ich nicht brauchte. Jetzt hatte der Countdown der Realität für mich eingesetzt. Ich konnte nicht länger so tun, als würde das College für immer weitergehen. Als müsste ich keine Entscheidung treffen und der Verschluss, der sich um meine Stimmbänder gelegt hatte, als mein Dad gestorben war, würde sich auf magische Weise auflösen.

Für ein paar Monate war es so gewesen. Ich hatte in Dares Gegenwart singen können und dann sogar vor der ganzen Schule. Es war unglaublich gewesen, so als könnte ich plötzlich fliegen. Ich war so nah dran gewesen, endlich meinen größten Traum zu verwirklichen. Doch das Ganze hatte in einem schrecklichen, schmerzhaften Absturz geendet, von dem ich mich bis heute nicht erholt hatte. Das Gelächter, der geflüsterte und der nicht geflüsterte Spott – manchmal wachte ich schweißgebadet auf und konnte die Übelkeit in meinem Magen nicht loswerden.

Als ich wieder im Wohnheim ankam, waren das Foyer und die Gänge leer. Banner und Flaggen hingen entlang des Fußgängerwegs und in den Fluren. Je mehr sich die Dinge änderten, desto mehr blieben sie gleich. Es kam mir so vor, als wäre ich zurück in Greenwood, wo Football verehrt wurde und die Spieler unsere Gottheiten waren.

Ich bog um die Ecke und erstarrte. Neben meiner Tür stand Dare an die Wand gelehnt und sah aus, als käme er gerade von einem Filmdreh.

Die letzten vier Jahre hatte er mindestens fünfzehn Kilo an Muskeln zugelegt. Wenn er vorher ausgesehen hatte wie eine aus Stein gemeißelte Statue, wirkte er nun wie aus Stahl geschmiedet. Sein Kiefer war markanter. Er war sogar noch ein paar Zentimeter gewachsen. Es schien so, als wäre er auf seinem Weg, Profispieler zu werden, nicht gestolpert.

Er lebte seinen Traum, während ich unterwegs in die wunderbare Welt der Buchhaltung war. Nicht, dass das etwas Schreckliches war – mein Dad hatte als Buchhalter gearbeitet –, aber es brachte mich nicht so zum Strahlen wie das Musikmachen.

Ich hätte mich nirgendwo verstecken können, und wegen des Antrittstags würde ich morgen früh aufstehen müssen. Wenigstens würde er ab diesem Zeitpunkt zu beschäftigt sein, um sich mit mir abzugeben. Felicia hatte mir erzählt, dass die Spieler an den meisten Tagen von sieben Uhr morgens bis neun Uhr abends Training hatten.

Entschlossen ging ich auf ihn zu. Ich hatte die Absicht, ihn weder anzusehen noch mit ihm zu sprechen.

Er stieß sich von der Wand ab und beobachtete mich, während ich mich näherte.

Mit dem Schlüssel in der Hand ging ich an ihm vorbei und entriegelte meine Tür. Das Lämpchen leuchtete grün auf, und ich griff nach der Türklinke.

Doch bevor ich eintreten konnte, versperrte mir ein Arm den Weg. »Bay. Ich muss mit dir reden.«

»Das interessiert mich kein bisschen.« Ich starrte stur geradeaus, nur dieses Mal sah ich dabei direkt auf seinen Arm. Er war sehnig, und dicke Adern wanden sich über die angespannten Muskeln. Verdammt viel Zeit im Kraftraum.

»Können wir irgendwo hingehen und reden?«

»Klar, morgen früh um zehn.« Der Tagesablauf des Teams war uns schon vorab mitgeteilt worden, damit immer jemand hier war, falls jemand Hilfe benötigte.

Er massierte sich den Nacken. »Morgen ist Antrittstag. Wir müssen uns registrieren lassen. Da kann ich nicht.«

»Och, wie schade. Sieht so aus, als hättest du deine Chance verpasst.«

»Nenn mir eine andere Zeit.«

»Mittags.«

Er presste die Lippen aufeinander und sah enttäuscht aus. »Da hat unser Team ein gemeinsames Mittagessen.«

»Klingt so, als hättest du in den nächsten Wochen wahnsinnig viel zu tun. Vielleicht wäre es das Beste, wenn du dich darauf konzentrierst.«

Ich duckte mich unter seinem Arm hindurch und huschte in mein Zimmer, bevor ich die Tür hinter mir schloss. Dabei achtete ich darauf, ihm nicht die Finger einzuquetschen. Ein schlechtes Gewissen, weil ich seine Karriere zerstört hatte, war das Letzte, was ich jetzt noch gebrauchen konnte.

In der Einzimmerwohnung starrte ich die geschlossene Tür meines Schranks an. Dahinter befand sich eine Gitarre. Nicht die, die mein größter Schatz gewesen war – nein, die lag irgendwo auf einer Müllhalde. Ich krümmte mich auf dem Bett zusammen und hielt mich an dem Kissen fest, in dem ich mein Gesicht vergrub. Ich hätte sie nicht wegwerfen sollen. Ich hätte sie behalten sollen.

Mein Dad hatte sie so sehr geliebt. Er hatte es geliebt, mir beim Spielen zuzusehen und mir neue Akkorde und die Melodien seiner Lieblingssongs beizubringen. Wir hatten oft stundenlang zusammen in meinem Zimmer gesessen und gespielt, bis meine Mom hereingekommen war und uns zum Essen gerufen hatte. Ich hatte mir immer gewünscht, dass er stolz auf mich war, dass er in der ersten Reihe sitzen und mich auftreten sehen würde. Und jetzt konnte ich nicht einmal einen Ton herausbringen.

Der Schlaf übermannte mich rasch, aber dieses Mal hatte ich nicht den üblichen Alptraum. Ich stand singend auf der Bühne, das Rampenlicht war auf mich gerichtet, allerdings stand eine Gestalt im Schatten neben der Bühne und beobachtete mich. Ich konnte ihr Gesicht nicht erkennen, doch ihr Blick beruhigte meine Nerven und vertrieb den Drang, wegzulaufen und meinen Kopf in den nächstbesten Abfalleimer zu stecken. Daher wusste ich, wer es war. Warum konnte er mich in meinen Träumen immer noch so fühlen lassen?

3

Dare

Der Truck, der mich überrollt hatte, musste noch einige Male vor- und zurückgefahren sein, bevor er davongebraust war. Allerdings war es gar kein Truck gewesen. Ich war selbst daran schuld, dass jeder Muskel meines Körpers vor Schmerz aufschrie, als ich mich im Bett umdrehte.

Selbst in meinem Zimmer konnte ich den Lärm auf dem Gang durch die Betonwände hören. Heute war Antrittstag. Die anderen Spieler des Teams würden heute ankommen, und ich würde meinen Platz im neuen Team und dem neuen Leben finden müssen, auf das ich hingearbeitet hatte, seitdem ich das erste Mal einen Helm angezogen hatte.

Die Tür meines Apartments wurde geöffnet.

Durch meine geschlossene Zimmertür drang eine gedämpfte Stimme, die näher kam. »Verdammt noch mal.«

Dann wurde sie aufgerissen, und ich wurde von einem verschwommenen Umriss getacklet.

Ich reagierte mit einem gezielten Schlag in die Rippen, bevor ich die Hand zurückzog, um für den nächsten Hieb auszuholen.

Der Eindringling ließ von mir ab und stolperte nach hinten vom Bett weg.

»Was zur Hölle, Dare?« Über mir stand Knox Knight, der

mich mit schmerzverzerrter Grimasse anstarrte und sich die Seite rieb. Sein Haar war kurz geschoren, und er war einige Zentimeter gewachsen und damit fast so groß wie ich.

»Knox?« Ich setzte mich aufrecht hin und atmete schwer, jetzt wo ich nicht mehr darauf vorbereitet sein musste, mir den Weg aus meinem Zimmer freizukämpfen.

»Wer zum Teufel sollte es denn sonst sein?« Er reichte mir eine Hand.

Ich nahm sie und sprang auf. Dann sah ich ihn an und konnte kaum glauben, dass sämtliche Teile meiner Vergangenheit plötzlich so explosiv aufeinanderprallten. Dann packte ich ihn und zog ihn in eine Umarmung.

»Ach, jetzt erkennst du mich?«, grummelte er, bevor er die Umarmung erwiderte und mir mit der Faust auf den Rücken klopfte.

»Ich wusste nicht mal, dass du hier sein würdest.«

»Tja, das passiert, wenn man erst in der vierten Runde gedraftet wird.« Er ließ mich los und verdrehte die Augen. »Aber als ich unsere Namen an der Tür gesehen habe, konnte ich es kaum glauben. Ich dachte, dass du vielleicht darum gebeten hast.«

»Ich habe nicht mal auf die Namen an der Tür geachtet. Ich war abgelenkt.«

»Von einem besonders begeisterten Fan?« Er grinste in Richtung meines zerwühlten Bettes.

»Nein, ich habe gestern trainiert und bin dann tot ins Bett gefallen.«

Er zog die Augenbrauen zusammen. »Du hast jetzt schon trainiert? Als hätten die nicht vor, uns den nächsten Monat über zu Tode zu schinden.«

»Hilft mir beim Einschlafen.« Ich zuckte mit den Schultern und starrte durch die offene Tür.

»Nach dem heutigen Tag werden wir dieses Problem nicht mehr haben. Das Training wird brutal, aber ich kann es verdammt noch mal kaum erwarten. Zwar werde ich wohl nicht viel Zeit auf dem Feld verbringen, doch wenigstens kann ich behaupten, ein Profispieler zu sein.« Sein Grinsen war ansteckend.

Ich zog ihn für eine weitere Umarmung an mich. »Schön, dich zu sehen, Mann.«

»Wirklich? Kommt mir nämlich gar nicht so vor.« In seinem Blick lag Traurigkeit. Anscheinend schauten mich alle Leute aus meiner Vergangenheit so an, wenn sie mich wiedersahen. »Ich hab dich seit der Woche nach unserem Abschluss nicht mehr gesehen.«

Ich fuhr mir mit beiden Händen durch die Haare und sah ihn an. »Ich weiß.«

»Du bist nicht mal in den Ferien nach Hause gekommen.«

Und jetzt fühlte ich mich wie ein noch größeres Arschloch. Der glatte Schnitt, den ich nach dem Abschluss gemacht hatte, war wohl nicht so glatt gewesen, wie ich gedacht hatte.

»Ich hätte keinen Ort gehabt, an den ich hätte zurückkehren können.«

Er drückte meine Schulter. »Ich weiß, Mann. Hab das mit deinem Dad gehört. Zum Glück haben der Truck und die Tankstelle den größten Teil des Aufpralls abbekommen. Ich kann immer noch kaum glauben, dass er nur mit ein paar Kratzern davongekommen ist.«

So war es bei den Säufern doch immer. Wenn er jemanden verletzt hätte, dann hätte ich mir das niemals verziehen. Wenigstens war ich sichergegangen, dass er seinen Lebensunterhalt nicht mehr mit Fahren verdienen würde. Ein paar Anrufe hatten dafür genügt.

»Hast du ihn in letzter Zeit gesehen?«

Meine Muskeln verkrampften sich so schlagartig, dass ich dachte, die Sehnen hätten sich vom Knochen gelöst. Er hatte mir einige Briefe geschrieben, die durch das Postsystem des Campus ihren Weg zu mir gefunden hatten. Ich hatte sie weggeworfen, noch bevor ich das Postzimmer verlassen hatte.

Ich fühlte, wie mich die schäumende, wilde, außer Kontrolle geratene Wut überkam, die ich empfunden hatte, als ich wieder einmal über ihm gestanden hatte, nachdem er bei einem weiteren Saufgelage das Bewusstsein verloren hatte. Fast meinte ich, noch immer das Gewicht des Schraubenschlüssels zu spüren, der fest und kalt in meiner Hand gelegen hatte. »Ich habe ihn nicht mehr gesehen, seitdem ich die Stadt verlassen habe.«

Knox nickte und ein wenig der Verärgerung wich aus seinem Ausdruck. »Ist vermutlich das Beste.«

»Wie geht es deinen Eltern? Sind sie hier?«

»Nee, habe mich vor dem Flug von ihnen verabschiedet. Bis zum Saisonstart wollen sie sich nichts vornehmen und sie haben mich wissen lassen, dass mein Zimmer immer auf mich wartet, egal was passiert. Sie rechnen nach wie vor damit, dass ich es versaue und nach Hause geschickt werde.« Er lachte.

»Sie wollen dich nur zurück in deinem alten Zimmer haben.«

»Wahrscheinlich.« Er schlug mir mit der Handfläche gegen die Brust.

Würde er jemals verstehen, wie glücklich er sich schätzen konnte, dass er ein richtiges Zuhause hatte, zu dem er zurückkehren konnte? Dass er Eltern hatte, die stolz auf ihn waren, egal was passierte?

»Bedeutet das alles hier etwa, dass du nicht mehr in meinem Keller übernachten wirst?« Er streckte die Arme zur Seite aus und zeigte auf die kahlen Zimmerwände des College-Apartments.

»Ist nicht gerade eine Fünf-Sterne-Suite.«

»Du weißt, was ich meine. Du bist in der dritten Runde gedraftet worden. Meine Einladung ist quasi per Brieftaube gekommen. Und ich bin mir sicher, dein Antrittsbonus ist um einiges netter als meiner.«

Ich massierte mir den Nacken. »Es war ziemlich unerwartet.«

Grinsend boxte er mir gegen die Schulter. »Bei der Anzahl an Spielen, die ihr an der Fulton U gewonnen habt, weiß ich gar nicht, was du erwartet hast.«

»Nachdem ich die letzten vier Jahre buchstäblich damit zugebracht habe, mein ganzes Zeug wie ein Einsiedlerkrebs durch die Gegend zu schleppen, hätte ich mir so viel Geld nicht mal im Traum vorstellen können. Und das sogar nach den Steuern und dem Anteil meines Agenten.« Ich drückte noch einmal die verspannten Muskeln in meinem Nacken und schüttelte den Kopf. Als der Antrittsbonus auf meinem Konto eingegangen war, hatte ich ihn noch mindestens zwanzig Mal überprüft. Selbst Wochen später erwartete ich nach wie vor, dass jemand von der Bank mich anrief und mir mitteilte, dass es eine Verwechslung gegeben hatte. Ich hatte noch keinen Cent von dem Geld angerührt.

Die Angst, es zu verlieren, war einfach zu groß, nachdem ich so viele Jahre lang gerade so über die Runden gekommen war, indem ich zusätzliche Sandwiches und Cookies aus der Cafeteria geschmuggelt und nie eine kostenlose Mahlzeit abgelehnt hatte.

Die Realität war angsteinflößender als all meine Träume, es im Leben endlich zu etwas zu bringen. Die Sparsamkeit und Hingabe hatten mich hierhergeführt, zum Startpunkt der Karriere eines jeden Football-Spielers. Und sie boten mir die Gelegenheit, im ganz großen Stil zu versagen, auf einer Ebene, auf der ich mich vorher noch nie befunden hatte. Von dem Moment an, wenn wir morgen das Trainingsfeld betraten, würden ununterbrochen Kameras auf uns gerichtet sein.

Wenn ich das hier versaute, gab es keinen anderen Weg mehr, keine zweite Chance. Das hier war meine einzige Möglichkeit, groß rauszukommen.

»Das kannst du laut sagen. Ich suche allerdings nach einem Apartment. Mein Agent hat schon ein paar Wohnungen in Aussicht, die ich mir nach dem Trainingscamp ansehen kann. Wo wirst du im Anschluss wohnen?«

Ich zuckte mit den Schultern. »Habe noch nicht viel darüber nachgedacht, was als Nächstes kommt. Eins nach dem anderen.«

»Der Rest sollte auch bald da sein. Wir sollten uns schon mal einen guten Platz suchen.« Er eilte durch die Tür.

»Wovon zum Teufel sprichst du?«

»Hast du dir noch nie Videos vom Antrittstag angeschaut?« Er bedachte mich mit einem Blick, als hätte ich gerade gesagt, dass ich mein Spielbuch zu Hause vergessen hatte.

»Nein?«

Er warf die Hände in die Luft und marschierte durch den Wohnbereich in sein Schlafzimmer. »Der Tag wird verrückt. Beeil dich und zieh dich an.«

Ich schnappte mir meine Klamotten und zog sie über. Vom Fenster am Ende des Gangs der ersten Etage aus hatte man eine Spitzenaussicht auf die Front des Gebäudes. Über Nacht war der Bereich in das Territorium der Lions verwandelt worden. Vor dem Gebäude hingen überall Banner und Flaggen und die Nummern sämtlicher Spieler lagen auf dem Rasen entlang des Weges. Fans, Reporter und andere Leute, die angesichts des Spektakels neugierig waren, säumten den Rand der Zufahrt.

Spieler, vollgepumpt mit Vorfreude und Testosteron, kamen

in Hummer-Geländewagen, einem Batmobil – das womöglich sogar das echte war – und Sportwagen, die mehr wert waren als mein Antrittsbonus auf den Hof gefahren. Sie stachelten die Menge an.

Dass ich gestern vor dem ganzen Trubel angekommen war, hatte mir die Möglichkeit gegeben, zu Atem zu kommen, nachdem ich quer durchs Land gezogen war. Aber ich würde dem Ganzen nicht lange davonlaufen können. Das hier war jetzt mein neues Leben.

Der Hörsaal mit den nach oben ansteigenden Stuhlreihen war weit über seine Kapazitäten hinaus gefüllt. Sämtliche Sitzplätze waren besetzt, viele Leute standen zudem in den Gängen und entlang der Wand, aber das hier war keine Vorlesung. Es war unsere erste Teamsitzung. Mein erstes professionelles Teammeeting.

Coach Taylor, der Cheftrainer der L.A. Lions, stand unten im Bereich vor dem Rechnerpult und ging auf und ab, während er detailliert beschrieb, wie sehr die nächsten vier Wochen eine Rolle dabei spielen konnten, ob unsere Profikarrieren ein abruptes Ende nahmen.

»Es wird Teambuilding-Events geben. Bowling. Karaoke.«

Einige jubelten, andere stöhnten. »Einen Filmabend und ein Konzert. Die werden alle vom Betreuungspersonal koordiniert, das ihr in den Gängen stehen seht. Es reicht nicht, wenn ihr auf dem Feld gut mit euren Teamkollegen zusammenarbeitet. Euch muss bewusst sein, dass ihr euch gegenseitig den Rücken freihalten müsst, und dafür müsst ihr Vertrauen aufbauen. Die Teilnahme an diesen Events ist nicht obligatorisch, aber höchst ratsam.«

Er klopfte sich mit einem zusammengerollten Papierstapel auf die Hand.

»Die Trainer werden die Spielbücher verteilen. Schützt sie mit eurem Leben. Ich will nicht, dass ihr ihnen Apps oder sonst irgendeinen Mist hinzufügt. Sie werden zu einhundert Prozent von den Trainern kontrolliert und können ferngesteuert gelöscht werden, falls sie verlorengehen. Also verliert sie nicht.« Er hielt inne und nahm sich die Zeit jedem einzelnen Spieler im Raum in die Augen zu sehen.

Ein Stapel Tablets in Schutzhüllen mit unseren Namen drauf wurden durchgereicht. *D. Keyton.*

Meine Finger verkrampften sich an den Rändern der Schutzhülle, und ich atmete schwer aus. Die Realität war fast so angsteinflößend wie der Traum.

»Richtet eine Touch-ID für die Geräte ein, damit nur ihr auf sie zugreifen könnt. Während des Trainingslagers liegt euer gesamter Fokus auf dem Team. Familien, Ehefrauen, Freundinnen, Freunde.« Er räusperte sich. »Fans. Erlaubt niemandem Zutritt zu euren Apartments. Wenn ihr Probleme habt, meldet euch bei eurem Coach oder einem Mitglied des Betreuungspersonals. Wir möchten hier keinen Ärger, noch bevor die Saison überhaupt anfängt. Wir haben so schon genug zu tun, auch ohne das ganze Drama, das ihr alle so gerne verursacht. Die ganzen Ablenkungen von außen werden abgestellt – ihr seid alle hier, um euren Job zu machen. Und eure Teamkameraden verlassen sich darauf, dass ihr diesen ordentlich macht. Wenn ihr gegen die Ausgangssperre verstoßt, setzt ihr nicht nur euren Platz im Team aufs Spiel, sondern auch eure Brieftasche. Ihr bekommt dafür eine Geldstrafe. Ihr könntet euren Platz verlieren oder nicht dazu eingeladen werden, euch uns in dieser Saison anzuschließen. Habt ihr das alle verstanden?« Er verschränkte die Arme vor der Brust und setzte den typisch mürrischen Blick auf, den ich an der Seitenlinie von so vielen Spielen gesehen habe.

»Steht bitte auf.«

Alle erhoben sich.

»Wenn ihr schon mal in einer Nationalmeisterschaft gespielt habt, bleibt stehen. Alle anderen setzen sich wieder.«

Knox und ich setzten uns, wie fast die Hälfte der Leute im Raum.

»Wenn ihr einen Meisterschaftsring tragt, bleibt stehen. Alle anderen setzen sich.«

Zehn Spieler blieben stehen. Einige davon waren erfahrene Spieler, deren Trikots ich mir in meiner Jugend gekauft und angezogen hätte, wenn ich das Geld dafür gehabt hätte. Jetzt saß ich mit ihnen im selben Raum.

»Kannst du glauben, dass wir tatsächlich hier sind?«, flüsterte Knox. Dabei drückte er meinen Unterarm so fest, dass ich dachte, er würde gleich aufspringen und »All I Do Is Win« oder irgendeinen anderen Motivationssong singen, den wir früher in der Sporthalle gespielt hatten, um alle anzustacheln.

»Nein, aber wir müssen wenigstens so tun als ob«, flüsterte ich zurück.

Ein paar Leute drehten den Kopf in unsere Richtung, und ich blickte hinunter zum Coach.

»Siebzehn Übungsspiele, bevor die Vorsaison anfängt. Wir haben Work-outs und nur siebzehn Trainingsspiele, um aus euch ein funktionierendes Team zu machen. Eure Positionstrainer werden eine Menge von euch verlangen, und ich werde sogar noch mehr von euch erwarten. Vor dem Saisonstart werden wir einige von euch gehen lassen müssen, manche werden im Übungsteam landen. Behaltet das im Hinterkopf, wenn ihr im Fitnessraum seid, eure Übungen macht und euch bei den Übungsspielen den Hintern aufreißt.

Dieses Jahr befinden wir uns nicht im Wiederaufbau. Dieses Jahr sind wir an der Spitze. Gebt auf dem Feld alles und ihr seid dabei, wenn ich diese Ansprache nächstes Jahr wieder halte. Holt euch was zu essen, ruht euch aus. Morgen steht uns ein langer Tag bevor.«

Er entließ das Team. Alle grölten, als wären wir vor unserem letzten Spiel im Umkleideraum und würden uns gegenseitig anstacheln und unser Adrenalin zum Kochen bringen, bevor wir die Saison motiviert angingen. Die Leute strömten aus dem Hörsaal. Rasch bildeten sich Gruppen von Typen, die zusammen zur Highschool oder zur Uni gegangen oder sich schon bei Ligaspielen begegnet waren.

Spieler aus demselben Team, die bereits jahrelang zusammen gespielt hatten, hielten nun mal zusammen. Und dann waren da noch die Neuen. Wir. Jemanden zu haben, mit dem ich abhängen konnte, nahm mir ein Stück weit die Angst und vertrieb das Gefühl von Chaos in meinem Inneren, sodass ich nun wenigstens in der Lage war, mit Knox zur Cafeteria zu gehen.

Einer der Typen von der St. Francis University nickte mit dem Kinn in meine Richtung. Das war dann wohl seine Version eines Hallos. Einst Todfeinde, jetzt Teamkameraden. Es waren schon seltsamere Dinge passiert.

Knox boxte mir gegen die Schulter und musterte all die Typen, mit denen wir die letzten Stunden über in einem Raum gesessen hatten.

Eins musste definitiv gesagt werden: Das Catering eines Profiteams war um Längen besser als alles, was die Fulton U uns je geboten hatte. Ich war noch nicht auf einer Kreuzfahrt gewesen, aber die mit Bergen von Steaks und Lachs beladenen Serviertische schienen mir gut zu einem Luxusliner zu passen. Hier musste man sich keine Sorgen machen, dass man gegen die Regeln der NCAA verstieß, wenn man Krabbenbeine aß, die bei einem gigantischen Buffet angeboten wurden, das den

Teamgeist stärken sollte. Von jetzt an würde ich nicht mehr halb verhungert zu Bett gehen müssen. Zumindest bis der gefürchtete Du-bist-raus-Anruf kam.

T-Bone-Steaks, Rippchen, Hähnchenfilets. Jedes erdenkliche Gericht mit möglichst hohem Anteil an Proteinen neben Dingen wie gedünstetem Gemüse, Cookies und einer Eismaschine. Alles war auf Tabletts aufgetürmt und auf den runden Tischen im ganzen Raum verteilt.

Knox und ich gingen zu dem Tisch mit den anderen Neulingen. Dort sah ich einige bekannte Gesichter von Typen, gegen die ich in der letzten Saison gespielt hatte, die meisten hatte ich jedoch noch nie gesehen.

»Ich bin Knox, das ist Dare.«

Ich zuckte zusammen und rief hastig: »Keyton. Mein Name ist Keyton.«

Knox drehte den Kopf und starrte mich an, als hätte ich gerade verkündet, ich wäre ein neuer Rekrut von Alpha Centauri. »Seit wann nennst du dich denn Keyton?«, murmelte er.

»Seitdem ich Greenwood verlassen habe.« Dare war der Kerl mit den Wutanfällen. Dare war derjenige, der nicht nur Bays Gitarre zerstört, sondern auch ihr Herz gebrochen hatte. Dare war das Kind, das von seinem Dad windelweich geprügelt worden war.

Knox zog die Augenbrauen zusammen.

Alle am Tisch schüttelten uns die Hand, und wir nickten einander zu. Der STFU-Spieler hieß Reid Riddick. Wir waren uns immer nur auf dem Spielfeld begegnet, aber ich hatte ihn mit einem anderen Spieler gesehen, der einem meiner alten Mitbewohner Ärger gemacht hatte, bevor sie am Ende unserer letzten Saison endlich das Kriegsbeil begraben hatten.

»Glückwunsch zum Nationalmeisterschaftssieg«, sagte er und gab mir widerwillig die Hand.

»Ihr habt es uns nicht leicht gemacht.«

»Das haben wir nicht. Aber ihr wart trotzdem besser.«

»Und jetzt sind wir alle wieder auf der untersten Stufe.«

Er schnaubte zustimmend, bevor er sich erneut auf seinen Teller konzentrierte. Es war, als wäre ich der Neue im Feriencamp – wenn ich denn jemals an einem teilgenommen hätte. An unserem Tisch breitete sich eine unangenehme Stille aus, während der restliche Raum von regem Stimmengewirr, Lachen und Ausrufen von Spielern beherrscht wurde, die sich schon jahrelang kannten.

»Hey, Grünschnäbel.« Eine Stimme dröhnte über den Lärm im Raum hinweg zu uns herüber.

Vince, einer der Veteranen, legte seine Hände auf die Schultern von zwei neuen Spielern an unserem Tisch. »Willkommen im Team. Aber eins muss ich euch sagen. Ich spiele schon länger in diesem Team, als ihr am Leben seid. Denkt also nicht, dass ihr im Anschluss an das hier in der Vorsaison spielen werdet. Ihr könnt bloß hoffen, dass ihr gut genug seid, damit wir euch ein bisschen Spielzeit übrig lassen.«

Sein Lächeln sollte wohl freundlich aussehen, doch es kam eher einem höhnischen Grinsen nahe.

Mir stellten sich die Nackenhaare auf, und ich ballte die Hände unter dem Tisch zu Fäusten.

»Vielleicht ist es ja an der Zeit, dass du den Weg für frisches Blut frei machst«, grummelte Knox und stach mit dem Messer auf sein Steak ein.

»Was hast du gesagt?« Vinces Blick schoss zu unserer Seite des Tisches.

Das Blut pochte mir in den Ohren, mein Herz raste und der Drang, von meinem Stuhl aufzuspringen, war überwältigend. Ich drückte die Finger gegen meine Knie, bis ich mir sicher war, dass ich blaue Flecken davontragen würde.

»Vince, lass die Neuen in Ruhe und hör auf, ein Arschloch zu sein«, brüllte jemand hinter ihm.

»Sorry, Leute. Vince hat einfach keine Manieren.« Der Wide Receiver des Teams, der einer derjenigen gewesen war, der am Ende von Coach Taylors Rede noch gestanden hatte, betrachtete Vince kopfschüttelnd, bevor er den Rest von uns anlächelte. »Keine Sorge, Neulinge. Sobald wir gegen andere Teams spielen, spart er sich die Unhöflichkeiten für das gegnerische Team auf.« Er klopfte Vince auf den Rücken und führte ihn vom Tisch fort, doch Vince warf Knox im Weggehen noch einen wütenden Blick zu.

Dieser ließ seine Gabel auf den Teller fallen. »Ich hätte lieber den Mund halten sollen.«

»Ja, hättest du.« Ich schob mir das Essen in den Mund, das jetzt nur noch wie Sägespäne schmeckte.

»Glaubst du etwa, ich hätte nicht mitbekommen, dass du kurz davor warst, über den Tisch zu hüpfen, um ihm eine reinzuhauen?«

Ich schüttelte den Kopf. »So bin ich nicht mehr.«

Knox lehnte sich zurück und beäugte mich, als hätte ich behauptet, dass ich keine Nahrung mehr zu mir nehmen würde. »Seit wann?«

»Seitdem ich Greenwood verlassen habe.«

Der Rest der Mahlzeit verging ohne weitere Zwischenfälle.

Allerdings bekam ich eine neue Nachricht von einer unbekannten Nummer.

Unbekannt: Denkst wohl, du bist jetzt zu gut für mich.

Mein Magen verkrampfte sich. Das waren Worte, die ich mir schon mein ganzes Leben lang hatte anhören müssen.

Ich musste mir endlich eine neue Nummer zulegen. Aus

einer unsinnigen Hoffnung heraus hatte ich das schon viel zu lange aufgeschoben. Als ich Greenwood verlassen hatte, hatte ich meine Nummer nicht gewechselt. Ich hatte so hart daran gearbeitet, mir ein neues Leben inklusive neuem Namen aufzubauen, doch ich hatte es nicht übers Herz gebracht, mir eine neue Handynummer zuzulegen. Sie war die Verbindung zu meiner Vergangenheit, zu dem Teil von mir, den ich hinter mir lassen wollte, der allerdings so stark in meine Seele eingebrannt war, dass ich ihn nicht abschütteln konnte – und es auch gar nicht wollte.

Ich blockierte auch diese unbekannte Nummer und steckte das Handy in die Hosentasche.

Wir machten uns auf den Weg zum Apartment, um uns auf den brutalen Tag vorzubereiten, der uns morgen erwartete. Ein Kurier hatte die Gitarre geliefert, die ich bei zwei meiner früheren Mitbewohner – LJ und Marisa – gelassen hatte, damit sie darauf aufpassten. Mit zwei besten Freunden zusammenzuwohnen, die so taten, als würden sie nicht miteinander ins Bett gehen, hatte in meinem letzten Jahr für mehr als einen unangenehmen Moment gesorgt. Aber ich wusste, dass ich darauf vertrauen konnte, dass sie für mich gut auf die Gitarre achten würden.

Ich hatte nicht damit gerechnet, dass ich sie so bald schon brauchen würde, aber sie sollte jetzt in meinem Zimmer sein. Mir rutschte das Herz in die Hose, wenn ich daran dachte, an ihr zu arbeiten. Aber ich hatte keine andere Wahl. Ich musste sie reparieren und mir blieb weniger als ein Monat Zeit dafür.

Der Großteil der Schaulustigen vor dem Eingang zum Wohnheim war gegangen, aber ein paar waren noch dort. Sie hatten Filzstifte dabei, mit denen wir auf Bällen und Trikots unterschrieben, auf denen schon einige Unterschriften zu sehen waren. Adrenalin schoss mir durch die Adern, als wäre ich gerade vom Spielfeld gekommen – es wollte tatsächlich jemand ein Autogramm von mir.

Wenn ich versagte, würden sie die Gegenstände verbrennen? Sie in den Abfall werfen oder über den Verlierer lachen, der geglaubt hatte, dass er es durchs Trainingslager schaffen könnte?

»Ich mache mir gar nicht die Mühe zu lügen. Das hier ist wirklich nicht übel.« Knox lachte und reichte einem Kind in voller Lions-Montur den Stift zurück.

Als wir die Stufen hochgingen, ging oben die Tür auf.

»Ist das …«, stotterte Knox, bevor er wie erstarrt stehen blieb und den Kopf zu mir herumriss.

Sie zögerte kein bisschen, als sie an uns beiden vorbeirauschte, als wären wir gar nicht da. Ihr schwarzes Haar hatte sie zu einem unordentlichen Dutt hochgesteckt. Die Baumwollshorts stellten ihre Beine zur Schau, und ihr schlichtes T-Shirt schmiegte sich an ihren Oberkörper. Ich konnte mich nicht bewegen, bis sie um die Ecke verschwunden war. Ich wollte so furchtbar dringend mit ihr sprechen. Wo ging sie hin? Mit wem traf sie sich? Wie war ihr Leben verlaufen, nachdem wir uns getrennt hatten?

Im Aufzug drehte sich Knox mit vor der Brust verschränkten Armen zu mir. »Tja, das wird die ganze Sache, sich allein aufs Team zu konzentrieren, verdammt schwierig machen, oder?«

4

Bay

Leere Margarita-Gläser füllten jede einzelne Lücke zwischen den Tellern mit Resten von Nachos und geschmolzenem Käse.

»Wer übernimmt die nächste Runde?« Cheryl kippte den letzten Rest ihres Drinks hinunter und leckte das Salz vom Rand ihres Glases.

Spencer und ich drehten uns beide zu ihr. »Du!«, riefen wir gleichzeitig und nahmen ebenfalls den letzten Schluck unserer Cocktails.

Sie murmelte missmutig vor sich hin, bevor sie die Gläser einsammelte und in Richtung Bar verschwand.

»Warum bist du so still?«

Ich schob mir einen Miniburger in den Mund, bevor mein Ellenbogen vom Rand des Tisches rutschte.

Spencer griff nach mir und half mir, mich aufzusetzen. »Du bist total voll, oder?«

»Was? Nein!« Ich versuchte, seine Schulter wegzuschieben, verfehlte sie aber und wäre um ein Haar neben ihm auf dem Boden gelandet. War er ausgewichen?

Er schob mich wieder zurück auf meinen Platz und tunkte eine Selleriestange in den Rest des Käsedips auf seinem Teller. »Sieh sich einer Bay an, wie sie versucht, die Wette auf den letzten Metern noch zu verlieren.«

Wir hatten eine kleine Wette am Laufen: Wer sich bis zum Ende des Sommers auf keinem Praktikumsevent – egal ob von Nexus Records gesponsert oder nicht – übergeben hatte, gewann das Geld, das wir zusammengelegt hatten. Momentan waren nur noch Macy und ich im Rennen.

»Gar nicht, mir geht's gut.« Ich rückte meinen Stuhl zurecht und starrte auf die Bühne, von der das betrunkene Gezwitscher eines Paares herüberschallte, das »Shallow« von Lady Gaga und Bradley Cooper sang. Sie konnten einfach da hochgehen und ohne Angst oder einen Hauch von Nervosität singen.

Vielleicht konnte ich das auch, wenn ich mir noch etwas mehr Mut antrank. Oder ich würde Macy das Preisgeld überreichen müssen. Womöglich sollte ich auch einfach den ganzen Sommer über betrunken bleiben.

Es fühlte sich so an, als wäre Dare ein fester Bestandteil meines Lebens, und es war furchtbar schwer, ihn zu ignorieren. Er tauchte einfach überall auf. Zuerst im Postzimmer des Wohnheims, wo ich es jemand anderem überlassen hatte, ihm seine Päckchen zu überreichen. Dann auf dem Hof vor dem Wohnheim, wo es mir erneut gelungen war, ihm aus dem Weg zu gehen, weil er mich vor lauter Lions-Fans, die mit ihren marineblauen und silbernen Flaggen, Bannern und Schaumstofffingern dem Team auf dem Weg zum Übungsgelände zujubelten, übersehen hatte. Beim dritten Mal war es schon knapp gewesen, als sich die Aufzugtüren gerade noch rechtzeitig geschlossen hatten, während ich unterwegs in die zweite Etage gewesen war. Mein Herz hatte wie wild geschlagen. Gut möglich, dass ich ziemlich hektisch auf den Knopf gedrückt hatte, damit sich die Tür schloss. Gut möglich …

Es war fast, als wüsste die leise Stimme in meinem Kopf nicht mehr, wie entsetzlich das Ganze zwischen uns geendet hatte. Und diese Stimme konnte mich mal, weil sie angestrengt versuchte, mich diese Tatsache vergessen zu lassen. An Begegnungen mit Dare würde ich mich für die nächsten Wochen gewöhnen müssen. Das war doch keine große Sache. Er war schließlich wie jeder andere Typ. Klar, meinte die leise Stimme lachend. Und David Bowie war nur ein Typ, der ganz nett singen konnte.

Aber Dare mit Knox zu sehen – für einen Moment hatte ich mich nach Greenwood zurückversetzt gefühlt. So als müsste ich bloß um die nächste Ecke gehen, um wieder achtzehn zu sein. Als wäre meine ganze College-Zeit nur ein Traum gewesen und ich würde aufwachen und feststellen, dass ich ohnmächtig geworden war, während ich versucht hatte, den Mut aufzubringen, für den Talentwettbewerb auf die Bühne zu gehen.

Erst als ich bei meinem Auto angekommen war, hatte ich die Angst abschütteln können, dass der ganze Fortschritt, den ich gemacht hatte, und der Mensch, der ich geworden war, lediglich eine Illusion waren. Aber wem machte ich hier eigentlich etwas vor? Es hatte sich nicht allzu viel verändert. Singen konnte ich immer noch nicht. Und ich war seit über einem Jahr mit niemanden mehr ausgegangen. Ich war meinen großen Träumen kein Stück näher gekommen. Es schien, als hätte der Zauberspruch der guten Fee gerade lang genug gewirkt, um mir einen winzigen Einblick in das zu geben, was möglich war, bevor mein Leben ruiniert worden war. Seit diesem Wettbewerb brachte ich nicht ein Wort heraus, wenn ich den Mund aufmachte, um zu singen.

Nach vier langen Stunden im Studio hatten wir endlich frei, nur die Margaritas waren leider nicht kostenlos.

»Wenn mir am Ende dieses Monats nicht die Ohren bluten, wäre das ein Wunder.« Spencer stocherte mit dem Finger in seinem Ohr herum.

»Widerlich. Könntest du diesen Nachos bitte keinen Ohrenschmalz hinzufügen?« Ich legte den Arm um den Teller und zog ihn näher zu mir heran. Das *Kara Karaoke* bot von allen Lokalen in der Nähe des Campus und des Studios unter der Woche die beste Happy Hour. In den letzten Jahren hatte eine ausführliche Recherche darüber stattgefunden, wo es abends am wenigsten voll war und wo man das meiste für sein Geld bekam. Das hatte schnell die Runde durchs Studio gemacht, und jetzt füllten unsere Leute an den meisten Dienstagen und Donnerstagen das halbe Lokal.

»Nicht so hastig.« Er schnappte sich einen Nacho von dem Teller und leckte sich mit dem Enthusiasmus einer Prostituierten aus dem 18. Jahrhundert die Finger ab.

Ich schauderte. »Das ist abartig.«

In diesem Moment tauchte Cheryl vor unserem Tisch auf – mit mehr Getränken zwischen ihren Fingern, als ich für möglich gehalten hätte. Vorsichtig stellte sie unsere leuchtend grünen Drinks ab. »Ich hab uns eine doppelte Runde besorgt, bevor die Happy Hour vorbei ist. Bedankt euch bei Chuck dafür.« Die Infos zur Happy Hour hatten auch einige der höheren Tiere im Studio erreicht und ab und zu hatten sie Mitleid mit uns und spendierten nach einem anstrengenden Wochenende allen ein paar Drinks.

Cheryls Ohrringe glitzerten im schwachen Licht des Raums. »Was ist abartig?«

»Nur dein Freund, der gerade sein eigenes Ohrenschmalz probiert hat, sonst nichts.« Ich griff nach den Glasstielen meiner zwei Drinks und brachte sie auf meiner Seite des Tisches in Sicherheit.

»Wie gut, dass er nicht mein Freund ist.« Sie setzte sich auf seinen Schoß und schlang ihm einen Arm um den Hals, während sie ihm mit der Hand des anderen Arms das Margarita-Glas hinhielt.

»Wie dumm von mir, der Sache zwischen euch beiden einen Namen zu geben.« Ich hob mein Getränk und schlürfte es langsam, wobei ich es genoss, wie der süß-saure Geschmack den Kick des Alkohols ausglich. »Nach einigen Runden.«

Jeder Tisch musste einmal Karaoke singen, damit wir weiterhin vergünstigte Drinks erhielten. Und auch deshalb, damit niemand bloß herkam, um sich über die anderen lustig zu machen. Die Regeln waren Mist, aber das Essen und die Drinks waren der Hammer.

Das übliche Geplapper im Raum wurde plötzlich von wesentlich lauterem Lärm übertönt. Eine Gruppe von Neuankömmlingen strömte in den Raum und die Reservierungsschilder auf den ganzen leeren Tischen wurden von den Kellnerinnen entfernt, während die Mitglieder der L. A. Lions sich auf den Stühlen verteilten.

Ich sah ihn nicht, aber ich spürte seine Anwesenheit. Ich kippte den Rest meines Drinks herunter. Von dem Tisch hinter uns wurde das Schild als Letztes entfernt. Das war anscheinend der Tisch, an dem die Neulinge platziert wurden. Genau vor der Bühne. Rechts von mir.

Meine Augen weiteten sich, als ich das Gesicht der Person sah, die auf meiner Liste von Leuten, die ich heute Abend auf keinen Fall sehen wollte, an vorletzter Stelle stand. Knox. Dann konnte Dare auch nicht weit sein.

Ein Teil von mir freute sich darüber, dass Dare jemanden hatte, mit dem er diese Erfahrung teilen konnte. Ein anderer Teil von mir wünschte sich, dass die beiden von einem Truck überfahren werden würden. Knox war in den Raum geplatzt, als Dare kurz davor gewesen war, vollkommen auszuflippen. Wenn er geblieben wäre und Dare beruhigt hätte, dann wäre vielleicht alles anders verlaufen.

Sein Blick schweifte an mir vorbei, bevor er wieder zu mir zurückschnellte. Dann wurden seine Augen groß, und er schwankte nach hinten, als hätte ihn jemand an einem Haken zurückgezogen. »Bay?«

Mein Magen verkrampfte sich. Wo einer war, musste auch der andere sein. »Knox.« In dem Wort lag nicht einmal ein Hauch von Wärme. Ich hoffte, dass es sich wie arktische Kälte anfühlte.

Er setzte sich, wobei der andere Teamneuling zum Vorschein kam, der mein Herz selbst jetzt noch höher schlagen ließ, als wäre es ein verinnerlichter Reflex, gegen den ich nicht ankämpfen konnte. Er würde mir nur Ärger machen, und ich war nicht mehr das Mädchen aus der Highschool, das gierig jeden Krümel seiner Aufmerksamkeit aufsaugte.

Ich saß mit stocksteifem Rücken an dem Tisch und hielt mich an meinem Drink fest.

Der Stuhl hinter mir stieß gegen meinen.

Das ganze leckere Essen und die Happy Hour verloren ihren Reiz, während ich versuchte, ruhig zu bleiben. Er saß genau hinter mir.

Na schön, dann war Dare jetzt eben hier und saß nur wenige Zentimeter von mir entfernt. Dann saßen wir eben in einem Raum voller Leute und einer Bühne mit Mikrofonen und lauter Musik. Na und?

Mein Mund fühlte sich furchtbar trocken an. Ich holte noch eine weitere Runde Getränke und kippte meinen Cocktail direkt herunter, als wäre es lediglich kaltes Wasser mitten im Juli, bevor ich mir mit der Hand über den Mund wischte. Der Alkohol rauschte durch meine Adern, und ich zog vorne an meinem T-Shirt, um mir ein bisschen Luft zu machen.

»Bay, alles okay?« Cheryl senkte den Kopf, um mich anzusehen.

Ich schaufelte Dip auf einen Nacho und schob ihn mir in den Mund. »Ging mir nie besser. Der beste Abend meines Lebens.«

Einige Leute blickten in unsere Richtung. Anstatt in meinem Stuhl zusammenzusacken, setzte ich mich noch aufrechter hin. So aufrecht, wie es eben ging, wenn sich der ganze Raum unablässig drehte.

Ich konnte die Blicke spüren, die mich von hinten musterten. Nicht nur Dares, sondern auch Knox'. Egal wo ich hinschaute, ich sah nichts als Footballspieler um mich herum. Nicht nur die beiden hinter mir waren hier, fast das gesamte Team war anwesend. Meine einzige Verteidigung bestand darin, ihm weiszumachen, dass ich über ihn hinweg war – auch wenn das nicht stimmte. Auch wenn nichts mehr so war wie früher, seitdem er in mein Leben spaziert war. Wenigstens konnte ich so tun als ob.

Die Kellnerin kam an unseren Tisch. »Ihr seid dran mit Singen.« Sie stellte eine Zwei auf einem Metallständer in die Mitte zwischen unseren Tellern und den Körbchen mit Nachos.

Als noch mehr Leute den Raum füllten, wurde es zunehmend lauter. Noch mehr übergroße Footballspieler, die drohten, mich zu ersticken, in dem sie mir einfach keinen Platz an meinem eigenen verdammten Tisch ließen.

»Willst du es versuchen?« Cheryl schob mir die Nummer zu.

»Warum fragst du überhaupt? Du weißt doch, dass sie nie singt«, rief Spencer laut genug, dass seine Stimme ringsum zu hören war.

Ich versteifte mich. Die Stühle hinter mir bewegten sich und ließen den Boden unter meinen Füßen erbeben. Ich konnte die Erschütterung selbst über das Dröhnen des Bon-Jovi-Songs, der aus den Lautsprechern drang, noch wahrnehmen.

»Sie verschwindet nur wieder im Badezimmer, wie jedes Mal, wenn sie dran ist.« Spencer trank seinen Drink aus.

»Bay …« Mein Name erklang hinter mir. So nahe, dass meine Haare sich bewegten.

Kannte er kein anderes Wort? Die atemlose Art und Weise, wie er meinen Namen sagte, jagte mir immer noch Schauer der Euphorie den Rücken entlang, obwohl ich geglaubt hatte, ich wäre mittlerweile immun. Das musste er allerdings nicht wissen.

»Klappe«, rief ich über die Schulter. »Ich mach's.« Ich schob mich nach hinten, schnappte mir die Nummer vom Tisch und ging zur Treppe an der Bühne.

Nachdem ich dem Personal neben der Treppe das Kärtchen gegeben hatte, betrat ich die Bühne. Ohne aufzusehen, ging ich die Musik durch. Er saß zu meinen Füßen, an seinem Tisch voll mit seinen Footballfreunden – ein Eindringling in meiner Stadt, meinem Wohnheim und jetzt auch noch in meiner Karaoke-Bar. Das würde ich nicht kampflos hinnehmen.

Mein Magen rebellierte, und ich betete, dass ich nicht das Publikum ankotzen würde. Ich hätte diese Mozzarella-Sticks nicht essen sollen, genauso wenig wie die Mini-Tacos, die Nachos. Von all den Margaritas ganz zu schweigen. Wenn ich doch nur gewusst hätte, dass ich auf die Bühne gedrängt werden würde. Wobei ich weniger gedrängt worden, sondern vielmehr hier hochgesprungen war, um etwas zu beweisen. Aber wen interessierten solche unwichtigen Details denn bitte?

Meine Finger kribbelten, mein Körper surrte, als wäre er an eine Schwachstromleitung angeschlossen. Die kleinen Scheinwerfer schwenkten im Takt der Musik über die Bühne. Ich legte die Hände ans Mikrofon und zog etwas zu stark daran, wobei ich es mir beinahe an die Stirn schlug. Ich hörte Gekicher aus dem Publikum. Normalerweise hätte allein das gereicht, um mich zur nächsten Toilette rennen zu lassen, aber ich war ordentlich angetrunken. Ich konnte nicht einmal genau sagen, ob mein Magen jetzt wegen meiner bevorstehenden Gesangseinlage rumorte oder wegen der Margaritas.

Warum konnte ich spüren, wie er mich anschaute? Genau wie an dem ersten Abend, als ich ihn nicht hatte sehen können, aber gespürt hatte, wie er jede meiner Bewegungen verfolgt hatte.

Ich klopfte mit der Hand an meinen Oberschenkel und atmete tief durch, während ich mir das Mikrofon an die Brust hielt. Es bebte in meinem Griff. Ich wischte mir die Hände an der Jeans ab und leckte mir über die Lippen, bevor ich auf den Bildschirm blickte, auf dem die Worte erschienen, die passend zur Musik die Farbe änderten. Hatte ich wegen des Tequilas so viel Spucke im Mund oder lag es daran, dass ich vor so vielen Leuten stand?

Erinnerungen an das letzte Mal, als ich auf einer Bühne gestanden hatte, schossen mir durch den Kopf. Also schloss ich die Augen und leckte mir noch einmal über die Lippen. Der salzig-saure Geschmack brachte mich ins Hier und Jetzt zurück.

Ich öffnete den Mund und hangelte mich an den Wörtern entlang, die ich schon so oft gesummt und vor mich hin gesungen hatte, in dem Sommer, als der Song immer wieder gespielt worden war.

Der Beat setzte ein, und alle Ladys hoben ihre Gläser in die Luft. Ein treibender Rhythmus katapultierte mich geradewegs in den Refrain von »Since U Been Gone«. Die Menge sang mit mir. Ich fand mein Ziel im Publikum und streckte ihm den Finger entgegen, während ich für ihn allein sang.

Die anderen Footballspieler an seinem Tisch warfen lachend den Kopf in den Nacken. Knox starrte ihn an, als würde er jede Sekunde eine Explosion erwarten.

Ich riss den Blick von ihm und stachelte den Rest der Menge an. Der Rausch, der mich erfasst hatte, stammte nicht allein von der Kombination aus Tequila und Happy-Hour-Vorspeisen.

Während ich an den Rand der Bühne ging, heizte ich dem Publikum ein und sang das verschwommene Meer aus Typen vor mir an. Es wurden High Fives verteilt und mehr als einer war aufgestanden.

Die Energie des Triumphs floss durch meine Adern und ließ mich beinahe über die Bühne schweben. Ich wollte das Gefühl festhalten, solange ich konnte, also packte ich das Mikrofon fester und warf den Kopf in den Nacken, während ich die letzten hohen Töne hinausschmetterte.

Schließlich schob ich das Mikrofon wieder zurück in die Halterung und verbeugte mich mit ausgestreckten Armen und an den Knöcheln verschränkten Füßen, bevor ich mich mit einem breiten Grinsen wieder aufrichtete.

Alles drehte sich, und ich versuchte, mich auf irgendetwas um mich herum zu konzentrieren. Ich stolperte die Treppe hinab.

Starke Arme hielten mich aufrecht.

»Danke.« Ich tätschelte die Brust des Footballspielers, der aufgestanden war, weil er eine Chance gewittert hatte.

»Verdammt, du hast eine ganz schön kraftvolle Stimme.« Er hatte definitiv seinen Reiz. Zu schade, dass ich mich gleich übergeben würde.

Ich nickte und presste die Lippen aufeinander.

Dare war von seinem Stuhl aufgesprungen, aber ich winkte ihn beiseite. »Bleib weg.«

Ich lief an meinem Tisch vorbei. Ha! Endlich war es mal ein Vorteil, nicht so breit wie ein Linebacker zu sein. Ich schlängelte mich an zahllosen Typen mit Drinks und Tellern voller Essen vorbei und beeilte mich, an den Tischen vorbei nach draußen zu gelangen.

Die frische Sommerluft war perfekt, um mich wachzurütteln, bevor mein Magen schlussendlich die Oberhand gewann. Ich stützte die Hände an der Ziegelwand ab und verabschiedete mich von dem ganzen leckeren Essen und den Drinks, die mich gestärkt hatten, damit ich das erste Mal seit vier Jahren wieder vor Leuten hatte singen können. Das Kotzen lohnte sich absolut. Bei jedem Würgen fühlte ich mich, als würde ich nun vielleicht endlich alles rauslassen, was mich zurückhielt.

Wenn die Strategie, sich komplett abzuschießen, für mich der Schlüssel zum Erfolg war, was meinen Traum anging, sollte ich möglicherweise in eine Destillerie investieren oder mir ein Bierkit zulegen. Andernfalls würde es teuer werden.

»Bay!« Spencer und Cheryl kamen mit meinem Zeug im Arm durch die Tür. Sie schrien und riefen mir Glückwünsche zu, während ich mir noch über den Mund wischte.

Ich fischte ein paar Taschentücher aus meiner Tasche und nahm das Pfefferminzbonbon von Cheryl dankbar entgegen. »Habt ihr mich gesehen?« Für den Bruchteil einer Sekunde befürchtete ich, ich hätte mir das alles nur eingebildet.

»Ja, verdammt, alle haben dich gesehen. Du hast die ganze Hütte gerockt.« Spencer gab mir einen High Five, der eher ein High Three war, da sich unsere Handflächen nicht ganz trafen. Er hob mich hoch und ließ mich im Kreis wirbeln.

»Ich hab uns ein Taxi gerufen, das gleich da sein sollte.« Cheryl reckte den Hals, um nach dem Fahrzeug Ausschau zu halten.

Ich schlug Spencer auf die Schulter, damit er mich absetzte, bevor ich mich am Ende noch einmal übergab.

Die Tür ging ein weiteres Mal auf und während ich mir die Haare aus dem Gesicht strich, ließ mein Lächeln nach und erstarb dann komplett.

Dare stand mit den Händen in den Hosentaschen auf dem Gehweg. »Ich wollte nur sichergehen, dass es dir gut geht.«

Unser Taxi hielt am Straßenrand, und die beiden anderen stiegen ein.

»Es geht dich nichts an, wie es mir geht. Aber ich sage es gern noch mal, falls du mich beim ersten Mal nicht gehört hast.« Ich ließ mich in den Autositz sinken und schloss die Tür. »Bye, Dare.« Ich winkte und das Taxi fädelte sich in den Verkehr ein. Spencer und Cheryl wechselten einen vielsagenden Blick, als würden sie erwarten, dass ich ihnen die ganze Geschichte erzählte. Nicht nur die Kurzfassung, die ich Spencer gegeben hatte. Aber nicht heute. Oder vielleicht auch nie.

Stattdessen lehnte ich den Kopf gegen das Fenster und schloss die Augen. Mir war schrecklich schwindelig, doch das war mir egal. Das war es wert gewesen. Ich hatte endlich den Fluch gebrochen. Jetzt musste ich es nur schaffen, das Ganze noch einmal zu wiederholen.

5

Dare

Ich verließ die Bar früher als geplant, da mein Gehirn vor Reue brannte. Knox blieb noch, um die ganze Aufmerksamkeit und die Vorzüge auszukosten, die es mit sich brachte, wenn man zu den L. A. Lions gehörte. Gut, denn ich brauchte etwas Raum zum Atmen. Der Kragen meines Hemdes fühlte sich an, als würde er mit jedem Schritt enger werden.

Abzuhauen war in diesem Augenblick der einzige Weg, damit ich im Team bleiben konnte. In den Verhaltensregeln, die uns beim ersten Teammeeting mitgeteilt worden waren, hieß es klar und deutlich, dass Schlägereien in keinem Fall geduldet wurden. Uns waren Beispiele von anderen Spielern genannt worden, die mit nur einem Schlag ihre Karrieren beendet hatten.

Zurück im Apartment zog ich meine Sneakers an und nahm mir nicht einmal die Zeit, mir etwas anderes anzuziehen. Die Hitze des Tages hatte noch nicht besonders stark nachgelassen. Es würde eine Tortur sein, bei diesen Temperaturen zu trainieren, aber ich zwang mich trotzdem, zwischen den Campusgebäuden entlangzurennen, so schnell ich konnte.

Nach vier Jahren der Selbstbeherrschung hatte ich gedacht, dass ich mit allem fertigwerden könnte. Es war mir so vorgekommen, als hätte ich genug Zeit und Raum zwischen mich und Greenwood gebracht, genug Abstand zu dem ganzen Mist, den ich seit meiner Kindheit mit mir herumschleppte.

Aber als Vince Bay angefasst hatte, hatte ich wieder rot gesehen. Ich hatte mich am Rand der Beherrschung festgeklammert – an einem Felsvorsprung, der in den Abgrund führte –, bis ich das Gefühl gehabt hatte, dass meine Nägel aus ihren Nagelbetten gerissen wurden.

Knox hatte mich mit seiner Bierflasche am Arm angetippt. Das kühle, feuchte Kondenswasser hatte die Flammen ein wenig zurückgedrängt. »Hast du vor, einen Teil des Tisches mitzunehmen?«

Ich war aus meinem Stuhl aufgesprungen, als Bay auf ihren Tisch zugegangen war.

Als ich sie auf der Bühne gesehen hatte, war ich wie immer schon von jeder ihrer Bewegungen in den Bann gezogen worden, allerdings hatte sie inzwischen eine zusätzliche Schicht an Selbstbewusstsein und Können hinzugewonnen.

Kam sie jede Woche hierher, um alle vom Hocker zu hauen? Wo würde sie nach dem College hingehen?

Da waren so viele Fragen, auf die ich mir keine Antwort erhoffen durfte, aber ich musste es wissen.

Ich war ihr nach draußen gefolgt und erleichtert gewesen, dass ihre Freunde bei ihr waren und sichergestellt hatten, dass es ihr gut ging.

Und wieder einmal hatte ich dabei zugesehen, wie sie gegangen war. Dieses Mal jedoch mit einer Endgültigkeit, die ich verdient hatte. Vor allem, nachdem ich bereit gewesen war, über drei Tische zu springen, nur damit Vince seine Finger von ihr nahm.

Ich hörte nicht auf zu laufen, bis sich meine Beine wie Blei anfühlten. Morgen früh würde ich es bereuen, aber vielleicht würde ich so wenigstens nicht von ihr träumen.

Mit kaum noch genug Energie, um mich hinzusetzen, fiel ich aufs Bett und in einen traumlosen Schlaf.

»Sieht gut aus, Keyton.« Tony, der Coach der Tight Ends, ließ die Pfeife sinken, bevor er etwas auf seinem Tablet notierte.

»Vince, lass jetzt nicht nach. Ich will, dass du alles gibst.« Tony ballte beide Hände zu Fäusten und knurrte. Ich konnte nicht anders, als dabei an einen gewissen Cartoon-Tiger zu denken.

Schweiß lief mir an der Nasenspitze herunter, und ich stemmte die Hände in die Hüften, während ich Luft einsog, um dem Brennen in meinen Lungen entgegenzuwirken. Meine Muskeln verfluchten mich mit jeder Wiederholung der intensiven, explosiven Drills. Zum Glück waren die Übungen nicht wirklich kompliziert.

Die Blicke, die mir zugeworfen wurden, waren giftig, aber ich würde einen Platz im Team ergattern. Ob ich nun in der Startaufstellung sein würde oder nicht, zumindest würde ich keiner derjenigen sein, die neben ihrem Telefon saßen und auf den Anruf warteten, dass sie mit ihrem Spielbuch zum Büro der Coaches kommen sollten. Nicht nach allem, was ich durchgemacht hatte.

Tony pfiff zweimal, und wir nahmen alle wieder unsere Plätze ein. Der Drill war simpel: in die Hocke gehen wie an der Line of Scrimmage und hochschießen, um den Kerl rechts von mir umzustoßen.

»Noch mal«, rief Tony den vier anderen zu, die rechts von mir verteilt waren.

Wir gingen fünf verschiedene Drills durch. Jeder einzelne brachte mir ein Lob des Coaches ein und jedes davon brachte Vince mehr auf die Palme, was die Sache nur noch besser machte.

Ich joggte vom Feld, holte mir ein Handtuch von einem Assistenten und trank die Hälfte meiner Wasserflasche leer.

Ein Körper knallte von hinten gegen mich. Ich hielt mich an der Bank an der Seitenlinie fest und verhinderte so, dass ich nach vorne fiel und unabsichtlich einen Balljungen zerquetschte, bevor ich mich umdrehte und wütend funkelte.

Vince schnappte sich ein Handtuch von einem der Helfer und begegnete meinem Blick mit ebenso viel Verärgerung in den Augen.

»Denk nicht, dass du was Besonderes bist, Grünschnabel. So behandeln sie alle Neulinge am ersten Tag.«

Ich wischte mir den Schweiß vom Gesicht und stellte meine Flasche ab.

»Hast du mich gehört, Grünschnabel?«

»Habe ich, aber ich werde sicher nicht auf dich hören.« Ich ging zurück zu den Umkleidekabinen.

Sein gemurmeltes Fluchen machte die schmerzenden Muskeln und die auslaugende Erschöpfung wieder wett.

Knox kam herein, als ich fertig mit Duschen war. Sein Gesicht wirkte müde und so enttäuscht, als hätte er gerade erfahren, dass seine Lieblingspizzeria dichtmachen würde.

»Wie ist es gelaufen?« Ich machte den Reißverschluss meiner Tasche zu.

»Ungefähr so gut wie erwartet.« Er massierte sich die Nackenmuskeln. »Fuck, ich hasse es, mich so zu fühlen. Ich hab da draußen rein gar nichts hinbekommen. Ich wäre nicht überrascht, wenn ich heute Abend einen Anruf bekommen würde.«

»Es wird doch keiner am ersten Tag nach Hause geschickt. Einen Drill nach dem anderen. Du schaffst das.«

»Schön, dass wenigstens einer das glaubt«, murmelte er vor sich hin.

»Heute ist der erste Tag. Da weiß niemand, was er tut.«

»Sah so aus, als wäre das bei dir anders.« Er zog sein Trikot aus, der Schweiß tropfte auf die polierte Holzbank.

»Ich war ganz okay.«

»Seit wann ist der Alleskönner Dare so bescheiden?«

»Seit ich Keyton bin und aufgehört habe, so arrogant zu sein.« Ich warf ein Handtuch nach ihm.

Er fing es aus der Luft und wickelte es sich um die Hüfte. »Haben wir heute ein Abendessen mit dem Team?«

»Das Abendessen fängt in zwanzig Minuten an, falls du richtiges Essen willst.«

»Wenn ich es aus der Dusche schaffe, wird das an ein Wunder grenzen.«

»Denk einfach an Rinderfilet, Bratensauce und Kartoffelbrei.«

Sein Blick weitete sich, bevor er den Kopf hängen ließ. »Nicht für mich. Der Ernährungsberater des Teams hat gesagt, ich muss Gewicht verlieren. Es gibt also nur Hähnchenbrust mit gedämpftem Brokkoli für mich.«

»Das ist scheiße.«

»Kannst du laut sagen. Lass mich raten, du sollst Gewicht aufbauen.«

Ich biss die Zähne zusammen und sog scharf die Luft ein, während ich den Blick abwandte. Sollte ich das nicht immer? Selbst als ich im College uneingeschränkten Zugang zu ordentlichen Mahlzeiten bekommen und später kochen gelernt hatte, sodass ich mir selbst etwas Vernünftiges zu essen machen konnte, sobald ich endlich genug Geld gehabt hatte, um mir Lebensmittel zu kaufen, hatte ich nie eine Mahlzeit ausgeschlagen. Aber bei all dem Training schien es nie genug zu sein.

Der Umkleideraum füllte sich allmählich mit Trainern, Assistenten und Spielern.

»Gerade als ich dachte, ich könnte dich nicht noch mehr hassen«, grummelte Knox. »Warte auf mich. Dann kann ich es wenigstens genießen, dir dabei zuzusehen, wie du diese Schoko-Cookies isst.«

Es wurde lauter, als die Spieler in der Umkleide aneinanderstießen, die kleiner war als jene damals im Stadion.

»Wir sehen uns draußen.«

Als ich den Raum verließ, rammte mir jemand auf dem Weg durch die Tür seine Schulter in die Brust. Meine Muskeln verkrampften sich. Ich sah auf und schüttelte den Kopf, um die Funken der Wut zu unterdrücken, die versuchten, ein Feuer in mir zu entfachen. Ein Typ mit rasiertem Kopf, der vor Schweiß glänzte, funkelte mich wütend an.

»Warum schüttelst du den Kopf, Grünschnabel?«

»Ich überlege, ob du vielleicht eine Brille brauchst, so blind wie du heute durch die Gegend läufst.« Mit der Hand fest am Griff meiner Tasche ging ich durch die Tür.

»Sag mir das ins Gesicht.« Er schoss nach vorn, doch dann packte ihn jemand von hinten am Kragen.

»Habe ich doch gerade getan.« Ich ließ die Tür zwischen uns mit einem lauten Knall zufallen und schüttelte erneut den Kopf. Fuck! Für so einen Mist war ich nicht hier. Wollte ich wirklich eine Fehde mit einem Arschloch anfangen, das Angst hatte, seine Position zu verlieren? Knox zweifelte daran, dass ich mich tatsächlich geändert hatte, und in solchen Momenten fiel es mir selbst schwer, das zu glauben. Warum hatte ich nicht brav den Kopf eingezogen und einfach nur meinen verdammten Job gemacht?

Er konnte ruhig um sich schlagen und verzweifelt nach dem letzten Rest seiner Karriere greifen, genau wie ich es in ein paar Jahren sicher tun würde. Aber ich hasste solche herablassenden Arschlöcher einfach.

Jetzt am frühen Abend war die Luft draußen noch immer schwül und stickig. Ein Junge kam mit Ball und Stift auf mich zugelaufen. »Sind Sie im Team, Sir?«

Da fühlte man sich doch gleich wie ein alter Mann. Die Antwort war zwar noch nicht eindeutig geklärt, momentan hatte ich allerdings einen Platz am Tisch. Ich lächelte und hockte mich hin. »Ja, das bin ich.«

»Cool.« Er hopste aufgeregt von einem Bein aufs andere und warf einen Blick über die Schulter zu seinem Dad, der hinter der Absperrung wartete. »Können Sie das unterschreiben?« Er hielt mir den Stift hin.

Nachdem ich eine Stelle gefunden hatte, auf der sich noch kein Autogramm befand, kritzelte ich meinen Namen darauf.

Er bestaunte den Ball, als hätte ich ihm gerade einen Tausend-Dollar-Scheck überreicht. Abhängig von unserer Leistung in dieser Saison hatte ich das vielleicht auch. »Vielen Dank!« Er rannte zurück hinter die Absperrung, die Leute eigentlich vom Ausgang fernhalten sollte.

Verdammt, hatte sich das gut angefühlt. Wie viel Freude ich einem Kind bringen konnte, nur indem ich meinen Namen auf ein Stück Leder schrieb, weckte in mir den Drang, noch härter an mir zu arbeiten. Damit dieses Kind noch stolzer darauf sein konnte, dass es einen Ball mit meinem Autogramm hatte.

Draußen waren noch nicht allzu viele Leute unterwegs, da einige der Spieler noch nicht mit ihrem Training fertig waren. Einige sahen aus, wie ich mich fühlte, während andere herumliefen, als wäre das Ganze nicht mehr als eine kurze Runde Jogging im Park gewesen. Die Aussicht, es nicht ins Team zu schaffen, machte mir mehr Angst als fast alles andere. Ich hatte mein ganzes Leben um Football herum aufgebaut, diesen Sport schon so lange ausgeübt. Er war meine

Zuflucht gewesen. Wenn er mir jetzt genommen würde, was sollte ich dann tun? Würde ich überhaupt jemals einen Fuß auf ein Spielfeld im Stadion setzen?

Diese ganzen Nachrichten von unbekannten Nummern würden aufhören, sobald bekannt werden würde, dass ich raus war. Dann wäre ich der Typ, von dem jeder gewusst hatte, dass er früher oder später alles in den Sand setzen würde.

Ich schüttelte den Kopf und versuchte, diese Gedanken zu vertreiben. Ich konnte nicht zulassen, dass diese verrückten Ängste mir die Sinne vernebelten und mich ins Straucheln brachten.

Der Junge lief zu seinem Dad hinüber, und sie gaben sich einen High Five und stießen mit dem Oberkörper aneinander, bevor sie den Ball drehten und auf meine Unterschrift zeigten. Das Lächeln seines Dads passte zu seinem eigenen. Wie wäre mein Leben verlaufen, wenn ich so einen Dad gehabt hätte? Oder wenn meine Mom nicht gestorben wäre?

In solchen Momenten fühlte ich mich, als hätte mich ein Truck erwischt. Was machte Bay wohl in diesem Moment? Wie wäre die Sache zwischen uns weitergegangen, wenn ich es nicht versaut hätte? Würde ich ihr einen Abschiedskuss geben, bevor ich unsere gemeinsame Wohnung verließ, die sie gerade einrichtete, nachdem wir vier Jahre lang getrennt aufs College gegangen waren? Würde sie mir Nachrichten schicken und mir sagen, wie sehr sie mich vermisste? Würde ich die Tage zählen und im Kalender abstreichen, als würde ich im Gefängnis sitzen und mich danach sehnen, endlich wieder neben ihr schlafen zu können?

Die Tür wurde aufgestoßen, und Knox kam mit tropfnassem Haar herausgeschlendert. »Ich bin am Verhungern.«

»Ich dachte, du würdest es kaum aus der Dusche schaffen?«

Er klatschte in die Hände und rieb sie aneinander. »Habe gerade mit dem Ernährungsberater gesprochen. Ich darf drei Cookies in der Woche haben, selbst mit dem Diätplan.«

Ich lachte. »Wenn du das nächste Mal auf dem Feld umgerannt wirst, sage ich allen, dass sie mit dem Riechsalz warten und stattdessen einfach einen Schoko-Cookie unter deine Nase halten sollen.«

»Und ich würde ihn sogar essen. Los, komm.« Er führte mich in die Cafeteria, als würde er seiner Nase folgen.

Dieses Mal hatten sich die Leute mit der gleichen Position zusammengesetzt, statt sich nach dem Dienstalter aufzuteilen. Alle lernten sich besser kennen.

Die Anzahl der Teller – um einiges mehr als einer –, die ich füllen musste, um auf meine Kalorien zu kommen, war verrückt. Darauf befanden sich jedoch Berge des leckersten Essens, das ich seit Langem gegessen hatte, also wollte ich mich gar nicht beschweren.

Knox tat das allerdings schon, während er den Kopf auf dem Tisch ablegte und sich den Bauch hielt.

»Hättest den vierten Cookie wohl lieber weglassen sollen«, flüsterte ich neben ihm.

Seine Hand schoss vor und er packte mich am Shirt. »Töte mich.«

Ich lachte, aber mir taten die Seiten weh, da meine Rückenmuskeln sich bereits verkrampften. »Komm schon, wir machen einen Spaziergang.«

Wir stellten unsere Tabletts weg und schleppten uns zu unserem Apartment zurück.

So, wie mein Körper bei jedem Schritt rebellierte, konnte man kaum glauben, dass ich seit über zehn Jahren keine einzige Woche nicht trainiert hatte. »Hank, mein Coach vom Spezialteam, hat gesagt, dass sie es heute haben ruhig angehen lassen.«

Knox stöhnte, wobei er mehr nach jemandem klang, dem das Bein abstarb, als nach einem Typen, der gerade zweitausend Kalorien verschlungen hatte. »Geh ohne mich weiter. Lass mich zurück.« Das Gebäude war bereits in Sicht, aber er ließ die Füße schleifen.

»Nutz deine letzten Kraftreserven. Ich habe das neue GTA für dich vorbestellt. Bevor du ins Koma fällst, kannst du noch ein bisschen zocken.«

Sein Kopf schoss hoch und er rieb sich mit schmerzverzerrter Miene den Nacken. »Echt jetzt?«

»Ich hab gedacht, das wäre noch immer dein Ding. Hab ich falschgelegen?«

Er lachte kopfschüttelnd, bevor er offenbar einen frischen Kraftschub bekam und sich an den Bänken und Laternenmasten entlanghangelte, um sein Ziel zu erreichen.

Bei der Treppe angekommen, spähte ich nach oben durch die Glastüren. Am Informationsschalter der UCLA sah ich ein atemberaubendes Gesicht.

»Lass uns den langen Weg nehmen.«

»Du kannst froh sein, wenn du mich nicht zum Aufzug tragen und in unser Zimmer schleifen musst. Ich werde ganz sicher nicht um das Gebäude rumgehen.« Er folgte meinem Blick.

»Rede mit ihr Das ist die perfekte Gelegenheit. Sie sitzt da fest und kann nicht abhauen.«

»Ich werde sie nicht dazu zwingen, mit mir zu reden.«

»Warum zur Hölle nicht? Ich schwöre, du sagst im Schlaf ihren Namen. Warum lässt du sie nicht einfach wissen, dass du sie noch liebst?«

»Weil ich sie nicht verdient habe.«

»Schwachsinn. Du bist jetzt ein Profifootballspieler. Die Mädels werden dir bald reihenweise zu Füßen liegen.«

»Und das ist mir ja schon immer am wichtigsten gewesen.«

»Ich meine damit ja nur: Warum sollte sie was dagegen haben? Ihr habt gestritten und euch getrennt. Kommt vor.«

Ich ging auf die andere Seite des Gebäudes zu, wo wir mit unseren Ausweisen die Tür öffnen und die Treppe zu unserem Zimmer nehmen konnten.

Knox folgte mir stöhnend und jammernd. »Es geht um den Talentwettbewerb, oder?«

»Nicht nur.«

»Muss ich dir alles einzeln aus der Nase ziehen oder erzählst du es mir einfach?«

»Den Song, den sie gesungen hat, hat sie über mich geschrieben.« Ich konnte mich nicht einmal mehr an die genauen Worte erinnern, das erstickende Gefühl jedoch würde ich nie vergessen. Verdammt, hatte das wehgetan. Es war gar nicht um mich gegangen oder darum, meine Geschichte allen zu erzählen. Das Lied hatte davon gehandelt, wie ich sie verändert hatte. Dass ich Mut in ihr entfacht hatte, nach allem, was ich durchgemacht hatte, und dass sie mich beschützen wollte. Aber als ich auf einem dieser zu klein geratenen Aula-Stühle in Greenwood gesessen hatte, hatte ich nichts davon hören können. Nichts davon hatte den Nebel der Angst durchdrungen, der sich in meiner Brust ausgebreitet hatte, nachdem sie über blaue Flecken gesungen hatte. Es waren bloß zwei kleine Wörter in einer Zeile eines wunderschönen Songs gewesen, den ich nicht verdient hatte.

»Das habe ich mir wegen deiner Reaktion schon zusammengereimt.«

»Und wenn du nicht gewusst hättest, dass zwischen uns was gelaufen ist?« Ich blickte zum ihm hinüber. »Wenn du nichts von der Sache mit meinem Dad gewusst hättest, wäre dir dann aufgefallen, dass es um mich ging?«

Er blieb einen Moment stehen und legte nachdenklich den Kopf schief. »Nee, dann nicht.«

»Eben. Ich hab überreagiert und mich gefühlt, als hätte sie mir das Herz aus der Brust gerissen. Und dann bin ich durchgedreht.«

»Als du mir gesagt hast, dass ich abhauen soll.«

Ich ließ den Kopf hängen und nickte, während ich meinen Ausweis vor den Kartenleser hielt, der daraufhin grün aufleuchtete. »Die Erinnerungen sind verschwommen, aber ich habe sie angeschrien. Ihr Angst gemacht.« Ich schob die Tür auf und betrat das Treppenhaus. »Und dann habe ich die Gitarre ihres Dads kaputt gemacht.«

Er wurde langsamer hinter mir. »Ihr Dad? Ich dachte, der ist gestorben?«

Meine Hand umklammerte das Geländer, als ich ihn über die Schulter hinweg anschaute. »Ist er.«

Sein Blick weitete sich und dann hallte sein »Scheiße« durch das Treppenhaus. »Du hast die Gitarre ihres toten Dads kaputt gemacht?«

Ein ernstes Nicken. »Ja.«

»Fuck, Mann. Kein Wunder, dass sie dich ansieht, als wollte sie ein Barbecue veranstalten und Dare … Keyton auf die Speisekarte setzen.«

»Und jetzt weißt du auch, warum sie es verdient hat, dass ich mich von ihr fernhalte, während ich hier bin.« Aber konnte ich das? Das hier war meine letzte Chance. Die einzige Möglichkeit, in ihrer Nähe zu sein, ohne dass es Stalking wäre. Wie konnte ich diese Gelegenheit verstreichen lassen, ohne ihr alles gesagt zu haben, was ich ihr sagen musste? Alles, was sie zu hören verdient hatte?

Als ich unsere Wohnungstür öffnete, war ich fix und fertig. Wie zur Hölle konnte irgendjemand nach so einem Training noch ausgehen und Party machen? Ich schaffte es kaum, die Augen offen zu halten. Jemand hatte unser Apartment gereinigt, während wir weg gewesen waren.

Ich platzte in mein Zimmer und Erleichterung durchflutete mich, als ich den offenen Gitarrenkoffer auf der Fensterbank sah.

Knox folgte mir. »Dein Plan ist also, ihr eine kaputte Gitarre zu geben, um alles wiedergutzumachen?«

»Das ist die Gitarre ihres Dads. Ich habe sie aus der Mülltonne vor ihrem Haus gefischt.«

»Und du hast sie die ganze Zeit behalten?«

»Ich wusste, dass ich sie reparieren und ihr zurückgeben muss. Ich habe nur gedacht, dass mir dafür mehr Zeit bleiben würde.«

Knox legte mir eine Hand auf die Schulter. »Also, eines weiß sogar ich: Das Leben verläuft nie nach Plan.«

6

Bay

Die Stille in meinem Zimmer war mir willkommen. Ich holte mein Handy heraus und checkte meine E-Mails.

Die Zahl, die auf dem Icon prangte, war mir mittlerweile egal. Wenn man erst mal die Tausend geknackt hatte, wurde das Ganze ohnehin irrelevant. Aber relativ weit oben in meinem Postfach entdeckte ich eine E-Mail mit der Betreffzeile »Willkommen im Team!«

Mir rutschte das Herz in die Hose.

Ich kaute auf meiner Unterlippe herum, während ich den Finger über der E-Mail schweben ließ. Ich zog ihn noch einmal zurück, bevor ich schließlich drauftippte.

Darin befanden sich alle nötigen Informationen: Mein Einstiegsgehalt, bei dem man meinen Sonderwunsch berücksichtigt hatte, für den extra die Zustimmung eines Managers notwendig gewesen war. Außerdem gratulierte man mir zum Bestehen der ersten zwei Teilprüfungen zur amtlich zugelassenen Buch- und Rechnungsprüferin. Und das Datum, an dem ich anfangen konnte, stand auch darin. Im Gegensatz zu den meisten anderen Bewerbern, die möglichst bald hatten starten wollen, hatte ich um das späteste Datum gebeten. Und jetzt stand es fest.

In drei Wochen.

Am vorletzten Tag des Sommersemesters – und des Trainingslagers.

Sie hatten alle meine Sonderwünsche akzeptiert, während die anderen beiden Buchhaltungsfirmen meine Bewerbung dankend abgelehnt hatten.

Meine Mom würde überglücklich sein. Sie hatte mich durchgehend mit heißer Schokolade und Cookies versorgt, als ich in den Weihnachtsferien gelernt hatte. Das war die allerbeste Nachricht, die ich mir nur wünschen konnte – ich hatte im Anschluss an meinen Abschluss direkt einen Job ergattert. Und zwar einen großartigen Job, der gut bezahlt wurde, und ich war auf dem besten Weg, eine qualifizierte Fachkraft in einem angesehenen Berufsfeld zu werden.

Mein Dad hätte mich fest umarmt und mir gesagt, solange ich glücklich war, wäre auch er glücklich, bevor er einen schrecklichen Witz über Buchhalter gerissen hätte.

Das war alles, worauf ich in den letzten vier Jahren hingearbeitet hatte. Stundenlanges Lernen. Über hundert Bewerbungen. Etliche Vorstellungsgespräche. Endlich hatte ich eine Zusage.

Im Umkreis von hundertfünfzig Kilometern um Omaha herum gab es kein Musikstudio. Es würde keine Möglichkeit geben, eine oder mehrere Aufnahme-Sessions unter der Woche mit meiner neuen Arbeit unter einen Hut zu bringen.

Mein Schlüsselband hing zusammen mit meiner Schlüsselkarte an dem Haken an meinem Tisch.

Ich starrte sie an und fühlte mich, als hätte man mich ohne Ausweg mitten im Wald ausgesetzt. Ich war in einem Leben gefangen, das ich noch nicht einmal begonnen hatte. Und ich hatte es mir selbst zuzuschreiben. Ich würde von einem Arbeitsplatz zum nächsten wandern, niemals jemanden kennenlernen und nie wissen, wie es wäre, meinen Traum zu leben. Ich würde den Sonnenuntergang vom Bürofenster aus beobachten und im Dunkeln nach Hause fahren, bevor ich am nächsten Tag aufwachen und das Ganze noch einmal machen würde.

Ich schnappte mir mein Schlüsselband vom Haken und lief aus dem Zimmer zu meinem Auto.

Nachdem ich meinen Ausweis vorgezeigt hatte, eilte ich nach unten. Mein Herz hämmerte mit dem Drang, mich ins Bekannte zu flüchten. Ich öffnete die Tür zum Studio.

Lärm drang aus dem Inneren und die Tür ließ sich nicht ganz öffnen.

»Hey!«, rief einer der anderen Praktikanten und zog die Tür mit einem breiten albernen Grinsen auf, bevor er seinen Drink teilweise auf sich verteilte. »Du bist eine Freundin von Spencer, richtig?«

Eine Freundin von Spencer. Nach drei verdammten Jahren kannte immer noch keiner meinen Namen. Das Blut pochte mir in den Ohren.

Ich spähte an der Tür vorbei ins Studio und schob mich durch den Spalt, wobei ich mir meinen Rucksack von den Schultern nehmen musste, da ohnehin schon kaum genug Platz für mich war. Meine Brust verengte sich. Mit einem Kribbeln breitete sich eine unangenehme Vorahnung in mir aus. Wenn ich hineinging, würde mir nur bestätigt werden, dass ich tatsächlich außen vor gelassen worden war. Aber anstatt kehrtzumachen, drängte ich mich weiter in den Raum hinein.

In der hintersten Ecke saßen Spencer und Cheryl auf der Rückenlehne des Sofas und hoben ihre Drinks zu einem Toast. Das Soundboard und der Computer waren mit Mülltüten abgedeckt worden.

Ich kämpfte mir den Weg durch die zehn Personen, die hier drinnen zusammenhockten, obwohl eigentlich kaum zwei

Leute in dieses Kämmerchen passten, bevor ich bei ihnen ankam.

»Was macht ihr alle hier?« Ich versuchte, meine Stimme locker und lässig klingen zu lassen, musste aber trotzdem schreien, um gehört zu werden.

»Oh Scheiße.« Spencer gab Cheryl seinen Becher und beide sahen mich an, als würde ich ihnen gleich Hausarrest erteilen. Sie wechselten einen vielsagenden Blick. Spencer hatte einen traurigen, peinlich berührten Ausdruck im Gesicht, während er mich aus dem Raum und in den Korridor führte. Im Vergleich zu dem Lärm da drinnen war es draußen fast still.

»Was machst du hier?« Er roch nach dem fruchtigen Punsch, den wir immer machten, wenn wir unser Geld zusammenwarfen, um uns möglichst schnell so richtig abzuschießen.

»Darf ich nicht hier sein?« Ich verschränkte die Arme vor der Brust.

Sein Blick weitete sich. »Natürlich darfst du das. Wir haben nur gedacht …«

»Was? Dass ihr ohne mich eine Party schmeißen könntet?« Meine Stimme klang leicht hysterisch. Dies war der einzige Ort, der wie eine Zuflucht für mich war, und nun war ich nicht einmal mehr hier willkommen.

»Die Abschiedsparty für die Praktikanten war schon vor zwei Wochen.« Er verzog das Gesicht. »Wir feiern hier nur ein bisschen, einfach so.« Er konnte mir nicht in die Augen sehen.

»Was feiert ihr denn?«

Er massierte sich den Nacken und seufzte. »Die ganzen Praktikanten, die nach dem Sommer noch hier bleiben, haben eine Einladung zum Hard Summer Music Festival bekommen. Wir haben Backstagepässe gekriegt.«

»Und ihr habt nicht daran gedacht, nach einem Pass für

mich zu fragen? Oder mich einzuladen?« Ein Laut entwich meiner Kehle. Er ähnelte dem Geräusch, das entstand, wenn man einen Schlag in die Magengrube bekam und kurz davor stand, sich zu übergeben.

»Du gehst am Ende des Monats, also habe ich nicht gedacht, dass sie dich auf die Liste setzen würden. Und wir haben dich nicht eingeladen, weil wir dachten, dass wir es dir damit bloß unter die Nase reiben würden.« Er verzog das Gesicht. Die Studiotür wurde geöffnet, und Lachen und Musik hallten in den Gang. Spencer sah zu Cheryl hinüber, die im offenen Durchgang stand.

Ihre Augen wurden groß und plötzlich fand sie ihren Drink unfassbar interessant.

»Da ist es also besser, wenn ich hier einfach auftauche und vollkommen überrumpelt werde. Woher weißt du, dass ich definitiv Ende des Monats gehe? Das weiß ich doch noch nicht mal selbst. Vielleicht bleibe ich ja. Vielleicht hätte ich einen Weg gefunden mitzukommen, selbst wenn ich gehe.« Tränen brannten mir in den Augen, aber ich weigerte mich, sie fallen zu lassen.

»Ich bin einfach davon ausgegangen, dass du hier wegwillst. Dein neues Leben beginnen.« Er machte einen Schritt auf mich zu. »Sorry, Bay.«

Da war dieses Wort schon wieder, als könnte es irgendetwas wieder in Ordnung bringen. Ich zuckte mit den Schultern und bohrte mir die Nägel in die Handflächen. »Warum entschuldigst du dich? Ich bin doch sowieso so gut wie weg, oder?« Ich drehte mich um und stakste davon.

Er rief mir nach: »Ich bin sicher, wir könnten noch einen Pass für dich besorgen.«

»Wozu die Mühe?«, brüllte ich über das Hämmern des Basses hinweg.

Zurück in meinem Auto umklammerte ich das Lenkrad fest und blinzelte die Tränen fort. Ich wurde jetzt schon außen vor gelassen, und es fing gerade erst an. Ich hatte den Job bekommen, zu dem mir alle geraten hatten. Hatte mir einen sicheren Karrierepfad ausgesucht, bei dem ich gut verdienen würde und für den die meisten College-Absolventen töten würden.

Warum fühlte ich mich dann so leer, als wäre ich schon jetzt nur noch die Hülle einer Person, die einem Alltagstrott folgte, den sie niemals gewollt hatte? Sollte ich schon wieder in einer neuen Stadt von vorne anfangen? Versuchen, neue Freundschaften zu schließen? Damit genau das hier erneut passierte? Einsamkeit übermannte mich, erdrückend und schwer, wie ein unsichtbarer Mantel, der über mich geworfen worden war.

Im Studio konnte ich Sängern mit ihren Songtexten helfen, die Aufnahmen optimieren oder Musikern Ideen für ihre Arrangements geben. Ich konnte meine kreative Energie fließen lassen, aber Tabellen und Zahlen würden mir in dieser Hinsicht kaum etwas bieten. Ich wäre nur eine weitere gesichtslose Angestellte, die vor sich hin tippte und etwas tat, was sie zwar gut beherrschte, wofür sie jedoch keine Leidenschaft empfand.

War dies das Leben, das mir vorbestimmt war? Ein Leben in Einsamkeit? In dem ich mich ständig an Menschen klammerte, die mich, ohne zu zögern, fallenlassen würden?

Als ich schließlich auf dem Campus im Parkhaus stand, fühlte ich mich kein bisschen besser. Vielleicht lag es an den Tränen in meinen Augen, dem Loch in meinem Bauch oder daran, dass ich einfach so verdammt müde war, aber ich musste einen Hauch von Kontrolle zurückerlangen. Die Gleise waren gestellt und die Lok war startbereit, es wurde noch etwas Kohle nachgeschoben, und es war lediglich eine Frage der Zeit, bis der ganze Zug mir davonfuhr und auf ein Leben zuhielt, von dem ich nicht einmal wusste, ob ich es führen wollte. Mein eigenes Leben verlief in eine Richtung, die ich nicht wiedererkannte, und ich fühlte mich, als könnte ich nichts daran ändern. Mein Atem kam in panischen Stößen.

Auf dem Weg in mein Zimmer kam der Abgrund immer näher.

Dare stand am Empfangstresen, als hätten wir das nicht alles schon hinter uns gehabt.

»Nicht heute, Dare. Eigentlich nie, aber vor allem nicht heute.« Kopfschüttelnd ging ich in Richtung meiner Tür.

»Ich …«

»Ich will nicht mit dir reden. Ich will gar nichts mit dir zu tun haben«, blaffte ich.

Das Mädchen hinter dem Tresen reichte ihm eine Karte. »Hier hast du deinen Ersatzschlüssel.« Ihr Blick traf meinen, bevor sie hastig wegschaute.

Dare nahm die Schlüsselkarte entgegen und wandte ebenfalls den Kopf ab. Na, das war ja wunderbar. Jetzt war meine Verlegenheit vollkommen. Selbst Dare, die eine Person, von der ich dachte, dass sie mich immer sehen würde, so wie ich wirklich war, hatte einfach aufgegeben. Hatte ich gewollt, dass er härter um mich kämpfte? Hatte ich ihn länger quälen wollen? Er war über mich hinweg.

»Ich habe meinen Schlüssel verloren und brauchte einen neuen.« Er hielt die Karte hoch, als würde die Erklärung dafür sorgen, dass ich mich nicht zum Sterben in einem Loch verkriechen wollte.

Ich ballte die Hände zu Fäusten. »Sorry«, murmelte ich, bevor ich weiter zu meinem Zimmer ging. In meinem Kopf rauschte es. Das Gefühl, dass mein Leben mit hundert Sachen an mir vorbeiraste, ohne dass ich etwas dagegen tun konnte, ließ einfach nicht nach. Ich entriegelte meine Tür.

»Warte.« Er kam mir hinterher und legte mir die Hand auf den Arm.

Und in dem Moment ließ das Rauschen nach. Das unaufhörliche Summen, das mich fast wahnsinnig gemacht hatte. Und eine Flut überkam mich. Ein dringendes Bedürfnis, etwas Unüberlegtes zu machen, um mich wieder zu fühlen, als wäre mir noch etwas geblieben. Als hätte ich nach wie vor die Chance, wild und verrückt zu sein und nicht die überkorrekte Buchhalterin in einem Großraumbüro zu werden.

Ich blieb abrupt stehen.

Um ein Haar hätte er mich umgerannt; vermutlich hatte er nicht damit gerechnet, dass ich anhalten würde. Sein Geruch hüllte mich ein. Erwachsener als früher, aber immer noch ganz er. Fast genau wie damals.

Ich konnte seinen Blick auf mir spüren und schaute ihn über meine Schulter hinweg an.

Er sah dem dreisten Typen so ähnlich, der mir meine Cookies gestohlen hatte, nachdem er das Auto meiner Mom nach Hause geschoben hatte. Der Typ, der Limonade auf die denkbar obszönste Art getrunken hatte und mich dazu gebracht hatte, mich zu fühlen, als würde die Welt nichts als unendliche Möglichkeiten für mich bereithalten. Sein Blick war eindringlich, Sorge umspielte seine Lippen – die Lippen, die noch genauso weich und stark aussahen wie in meiner Erinnerung.

Ich betrat das verdunkelte Zimmer und hielt die Tür offen.

Skeptisch zog er die Augenbrauen zusammen. Dies war ein Blick, den man in Horrorfilmen nie sah, wenn jemand in ein Zimmer eingeladen wurde, das ihm vorher versperrt worden war. Doch anstatt wegzulaufen, folgte er mir ins Innere.

Die Tür schloss sich hinter ihm und tauchte das Zimmer in Dunkelheit. Das Licht vom Innenhof leuchtete sanft durchs Fenster.

»Du willst es wiedergutmachen?« Ich fühlte mich, als wäre ich kurz davor, aus der Haut zu fahren. Würde das hier das Problem lösen? Nein verdammt, aber wenigstens würde ich mich wieder lebendig fühlen. So als hätte ich über irgendetwas in meinem Leben die Kontrolle, auch wenn ich damit die Träume von Dare abtötete, die nie aufgehört hatten.

»Natürlich, ich würde alles dafür tun.« Seine Antwort kam umgehend, als hätte er nur darauf gewartet, dass ich fragte.

»Zieh dich aus und leg dich aufs Bett.«

Ein keuchender, verwirrter Laut hallte durchs Zimmer. »Was?«

Ich zog mein Shirt aus und warf es zu Boden. Meine Schuhe schlugen gegen die Kommode, als ich sie von den Füßen kickte, bevor ich mit den Knöpfen meiner Jeans weitermachte. »Ich hab gesagt, zieh dich aus und leg dich aufs Bett.«

»Bay, ich dachte, wir könnten vielleicht bei einem Abendessen miteinander reden.«

Der ganze Mist, der zwischen uns vorgefallen war, verschwand hier in der Dunkelheit, und ich wollte einfach nur jemanden spüren, der mich sah. Ich wollte mit jemandem zusammen sein, der meinen Namen kannte und ihn auch aussprach. Mit jemandem, der mich anschaute, als könnte er nicht atmen, wenn ich ihn nicht berührte. Nach allem, was zwischen uns passiert war, wusste ich trotzdem, dass es so war. Dass er mein wahres Ich sah.

»Nicht reden. Du darfst nicht reden. Du hast gesagt, du würdest alles tun.« Ich griff nach seiner Jeans und zog an der Knopfleiste. Jeder Knopf ließ seinen Körper erbeben.

Sein Körper war noch muskulöser als vor vier Jahren.

Ich wollte ihn nicht wollen. Ich wollte nicht, dass mein Herz bereits bei einer simplen Berührung pochte, als hätte ich einen Sprint über den Campus hingelegt, weil ich zu spät zum

Unterricht kam. Ich wollte nicht, dass ich mir wünschte zu vergessen, wie er mir das Herz gebrochen hatte. Ich würde mir so viel Zeit lassen, wie ich brauchte, um wieder zu Verstand zu kommen. Ich wollte, dass alles bloß in meiner Vorstellung geschehen war.

Er legte die Finger um meine Handgelenke. Sein Griff war sanft, aber bestimmt. »Warum tust du das?«

»Weil ich es wissen muss. Ich muss wissen, ob es nur Zufall war. Ob es daran gelegen hat, dass es mein erstes Mal war, oder ob die Nostalgie mir einredet, dass es besser war, als es das tatsächlich gewesen ist.«

»Ein Test.« Sein Griff wurde fester, immer noch nicht zu fest, allerdings nicht mehr so sanft wie vorher.

»Nenn es, wie du willst.«

Er ließ meine Handgelenke los. Ich löste den letzten Knopf seiner Jeans und schob ihm die Hose nach unten, denn ich war so hungrig, wie ich es noch nie zuvor gewesen war. Es war, als wäre mein Sexualtrieb durch eine unbekannte Macht unterdrückt und gerade endlich wieder freigegeben worden.

»Bay«, stöhnte er, als er die Hände an meine Wangen legte.

Ich duckte mich, um mir die Jeans nach unten zu schieben und sie wegzutreten. Das Geräusch von Jeansstoff, der über Tassen und Töpfe strich, verriet mir, dass ich sie später aus dem Waschbecken würde angeln müssen.

Das schwache Licht von draußen erhellte seinen Blick, der genauso hungrig war wie meiner. Vielleicht sogar noch stärker. Völlig ausgehungert.

Ein Schauer lief mir über den Rücken und das Pulsieren zwischen meinen Beinen war so stark, dass es sich anfühlte, als wäre es schon immer dort gewesen und hätte nur darauf gewartet, dass ich es endlich bemerkte.

Ich leckte mir über die trockenen Lippen und bewegte mich

rückwärts auf mein Bett zu. Ich strauchelte, bevor ich mich wieder fing und mich mit gespreizten Beinen auf die Bettkante setzte.

Er hatte sich keinen Zentimeter bewegt. Seine Füße standen noch genau vor meinem Kleiderhaufen und plötzlich spürte ich ein zweifelndes Kribbeln im Bauch. Was, wenn er das hier gar nicht wollte? Womöglich wollte er sich einfach nur entschuldigen und sonst nichts? Vielleicht hatte er eine Freundin. Der Gedanke erschlug mich fast.

»Du hast gesagt, du würdest alles tun. Wenn du hierzu nicht bereit bist, kannst du gehen.«

Sein Kopf zuckte hoch, als hätte ich ihn geohrfeigt. »Das hier ist das, was du willst?« Er starrte auf meine Klamotten hinunter.

Ich musste mich schwer zusammenreißen, um nicht danach zu greifen und mir mein Shirt vor den nackten Körper zu halten. Um ihm nicht zu sagen, dass das alles nur ein dummer Scherz war, bevor ich ihn aus der Tür schob. Stattdessen straffte ich die Schultern in gespieltem Selbstvertrauen und schluckte den Schwall von Entschuldigungen herunter, der mir auf der Zunge lag; Ausreden, dass ich mir den Kopf gestoßen hatte oder unter dem Einfluss von starken Schlaftabletten stand.

Er war größer. Breiter. Besser?

Ich hatte den Drang, etwas zu fühlen, das dem, was er mich in Greenwood hatte empfinden lassen, auch nur ansatzweise nahekam, so lange unterdrückt – und jetzt verlangte er danach, dass ich Dare packte und ihn aufs Bett zerrte. Gleichzeitig fürchtete sich ein anderer Teil von mir davor, dass die Nostalgie meine Erinnerung verfälscht hatte.

»Man sollte meinen, dass es ziemlich eindeutig ist, nachdem ich es gesagt habe und dich und mich ausgezogen habe. Wenn du nicht willst, finde ich jemand anderen.«

Sein Blick bohrte sich in meine Augen, dann kam er, immer noch in seiner Jeans, zwischen meinen nackten Schenkeln zum Stehen.

Der Jeansstoff rieb sich an meiner Haut. Ich hätte ihn definitiv ganz ausziehen sollen, bevor ich mich ausgezogen hatte. Ich hatte angenommen, dass er sich sofort über mich hermachen würde, doch jetzt war ich nackt, und er stand mit offener Hose vor mir, nur wenige Zentimeter von meinem Gesicht entfernt.

Er roch nach wärmender Muskelsalbe, Seife und Waschmittel. So sauber und frisch. Die Gerüche riefen starke Erinnerungen in mir hervor.

Während er sich vorbeugte, legte er die Hände an mein Gesicht und ließ sie dann weiter nach unten an meinen Hals wandern.

Ich schluckte und zwang mich dazu, nicht die Nerven zu verlieren. Ich brauchte das hier. Ich verdiente es. Es war das Mindeste, was er tun konnte. Ich brauchte einen weiteren Schluck von dem Staunen und der Freiheit, die er mir gegeben hatte, indem er mit mir zusammen gewesen war. Auch wenn es nur so lange anhalten würde, bis wir beide gekommen waren. Ich verzehrte mich nach seiner Berührung, so als würde ich rückfällig, nachdem ich meiner Dare-Sucht für lange Zeit nicht nachgegeben hatte.

7

Dare

Sobald der Schock nachgelassen hatte, kehrte das drängende Verlangen zurück, das ich unterdrückt hatte, seitdem ich sie das letzte Mal im Arm gehalten hatte. Es war wie ein Hurrikan, der durch meinen Kopf brauste, mich nahezu vom Boden abheben ließ und zu ihr hinübertrug.

Ich lehnte den Kopf an ihren, während meine Hände ihren Hals streichelten und meine Fingerkuppen ihren Puls ertasteten, der unter meiner Berührung Amok lief. Sie war genauso ungeduldig wie ich.

Und sie war noch genauso wunderschön wie damals, als ich sie das erste Mal hatte singen hören. Nur musste ich mir ihre Berührung, ihren Duft und ihren Geschmack jetzt nicht mehr vorstellen. Ich hatte die überwältigende Glückseligkeit, die es mit sich brachte, solche Nähe mit ihr zu teilen, bereits erlebt und würde es nun wieder tun. Sie bot sich mir an, nachdem sie mir ausdrücklich gesagt hatte, dass sie mich nie wieder sehen wollte. Nachdem sie erneut in einem Raum voller Menschen über mich gesungen hatte.

»Willst du mir sagen, was los ist?«

»Nicht reden. Zieh dich aus oder verschwinde.«

Sie würde kein Wort sagen, bevor sie bekommen hatte, was sie wollte. Auch wenn ich nach wie vor nicht sicher war, was das genau war. Nachdem wir miteinander geschlafen hatten, würde sie vielleicht ihren Kopf auf meine Brust legen und ich würde mit ihren Haaren spielen, während sie mir erzählte, was los war. So wie sie es früher getan hatte. Ich musste wissen, was in ihrem Kopf vorging.

Also zog ich mir das Shirt über den Kopf und warf es auf den Kleiderhaufen. Meine Schuhe waren als Nächstes dran, allerdings kickte ich sie wesentlich weniger wild weg, als sie es getan hatte. Mir kam der Gedanke, dass das Ganze hier nur eine Masche war, um mich dazu zu bringen, mich auszuziehen, bevor sie mich nackt hinaus auf den Flur schob.

Ein Herzschlag, dann ein weiterer. Ich war ihr so nah. Immer noch so verliebt in sie, auch wenn ich nicht das Recht hatte zu glauben, dass ich noch immer einen Platz in ihrem Herzen verdient hatte. Aber sie ließ mich in ihr Bett. Das war ein Anfang. Und ich würde nehmen, was ich kriegen konnte – selbst, wenn sie mir nur kleine Bröckchen zuwarf. Alles für eine zweite Chance.

Ich schob meine Jeans nach unten und der schwere Stoff kam dumpf auf dem Boden auf.

Sie rutschte auf dem Bett nach hinten und ich kletterte ihr hinterher.

Meine Erektion pulsierte und forderte Aufmerksamkeit, bevor ich über den Abgrund katapultiert werden würde. Im Kopf ging ich alte Spielzüge durch, um mich zu beruhigen und das hier so lange wie möglich hinauszuzögern.

Die Sprungfedern der Wohnheimmatratze ächzten unter unserem gemeinsamen Gewicht.

Ich ließ die Hände an ihren Beinen auf und ab wandern.

Ihre weiche Haut fühlte sich unter meinen Fingerspitzen unendlich geschmeidig an. Sie bekam Gänsehaut.

An meinem unteren Rücken breitete sich ein Kribbeln aus.

Ich schob die Hände unter ihren Po und zog ihr das Höschen aus, bevor ich es über meine Schulter warf.

Langsam erkundete ich ihren Körper. Um den Moment auszukosten, aber auch, um sie nicht zu verschrecken und den Zauber zu brechen, der uns in seinem Bann hielt, seitdem ich dieses Zimmer betreten hatte. Wenn das hier ein Traum war, sollte er niemals enden.

Sie griff in die Schublade ihres Beistellschränkchens und wühlte darin herum, bevor sie ein Kondom herausholte. Dann drückte sie es mir an die Brust, zog die Hand jedoch hastig weg, als ich ihre Finger mit meinen bedeckte.

Ich riss die Folie auf und rollte mir das Latex über. Allein das Gefühl, ihn in ihrer Gegenwart in der Hand zu halten, drohte, das Ganze hier zu beenden, bevor es überhaupt richtig begonnen hatte.

Sie drängte mich näher zu kommen, indem sie die Beine um meine Taille schlang. Sie verschränkte sie fester, während sie den Blick auf die Stelle gesenkt hielt, an der unsere Körper kurz davor waren, sich zu vereinen. Noch ein Ruck unserer Hüften und ich glitt in sie hinein. Heiß, feucht und bereit. Aber das ging mir zu schnell.

Ich ließ mich über sie sinken und stützte die Arme neben ihrem Kopf ab.

Während ich das Becken nach vorn kippte, versank ich langsam immer mehr in ihr. Wonne überkam mich so plötzlich, dass ich mich fühlte, als würde ich ertrinken. Die Funken und das Prickeln bahnten sich einen Weg an meinem Rücken hinauf, bis ich Sterne vor den Augen sah.

Sie öffnete den Mund, hob das Kinn und bog den Rücken durch.

Das langsame Eindringen schien ewig anzuhalten.

»Schneller, Dare.«

Der Name berührte mich tief im Inneren und zupfte an einer Saite, die schon lange nicht mehr angeschlagen worden war. Ich war nicht länger Dare. Ich war nicht mehr Dare gewesen, seitdem ich mein ganzes Leben in mein Auto gepackt hatte. Doch bei ihr war ich es wieder. Ich biss die Zähne zusammen. Auf meiner Stirn bildete sich Schweiß, als hätte ich gerade eine harte Trainingseinheit hinter mir. Ein einzelner Stoß schien ein ganzes Leben lang anzudauern.

»Mehr.« Sie wiegte die Hüften, aber ich hielt sie mit einer Hand fest.

Sie verschränkte die Beine noch fester an meiner Taille. »Mehr.« Das Wort verlor sich in einem Keuchen, als ihre Finger meinen Oberarm umklammerten und mit jedem Zentimeter, den ich vordrang, fester zupackten. Und dann war ich ganz in ihr, unsere Hüften rieben aneinander.

Ihr Japsen wurde von einem Stöhnen unterbrochen. »Bitte, Dare. Bitte.« Atemlos und bebend wand sie sich unter mir. Ihr Körper zuckte in dem fast nicht vorhandenen Platz zwischen uns.

Ich blickte auf sie hinab und genoss die Lust, die in meiner Brust erblühte, bevor ich den Kopf sinken ließ, um ihre Lippen zu kosten.

Doch sie drehte den Kopf weg.

Meine Lippen landeten an ihrer Halsbeuge. Die Ablehnung versetzte mir einen Stich mitten ins Herz und ich musste gegen den Schmerz ankämpfen.

Die Muskeln in ihrem Inneren hielten mich fest im Griff, aber ich zog mich trotzdem zurück, um kraftvoll wieder in sie einzudringen, bevor ich das Gesicht in ihrem Haar vergrub.

Als ich die Geschwindigkeit erhöhte, erfüllte nicht nur das Ächzen des Bettes den Raum, sondern auch die melodischen Laute, die sie von sich gab. Das langsame, genüssliche Tempo wurde abgelöst von einer hungrigen, fieberhaften Eile. Das hier war eine Bestrafung für uns beide. Bestrafung für sie, weil sie mich in ihr Bett, aber nicht in ihr Herz ließ. Und Bestrafung für mich, weil es das war, was ich verdient hatte. Für immer und sogar noch länger, wenn es um Bay ging.

Schweißgebadet ließ ich den Kopf sinken und fing die feste Spitze ihrer Brust mit dem Mund ein, neckte sie mit der Zunge und den Zähnen, während ich weiterhin in sie stieß, kraftvoll und überwältigend. Ihre Muskeln zuckten. Sie krallte ihre Finger fest in mein Haar, zog daran, bevor sie aufschrie. Um das Geräusch zu dämpfen, presste sie sich die Faust vor den Mund, während sie sich gegen mich wiegte und ihren Höhepunkt bis zum Ende auskostete. Sie umklammerte mich so fest, dass ich mir auf die Lippe beißen musste, um mich zurückzuhalten. Der metallische Geschmack von Blut tanzte auf meiner Zunge.

Ein kurzer Schmerz in einem Meer aus Lust.

Erst als sie sich beruhigt hatte, gab ich nach und unsere Körper kollidierten, während ich mich in das Kondom ergoss. Mir blieb der Atem weg, als wäre er mir gestohlen worden und würde nie wieder zurückkehren. Es war so lange her, seit ich sie gespürt hatte, und ich fürchtete, dass es nie wieder passieren würde.

Ich brach über ihr zusammen, bevor ich mich zur Seite rollte und sie an mich zog.

Ihr Kopf lag auf meiner Brust, ihre Haare kitzelten auf meiner Haut.

Wärme breitete sich in meinem Körper aus. Nicht nur wegen des Orgasmus, sondern auch wegen ihrer Nähe. Ich konnte sie im Arm halten. Sie riechen. Sie spüren.

In der stillen Dunkelheit waren nur unsere schweren Atemzüge zu hören und dazu die gedämpften Stimmen, die draußen durch das Fenster hereindrangen.

Ich strich mit den Fingern über ihre Schulter und küsste sie auf den Kopf, bevor ich meine Wange dagegen drückte.

Seit dem Abend vor dem Talentwettbewerb hatte sie mir nicht mehr erlaubt, ihr so nahe zu sein. So lange war es schon her, dass ich in ihrer Gegenwart sein durfte, ohne dass sie mir die Tür vor der Nase zuknallte oder abhaute.

Seit Langem fühlte ich mich das erste Mal wieder, als würde mir nicht ein Teil meiner selbst fehlen. Als hätte man mir ohne meine Zustimmung einen Körperteil entfernt. Auf diese Weise in ihrer Nähe zu sein war die einzige Möglichkeit, wie ich mich wirklich vollständig fühlen konnte. Auch wenn der Phantomschmerz noch ab und zu aufflackerte.

Und dann war der Moment vorbei. Das warm glühende Gefühl wurde mir entrissen.

Sie sprang aus dem Bett und griff nach ihren Klamotten, riss sie an sich, als hätte jemand den Feueralarm ausgelöst. Die Rundungen ihrer Brüste verschwanden unter einem T-Shirt und sie schob die Beine in ihre Jeans, bevor sie sie zuknöpfte.

»Bin ich entlassen?« Ich seufzte und schwang die Beine vom Bett, wo meine Füße auf dem fadenscheinigen Teppich landeten, der auf dem Betonboden lag. Es fühlte sich an wie Politur, die einfach auf den harten, kalten Zement geklatscht worden war.

»Manchmal muss man einfach seine Bedürfnisse befriedigen.« Sie band sich die Haare zu einem Pferdeschwanz hoch, während sie in ihren Spiegel sah.

»Du trägst mein Shirt.« Ich nickte in Richtung des dunkelgrünen T-Shirts, das sie anhatte.

Nach einem Blick nach unten fluchte sie leise und zog es hastig aus. »Hier.« Sie hielt mir das Stück Stoff hin, als wäre es eine Beleidigung für ihre Augen, und wartete nicht einmal, bis ich danach gegriffen hatte, bevor sie es einfach in meine Hand fallen ließ.

»Können wir jetzt reden?« Mit zitternden Händen knöpfte ich mir die Hose zu, während das Hochgefühl, das ich empfand, weil ich sie endlich wieder im Arm hatte halten dürfen, nur widerwillig nachließ.

»Wozu? Es gibt nichts zu sagen.«

»Es gibt einiges zu sagen.« Ich zog mir das T-Shirt über den Kopf.

»Na gut. Sag, was du zu sagen hast, damit wir das Ganze hinter uns lassen und weitermachen können.« Sie hatte mir immer noch den Rücken zugewandt.

»Es vergeht kein einziger Tag, an dem ich nicht daran denke.« Ich schluckte. Der Kloß in meinem Hals wollte sich einfach nicht lösen.

»Ich denke kaum daran.« Sie ging zu ihrem Kühlschrank und holte ein Bier heraus, öffnete es und nahm einen Schluck. Mit der Flasche in der Hand drehte sie sich um und lehnte den Rücken an die Küchenzeile.

»Ich habe dich wirklich geliebt.« Und tat es immer noch. Ich würde sie immer lieben. »Mehr als ich je irgendwen geliebt habe. Verdammt, du bist die erste Person gewesen, die ich je geliebt habe.«

»Die Erste, der du gesagt hast, dass du sie liebst? Und ich hab immer gedacht, das wäre die perfekte Taktik, um Frauen ins Bett zu kriegen.«

»Ich habe nicht gesagt, dass du die Erste warst, zu der ich ›Ich liebe dich‹ gesagt habe. Du warst die Erste, die ich wirklich geliebt habe.«

Ihre Augen wurden groß, und sie klammerte sich mit der freien Hand an die Arbeitsplatte. »Dann will ich lieber nicht wissen, wie es ist, wenn du jemanden hasst.« Sie trank mehr von ihrem Bier.

»Was an diesem Tag passiert ist …« Ich schüttelte den Kopf.

Der Ausdruck in ihren Augen und ihr Schrei. Die Erinnerung daran suchte mich ständig heim. »Es gibt nichts, was ich in meinem Leben mehr bereue.«

»Geht mir genauso.«

»Als du diesen Song gesungen hast …« Ich ballte die Hände zu Fäusten. Sie musste wissen, dass das nicht ich gewesen war. Dass ich nicht so war und ihr gegenüber nicht so sein wollte. »Es hat sich angefühlt, als hättest du mich vor der ganzen Schule bloßgestellt. Dieses Geheimnis offengelegt, das ich jahrelang für mich behalten habe. Du hast es ins Licht gehalten und vor allen darüber gesungen. Vor Leuten, die mich kannten; ich konnte mitverfolgen, wie es bei ihnen Klick gemacht hat.«

Sie stellte die Flasche ab. »Ich habe dich nie erwähnt. Niemand wusste, dass wir uns kannten.«

»Du hast recht. Und das meiste davon ist wahrscheinlich nur in meinem Kopf passiert. Knox hat sich das Ganze in wenigen Sekunden zusammengereimt. Einen Tag bevor du von der Sache mit meinem Dad erfahren hast, habe ich ihm davon erzählt. Daher war ich zu dem Zeitpunkt kaum bei Sinnen. Und danach ist alles verschwommen: Als wir in den Backstagebereich gegangen sind. Als ich vor dir ausgeflippt bin.« Ich schloss die Augen und kniff sie zusammen, als könnte ich die verblassten Erinnerungen von damals auslöschen. Aber das konnte ich nicht und so sehr ich es mir auch wünschte, ich verdiente es nicht, frei von ihnen zu sein. Sie dienten als Warnung dafür, dass ich nie wieder zulassen durfte, dass so etwas geschah.

»Die Gitarre deines Dads zu zerstören …« Meine Stimme brach. Ich fühlte mich, als würde mir jemand auf die Brust treten, als würde der Stiefel meines Vaters wieder einmal auf mir landen. Und ich wusste, dass ich es verdient hatte.

Ihre Nasenflügel bebten, und ihre Augen glänzten feucht. »Was passiert ist, ist passiert. Du hast gesagt, was du zu sagen hattest. Jetzt geh.«

Ich schüttelte den Kopf. »Hör auf, dich zu verschließen, wenn ich versuche, mit dir zu reden.« Die Muskeln in meinem Nacken krampften sich zusammen.

»Was willst du von mir hören, Dare?« Sie spie mir die Worte entgegen. »Dass ich zwischen dem Talentwettbewerb und dem Abschluss tagelang geweint habe – buchstäblich? Dass ich vom Weinen so benebelt war, dass ich mich an kaum etwas erinnere, bevor ich ins Flugzeug gestiegen und hergeflogen bin? Dass ich mich dafür gehasst habe, mich von dir benutzen zu lassen?« Ihre erhobene Stimme prallte an den kahlen Wänden ab und sie hielt sich an der Küchenzeile fest, als wäre sie das Einzige, was sie noch aufrecht hielt.

»Ich habe dich nicht benutzt.« Ich trat auf sie zu.

»Du hast mich gevögelt und dann mein Herz gebrochen.« Wut und Demütigung brannten in ihrem Blick.

»Wir haben nie gevögelt.«

»Doch, gerade eben.« Sie zeigte auf die zerwühlten Laken auf ihrem Bett. »Was mit deinem Dad passiert ist, war abgefuckt und hätte dir nie passieren dürfen.« Sie schüttelte den Kopf. »Die ganzen Leute in deinem Leben, die dich im Stich gelassen haben – das ist unverzeihlich. Grauenvoll. Ich kann mir nicht … nicht mal ansatzweise vorstellen, was du durchgemacht hast. Aber ich konnte einfach nicht mit jemanden zusammen sein, der mich so verletzen kann.« Sie deutete mit dem Finger auf ihre Brust. »Wie du mich verletzt hast.« Ihre Stimme brach. »Von so was erholt man sich nicht. Du kannst nicht einfach ein paar Worte sagen, dich entschuldigen und schon sagen wir ›Schwamm drüber‹ und machen weiter.«

»Wenn du mir bloß …«

»Sorry, zweite Chancen für Leute, um mir ein weiteres Mal das Herz zu brechen, sind uns leider gerade ausgegangen. Ich hatte nur eine davon, und die ist schon benutzt worden. Du bist etwas mehr als drei Wochen hier. Unsere Wege müssen sich nie wieder kreuzen. Wenn du mich den Gang entlanggehen siehst, kannst du einfach einen anderen Weg nehmen. Ich werde das Gleiche tun.«

»Und wenn ich das nicht will?«

Ihr Gesicht verwandelte sich in eine Maske des Zorns, und Tränen glitzerten in ihren Augen. »Das hast du nicht zu entscheiden. Ich will es so.«

»Warum hast du mich in dein Bett gelassen?« Anstatt eine Tür zur Vergebung zu öffnen, hatte sie sie mir vor der Nase zugeschlagen.

»Ich musste mir selbst was beweisen.« Sie verschränkte die Arme vor der Brust.

»Und was war das?«

Abwehrend reckte sie das Kinn vor und starrte mich trotzig an. »Dass es alles nur Einbildung war. Dass dadurch, dass du mein erstes Mal warst, ein Fehler in meinem Hirn entstanden ist, der verdrängt hat, wie es wirklich war.«

Das war erst das zweite Mal, dass wir miteinander geschlafen hatten, und ich hatte mich noch mit keiner anderen gefühlt wie mit ihr. Ich konnte die Erfahrung mit keiner anderen vergleichen. Es gab keinen Vergleich. Nichts kam Bay auch nur ansatzweise nahe.

»Und?«

»Ich hatte recht.« Sie zuckte mit den Schultern und lächelte selbstgefällig, doch es wirkte gezwungen, und ich konnte kein zufriedenes Glitzern in ihren Augen entdecken, wie ich es erwartet hatte. »Muss mein überstrapaziertes jungfräuliches

Gehirn gewesen sein.« Sie schnappte sich meine Sneakers und drückte sie mir gegen die Brust.

»Wir sind nicht mehr die Menschen von damals.« Ich ließ zu, dass sie mich zur Tür schob.

»Das stimmt. Und ich bin nicht dumm genug, um noch mal auf dich reinzufallen.«

»Du hast es heute auch gespürt. Du fühlst es jetzt noch, Bay.« In meiner Brust breitete sich Panik aus, als wäre sie immer dort gewesen und hätte nur darauf gewartet zuzuschlagen, mich am Fußgelenk zu packen und mich tiefer in das Loch zu ziehen, an dessen Rand ich mich gerade noch so hatte festhalten können.

»Ich fühle gar nichts.« Die Tür schlug vor meinem Gesicht zu.

Und ich stand alleine auf dem Flur – schon wieder.

Der Aufzug brachte mich zu meiner Etage, wo ich meine Schlüsselkarte benutzte, um ins Apartment zu gelangen. Das Footballvideospiel Madden dröhnte aus dem Flachbildfernseher, der im Wohnzimmer aufgestellt worden war.

Knox spähte über die Rückenlehne des Sofas zu mir herüber.

»Was zur Hölle ist denn mit dir passiert?« Er beäugte die Sneakers, die ich immer noch in der Hand hielt. »Du warst bei Bay, oder?«

Ich nickte.

»Willst du drüber reden?«

Ich schüttelte den Kopf und ging in mein Zimmer.

»Falls doch, weißt du ja, wo du mich findest.«

Ich legte mich ins Bett und starrte an die Decke. Ich hatte nicht einmal geduscht, weil ich ihren Geruch nicht wegwaschen wollte. Je länger ich dort lag, desto schwieriger wurde es, stillzuhalten – mich zu beruhigen und wieder zur Ausgeglichenheit der letzten vier Jahre meines Lebens zurückzukehren.

Mein Handy vibrierte auf der Kommode neben meinem Bett. Wieder eine unbekannte Nummer. Ich biss die Zähne zusammen, blockierte sie und löschte die Nachricht, ohne mehr als die ersten paar Worte zu lesen. Eine Sekunde hatte ich gehofft, dass es Bay wäre. Aber es war nur mehr von dem Mist, mit dem ich mich schon den ganzen Sommer über herumplagte.

Vielleicht war das der Grund, warum ich meine Nummer nicht gewechselt hatte. Ich wollte eine Verbindung zu Bay, hatte gehofft, dass sie sich irgendwann melden würde. Dieser Tag war jedoch nie gekommen. Und jetzt hatte ich eine Chance gehabt, mit ihr zu sprechen, sie im Arm zu halten. Sobald das Trainingslager vorbei war, würde ich mir eine neue Nummer zulegen und – Hoffnung brannte hell in meiner Brust – sie und ich würden endlich einen Weg finden, die Vergangenheit hinter uns zu lassen.

Ich schoss aus dem Bett hoch und zog Shorts und ein T-Shirt an, schob die Füße wieder in meine Sneakers und schon war ich draußen. Die schwüle Sommerluft hatte ein wenig abgekühlt, doch während ich im Zickzack über den Campus lief, fühlte sich mein Körper erhitzt an von all den Emotionen, die sich wie endlose Wellen an den Klippen brachen.

Sie hasste mich. Mit der Hitze von tausend Sonnen hasste sie mich.

Mir fiel nichts ein, womit ich das hätte ändern können. Widerwillig duschte ich nach meiner Joggingrunde, die mich an den Rand der Erschöpfung gebracht hatte. Morgen würde ich dafür bezahlen, genau wie ich immer für alles bezahlte. Ich wusste einfach nicht, wie ich die Sünden meiner Vergangenheit wiedergutmachen sollte, wenn es so wehtat, ihnen ins Auge zu sehen. Vor allem, wenn sie mich ebenfalls ansahen, mit einer Hand in meinem Nacken, und mir das Gefühl gaben, ich könnte mir ihre Vergebung eines Tages verdienen.

8

Bay

»Es tut mir leid.« Spencer drehte seinen Stuhl zu mir um.

»Lass uns einfach arbeiten.« Ich loggte mich in den Computer ein.

»Ich habe das nicht gemacht, um dich zu verärgern oder absichtlich auszuschließen.«

Ich bedachte ihn mit einem ausdruckslosen Blick.

»Okay. Aber ich wollte dich wirklich nur beschützen. Wir haben alle gefeiert und Pläne für den Herbst gemacht, wenn du ja nicht mehr hier sein wirst. Da dachte ich halt, dass es mehr wehtun würde, wenn du dabei wärst.«

»Ich hätte gerne selbst entschieden, was zur Hölle ich tun will. Aber hier während dieser fetten Party reinzuplatzen und nicht zu wissen, was abgeht …« Kopfschüttelnd kniff ich die Lippen zusammen. Gerade als ich gedacht hatte, dass ich endlich Teil von etwas wäre – einer Gruppe, eines Teams, einer neuen behelfsmäßigen Familie –, war ich schon wieder außen vor.

Es schien, als wäre ich so unsichtbar wie in der Highschool. Der ganze Fortschritt, den ich in den letzten vier Jahren gemacht hatte, war einfach weggewischt worden. In mehr als nur einer Hinsicht. Der Rückfall mit Dare war bei Tageslicht betrachtet ein kolossaler Fehler gewesen.

Was zur Hölle hatte ich mir nur dabei gedacht?

»Sorry, dass ich mich wie ein Arschloch verhalten hab.«

»Keine Sorge, sobald ich weg bin, wirst du mich nicht mehr ansehen müssen, und es wird dir so vorkommen, als wäre ich nie hier gewesen.«

Ich würde durch jemand Neues ersetzt werden und Spencer würde mich nur noch als das Mädchen in Erinnerung haben, das fortgegangen war, um Buchhalterin zu werden. Der Job, für den ich mich bei den Göttern des Lebenslaufs bedanken sollte, fühlte sich eher wie eine Schlinge um meinem Hals an, die sich langsam zuzog.

Wir zuckten beide zusammen, als das Telefon im Studio klingelte. Uns rief nie jemand an.

Spencer hob ab, wobei er den Hörer beäugte, als hätte er noch nie zuvor so ein Gerät gesehen. »Hallo?« Er zog die Augenbrauen zusammen und legte den Kopf schief. »Ja, sie ist hier.«

Jetzt war ich noch irritierter, streckte aber dennoch die Hand aus.

Anstatt mir das Telefon zu geben, legte er auf. »Walter kommt her.«

»Walter? Du meinst *Walter* Walter? Walter aus der A&R-Abteilung? Warum zum Teufel kommt er her?«

Er zuckte mit den Schultern. »Sein Assistent hat gerade gefragt, ob du da bist.«

»Niemand, den wir in den letzten … drei, nein, eher sechs Monaten hier im Studio hatten, war es wert, dass Walter mehr als drei Sekunden zuhören würde.«

»Du meinst, die sprechenden Hausfrauen werden nicht demnächst in den Charts auftauchen?«

»Nicht, wenn er sich um die Gesundheit und das Wohlergehen irgendeines Menschen oder sogar Hundes sorgt, der diesem Gekreische ausgesetzt werden könnte.«

Licht fiel in den Raum. Walter stand im Türrahmen, seine

Silhouette hob sich von der Beleuchtung im Korridor ab, sodass er noch größer erschien. Er war Mitte fünfzig, sprach jedoch ständig von der Britischen Invasion und Woodstock, als wäre er persönlich dabei gewesen, was ihn älter wirken ließ. Die gerahmten Bilder in seinem Büro, die wir während der vierteljährlichen Praktikumsgespräche gesehen hatten, zeigten, welch enge Beziehungen er im Laufe seiner Karriere geknüpft hatte. Einige der größten Namen der Musikbranche waren von ihm entdeckt worden.

Seine Frisur ließ ihn aussehen wie einen Buchhalter, aber das Tattoo, das aus seinem Hemdkragen herauslugte, ließ auf ein wesentlich abenteuerlicheres Leben schließen.

Spencer und ich standen auf. Ich bekam dieses seltsame Gefühl in der Magengegend, das einsetzte, bevor man den Sicherheits-Check am Flughafen passierte. So als hätte man versehentlich Sprengstoff in seine Tasche gepackt oder vergessen, dass man jemanden umgebracht hatte.

»Setzt euch ruhig.« Er gestikulierte mit den Händen, knöpfte sein Jackett auf und nahm auf der Armlehne des Sofas Platz. »Ich dachte mir, ich komme dich mal besuchen.« Er hatte die Hände verschränkt, doch seine Zeigefinger deuteten auf mich.

Spencer und ich wechselten einen verwunderten Blick.

»Mich?«

»Dich. Ich war am Dienstag beim Karaoke.« Er lächelte. Seine Zähne schimmerten selbst im gedimmten Studiolicht noch perlweiß. »Du hast alle umgehauen.«

Mir schnürte sich die Kehle zu. »Ich war ganz okay.«

»Okay. Jeder Typ da drinnen hätte dir aus der Hand gefressen.«

»Es war ein ungewöhnliches Publikum. Einige der Footballspieler wohnen im Campuswohnheim – sie wollten mich nur unterstützen.«

Er schnalzte mit der Zunge. »Ich habe einen sechsten Sinn für so was, Bay. Und du hast eine Stimme. In welches Genre würdest du dich einordnen?« Er wedelte mit der Hand vor mir herum.

»Ich mag von allem ein bisschen.«

»Aber was kannst du singen?«

Nichts. Ich kann absolut nichts singen, außer Dare ist im Raum, also … »Wenn ich die Noten lesen kann, kann ich auch singen.«

»Oh, du spielst ein Instrument.«

Meine Kehle wurde noch enger. »Gitarre. Ich spiele Gitarre.«

»Sie hat für *Without Grey* gespielt und ist auf einem ihrer Alben zu hören.«

Walters Kopf zuckte hoch und seine Augen wurden groß. »Du hast was?«

Ich zupfte an meinem Ohrläppchen. »Das war vor vier Jahren. Damals in der Highschool. Sie haben jemanden gebraucht, der für ihr Album die Rhythmusgitarre spielt, und ich war zufällig da, also habe ich's gemacht.«

»Du hast bei *Hometown Whispers* mitgespielt?«

Ich warf Spencer einen Blick zu und presste die Lippen aufeinander. »Ist keine große Sache. Es war nur eine Studiosession.«

Walter holte sein Handy heraus und kniff prüfend die Augen zusammen. Nach ein wenig Tippen und Scrollen auf dem Bildschirm stieß er ein anerkennendes Schnauben aus und schaute zu mir herüber.

»Na, schau mal einer an. Du stehst im Begleitheft.« Er verschränkte die Arme vor der Brust und musterte mich eindringlich, als würde er mich zum ersten Mal sehen.

Ich stützte die Hände auf die Armlehnen meines Stuhls und versuchte, nicht zu zappeln oder schreiend aus dem Zimmer zu laufen.

»Weißt du, wie viele untalentierte Deppen schon vor mir gestanden und was von irgendeinem Talent gefaselt haben, dem nicht mal ihre eigene Mutter zustimmen würde?«

»Wir machen hier jede Woche eine Menge Aufnahmen, also nehme ich an, es sind ziemlich viele.« Mein Lachen klang eher nach einem Röcheln.

»Tausende. Tausende von Schrott-Demos, die jeden Tag in meinem Posteingang landen. Und ich kann dir innerhalb von dreißig Sekunden sagen, ob sie ein Hit werden oder nicht. Weißt du, wie viele ich mir im letzten Jahr von Anfang bis Ende angehört habe?«

»Ein paar Hundert?«

»Drei. Dieses Jahr habe ich mir drei angehört.« Er nannte die Namen dieser drei. Sie alle hatten dieses Jahr Debütalben herausgebracht, die an die Spitze der Charts geschossen waren.

»Aber ich möchte deine Story hören, Bay. Ich habe mir deine Arbeitsakte angesehen. Du bist seit drei Jahren hier und noch nie ist eins deiner Demo-Tapes auf meinem Schreibtisch gelandet. Dabei hat sogar Spencer mir eins geschickt.«

Mein Kopf schnellte in Spencers Richtung.

Er ließ den Kopf sinken und zupfte an nicht vorhandenen Fusseln auf seiner Jeans.

»Du dagegen …« Er beugte sich vor und stützte das Kinn auf die ineinander verschränkten Hände. »Du hast Talent, im Gegensatz zu so vielen anderen.«

Spencer verzog neben mir das Gesicht. Sorry, Kumpel.

»Es war bloß Karaoke.«

»Und du versuchst immer noch, es mir auszureden.«

Sein Blick verengte sich, und ein Lächeln umspielte seine Lippen. »Eine äußerst interessante Entwicklung. Schreibst du eigene Musik?«

»Ein bisschen.«

Sein Lächeln wurde breiter, und er schlug sich auf die Knie. »Dann lass mich dein Demo-Tape hören.«

Die Armlehne meines Stuhls erschien mir plötzlich weitaus interessanter als der Typ, der hier hereingekommen war und die Macht hatte, mein Leben mit nur einem Anruf zu ändern. »Ich habe keins.« Außer er wollte sich gerne dreißig Minuten lang anhören, wie ich Gitarre spielte und meine Stimme brach und quietschte, als würde mich jemand erwürgen.

Er legte den Kopf schief. »Wie wäre es dann, wenn du mir einfach jetzt was vorsingst?«

Ich quiekte so laut, dass sowohl Spencer als auch Walter aufschreckten. Ich leckte mir die Lippen, bevor ich aufsprang und Walter fast auf den Schoß fiel. »Ich habe meine Gitarre nicht dabei.«

Er zog die Augenbrauen zusammen und lachte. »Ich bin sicher, wir können hier irgendwo eine für dich auftreiben.«

»I…Ich muss ins Wohnheim zurück, meine Schicht fängt gleich an.«

Seine Mundwinkel bogen sich nach unten. »Ich sag dir was: Bis Montagmorgen lässt du es mir zukommen. Das gibt dir mehr als genug Zeit.«

Und damit gewährte er mir zusätzliche zweiundsiebzig Stunden. Hoffentlich würde ich ihm am Ende nicht einfach mitteilen müssen, dass ich es nicht konnte, egal für wie vielversprechend er mich hielt.

Walter stand auf und knöpfte sich das Jackett wieder zu. »Wenn ich dich nicht vor einem Raum voller Menschen hätte singen sehen, würde ich diese verrückte Idee vielleicht noch einmal überdenken. Aber wenn du ein bisschen Vorbereitungszeit brauchst, dann ist das in Ordnung. Ich höre mir dein Demo-Tape an, und dann sehen wir weiter.«

Hoffnung brannte in mir wie der Sonnenbrand, der mich

eine Woche lang geplagt hatte, nachdem ich im letzten August bei der Orientierungswoche für die neuen Studenten ausgeholfen hatte. Er hatte schrecklich wehgetan, doch der Funnel Cake, den es traditionellerweise auf Jahrmärkten und ähnlichen Veranstaltungen gab, und die dreizehn Runden auf der Wasserrutsche waren das Ganze wert gewesen.

Das hier war meine Chance, meine einzige Gelegenheit, weiterhin etwas mit Musik zu tun haben zu können. Oder vielleicht sogar selbst Musik zu machen.

Das Blut stieg mir zu Kopf, und ich sah Sternchen vor den Augen. Walter dachte, dass ich es schaffen könnte. *Der* Walter Mills glaubte, dass ich ihm ein Demo-Tape präsentieren konnte, das er sich anhören wollte. Allerdings blieben mir lediglich zwei Tage. Ich hatte schon einmal gesungen und ich würde wieder singen. Vielleicht war genug Zeit vergangen und ich würde es schaffen. Die meisten Musiker brauchten Wochen oder Monate für ihre Demo-Tapes, doch ich hatte zwei Tage.

Mit einem gemurmelten Abschiedsgruß an Spencer verließ ich das Studio und fuhr zurück ins Wohnheim.

Scheiß auf die Kosten von Ferngesprächen – ich rief Piper an. Seitdem sie nach ihrem Abschluss umgezogen war, hatten wir nicht mehr miteinander geredet. Das war einige Wochen her. Möglicherweise hatte ich es auch vermieden, sie anzurufen, um ihr nicht von Dare erzählen zu müssen.

»Ist alles okay?«

»Scheiße. Nein. Ich meine, ja. Alles ist gut. Ich wollte dich nicht erschrecken.«

»Weißt du, wie spät es ist?«

Ich sah auf die Uhr. »Nein, wusste ich nicht. Sorry.«

Sie gähnte. »Jetzt bin ich wach. Was ist los?«

»Einer der Typen aus der A&R-Abteilung des Studios, in dem ich arbeite, will ein Demo-Tape von mir hören.«

»Das ist irre, Bay! Du singst endlich wieder? Ich kann's nicht glauben. Alle in Greenwood haben deinen Song geliebt, aber du hast nie wieder davon gesprochen, noch mal aufzutreten.«

»Ich trete nicht auf, es ist nur ein Demo-Tape.«

»Ist der Sinn eines Demo-Tapes nicht, dass du irgendwann auftrittst?«

Mein Mund wurde staubtrocken. »Möglich.«

Noch ein Gähnen. »Solange du bloß endlich wieder singst, bin ich froh.«

»Ja …« Ich hielt auf meinem Parkplatz. »Sorry, dass ich dich geweckt habe. Aber ich musste es einfach jemandem erzählen.«

»Kein Problem.« Sie klang, als wäre sie bereits wieder eingeschlafen, bevor ich überhaupt aufgelegt hatte.

Ich lehnte die Stirn ans Lenkrad und redete mir gut zu. Ich konnte das. Walter hatte meine Stimme gefallen. Ich hatte genug Songs, die ich für ihn würde singen können. Jetzt musste ich nur noch herausfinden, wie. Ich hatte es schon einmal geschafft. Nun würde ich es eben noch ein weiteres Mal schaffen müssen.

Das Trainingslager war in vollem Gang. In den Korridoren waren so viele Menschen, dass man mit ihnen mindestens ein halbes Stadion hätte füllen können. Heute Abend hatte ich eine Schicht im Postraum und nachts Bereitschaft. Doppelte Verpflichtung für freie Kost und Logis den ganzen Sommer über hatte sich gut angehört. Nur jetzt gerade fühlte es sich an, als würde ich nicht nur die Produktion leiten, sondern außerdem jedes Instrument für ein noch namenloses Album spielen, während ich außerdem die Hausmeisterin gab.

In meinem Zimmer angekommen, stand ich kurz vor meinem Schrank, bevor ich die Türen aufzog. Der Gitarrenkoffer, den ich die letzten drei Jahre besessen, aber nicht geöffnet hatte, starrte mir wie ein Waisenkind entgegen.

Mir juckte es in den Fingern, wieder Saiten anzuschlagen. Ich schob meinen Reisekoffer beiseite und holte den Gitarrenkoffer heraus, bevor ich ihn auf mein Bett legte. Ich öffnete die Verschlüsse und fuhr mit den Händen über das glatte Holz. Das Preisschild am Gitarrenkopf zeugte davon, dass ich das Instrument noch nicht einmal eingeweiht hatte.

Ich drehte die Gitarre und spähte dann zum Kühlschrank in meiner Küche hinüber. Darin befanden sich ein Sechserpack Cider und eine Flasche Rum mit meinem Namen drauf, falls ich das hier nicht ohne Alkohol durchziehen konnte.

Im *Kara Karaoke* vor Publikum zu singen hatte sich angefühlt, als würde ich über den Wolken schweben. Ich hielt mich an diesem Gefühl fest und versuchte, es gedanklich zu rekonstruieren. Ich stellte mir das Meer von Menschen und sogar das Rumoren meines Magens vor.

Das Metall drückte gegen meine Fingerkuppen, als ich sie am Hals der Gitarre auf und ab bewegte, um mich langsam in den Song gleiten zu lassen.

Stimmen und Lärm drangen durch meine Tür, und die Töne blieben mir im Halse stecken. Es war, wie wenn man den Schlüssel in die Zündung eines Autos steckte und nur unwilliges Stottern hörte. Ich griff nach einem Ersatzpäckchen mit Saiten, um jene zu ersetzen, die sich ab Werk auf der Gitarre befanden. Der stumpfe, flache Klang half mir nicht. Nachdem ich sie neu aufgezogen und gestimmt hatte, setzte ich mich hin und alles war wie vorher. Es lag gar nicht an den Saiten. Es lag an mir.

Und dann befand ich mich wieder genau da, wo ich angefangen hatte. Ich stürzte im freien Fall von einer Klippe und wusste nicht, wann ich auf dem Boden aufkommen würde. Doch jetzt wusste ich, was ich zu tun hatte.

9

Dare

Während der letzten fünf Tage war ich nach dem Training immer ins *Kara Karaoke* gegangen. An Trainingsabenden hörten wir nicht vor neun Uhr auf und die Abende, an denen wir Meetings hatten, endeten nicht vor sieben, also kam ich immer später dort an als beim letzten Mal, als ich Bay dort gesehen hatte. Ihre Freunde hatten jedoch auf dem Weg nach draußen gesagt, dass sie hofften, sie würde beim nächsten Mal wieder singen.

So kurz vor der Ausgangssperre noch auszugehen war riskant, doch sie hatte sich als ein Profi erwiesen, wenn es darum ging, mir tagsüber aus dem Weg zu gehen. Mir blieb ohnehin kaum Zeit, zwischendurch mal auf die Toilette zu gehen, geschweige denn nach ihr zu suchen. Einige der Jungs hatten bereits für ihre Verspätung Strafe zahlen müssen. Die konnten diese Schecks allerdings im Schlaf ausstellen. Der Rauswurf aus dem Team würde für mich jedoch bedeuten, dass ich drei Monate Lebenshaltungskosten aus dem Fenster werfen würde. Das Risiko nahm ich dennoch in Kauf, wenn ich dafür die Chance bekam, ein paar Minuten mit ihr verbringen zu können.

Ich war fest entschlossen, hier zu sein, wenn Bay das nächste Mal auftrat. Selbst nachdem sie mir oft genug eine Abfuhr erteilt hatte, war ich mir nicht zu fein vorzugeben, dass ich ihr zufällig über den Weg lief. Immer mit der Hoffnung, dass eine Begegnung mit ihr meinen Kopf frei machen würde. Wenn sie in der Nähe war, setzte bei mir der Tunnelblick ein und ich konnte nichts dagegen tun.

Seitdem ich sie in den Armen gehalten hatte, waren meine Träume lebhaft gewesen, auch wenn es weniger als eine Stunde gedauert hatte, bis sie mich wieder rausgeschmissen hatte. Dank unserer gemeinsamen Nacht war meine Fähigkeit, die Kontrolle zu behalten und ihr fernzubleiben, wieder auf null gesetzt worden. Also nein, ich war noch kein Stalker, doch ich war nah dran.

Als ich bei den Tischen ankam und sie entdeckte, blieb ich so abrupt stehen, dass jemand von hinten gegen mich lief.

Mein Herz schlug Saltos. Die ganze explosive Energie, die mir auf dem Spielfeld eingetrichtert worden war, kam hoch und ich stürzte auf sie zu, als würde sich ein Touchdown-Pass in meine Richtung bewegen.

In letzter Sekunde schaffte ich es abzubremsen, damit ich nicht gegen ihren Tisch knallte, und atmete kurz durch.

Sie saß alleine da und hatte den Kopf auf die Hände gestützt; einige leere Gläser standen vor ihr. Dann schoss sie aus dem Stuhl hoch und schwankte kurz, bevor sie schlingernd Richtung Bühne ging, als befände sie sich an Deck eines Schiffes. Sie stützte die Hände gegen die Wand und beugte sich vor, als würde sie sich gleich übergeben, bevor sie den Kopf hob, die Bühne anstarrte und einen Schritt zurückwich.

Ich stand neben ihrem Tisch und hielt mich an der Lehne ihres Stuhls fest.

Sie bemerkte mich nicht einmal. Und sie war sturzbesoffen. Wo zur Hölle steckten ihre Freunde?

Angesichts der Tatsache, dass sie alleine hier war, ballte sich Wut in meiner Brust zusammen wie eine Gewitterwolke.

»Ist sie diejenige, nach der du gefragt hast?« Die Kellnerin zeigte auf Bay.

Bay ging wieder auf die Stufen zur Bühne zu, bevor sie die Hände auf die Knie stützte.

»Ja.« Ich presste die Lippen zusammen, während ich ihr dabei zusah, wie sie auf dem Weg zur Bühne schwankte und gegen Tische stieß. War es normal für sie, ständig betrunken zu sein? Der Alkohol schien sie in einen seltsamen Zustand versetzt zu haben, denn sie entschuldigte sich ungewöhnlich oft. Und zwar bei allem, gegen das sie stieß – auch bei Gegenständen.

»Tja, du kannst ihr sagen, dass sie nichts mehr bekommt.« Die Kellnerin hielt die gefaltete Quittung hoch, bevor sie sie zwischen zwei der Gläser klemmte.

Ich bezahlte sie mit ein paar Zwanzigern, die für die Rechnung und das Trinkgeld reichten.

Kurz darauf kehrte Bay zum Tisch zurück. Ihre Augen wurden groß, bevor sie den Mund öffnete. »Na, wenn das mal nicht der Mann der Stunde ist.« Ihr Lächeln wirkte etwa so freundlich wie das eines Raubtiers. Sie war ganz und gar nicht so erfreut über unsere Begegnung wie ich.

Dachte sie auch nur zu einem Zehntel so oft an unsere gemeinsame Nacht wie ich? Oder an die Zeit, die wir miteinander verbracht hatten? Jetzt mit ihr zu sprechen stand außer Frage. Da sie sturzbetrunken war, bestand mein einziges Ziel darin, sie sicher nach Hause zu bekommen.

»Na, dann bringen wir dich mal zurück zu deinem Apartment.« Ohne sie richtig zu berühren, legte ich ihr den Arm auf die Schulter, um sie zum Ausgang zu führen. »Wo sind deine Freunde?«

Sie schnappte sich ihre Handtasche von der Stuhllehne und fing an, die Titelmusik von *Friends* zu singen, wobei sie im

Takt dazu in die Hände klatschte. Dann weitete sich ihr Blick und sie schwankte nach hinten. »Verdammte Scheiße«, murmelte sie und stieß beim Umdrehen gegen meine Brust.

»Du bist es.« Ihr Blick wurde klar und der Alkoholschleier ließ ein wenig nach. Das Staunen in ihren Augen wurde schnell von lodernder Wut abgelöst.

»Ja, ich bin's. Keyton.« Das lief so gar nicht, wie ich es geplant hatte. Nicht, dass ich einen richtigen Plan gehabt hätte, abgesehen davon, dass ich vorgehabt hatte, sie zu finden und mit ihr zu sprechen. Allerdings hatte sie mich bis jetzt noch nicht weggeschickt und sie redete mit mir, also war das besser als beim letzten Mal. Die Tür zu unserer Vergangenheit war einen Spalt geöffnet worden, und ich würde mich mit aller Kraft hindurchzwängen, wenn es bedeutete, dass ich ein wenig Zeit mit ihr verbringen durfte.

Ihr Blick verengte sich. »Nein, ich meine nicht, dass du es bist. Ich meine, *du* bist es.« Anklagend hob sie einen Finger.

»Du hast genug, ich bringe dich zurück zum Campus.« Ich rief ein Taxi und manövrierte sie aus der Bar.

»So lange, viel zu lange. Und die ganze Zeit über warst du derjenige … Irgendwo tief in mir hab ich es gewusst, aber ich habe es nicht glauben wollen. Doch jetzt tue ich es.«

»Ich weiß nicht, wovon du sprichst.«

»Natürlich weißt du das nicht. Warum auch? Du bist ein Kerl. In Greenwood haben sich haufenweise Mädels an dich rangemacht. Warum sollte es dir da wichtig sein, wie viel ein Blick von dir jemand anderem bedeutet hat?«

Sie ging davon.

Das Taxi hielt am Straßenrand, und ich sprang ihr in den Weg, um sie hineinzubugsieren.

Sie kämpfte nicht gegen mich an. Es schien, als hätte sie der Kampfeswille vollkommen verlassen. Sie sackte auf der Rückbank in sich zusammen und sah mich an. »Weißt du eigentlich, dass du mein Leben komplett zerstört hast? Und ich habe dich gelassen.« Sie stieß ein humorloses Lachen aus, das vermutlich sämtliche glücklichen Gedanken im Radius von fünf Häuserblocks auslöschte.

»Bay.«

Sie strich sich mit den Fingern über die Wange und starrte aus dem Fenster.

Ich fühlte mich vollkommen hilflos, so als würde mein Herz durch den Fleischwolf gedreht werden. Ich streckte die Hände nach ihr aus, zog sie dann jedoch wieder zurück und presste sie stattdessen auf meine Oberschenkel. Würde ich jemals irgendetwas richtig machen, wenn es um sie ging? »Was kann ich tun, um zu helfen?«

»Nichts«, blaffte sie.

»Wegen der Gitarre …« Die ganzen Materialien waren angekommen. Die Erinnerung daran, wie ich sie zerbrochen hatte, kehrte bruchstückhaft zurück. Etappenweise. Ich durchlebte sie wieder und wieder, so als würde ich in einem seltsamen Alptraum neben mir selbst stehen und mich bei jedem Schlag anschreien. Dass ich das Instrument loslassen sollte. Einfach weggehen sollte. Aber es endete jedes Mal gleich: Ich stand atemlos vor ihr, ragte über ihr auf, während sie die Überreste der Gitarre ihres Dads in den Armen hielt.

Nach all der Vorbereitungszeit musste ich es unbedingt schaffen, sie zu reparieren und Bay zurückzugeben.

»Es geht nicht um die verdammte Gitarre.« Ihr Rücken knallte gegen die Tür, und ihre beißenden Worte schossen heraus wie die Schüsse einer Schrotflinte.

Der Wagen schlingerte leicht, als sich der Fahrer von ihrem Schrei erholte.

»Es geht um die Kontrolle, die du über mich hast.«

Im Rückspiegel traf der Blick des Fahrers meinen.

Ein Strudel der Reue bildete sich in meinem Bauch. Ich leckte mir die Lippen und versuchte, die Anspannung abzuschütteln, die sich in meiner Brust breitmachte, genau wie das Verlangen, alles in Ordnung zu bringen.

»Möchtest du was essen? Vielleicht solltest du was essen. Danach wirst du dich besser fühlen.«

Ihr Körper sackte noch mehr in sich zusammen, und sie schlang die Arme fester um sich, obwohl die Sommerhitze das Innere des Taxis erfüllte und den zarten Hauch der Klimaanlage unterdrückte, der zu uns nach hinten wehte. »Sicher, was auch immer. Ist sowieso alles egal.«

Ich konnte sie nicht allein lassen, nicht in diesem Zustand. Jede Zelle meines Körpers schrie danach, dass ich die Zeit mit ihr so lange hinauszögern sollte wie möglich.

Kurz darauf saßen wir uns in einem kleinen, billigen Diner gegenüber, der nicht weit vom Campus entfernt lag.

Bay wippte unter dem Tisch unruhig mit dem Bein, wodurch die Salz- und Pfefferstreuer in ihrem Metallkörbchen klapperten. Ihre Augen waren blutunterlaufen und ihre Schultern hochgezogen, als würde sie nicht wollen, dass jemand sie mit mir zusammen sah. Manche Dinge änderten sich nie.

Ich spürte einen Stich in der Brust, als ich daran dachte, dass sie schon in Greenwood nicht mit mir hatte gesehen werden wollen. Ich konnte ihr keinen Vorwurf machen. Nicht jetzt.

Die Kellnerin nahm unsere leeren Kaffeetassen mit und stellte neue Getränke und unsere Gerichte auf den Tisch.

Obwohl draußen über dreißig Grad herrschten, hatten wir heiße Schokolade mit Schlagsahne bestellt.

Bay hatte die Finger um ihre Tasse geschlungen; ich nippte an meiner Schokolade. Sie schmeckte fad und nicht vollmundig wie die, die ich nach dem Schneeschippen bei ihr zu Hause getrunken hatte. Damals hatte der reichhaltige Geschmack der Schokolade es mir leichter gemacht, den Tag mit nur einer Mahlzeit durchzustehen.

»Ist nicht so gut wie deine.«

Ihr Kopf schnellte hoch, als hätte sie vergessen, dass ich überhaupt da war. »Was hast du gesagt?«

»Ist nicht so gut wie deine.«

Sie hob ihre Tasse, nahm einen Schluck und zog eine Grimasse. »Nein, ist sie nicht.«

Die Fragen in meinem Kopf türmten sich auf und der Stapel neigte sich gefährlich zur Seite. Bevor sie Messer und Gabel in die Hand nahm, träufelte sie Sirup über ihre Pancakes und ließ auch die knusprigen Baconstreifen nicht aus.

Ich holte das kleine Kännchen mit dem Sirup aus dem Korb, in das sie es zurückgestellt hatte, und goss etwas davon auf den kleinen Stapel Pancakes auf meinem Beilagenteller. Dann streute ich noch etwas Salz und Pfeffer auf meine Hauptspeise, die aus Steak und Eiern bestand, bevor ich mich langsam dem Essen widmete. Dabei war ich genauso träge wie sie.

»Wie geht es dir?«

»Besser.« Sie schaufelte sich eine Gabel Pancake in den Mund.

»Willst du mir erzählen, was vorhin los war?«

Noch ein Bissen, bevor sie den Kopf schüttelte.

»Eigentlich nicht. Nüchterner zu sein macht es nur schlimmer, denn jetzt weiß ich, dass es kein volltrunkener Alptraum war.« Sie zog ihre Tasse wieder zu sich heran. Nachdem sie einen ordentlichen Schluck genommen hatte, stellte sie sie mit einem dumpfen Knall wieder ab. Dann bedeckte sie den Mund mit der Hand und sah mich an, bevor sie sich mit dem Handrücken über die Lippen wischte.

Mein wiederkehrender Alptraum lungerte im Hintergrund,

stets bereit, sich erneut abzuspielen, sobald ich meine Abwehr vernachlässigte. Ich konnte das schwere Metall in meiner Hand und das Taumeln in meinen Schritten spüren, während ich über der auf dem Bauch liegenden bewusstlosen Gestalt meines ganz persönlichen Monsters stand. Ich schüttelte den Kopf, um diese Gedanken wieder in den Kerker zu verbannen, in den sie gehörten, bevor ich schwere Ketten um das Schloss wickelte und sie zum Schweigen brachte, damit ich mich wieder auf Bay konzentrieren konnte.

»Sorry.«

Sie schlug mit dem Besteck auf den Tisch. »Hörst du mal auf damit? Hör auf, dieses Wort zu sagen, als würde es irgendwas besser machen.«

Die anderen Gäste im Diner schauten in unsere Richtung.

Bay griff wieder nach ihrem Besteck und fuhr damit fort, ihre in Sirup getränkten Pancakes zu schneiden.

»Du sollst bloß wissen, dass ich es ernst meine. Mehr will ich gar nicht.« Ich hatte nicht das Gefühl, dass ich ihre Vergebung verdient hatte. Ein Teil von mir fragte sich, ob die Wunden meiner Vergangenheit dazu bestimmt waren, für immer zu bluten und nie richtig zu verheilen, sodass sie mich stets daran erinnerten, wer ich im Inneren wirklich war.

»Das verändert die Vergangenheit auch nicht.«

»Das stimmt. Nichts kann das.«

»Dann lass uns einfach aufessen, damit wir wieder getrennte Wege gehen können.«

»Wenn mir unsere Vergangenheit eins gezeigt hat, dann, dass unsere Wege immer dazu bestimmt sein werden, sich zu kreuzen.«

»Wir leben für einen Monat im selben Wohnheim. Danach gehen wir getrennte Wege.« Ihre Finger verkrampften sich um die Gabel.

»Wo wird dich deiner hinführen?«

Das Klappern von Salz- und Pfefferstreuer wurde stärker. »Zu einer Buchhaltungsfirma in Omaha. Ich werde eine hübsche kleine Arbeitsnische im Hauptsitz der Firma haben, ein gutes Gehalt verdienen und mein Leben leben, ohne je wieder ein Risiko eingehen zu müssen.« Mit glasigen Augen begegnete sie meinem Blick.

»Du hörst dich begeistert an.«

»Absolut. Aber du bekommst deinen Traumjob, oder?« Sie starrte mich mit Feuer in den Augen an.

»Es war ein langer Weg. Ich habe es zwar bis hierher geschafft, könnte aber jeden Moment rausgekickt werden. Das Trainingslager bedeutet noch nicht, dass ich wirklich im Team bin. Ich könnte rausgeworfen werden oder im Trainingsteam landen. Noch steht gar nichts fest.«

Sie stieß ein humorloses Lachen aus. »Als würde sich Dare jemals etwas entgehen lassen, das er haben will.«

»Ich werde jetzt Keyton genannt. Und das habe ich. Dich.«

»Nein.« Ihre scharfe klare Stimme durchschnitt die Luft. »Ich war diejenige, die gegangen ist.«

»Das bist du.«

»So versteckst du dich also, ja? Du tust so, als wärst du nicht mehr der Typ aus Greenwood, der Windschutzscheiben zerschmettert.«

»So versuche ich, die Vergangenheit hinter mir zu lassen.«

»Man kann's ja versuchen, richtig? Doch das macht die Vergangenheit nicht ungeschehen.«

»Was passiert ist, hat mich härter getroffen als jeder Tackle auf dem Spielfeld.«

Sie zog die Augenbrauen zusammen, und ihr Blick füllte sich mit einer Traurigkeit, die so tief war, dass ich mich fühlte, als würde ich im freien Fall von einer Klippe stürzen. »Mich auch.«

Ich musste den Gang wechseln. Diese Gefühle waren zu stark. Zu intensiv. *Konzentrier dich auf Bay.*

»Als du vor ein paar Tage auf der Bühne vor allen gesungen hast, hast du ausgesehen, als hättest du die ganze Welt im Griff.«

Sie ließ den Kopf in die Hände sinken, allerdings ohne Gabel und Messer wegzulegen, sodass einige ihrer Haarsträhnen auf das klebrige Besteck fielen.

»Das war das erste Mal seit der Highschool, dass ich wieder gesungen habe.« Die Stimme klang leise und überspannt.

»Aber …« Ich saß erstaunt da und drückte den Rücken an die glatte Lehne der Sitzbank. Das erste Mal. Ich hatte immer angenommen, dass ich eines Tages ihre Stimme im Radio hören oder sie bei einer der Talentshows im Fernsehen sehen würde, bei der sie einen ihrer selbst geschriebenen Songs singen würde. Doch die Musikindustrie war noch halsabschneiderischer als der Profisport, deshalb hatte ich gedacht, dass sie einfach noch etwas Zeit brauchen würde, um sich hochzuarbeiten. Zu wissen, dass sie nie wieder gesungen hatte, nach dem, was ich ihr angetan hatte, traf mich wie ein Messer in den Bauch.

»Seitdem du mich von der Bühne gezerrt hast, habe ich nicht mehr singen können, nicht mal, wenn ich alleine war.«

Das Loch in meinem Bauch wurde zu einer klaffenden Wunde. Wie ein gähnender Abgrund, dunkel und gefährlich, pulsierend vor Furcht und meinem verzweifelten Verlangen danach, die Öffnung zu schließen, die drohte, mich in ihre Tiefen zu ziehen. »Beim Karaoke …«

»Ja, verrückt, oder? Ich konnte es einfach. Genau wie damals beim Talentwettbewerb. Und kennst du auch den verdammten Grund dafür?«

Ich stützte die Hände auf die Tischkante und wartete auf

einen Schlag, den nur sie mir versetzen konnte. Der einzige Schlag, den ich außerhalb des Spielfeldes hinnehmen würde.

Sie lehnte sich vor, schlug erneut mit dem Besteck auf den Tisch und sprach durch zusammengebissene Zähne. »Weil du da warst. Irgendwas in deinem Blick ist der Schlüssel zu den Ketten, die um meine Kehle geschlungen sind. Das habe ich heute herausgefunden. Vielleicht habe ich es immer gewusst, aber ich wollte es einfach nicht glauben. Ich habe gehofft, die Lösung wäre, mich zu betrinken. Allerdings hat sich herausgestellt, dass du es bist.«

Sie machte sich wieder über ihre Pancakes her. »Jemand vom Label hat mich beim Karaoke gesehen und will ein Demo-Tape von mir hören. Er will hören, was ich draufhabe. Und in den letzten sechsunddreißig Stunden habe ich alles ausprobiert, was mir eingefallen ist. Doch es endet jedes Mal mit erstickten Lauten und Versagensangst, die mir im Nacken sitzt. Du darfst deinen Traum leben und wirst ganze Stadien mit begeisterten Fans füllen, die dich anfeuern. Und ich werde mein eintöniges Leben in einem Großraumbüro verbringen, weil die Erfüllung meines Traums irgendwie mit dem Typen verbunden ist, der mir das Herz gebrochen hat.«

Meine Gedanken rasten, und ich versuchte zu verstehen, was sie da eigentlich sagte. Ich war irgendwie mit ihrem Gesang verbunden. Gesang, den sie für eine Chance beim Plattenlabel brauchte.

»Wann musst du das Demo-Tape einreichen?«

»Montagmorgen.« Sie biss in ihren Bacon.

»Und du hast nichts, was du benutzen kannst? Irgendwas, das du mit Freddy aufgenommen hast?«

»Was hast du an ›Ich kann nicht singen‹ nicht verstanden? Seit dem Talentwettbewerb bekomme ich kaum einen Ton heraus.«

Sie sprach nicht von Lampenfieber. Auch nicht von Aufschieberei. Sondern davon, dass ihr die Stimme gestohlen worden war.

Von mir.

»Dann haben wir noch Zeit.« Ich würde alles tun, um das wieder in Ordnung zu bringen.

»Zeit wofür?« Sie lehnte sich zurück und nahm noch einen Bissen von ihrem Bacon.

»Um ein Demo-Tape aufzunehmen.«

Von ihrer Seite des Tisches kam ein schnaubendes Lachen.

»Was gibt's da zu lachen? Ich gehe mit dir ins Studio und du nimmst was auf.«

»Und dann was? Es bringt nichts, ein einziges Demo-Tape aufzunehmen, wenn du jedes Mal im Raum sein musst. Was passiert danach?«

»Spielt das eine Rolle? Womöglich hört er es sich an und es passiert gar nichts. Vielleicht war's das dann.«

Sie keuchte, als hätte ich ihr mit der Faust mitten auf die Brust geschlagen.

»Allerdings wäre er ein verdammter Idiot, wenn das der Fall wäre. Bay, seit ich dich das erste Mal singen gehört habe, weiß ich, dass du dafür gemacht bist, deine Stimme mit anderen zu teilen. Und zwar nicht nur mit mir.« Ich blickte auf meinen Schoß hinab und drückte mir die Fäuste gegen die Oberschenkel. »Auch wenn ich genau das gewollt habe. Selbst als ich dich ganz für mich allein haben wollte, wusste ich, dass du zu mehr bestimmt bist. Aber die Branche ist irre, oder? Dieser Typ könnte sich als Idiot herausstellen, doch dann hast du es wenigstens versucht. Du hättest nichts zu bereuen.«

»Und wie sollen wir das Ganze deiner Meinung nach angehen?«

»Ich gehe mit dir ins Studio.«

Noch während ich sprach, schüttelte sie den Kopf.

»Weißt du, wie lange so was dauert?«

»So lange, wie es eben dauert. Was brauchst du für eine Aufnahme? Ein Studio wie das von Freddy?«

Ihre Züge wurden weicher. »Du erinnerst dich an Freddy?«

»Natürlich.«

Sie zog den Kopf ein und schüttelte ihn, als würde sie von einem Weg fliehen, den sie nicht gehen wollte. »Ich arbeite in einem Aufnahmestudio nicht weit von hier. Da könnte ich etwas Zeit bekommen.«

»Musst du dafür bezahlen? Ich kann das übernehmen.«

Sie musterte mich mit verschränkten Armen. »Ich brauche dein Geld nicht. Ich kümmere mich um alles rund um die Aufnahme, aber es gibt eine Sache, von der wir nicht genug haben. Ich habe deinen Tagesablauf gesehen.«

»Lass das meine Sorge sein. Nach dem letzten Teamtraining oder Event gehe ich mit dir ins Studio oder wohin du auch sonst willst.« Ich würde jeden Preis zahlen, um Zeit mit ihr zu verbringen. Selbst wenn ich dafür etwas von dem Geld würde nehmen müssen, das unberührt auf meinem Konto lag.

»Dare …«

»Keyton, und was hast du zu verlieren? Ich erwarte deshalb nicht, dass du mir verzeihst. Betrachte mich einfach als Requisite oder als deinen liebsten Mikrofonständer.«

»Oder meine liebste Gitarre.« Sie sah mich ausdruckslos an. »Was hast du davon?«

»Abgesehen davon, dass ich damit die schrecklichen Schuldgefühle etwas lindern kann, die ich in den letzten vier Jahren mit mir rumgeschleppt habe? Ich helfe dir, eine Chance zu bekommen.«

Ich riss den Blick von ihr los und aß den Rest meiner Mahlzeit, um ihr Zeit für ihre Entscheidung zu lassen. Hoffnung legte sich über mich wie kühlendes Aloe-Vera-Gel nach einem schmerzhaften Sonnenbrand. In ihrer Nähe erschien mir alles intensiver. Jeder Geschmack, jeder Geruch, jedes Geräusch.

Auf ihr Drängen hin teilten wir uns die Rechnung und standen anschließend draußen in der milden Abendluft. Ich wollte sie nicht drängen, doch die Erwartung hielt mich fest im Griff. Ich wollte diese Möglichkeit, Zeit mit ihr zu verbringen, auf keinen Fall verstreichen lassen. Gleichzeitig spürte ich, dass die Erschöpfung bereits hinter der nächsten Ecke lauerte. Ich hatte heute fast vier Stunden lang trainiert und dabei nur wenige Pässe verpasst. Aber ich würde mir einen Tropf mit Kaffee legen lassen, wenn ich dafür mehr Zeit mit Bay bekommen würde.

»Können wir jetzt sofort hingehen?« Sie spielte mit dem Gurt ihres Rucksacks und zupfte an dem ausgefransten Ende.

»Natürlich.«

»Ich muss nur ein paar Sachen aus meiner Wohnung holen, dann können wir los.«

Wir riefen ein Taxi, das auch sofort erschien. Im Wagen blickte sie stur geradeaus und kaute auf ihrer Unterlippe.

»Du hilfst mir nur, das ist alles. Ich will dich nicht brauchen. Ich will dich überhaupt nicht.«

Ich nickte. Doch sie hatte mich schon längst. Die ganzen Emotionen, die ich tief in mir vergraben hatte, nachdem ich Greenwood verlassen hatte, platzten durch den Zement. Es fühlte sich an, als hätte man mich inmitten eines Hurrikan in einem Boot auf hoher See ausgesetzt, ich war allerdings nicht bereit dazu, auf einen sicheren Hafen zuzusteuern. Nicht, wenn ich die Möglichkeit hatte, den Ort zu erreichen, von dem ich bis jetzt nur hatte träumen können.

Ich würde alles tun, damit ihr Traum in Erfüllung ging. Und vielleicht konnte ich sie währenddessen sogar noch davon überzeugen, dass ich immer noch ihr gehörte.

10

Bay

Mit der Gitarre auf dem Schoß saß ich da und hoffte, dass es nicht funktionieren würde. Tief im Inneren wünschte ich mir, dass es nur ein Zufall gewesen war. Eine Laune meines Gehirns, das immer noch in der Highschool feststeckte und nicht mitbekommen hatte, wo ich jetzt war.

Meine Finger zupften an den Saiten, die Kuppen taten mir weh. Die Musik schallte in Surround-Sound durch die Kopfhörer, die um meinem Hals hingen.

Ich schluckte, streckte mich und ließ zu, dass die Worte durch mich hindurchflossen. Meine Stimme drang klar und tief aus meiner Kehle. Das Licht war gerade hell genug, damit ich die Seiten in meinem Notizblock lesen konnte.

Das sanfte Leuchten des Computermonitors auf der anderen Seite der Scheibe strahlte ihn von hinten an. Sein kastanienbraunes Haar und seine langen Wimpern, die immer nur Männer von Natur aus hatten, ließen ihn so sehr nach meinem Dare aussehen. Nicht Keyton. Ich war diesem neuen Typen vorgestellt worden, aber wenn er mich berührte, entfachte er ein Feuer in jedem Teil meiner Seele, genau wie ich es in Erinnerung hatte. Ich hielt mich an diesem Gefühl fest und machte weiter.

Alle paar Sekunden blickte er nach unten, vermutlich auf die unglaubliche Menge an Schiebern und Reglern vor sich. Hoffentlich erlag er nicht der Versuchung, an ihnen herumzuspielen, wie so viele andere Leute.

Er behauptete, sich verändert zu haben, aber ich wusste, dass ich das nicht getan hatte. Ich war immer noch das kaputte verängstigte Mädchen, das vor niemandem singen konnte, außer vor ihm. Was bedeutete das für uns? Er hatte sich weiterentwickelt und würde bald überall bekannt sein. Und ich würde verblassen und ein Niemand werden. Wieder ein Nichts, namenlos und ohne Bedeutung. Verloren im Meer der Großraumbüros und Buchprüfungen.

Heute würde die wahre Prüfung stattfinden, mein allerletzter Versuch, dieses Tape aufzunehmen und allen – mich selbst eingeschlossen – zu beweisen, dass ich eine Stimme hatte. Ich sang den Song zu Ende und erklärte ihm dann, was er drücken musste, damit ich noch mal singen konnte. Und noch mal. Und noch mal.

Ich schob mir die Kopfhörer von den Ohren, bevor ich sie auf mein Bein neben dem Mikrofonständer legte. Meine Augen fühlten sich an, als wäre ich durch einen Sandsturm gelaufen. Ich streckte den Rücken durch und meine Wirbelsäule gab eine Reihe befriedigender Knacklaute von sich.

Die ersten Aufnahmen waren schwierig gewesen. Dann hatte ich ihn angesehen. Den Blick in seinem verankert und mich an diesem Gefühl festgehalten, bevor ich die Augen wieder geschlossen und einfach alles losgelassen hatte. Sobald ich die Blockade durchbrochen hatte, flossen die Worte nur so aus mir hinaus.

Ich schlang mir den Gurt um und trug meine Gitarre auf dem Rücken, als ich die Kabine verließ, um ins Studio zu gehen. Dare thronte auf dem Drehstuhl, auf dem Spencer normalerweise saß.

In diesem Augenblick fiel mir etwas auf, das mir verriet, dass er gar nicht auf das Soundboard geguckt hatte. Unter einem Stapel von Papieren, auf den er seinen Arm gelegt hatte, lugte eine Zeichnung hervor. Sie zeigte das Fenster zum Aufnahmeraum, dass den Rahmen bildete – und ich befand mich auf der anderen Seite.

Er folgte meinem Blick und sein Nacken wurde rot. »Ich … habe mir nur die Zeit vertrieben.«

Ich nickte in Richtung des Papiers, und er presste die Lippen aufeinander, bevor er den Arm wegnahm. Das Rascheln von Papier klang in dem schalldichten Raum unnatürlich laut, als ich das Blatt hervorzog.

»Du zeichnest immer noch.«

Er zuckte mit einer Schulter. »Nicht oft.«

Ich schob es ihm wieder zu. »Bei dir hat es immer so einfach ausgesehen.«

»Genau wie bei dir.«

Jetzt war ich an der Reihe zu erröten.

Seine ganze Aufmerksamkeit galt nun mir, während ich auf dem Computer herumklickte um die passende Datei zu suchen, bevor das Playback des Liedes, das ich gerade gesungen hatte, durch die Lautsprecher drang.

Es war mir unangenehm, aber Dare beobachtete mich. Ich spürte seinen Blick auf meinem Gesicht.

Ich besaß keine große Auswahl an Songs. Daher hatte ich jene gewählt, die die stärksten Emotionen hervorriefen. Die, zu denen ich die beste Verbindung aufbauen konnte. Die, bei denen ich mich fühlte, als würde ich mir die Brust aufreißen und den Zuhörenden mein Herz präsentieren. Jetzt war nicht der Moment, zögerlich zu sein oder mich zu fragen, ob alles anders gekommen wäre, wenn ich nicht auf Nummer sicher gegangen wäre.

Er suchte meinen Blick, aber ich mied seinen absichtlich. »In dem Song geht's um mich.«

Mir schnürte sich die Kehle zu. »Ja.« Ich griff nach meiner Tasse und nahm einen großen Schluck von meinem kalten Tee mit Zitrone.

»Genau wie bei dem Talentwettbewerb.«

Ich senkte den Kopf. Damals hatte niemand von uns gewusst und auch jetzt wusste niemand von uns – nicht, dass es ein Uns gab. Keiner würde einen Schimmer davon haben, dass es um ihn ging. »Ja.« Ich wollte den Song von damals noch einmal für ihn spielen. Ich wusste nicht einmal, ob er ihn beim ersten Mal wirklich gehört hatte. Ich hatte Angst, dass ich den zerbrechlichen Waffenstillstand zwischen uns kaputtmachen und damit meine Gesangskarriere beenden würde, noch bevor sie begonnen hatte, wenn ich ihn heute sang.

Er sagte nichts mehr und ich lieferte keine weiteren Erklärungen.

»Noch zweimal diesen Song, dann kann ich den letzten für heute aufnehmen.«

Gähnend lehnte er sich im Stuhl zurück und rieb sich mit den Händen über die Oberschenkel. »Lass dir so viel Zeit, wie du brauchst.«

Die Jeans schmiegte sich an seine Beine und ein schläfriger, irrationaler, vermutlich nach wie vor betrunkener Teil von mir wollte ihn, selbst jetzt noch. Die kleine Couch im Studio war nicht ideal, aber war das irgendetwas hier? Ich war sowieso drauf und dran, mir eine doppelte Enttäuschung einzuhandeln. Eine, wenn das hier nicht funktionierte – oder schlimmer, wenn es das tat und Walter gefiel, was er hörte, sich allerdings herausstellte, dass ich ohne Dare nicht singen konnte. Und die zweite, wenn die Maske wieder fiel, die er so lange erfolgreich getragen hatte.

Dare war meine ganz persönliche tickende Zeitbombe. Dass ich dem hier zugestimmte hatte, zeigte, dass ich wenig aus dem gelernt hatte, was er mir angetan hatte. Doch das spielte in diesem Augenblick keine Rolle. Eins nach dem anderen. Das Fenster, durch das ich einem absolut berechenbaren Leben und einer Existenz, in der ich komplett in den Hintergrund rücken würde, entkommen konnte, hatte sich gerade einen Spaltbreit geöffnet. Und ich würde hindurchklettern müssen, auch wenn ich dabei meinen Verstand riskierte.

Für den nächsten Song brauchte ich nur sieben Aufnahmen.

Die Sonne flirtete mit dem Horizont, als wir wieder beim Wohnheim ankamen. Auf dem Flur öffnete ich zur selben Zeit den Mund wie er. Ich hielt meine Worte zurück und er ebenfalls. Ich versuchte es noch einmal, aber es passierte genau das Gleiche. Es war, wie wenn man versuchte, an jemandem vorbeizugehen, und beide wichen gleichzeitig in dieselbe Richtung aus. Also musste ich es einfach durchziehen, da ich vor meiner Schicht am Mittag noch etwas Schlaf brauchte.

»Danke, Dare.«

Er nickte. »Morgen um wie viel Uhr?

»Sobald du kannst. Meine Schicht hier endet um sieben. Morgen wird es nicht so spät.« Meine Stimme klang rau, und ich würde morgen den ganzen Tag Tee mit Honig und Zitrone trinken. »Das Ganze wird wahrscheinlich nur ein paar Stunden dauern.«

Mit schweren Lidern nickte er, wobei er fast im Stehen einzuschlafen schien. »Ich werde da sein.« Er betrat den Aufzug und ließ mich allein auf dem stillen Gang zurück. Auf dem Weg zu meinem Apartment hörte ich im Vorbeigehen lautes Schnarchen, das aus einer der anderen Türen drang. Wer auch immer sich mit diesen Personen eine Wohnung teilte, hatte hoffentlich einen festen Schlaf.

Bevor ich ins Bett ging, holte ich noch mein Notizbuch heraus und schrieb ein paar Zeilen. Das Papier fühlte sich alt und spröde an, aber die Worte waren alle neu. Irgendwie würde ich lernen müssen, ohne ihn zu singen. Ich musste meine Stimme finden. Aber im Moment musste ich ins Bett, und morgen würde ich das Demo-Tape fertigstellen.

Der Tag war lang. Ein kurzer Trip über den Campus in meiner Mittagspause brachte mich zum Wohnheim der Doktoranden. Wenig später saß ich in Felicias Wohnung und hielt ein perfektes kleines Baby im Arm.

»Wo ist Ethan?«

»Er ist bis eins beim Unterricht und dann kommt er kurz her, bevor er um zwei wieder wegmuss.«

»Wie meistert ihr beiden das?«

»Schulgelderlass ist eine verdammt gute Motivation, selbst mit einer Neugeborenen. Aber heute ist sein vollster Tag. Er will dieses Semester achtzehn Credits schaffen. Dafür hat er sich eine Sondergenehmigung von seinem Dekan holen müssen.«

»Ich bin froh, dass die Uni mit euch zusammenarbeitet. Wie könnte sie auch nicht? Eve ist hinreißend. Zur nächsten Besprechung solltest du mit ihr zusammen auftauchen, dann bekommst du alles, was du willst.« Zwischen ihren winzigen rosafarbenen Lippen bildeten sich kleine Spuckebläschen.

Felicia lächelte. »Das ist sie. Und ich freue mich sehr, dass du hier bist. Du bist während der Tutorien schon immer meine Lieblingsstudentin gewesen.«

»Ich war ja auch die Einzige, die zu den Sitzungen erschienen ist.«

»Genau deshalb bist du mir ja die Liebste gewesen. Bin gleich zurück.« Mit einem Zwinkern stand sie auf und ging an mir vorbei.

»Wo gehst du hin?« Panik machte sich in mir breit, aber ich hielt die Stimme gesenkt.

»Ich geh kurz ins Bad. Ich habe seit drei Tagen nicht geduscht, also nutze ich die Gelegenheit.«

»Du lässt mich einfach mit ihr allein?«

»Sie ist ein Baby. Sie wird schon nicht weglaufen, außerdem schläft sie. Mach dir keinen Kopf.« Sie wischte meine Sorgen mit einer Handbewegung beiseite und verschwand im Flur. Ich hörte, wie eine Tür geschlossen wurde, dann erklang das Rauschen der Dusche.

Ich musterte das schlafende kleine Mädchen mit dem Strampler und dem süßen kleinen, halb geöffneten Mund.

»Nur damit du Bescheid weißt, du bist erst das zweite Baby, das ich bis jetzt im Arm gehalten hab. Also sorry, wenn ich kein Profi darin bin.«

Ihr kleiner Mund formte ein Lächeln.

Ich lächelte zurück und wurde mit einem verdächtigen Blubbern in ihrer Windel belohnt. »Och, komm schon. So findest du meine Art, dich zu halten?«

Ich stand auf und schaukelte sie, wie es Eltern immer zu tun schienen, während ich durch das Apartment spazierte. Durchs Fenster sah ich Studierende über den Campus laufen. Ich schnupperte an Eves Kopf und, genau wie es alle immer behaupteten, toppte der wunderbare Babygeruch den eines neuen Autos.

»Du wirst definitiv Probleme bekommen, wenn du nicht aufs College gehen willst, bei zwei so schlauen Menschen wie deinen Eltern. Aber es ist gar nicht so schlecht. Du musst nur immer zum Unterricht gehen. Und melde dich nicht für Kurse an, die um acht Uhr morgens anfangen – das kann nur in einer Katastrophe enden. Außer du bist eine Frühaufsteherin. Und nimm dich vor Typen in Acht, die ein Lächeln haben, das dich zum Schmelzen bringt. Die bringen nichts als Ärger. Bevor du es gemerkt hast, bist du völlig durcheinander.«

»Redest du von deinem Footballspieler?« Felicia kam ins Wohnzimmer, während sie sich die nassen Haare zu einem Dutt hochsteckte.

»Das war schnell.«

Eve wurde unruhig.

Felicia lachte. »Sie lassen dir nicht viel Zeit.« Sie ging zum Wickeltisch und nahm sich ein Spucktuch. »Also, erzähl mir von deinem Footballspieler.«

»Er ist nicht *mein* Footballspieler.«

»Dann dürftest du ja auch kein Problem damit haben, mir von ihm zu erzählen. Und von dem Notizblock und warum du für Eve gesummt hast. Ich glaube, ich habe dich vorher noch nie summen gehört.« Sie legte sich das Tuch über die Schulter, nahm mir Eve ab und setzte sich mit ihr aufs Sofa, um sie zu stillen.

»Ich …« Ich erzählte ihr alles. Ich begann mit der Highschool und endete mit letzter Nacht.

»Du hast wieder mit ihm geschlafen?«

»Ich weiß.« Ich rieb mir das Gesicht. »Ich weiß, dass es total verrückt war.«

»War es wenigstens gut?«

»Es war unglaublich. Megaheiß und er ist seit der Highschool noch besser geworden.«

»Wo ist dann das Problem?«

»Ich werde nicht noch mal mit ihm schlafen. Das würde alles nur noch mehr durcheinanderbringen. Er hilft mir mit dem Singen. Über das Desaster, das zwischen uns stattgefunden hat, haben wir noch gar nicht geredet. Ich glaube, wir wollen die ganzen schlechten Erinnerungen beide nicht unbedingt wieder aufleben lassen.«

»Ohne den ganzen alten Mist aus dem Weg zu räumen, werdet ihr keine Beziehung aufbauen können.« Sie legte Eve an ihre andere Brust.

»Wer hat hier was von einer Beziehung gesagt?«

»Du solltest wenigstens die Komplexe verarbeiten, die du wegen ihm entwickelt hast.«

»Ich habe keine Komplexe.«

Sie schürzte die Lippen und legte den Kopf schief. »Was war deine längste Beziehung, seitdem ihr beide Schluss gemacht habt?«

Ich zupfte an meinem Ohrläppchen und hielt mir die Hand vor den Mund, bevor ich eine Zahl murmelte.

»Wie bitte?« Mit der freien Hand formte sie einen Trichter an ihrem Ohr.

»Zwei Monate.« Ich ließ die Hände auf meine Oberschenkel sinken. »Ich bin zwei Monate lang mit jemandem ausgegangen.«

»Ist das der komplette Zeitraum in den letzten vier Jahren?« Sie hob eine Augenbraue.

»Warum sollte ich mich an jemanden binden? Ich bin jung. Scheiß auf die gesellschaftlichen Erwartungen, die verlangen, dass ich einen Mann brauche.«

»Also, da bist du jetzt aber schnell von null auf ›Scheiß auf das Patriarchat‹ gekommen.« Sie lachte, wobei Eve ein wenig durchgerüttelt wurde.

»Ich bin auf dem College. Da draußen gibt es Leute, die noch nie ein Date hatten. Und selbst wenn ich noch keine sonderlich lange Beziehung hatte – was soll's? Vielleicht möchte ich einfach nur niemanden so nah an mich ranlassen.«

Sie hob Eve hoch und legte sie sich an die Schulter. »Und du glaubst nicht, dass es irgendwann zu Problemen führen könnte, wenn du niemanden mehr an dich ranlässt?«

Ich starrte meine Schuhe an. »Nein.«

Die Wohnungstür wurde geöffnet und Ethan kam keuchend und schwitzend herein. »Wie geht es meinen zwei liebsten Mädels?« Er gab Felicia einen Kuss auf die Lippen und nahm ihr Eve ab, bevor er sie an seiner Brust wiegte.

»Sie hat gerade gegessen«, warnte Felicia.

Er hielt Eve vor sich hoch. »Hast du was genascht? Die haben mir gehört, bevor du sie für dich beansprucht hast, weißt du?« Er spielte mit ihr, indem er sie zu sich heranzog und wieder weghielt.

Felicia schob ihr Shirt zurecht. »Ich sage ja nicht, dass du morgen heiraten sollst, sondern bloß, dass es nicht zwangsweise leichter ist, wenn man alleine ist. Manchmal ist es schön, jemanden zu haben, auf den man sich verlassen kann. Jemanden, mit dem man Dinge teilen kann.« Sie betrachtete Ethan und Eve mit liebevollem Blick, während er das Baby ein letztes Mal an sich zog, um es zu küssen.

In diesem Moment kam das Bäuerchen – gefolgt von etwas mehr als nur Luft – endlich hoch und zwar genau in seinen Mund.

Kurz war es still, bevor Ethan aufschrie.

Felicia reichte ihm das Spucktuch und nahm ihm Eve ab, damit er in die Küche laufen und sich mit dem Tuch die Zunge abwischen konnte.

»Er lernt es einfach nicht.« Sie schüttelte den Kopf und versuchte nicht einmal, sich das Lachen zu verkneifen.

Ich verließ das Wohnheim der Doktoranden und spazierte über den Campus zu meinem Apartment.

Die Menge von Schaulustigen befand sich momentan am Übungsfeld, sodass ich nicht durch die Hintertür gehen musste. Ich würde Montagnacht Bereitschaft haben. Ich hatte mit allen gesprochen, die Schicht hatten, um sicherzugehen, dass es keine Probleme gab. Dass ich heute Nacht für niemanden einspringen musste.

Also gab es keinen Grund, warum ich heute Abend nicht ins Studio gehen können würde. Warum versuchte ich, mich davor zu drücken? Vielleicht wegen dem, was ich fühlte, wenn Dare mich ansah. Womöglich aber auch, weil es so einfach war, genau an der Stelle weiterzumachen, wo wir aufgehört hatten. Vermutlich lag es auch einfach daran, dass ich trotz allem, was passiert war, nicht aufhören konnte, ihn zu wollen.

11

Dare

Der wandelnde Tod musste noch um einiges besser aussehen, als ich es gerade tat. Mechanisch schaufelte ich mir Essen in den Mund.

Die Drills heute Morgen waren die schlimmsten gewesen, seitdem ich hier angekommen war. Durch den Schlafmangel und das seltsame Gefühl im Bauch, dass mich jemand beobachtete, hatte ich heute mehr Pässe verpasst, als ich gefangen hatte. Ich hatte mir mehr als einmal an der Seitenlinie Wasser ins Gesicht spritzen müssen. Aber die lange Nacht war die brennenden Augen wert gewesen.

Allerdings brachten mich die vielen Zuschauer aus dem Konzept. An der Fulton U hatte ich bereits in größeren Stadien gespielt – es ergab also keinen Sinn, weshalb es nun anders sein sollte. Hier waren jeden Tag Hunderte von Leuten, die mich beobachteten, warum war ich dann heute so angespannt? Warum fühlte es sich an, als würde hinter der nächsten Ecke etwas lauern, das alles zerstören würde, was ich aufgebaut hatte?

Selbst nach dem Duschen schwitzte ich noch. Ich füllte meinen Teller zum zweiten Mal mit Nudeln. Jeden Tag Tausende von Kalorien herunterzuschlingen war gar nicht so schlecht, solange das Essen wenigstens gut schmeckte. Jetzt wo ich mich mit Kohlenhydraten aufgeladen hatte, stützte ich den Kopf auf die Hand und ruhte die Augen aus.

Mein Arm rutschte vom Tisch, und ich fing mich gerade noch rechtzeitig.

Knox griff direkt nach meiner Schulter. »Alles okay?«

Ich blinzelte besonders stark. Meine Augen fühlten sich an, als hätte jemand den ganzen Morgen Sand hineingeschüttet. Als ich Bay gestern Nacht im Studio beim Singen zugesehen hatte, hatte ich mich gefühlt, als könnte ich noch bis zum Morgengrauen dort bleiben. Doch sobald die Tür in meinem Apartment hinter mir zugegangen war, war es mir so vorgekommen, als hätte jemand einen Amboss auf meinen Kopf fallen lassen.

Bevor ich mich ins Bett geschleppt hatte, war ich in der Dusche eingenickt, wobei ich mit dem Gesicht gegen die Fliesen geknallt war. Vielleicht war es der beißende Gestank von Kleber gewesen, der mir beim Einschlafen geholfen hatte. Ich war früh aufgestanden, um die ganzen Materialien durchzugehen. Mir lief die Zeit davon.

»Alles gut.« Ich setzte mich auf, jeder einzelne Wirbel knackte in meinem Rücken, und ich streckte die Arme weit zur Seite aus, wobei ich jemanden beim Vorbeigehen erwischte.

Die Rückseite meiner Hand stieß gegen jemandes Schritt und ein scharfer Atemzug ertönte, gefolgt von einem Stöhnen, das nur von einem perfekt platzierten Schlag in die Eier kommen konnte.

Ich schoss aus dem Stuhl hoch, und mein Herz sank mir in die Hose.

Aus seiner gekrümmten Haltung starrte Vince mich so giftig an, als wollte er mir den Schädel einschlagen.

Fuck. Das konnte ich jetzt gerade gar nicht gebrauchen.

Ich biss die Zähne zusammen. »Sorry, Mann.«

»Fick dich, Grünschnabel.« Er straffte die Schultern und ging in Angriffshaltung über, wobei er mit der Brust beinahe meine streifte.

Knox stellte sich auf die andere Seite meines Stuhls und ballte die Fäuste, um auf mein Zeichen loszulegen.

Doch ich unterdrückte die Angriffslust, die mich sofort gepackt hatte. »Sorry, habe dich nicht vorbeigehen sehen.«

Vinces Nasenflügel bebten, und es schien nicht mehr lange zu dauern, bis Rauch austreten würde. Die Adern an seinem Hals traten hervor, und seine Haut rötete sich. In seinem Blick lag eine Feindseligkeit, die mir den Magen umdrehte. »Dann solltest du vielleicht mal deine Augen abchecken lassen.« Er war so wütend, dass sein Speichel beim Reden mich am T-Shirt traf.

Das Blut hämmerte mir in den Adern und brannte sich durch meinen Körper, wodurch sich alle meine Muskeln anspannten. Ich schwankte ein wenig. Das alte Gefühl, das ich unterdrückt und weggesperrt hatte, kam erneut in mir hoch. Ich hatte es bisher erfolgreich kanalisiert, sodass es nur auf dem Spielfeld zum Einsatz kam, und es ansonsten lediglich ein paarmal unbeabsichtigt freigelassen.

Ich fühlte mich, als wäre ich an ein schlecht geerdetes Stromkabel angeschlossen, und meine Nackenhaare stellten sich auf. Doch obwohl ich den Drang verspürte, die Fäuste zu ballen und zuerst zuzuschlagen, entspannte ich die Hände an meinen Seiten.

Ein Typ vom Trainerstab stellte sich neben uns. »Alles in Ordnung hier?« Er blickte von mir zu Vince und wieder zurück.

Ich klammerte mich an den Stuhl neben mir und drückte die Woge der dröhnenden Wut hinunter, die unter der Oberfläche köchelte. »Vince ist an mir vorbeigegangen und weil ich ihn nicht gesehen habe, habe ich ihn mit der Hand getroffen. Er hat nur wenig Verständnis für meine Unachtsamkeit.« Ich presste den Kiefer zusammen.

»Das ist okay, Keyton. Kommt vor. Richtig, Vince? Ist ja nichts passiert.« Das sonnige Gemüt des Typen machte es nicht wirklich besser.

Vince verengte den Blick. »Wir sehen uns auf dem Feld, Grünschnabel.« Er machte kehrt und stürmte aus der Cafeteria.

»Das hätte besser laufen können.« Knox schob meinen Stuhl zurück an den Tisch.

Ich kniff mir in den Nasenrücken und atmete gegen den sengenden Zorn an, der sich in meiner Brust aufbaute. »Ohne Scheiß.«

»Sieht aus, als hättest du einen neuen Freund.« Einer der Typen von der STFU – vor einem Jahr hätte ich ihm auf dem Spielfeld noch den Kopf abgerissen – saß mit amüsierter Miene am Tisch.

Ich wischte mir mit den Händen über das Gesicht und rieb meine Augen. »Lass uns zum Kraftraum gehen.«

»Vielleicht sollten wir noch ein paar Minuten warten.« Knox reckte den Hals, um durch die Tür zu spähen, durch die Vince gerade gestürmt war.

»Morgen werde ich sowieso wieder mit ihm trainieren. Und wenn ich das Trainingslager überstehe, dann werde ich mit ihm spielen müssen.«

Knox nickte grimmig. »Das wirst du. Ich hingegen rechne jeden Tag mit einem Anruf.«

Auf dem Weg aus der Cafeteria schnappte ich mir noch einen Cookie. Vielleicht würde der Zucker mir helfen, die nächsten drei Stunden Krafttraining durchzustehen.

Knox trottete mit einem Apfel neben mir her. Sehnsüchtig beäugte er den Schoko-Cookie in meiner Hand.

Ich warf einen Blick über die Schulter zu den Ernährungsexperten, die normalerweise alles mit Adleraugen beobachteten, gerade allerdings ihr Mittagessen beendeten. »Willst du eine Hälfte davon?«

Seine Augen wurden groß, und seine Miene hellte sich auf, bevor seine Züge erschlafften. »Nein, das werde ich nicht tun.« Er presste die Lippen zusammen und ballte die Fäuste. »Davon werde ich noch genug essen können, wenn ich wieder zu Hause sitze und dem Team vom Sofa aus zusehe.«

»Warum bist du dermaßen davon überzeugt, dass du es nicht schaffst?«

Er ließ das Kinn sinken und schaute mich an, als wäre die Antwort vollkommen offensichtlich.

»Du wurdest gedraftet. Du hast es bis hierher geschafft. Sie müssen Potenzial in dir gesehen haben. Bloße Zahlen sind nicht das Einzige, was zählt.«

Er grummelte vor sich hin.

Ich legte ihm eine Hand auf die Schulter, bis er den Kopf wieder hob. »Ich meine es ernst. Machen sie einen großen Teil aus? Ja, natürlich. Aber vielleicht gibt es einen anderen Grund, warum sie dich gewählt haben. Schließlich kannten sie deine Statistiken schon, bevor sie dich gedraftet haben. Das darfst du nicht vergessen.«

Wir zogen uns um und gingen zum Krafttraining.

Vince befand sich auf der anderen Seite des Raumes und schrie bereits, als würde er sich bei jeder Wiederholung etwas zerren.

Der Konditionstrainer reichte uns unsere Programme und die anderen Assistenten halfen uns mit unserer Haltung und den Wiederholungen.

Beim Abendessen im Anschluss schlief ich beinahe auf meinem Teller ein.

»Komm schon, Dornröschen. Ab nach Hause.«

Wir betraten das Wohnheim durch den Hintereingang.

»Gehen wir heute Bay oder den Schaulustigen aus dem Weg?«

»Ich gehe Bay nicht aus dem Weg.«

»Verstößt du wegen ihr gegen die Ausgangssperre?« Er lehnte sich an die Wand des Aufzugs.

»Sie hat meine Hilfe gebraucht.«

»Und wer hilft dir, wenn du erwischt wirst?«

Ich zuckte mit den Schultern. Drei Typen mussten bereits Strafe zahlen. In einer Hummer-Stretchlimousine zu einem Stripclub zu fahren und total besoffen zurückzukommen war nicht gerade unauffällig gewesen. »Ich gehe nicht feiern oder betrinke mich. Sie braucht Hilfe, also werde ich sie nicht im Stich lassen.«

»Du willst ihr Ritter in schimmernder Rüstung sein.«

Ich schloss unsere Tür auf. »Ich träume seit vier Jahren von ihr. Ich habe darüber nachgedacht, wie ich sie dazu bekommen könnte, mit mir zu reden, und was zur Hölle ich ihr sagen würde, wenn es so weit wäre. Ich kann die Chance jetzt nicht verstreichen lassen. In drei Wochen sind wir hier weg, und ich sehe sie vielleicht nie wieder.«

»Okay, verstehe. Ich werde es dir nicht ausreden können. Und was passiert, wenn das Trainingslager vorbei ist? Abgesehen davon, dass ich zurück nach Illinois geschickt werde?«

»Weiß nicht, aber das hier ist meine Gelegenheit.« Ich drückte meine Zimmertür auf. Der Geruch nach Kleber war dank der geöffneten Fenster nicht mehr so stark. Den Schreibtisch hatte ich quasi zu meiner Werkbank umfunktioniert.

»Sie besteht immer noch aus Einzelteilen.« Er starrte auf die Holzstücke, als würde ich hier Buchstaben aus Zeitungen ausschneiden, um Briefe damit zusammenzustellen.

»Größere Teile als vorher. Und verstärkt.«

Er ließ die Finger über dem Puzzle aus Holz und Kleber schweben. »Glaubst du, du wirst rechtzeitig fertig?«

»Ich habe keine andere Wahl.«

Er schob sich die Hände in die Hosentaschen, als könnte er sich anders nicht davon abhalten, sie anzufassen.

Ich ging durchs Zimmer und stellte mich neben ihn. »Sie hat das hier verdient.«

»Genau wie du.« Ich ließ den Kopf hängen und spannte die Hände an meinen Seiten an. Die Wellen schwappten in einem turbulenten Sturm über die Seiten meines Bootes.

Er stieß mit seiner Schulter gegen meine und fixierte mich mit einem durchdringenden Blick.

Ich hob den Kopf. »Was?«

»Du hast das hier auch verdient. Diese Chance. Versau sie nicht, indem du alles opferst, wofür du gearbeitet hast, nur weil du versuchst, die Fehler der Vergangenheit in Ordnung zu bringen.«

»Tue ich nicht. Aber ich kann mir diese Gelegenheit nicht durch die Lappen gehen lassen.«

»Redest du von Bay oder dem Team?«

»Von beidem. Ich reiße mir jeden Tag auf dem Feld den Arsch auf. Nach dem Training gehe ich weder trinken noch feiern oder spiele Videospiele. Ich arbeite an dem hier.«

Mit den Fingern strich ich über den gesplitterten Rand eines großen Stücks des Korpus.

»Ich habe in den letzten paar Jahren viel über das Reparieren von Gitarren gelernt. Habe einige repariert. Und auch ein paar zerstört. Trotzdem fühle ich mich nicht bereit, das hier anzugehen, doch ich habe keine Wahl. Jetzt ist meine Chance gekommen.«

»Und was passiert, wenn du sie ihr gibst?«

»Sie wird wieder wunderbare Klänge von sich geben.« Genau wie Bay. Ich würde ihr zeigen, dass sie so lange mein fehlendes Puzzlestück gewesen war, dass es sich für mich inzwischen fast normal anfühlte, unvollständig zu sein.

Mein Handy klingelte und ich holte es aus der Tasche. »Das ist Bay. Ich muss runter, um sie zu treffen.« Ich lief zur Tür.

Knox stieß ein missbilligendes Brummen aus. »Und was sage ich, wenn jemand gucken kommt, ob wir hier sind?«

Ich drehte mich um und ging rückwärts weiter. »Erzähl ihnen, dass ich schrecklichen Durchfall habe. Und fass nichts an. Der Kleber trocknet noch.« Es wäre verdammt scheiße, erwischt zu werden. Geld wegzuwerfen, das monatelang meinen Lebensunterhalt sichern würde, würde wehtun. Allerdings nicht so sehr, wie die Chance mit Bay verstreichen zu lassen. Wenn ich die beiden Optionen gegeneinander aufwog, war es eine verdammt einfache Entscheidung.

»Du weißt schon, dass das hier unsere einzige Chance ist«, rief er mir durch die offene Tür hinterher.

Ich nickte und ließ die Wohnungstür hinter mir zufallen. Auf mehr als nur eine Art.

Als ich um die Rückseite des Gebäudes herumlief, hielt ein Auto neben mir.

»Dare … Keyton, spring rein.«

Meine Mundwinkel zuckten, als ich mich durchs Fenster lehnte. »Ich wollte mir ein Taxi nehmen.«

Sie entriegelte das Auto, und das Metall unter meiner Hand zuckte. »Tja, jetzt musst du das nicht mehr. Je schneller wir da sind, desto eher sind wir fertig. Steig ein.«

Ich stieg ein. Das Auto roch nach ihrem Himbeershampoo. Ich ließ mich in den Sitz sinken und schaute sie an.

So vieles hatte sich verändert, aber noch viel mehr war genau gleich geblieben.

»Jetzt kann ich mal diejenige sein, die dich mit dem Auto stalkt, was?« Lächelnd spähte sie zu mir herüber, bevor sie sich auf die Straße konzentrierte.

Dieses Lächeln schenkte mir mehr Frieden und Glück, als ich seit Langem gespürt hatte. Und es machte mir eine Heidenangst.

»Ich muss heute nur zwei Songs fertig machen. Du solltest vor Mitternacht zurück sein.«

»Lass dir so viel Zeit, wie du brauchst.«

»Habt ihr keine Ausgangssperre?«

»Knox kümmert sich darum.« Selbst wenn ich ihm gesagt hätte, dass er mich verpfeifen sollte, um sich selbst zu schützen, würde er das nicht tun. Womit ich mir seine Loyalität verdient hatte, war mir ein Rätsel.

»Ist bestimmt toll, einen Freund hier zu haben.«

»Das ist es. Seltsam, aber gut. Es ist leicht, in alte Muster zu verfallen. Ich weiß jedoch, dass er mir immer den Rücken freihält.«

»Muss schön sein, so jemanden in der Nähe zu haben. Es ist cool, dass ihr seit der Highschool befreundet seid.«

Ich wandte den Blick ab. Scham überkam mich, da ich verschwunden war, ohne jemals zurückzublicken. Nicht einmal, um den Kontakt mit jemandem zu halten, der mein bester Freund gewesen war. »Hast du in letzter Zeit mit Piper geredet?«

»Sie unterrichtet jetzt Englisch in Japan.«

Auch wenn Bay jedes Recht gehabt hätte, so zu tun, als hätte es Greenwood nie gegeben, hielt sie nach wie vor Kontakt zu ihren alten Freunden.

Dadurch fühlte ich mich nur noch schlechter. Ich war mit Knox befreundet, seitdem wir sieben gewesen waren, und hatte den Kontakt zu ihm einfach abgebrochen.

»Klingt heftig.«

Bay nickte.

»Sonst noch jemand aus Greenwood?«

Sie neigte den Kopf in meine Richtung. »Ich war nicht gerade ›Miss Beliebt‹. Meine Mom ist direkt nach dem Abschluss nach Sacramento versetzt worden, also habe ich nicht wirklich einen Grund gehabt, zurück nach Greenwood zu gehen.«

Dieses Gefühl kannte ich.

»Was ist mit dir? Abgesehen von Knox, hast du noch Kontakt zu jemandem?«

»Manchmal ist es schwer, von Dingen oder Menschen umgeben zu sein, die zu einer bestimmten Zeit in unserem Leben gehören.« Ich sah aus dem Fenster, an meiner Reflexion vorbei auf die Menschen, die die Alleen entlangschlenderten. Sie lebten ihr Leben, besuchten Freunde und Familie und wussten überhaupt nicht, was es bedeutete, wenn man Geheimnisse in sich trug, vor denen man so dringend hatte weglaufen müssen, dass man dabei fast das Bewusstsein verloren hatte.

»Da hast du wohl recht.« In ihrer Stimme klang Traurigkeit mit.

»Dich habe ich damit nicht gemeint.«

»Ich aber vielleicht.« Abrupt richtete sie den Blick wieder auf die Straße und schaltete für den kurzen Weg zum Studio das Radio an.

Vermutlich wäre es besser gewesen, wenn ich einfach den Mund gehalten hätte. Denn jetzt fiel Projekt Bay-Zurückgewinnen offenbar in sich zusammen, noch bevor es richtig angefangen hatte.

12

Bay

Die Aufzugtüren öffneten sich auf der Etage der Nexus-Records-Büros. Hier oben trugen die meisten bei ihrem hektischen Hin und Her zwischen den Büros oder den Konferenzräumen Hemden und Anzüge.

Unten im Kellerverlies vergaß man schnell das ganze Unternehmen, das nötig war, damit die Leute ihre Musik in den schalldichten Kabinen aufnehmen konnten.

Ich tätschelte den USB-Stick in meiner Hosentasche, bevor ich die Hand hineinschob, um das glatte Metall mit dem Aufdruck der UCLA in der Hand hin und her zu rollen. Er war noch warm, da ich noch mal alles überprüft hatte, bevor ich in den Aufzug gestiegen war. Mein Magen rumorte unaufhörlich, doch ich musste das jetzt durchziehen. Für meinen Dad. Für mich. Das hier war meine Chance, ohne die Was-wäre-wenn-Fragen zu leben.

Meine E-Mail mit den Dateien musste inzwischen in Walters Postfach angekommen sein, ich würde jedoch nicht riskieren, dass sie im Meer der anderen hoffnungsvollen Nachrichten unterging. Außerdem hatte er gesagt, ich solle ihm das Demo-Tape am Montag bringen, ohne dabei festzulegen, auf welchem Weg er es erhalten wollte. Es war besser, gründlich zu sein, als meine Chance zu verpassen, weil ich E-Mail

Nummer tausendundeins war und er immer nur die ersten tausend durchlas.

Ich ging an den Büros mit Aussicht auf die Stadt und den riesigen deckenhohen Fenstern vorbei, bis ich bei dem letzten vor der nächsten Abbiegung im Korridor ankam.

Walters Name war in die Tür eingraviert. Nicht auf einer Plakette, die einfach ausgetauscht werden konnte, sondern in das dunkle Holz gemeißelt, das zu dem Tisch passte, an dem sein Assistent wie ein Wächter vor der Tür saß und nur darauf wartete, ungebetene Eindringlinge zu verscheuchen.

Er beendete sein Telefonat, während er auf der Tastatur herumtippte und ein weiteres Gespräch über sein Headset aufnahm.

Ich blieb vor ihm stehen und trat von einem Fuß auf den anderen. Dabei versuchte ich, nicht darüber nachzudenken, wie man wohl eine E-Mail zurückziehen konnte, bevor ich außerdem diesen USB-Stick in den Abfallzerkleinerer in der Gemeinschaftsküche warf, sobald ich wieder im Wohnheim war. Wenn ich das tat, würde ich es für den Rest meines Lebens bereuen.

»Ich wollte Walter das hier vorbeibringen.« Während ich den Stick hochhielt, spannte ich die Muskeln an, damit er nicht sah, dass meine Hände zitterten.

Der Assistent verengte den Blick und verzog einen Moment lang den Mund. Doch er streckte mir nicht die Hand entgegen, um mir den Stick abzunehmen. Stattdessen huschte sein Blick zwischen mir und dem glänzenden Metall hin und her. »Und du bist?«

»Bay Bishop.«

Sein Blick verengte sich noch mehr, und er legte den Kopf schief.

Ich hielt den Atem an. Würde er gleich »Psycho« rufen und

mir den Stick aus der Hand schlagen, bevor er mir außerdem die Schlüsselkarte abnahm und mich aus dem Gebäude jagte?

»Okay, geh rein.« Er nickte in Richtung Tür.

»Möchten Sie ihn Walter nicht geben?« Mit zitternder Hand hielt ich ihm den Stick hin. »Ich habe ihm außerdem eine E-Mail mit einem Link zu den Dateien geschickt, nur für den Fall.«

Der alles andere als amüsierte Ausdruck auf seinem Gesicht verfestigte sich. »Nein, er hat gesagt, dass ich dich reinschicken soll, wenn du auftauchst. Also schicke ich dich rein.« Er scheuchte mich zur Tür.

Ich machte einen steifbeinigen Schritt vorwärts, mein Magen war ein einziger Zirkus. Die Tür ragte drohend vor mir auf.

»Türen funktionieren am besten, wenn man sie öffnet und durchgeht.«

Mein Blick zuckte zur Seite, bevor er von dem Assistenten wieder zur Tür wanderte.

Er stand von seinem Stuhl auf und öffnete die Tür. »Hier, ich helfe dir.«

Ein Schubs in meinen Rücken und ich befand mich auf der anderen Seite der Tür, die sich hinter mir schloss.

»Bay, da bist du ja. Ich wollte gerade nachsehen, ob du mir etwas geschickt hast, als Josh mir mitgeteilt hat, dass du hier bist.« Walter gestikulierte mit seiner Kaffeetasse in meine Richtung. »Komm doch rein.« Er lächelte und schien froh, mich zu sehen.

Das beruhigte die streunenden Katzen, die in meinem Bauch kämpften, allerdings kein bisschen.

Mit jedem Atemzug schien das Büro länger zu werden. Vielleicht lag das allerdings bloß an meinem benebelten panischen Hirn, das meine Ankunft im Maul des Löwen hinauszögern wollte. Mit nur einem Wort konnte er mich und jegliche Träume, die ich in Bezug auf Musik hatte, zerstören.

Der USB-Stick rutschte in meiner Hand hin und her.

»Ich habe Ihnen die Dateien auch geschickt.«

»Und du hast sie dabei.« Er nickte in Richtung meiner Hand. Der Schlüsselring des Sticks lugte aus meiner Faust.

Ich sah hinunter. »Ja.«

»Dann zeig mal her.« Er hielt mir die Hand entgegen.

Ich atmete tief ein und versteifte die Knie, bevor ich wie ein grüner Plastiksoldat auf den Tisch zustakste.

Als ich Walter den Stick reichte, kribbelten meine Finger.

Er schloss die Hand darum und zog daran, aber meine Finger klammerten sich nach wie vor an den Schlüsselring.

Er lachte. »Du wirst ihn schon loslassen müssen, damit ich ihn nehmen kann.«

Ich nickte und hielt ihn noch eine Sekunde lang fest, bevor ich meine Hand dazu brachte, sich zu entspannen.

Walter ging um seinen Schreibtisch herum, wobei er den Stick musterte, als sollte er ihn vielleicht doch einfach direkt in den Müll werfen. Vermutlich wegen des ganzen Schweißes, der daran klebte. Er steckte ihn in seinen Computer.

Ich stand in der Mitte seines Büros. Meine Sneakers versanken im weichen Teppich.

Er klickte ein paarmal auf die Maus und schaute mich an. Die Akkorde des Intros zu »Greenwood« drangen durch Lautsprecher, die ich nicht einmal sehen konnte.

Mein Herz schlug so laut, dass ich einen Blick nach unten warf, um nachzusehen, ob meine Brust vibrierte. Ich trat von einem Fuß auf den anderen und versuchte, mich zusammenzureißen.

Genau jetzt wünschte ich mir mehr als je zuvor, dass Dare bei mir wäre. Ich wollte die Finger mit seinen verschränken und seine Hand drücken, während ich auf das Urteil über diesen Traum wartete, von dem ich angenommen hatte, dass er nie wahr werden könnte. Doch nun stand ich mittendrin.

Die erste Zeile des Songs ertönte und erfüllte den Raum. Und dann war es vorbei.

Walter hatte den Song ausgeschaltet.

Ich wandte mich um und schlang die Arme so fest um den Bauch, als hätte mir jemand in den Magen getreten. *Wieso ist die Tür plötzlich so weit weg?*

»Bay, setz dich bitte. Du machst mich ganz nervös mit deinem Gezappel.«

Ich drehte mich wieder um, während mein Herz so laut hämmerte, dass es klang, als hätte jemand ein Schlagzeug in meinem Kopf installiert.

Walter deutete auf die leeren Stühle vor seinem Schreibtisch. »Möchtest du etwas trinken? Oder essen?«

»Wasser.« Meine Stimme brach und klang, als hätte man mich in der Wüste gefunden, nachdem ich drei Tage lang verschollen gewesen war.

Er zog die Augenbrauen zusammen. »Mit etwas Zitrone. Du solltest auf deine Stimme achten, Bay.«

Dann drückte er auf eine Taste an seinem Telefon und beauftragte seinen Assistenten damit, uns Wasser, Limonade und Saft zu bringen. Außerdem sollte er noch etwas zu essen aus Walters liebstem Feinkostladen mitbringen. »Wir werden eine Weile hier sein.«

Mein Verstand versuchte, mich vor der elenden Demütigung zu schützen, indem die Erinnerung an den vorigen Abend mit Dare wachrief. Zur Abwechslung war ich einmal diejenige gewesen, die ihn von der Straße aufgegabelt hatte. Es war mir so leichtgefallen, wieder in bekannte Muster zu verfallen, solange er mein einziges Publikum war. Selbst mit geschlossenen Augen hatte ich gewusst, dass er auf der anderen Seite der Scheibe saß und mich mit andächtiger Aufmerksamkeit beobachtete. Selbst wenn ich eine Aufnahme verhauen hatte, sprach er durch die Sprechanlage mit mir und sagte, dass sie besser gewesen war als die vorherige. Es war schwierig, sich befangen zu fühlen, wenn man von seinem größten Fan angefeuert würde.

Ich hatte ihn vermisst, aber es war herzzerreißend deutlich, dass ich wieder genau da landen würde, wo ich vorher gewesen war, wenn ich mehr Zeit mit ihm verbrachte. Die hauchdünnen Narben waren gerade erst verheilt, und ich war schon wieder bereit dazu, mich in die Höhle des Löwen zu begeben.

Walter saß auf der Kante seines Schreibtisches und nahm sich eine Flasche mit grünem Smoothie von dem Tablett, das sein Assistent hereingebracht hatte. »Die hast du alle selbst geschrieben, ja?«

Ich wischte mir die Hände an der Jeans ab. Sie waren klamm, als wäre ich gerade einige Runden um das Gebäude gelaufen. »Ja, ich habe sie vor ein paar Jahren geschrieben.«

»Und wie alt bist du?« Er studierte mich mit zusammengekniffenen Augen.

»Zweiundzwanzig.«

Er stieß einen leisen Pfiff aus. »Das muss eine spektakuläre Trennung gewesen sein.«

Ein nervöses Lachen kam mir über die Lippen, doch es klang eher wie ein Röcheln. »Es war eine emotionale Zeit.«

»Wie viele Songs hast du insgesamt?«

»Mein Notizbuch ist voll, aber ich habe die drei besten für das Demo-Tape ausgesucht.« Ich holte das Notizbuch aus meiner Tasche und blätterte darin.

Er nickte in dessen Richtung. »Darf ich mal?«

Meine Hände verkrampften sich um das grüne Buch. Mein Atem ging stoßweise, und mein Gesicht wurde in Sekundenschnelle schrecklich heiß. Abgesehen von Felicia hatte nur eine andere Person dieses Notizbuch gesehen, ganz zu schweigen davon, es berührt zu haben.

Ich nickte und hielt es ihm hin. Weil ich so sehr zitterte, raschelte das Papier. Ich fühlte mich, als würde ich das Innere meines Gehirns einem Mann darbieten, der mehr Lieder von gestandenen Musikern an einem Tag wegwarf, als ich in meinem ganzen Leben schreiben könnte. Mir kam die Galle hoch. Gedanklich schrie ich mir zu, dass ich diese Sache hier einfach vergessen und abhauen sollte, ohne mich noch einmal umzudrehen.

Er entzog das Buch meinem Griff.

Kurz bevor es meine Hand verlassen hatte, hatten sich meine Finger krampfhaft um den Einband gekrallt. Mir lief ein Schauer des Grauens den Rücken hinab.

Mit eindringlichem Blick blätterte Walter das Buch durch.

Jede Sekunde ließ mir das Herz bis zum Hals schlagen, als wollte es sich einen Weg durch eine Kehle ins Freie bahnen. Wenn er nicht bald etwas sagte, würde er die Hausmeister rufen müssen.

»Hier steckt vermutlich ein ganzes Album drin. Natürlich müsste man hier und da ein bisschen was verbessern und aufpolieren, aber das ist Material an sich ist gut.« Er gab es mir zurück.

Mein Körper entspannte sich ein wenig, und ich fühlte mich nicht länger, als würde ich gleich aus der Haut fahren.

Er lehnte sich zurück und musterte mich abschätzend. Sein Blick fühlte sich nicht unangebracht oder seltsam an, trotzdem war es mir peinlich, so genau unter die Lupe genommen zu werden.

»Es gibt ein paar Dinge, die wir erst mal klären müssen.«

Mein Herz sank mir in die Hose. Ich hatte keine Gerüchte über Walter gehört, aber ich hoffte, dass er jetzt nicht seinen Reißverschluss öffnen würde, damit ich ihm zeigte, wie sehr ich das hier wollte. Meine Antwort darauf: nicht so sehr.

Er stieß sich von dem Tisch ab und ging um ihn herum zu seinem Stuhl. Allerdings setzte er sich nicht, sondern klickte mit seiner Maus und tippte etwas auf seiner Tastatur. »Du kennst Madison Stone, richtig?«

»Nein?« Es fühlte sich an, als hätte man mir einen Test vorgesetzt, für den ich nicht gelernt hatte.

»Maddy, die Managerin von *Without Grey*.«

Ein Hauch von Erleichterung überkam mich und ich nickte. »Ich bin ihr schon mal begegnet. Aber ich glaube nicht, dass sie sich an mich erinnert.« Wie viele Leute traf sie als Managerin von *Without Grey*? Wahrscheinlich mehrere Hundert in der Woche. Die paar Nächte vor all den Jahren hatte sie bestimmt längst vergessen, wenn man ihr Leben mit den Jungs in Betracht zog.

Er nickte und nahm sein Telefon in die Hand, scrollte darin herum und tippte dann auf das Display, bevor er es auf den Tisch legte.

Aus dem Lautsprecher drang ein kurzes Freizeichen, bevor eine Frau abhob.

»Hey, Walt.«

»Nach dieser Sache hier sind wir quitt.« Er verschränkte die Arme vor der Brust.

»So gut, was?« In ihrer Stimme schwang eine angespannte Intensität mit.

Er zog die Mundwinkel nach unten. »Das ist mein Arsch, der hier auf dem Spiel steht. Aber genau genommen hast du sie zuerst entdeckt.«

Sie hatten über mich geredet? Also, ein Gespräch geführt, in dem mein Name erwähnt worden war? Mein Magen rumorte, als hätte jemand den Bass voll aufgedreht.

»Heul doch. Du wirst drüber hinwegkommen. Aber ich hab's dir ja gesagt, als du ihren Namen erwähnt hast.«

Ich war kurz davor, aus dem nächstbesten Fenster zu springen.

Walter legte sich einen Finger ans Kinn und betrachtete mich mit schief gelegtem Kopf.

In meinem Mund sammelte sich die Art von Speichel, dem für gewöhnlich Mageninhalt folgte, und ich hielt nach einem Mülleimer Ausschau.

»Das hast du. Sie ist gerade hier bei mir.« Er winkte mich näher zu sich.

Ich schluckte meine Nervosität herunter und beugte mich Richtung Telefon. »Hi, Maddy. Lange nicht gesehen.« Ich widerstand dem Drang, mir mit der Hand auf die Stirn zu schlagen. Natürlich sahen wir uns nicht, wir telefonierten nur.

Sie lachte leise. »Fühlt sich wie eine Ewigkeit an. Ich bin nächste Woche in der Stadt. Unterschreib bis dahin nichts.« Beim letzten Satz klang ihre Stimme hart wie Stahl.

Walter schüttelte den Kopf und verdrehte die Augen.

Ich leckte mir über die Lippen. »Niemand hat mir irgendwas zum Unterschreiben gegeben. Abgesehen vom Gästebuch unten.« Scheiße, hatte ich schon etwas versaut?

»Gut. Walt wird dafür sorgen, dass es so bleibt, wenn er seine Fähigkeit, normal laufen zu können, schätzt.«

»Ich hab dich angerufen, oder?« Er starrte auf das Handy hinunter und schüttelte ungläubig und beleidigt den Kopf. »Ohne mich wüsstest du von gar nichts.«

Maddy sprach weiter, als hätte er gar nichts gesagt. »Hast du am Mittwoch Zeit, mich zu treffen?«

Wenn ich ein Kaugummi gekaut hätte, dann wäre ich in diesem Augenblick daran erstickt. Aber auch ohne fiel es mir schwer zu schlucken. »Jederzeit? Nenn mir einen Ort und ich werde da sein.«

»Richtige Antwort. Walt wird mir deine Kontaktdaten geben, und ich schicke dir eine Nachricht. Hast du einen Reisepass?«

»Ja?« Wie lange waren die gültig? Ich hatte mir im ersten Jahr auf dem College einen machen lassen, weil ich gedacht hatte, dass ich die Frühlingsferien weit weg auf irgendeiner exotischen Insel verbringen würde. Stattdessen hatte ich während meiner Uni-Zeit sämtliche Ferien im Wohnheim oder im Studio verbracht.

»Ist das eine Frage?«

»Nein?«

Sie lachte erneut. »Wie ich sehe, habe ich noch eine Menge Arbeit vor mir. Aber alles gut. Das kriegen wir schon hin.«

Ich rutschte auf dem Sitz nach vorne und hielt mich an der Schreibtischkante fest, als würde ich gleich ins Weltall geschossen werden. »Woran genau werden wir arbeiten?«

»Ich verspreche nichts, Bay. Aber wenn du deine Karten richtig ausspielst, kannst du alle deine Pläne für dieses und auch die kommenden Jahre absagen. Wir treffen uns, besprechen ein paar Möglichkeiten und sehen dann, was für dich gut genug klingt, wenn es darum geht, eine EP aufzunehmen. Da du auch schreibst, würde ich mir die Songs ebenfalls angucken und sehen, was sich damit machen lässt. Wie klingt das?«

Euphorie sprudelte in mir hoch, bevor ich sie wieder ins Glas stopfte, es zuschraubte und zurück ins Regal schob. *Freu dich nicht zu früh.* Wie oft hatte meine Mom die traurigen Geschichten erzählt, in denen Dad gedacht hatte, dass er mit jemandem auf Tour gehen oder vielleicht auf einem Album erscheinen würde, bevor seine Träume zerplatzt waren.

Selbst Freddy hatte mich in Greenwood daran erinnert, wie unbeständig die Musikindustrie war. Nichts war real, bis ich auf der gestrichelten Linie unterschrieben hatte. Und sogar dann geschah es ständig, dass Deals einfach platzten.

Mit einem Nicken und einem Grinsen, das mir in den Wangen wehtat, verließ ich Walts Büro und winkte auf dem Weg nach draußen noch seinem Assistenten zu. Womöglich rastete ich außerdem noch kurz im Aufzug aus, dessen Türen sich im Erdgeschoss öffneten, bevor ich fertig war. Das bedeutete, eine Lobby voller Leute, die viel cooler waren als ich, konnten das Ganze mitverfolgen. Aber selbst das war mir egal.

Mit einem Lächeln, das einfach nicht nachlassen wollte, fuhr ich wie benommen zum Campus zurück. Ihm hatte gefallen, was ich auf die Beine gestellt hatte. Walt und Maddy waren begeistert. Zumindest Walt war überzeugt und Maddy vertraute einfach auf ihn.

Die Enge in meiner Brust löste sich. Ich stieg aus und warf meinen Schlüsselbund in die Luft.

Aber was würde passieren, wenn sie mich darum baten, für sie zu singen? Meine Finger erstarrten und die Schlüssel fielen klirrend vor mir zu Boden.

»Alles okay, Bay?«

Die Stimme des Fremden drang durch den Nebel und unterbrach meine spontane Theatervorführung, in der ich meine Rolle als Statue zum Besten gab.

Ich ließ den Tunnel des Terrors hinter mir und starrte Knox an.

Er spähte zu mir hoch, während er meine Schlüssel aufhob.

»Alles gut.« Ich war so darum besorgt gewesen, ob es Walter gefallen würde, dass ich den Teil, bei dem es ums Auftreten und Singen ging, vollkommen vergessen hatte.

»Sicher?«

Ich nickte mit glasigem Blick. »Absolut, wieso fragst du?« Warum klang meine Stimme so weit entfernt? Als wäre ich gedanklich in einem Stadion und mein Hirn säße fünfzig Reihen weiter auf seinem eigenen Platz.

»Weil ich dir deine Schlüssel seit einer geschlagenen Minute hinhalte und du dich seitdem kein Stück bewegt hast.«

Mein Blick zuckte zum Schlüsselbund in seiner Hand, bevor ich danach griff.

»Du hast in letzter Zeit viel mit Dare abgehangen.«

Ich öffnete den Mund und schloss ihn wieder. »Wir …«

»Wir sind Mitbewohner, weißt du noch? Es ist schön, wieder mit ihm abzuhängen, nach all der Zeit.«

»Habt ihr euch nicht in den Ferien gesehen? Er hat gesagt, du bist der Einzige aus Greenwood, mit dem er noch Kontakt hat.«

Er blieb stehen, also tat ich das auch und sah ihn an. »Er ist nie nach Greenwood zurückgekommen.«

Sprachlos starrte ich ihn an.

»Warum …« Ich hatte gedacht, auch wenn er seinen Dad nicht sehen wollte, war Greenwood immerhin seine Heimat. Nie dorthin zurückzukehren … Ich war direkt nach Kalifornien zurückgegangen, als es mir möglich gewesen war.

»Dort gab es nicht viel für ihn. Sein Arschloch von einem Vater? Das Haus, das nur schlechte Erinnerungen bereithält? Er hat die Stadt ein paar Tage nach dem Abschluss verlassen und ist wie vom Erdboden verschluckt gewesen. Kommt es dir nicht so vor, als hätte er sich verändert?«

Ich spürte einen Stich in meiner Brust. Wenn ich seinen Vater nicht ohnehin schon gehasst hätte, dann hätte ich das jetzt erst recht getan, dafür dass er Dare – abgesehen von den ganzen anderen schrecklichen Dingen – auch noch die einzige Stadt weggenommen hatte, die er je als Heimat hatte bezeichnen können.

»Er ist schon anders als früher, ja.« Etwas von seiner Intensität war weg. Der hungrige Ausdruck in seinen Augen saß nicht mehr so tief. Ab und zu flackerte er stärker auf, doch das unterdrückte Dare immer sofort. »Und er hat vier Jahre lang nicht mit dir geredet?«

»Ich glaube, er wollte vieles von dem, was passiert ist, einfach vergessen. Aus mehreren Gründen. Ich bin eben leider Teil der schlechten Erinnerungen gewesen, von denen er sich befreien wollte.« Ich sah einen Anflug von Traurigkeit in seinem Blick. »Er hat eine Menge durchgemacht, Bay.«

Er war nicht der Einzige gewesen, der versucht hatte, alles zu vergessen.

»Warum verteidigst du ihn direkt, so als wäre ich diejenige gewesen, die ihn verletzt hat? Ich habe ihn einfach nur geliebt. Ich habe ihn geliebt und ihm vertraut, und er hat etwas zerstört, das ich nie wieder zurückbekommen kann. Wieso stellst du mich jetzt als die Böse dar? Ich habe ihm gesagt, er soll sich von mir fernhalten.« Mit zusammengekniffenen Lippen funkelte ich Knox an. Und ich wollte ihm dafür in die Eier treten, dass ich mich vor ihm rechtfertigen musste.

Er öffnete den Mund, bevor er ihn wieder zuklappen ließ. »Du hast recht. Er hat es auf eine Art versaut, die du ihm sicher nur schwer vergeben kannst. Aber spiel nicht mit ihm, wenn du nicht ehrlich zu ihm sein kannst.« Er hielt die Tür zum Wohnheim auf.

»So ist das nicht. Wir haben einen Deal. Er hilft mir nur.« Ich blieb stehen und fixierte ihn mit einem wütenden Blick. Wieso zur Hölle musste ich mich jetzt verteidigen? Es war falsch, ihn zu benutzen, indem ich mit ihm schlief, aber das tat ich nicht mehr. Nach dem einen Mal hatte ich die Finger von ihm gelassen. »Das geht dich eigentlich gar nichts an.«

»Er würde sich den linken Arm amputieren, wenn das bedeuten würde, dass du ihm den Druckverband anlegst.« Sein Blick war voller Sorge, so als würde ich von Dare verlangen, genau das zu tun, nur um ihn bluten zu sehen.

Ich war hier diejenige, die das Risiko einging. Ich war die, die sich ihm erneut öffnete.

»Und was ist mit den ganzen jubelnden Fans, die er in ein paar Wochen haben wird? Und mit denen, die er schon in der Highschool hatte und sicherlich auch im College?« Ein Funken Eifersucht schoss mir durch die Brust. Ich war überzeugt, dass ich nach ein paar Wochen Aufmerksamkeit von anderen Frauen schnell ersetzt worden war. Wenn es auch nur ansatzweise so gewesen war wie für die Sportler an unserem Campus, dann hatte er zweifellos genug Auswahl gehabt.

»Die Fans bedeuten rein gar nichts, wenn man sie mit etwas Echtem vergleicht.«

»Vielleicht, aber zwischen uns läuft nichts. In zwei Wochen gehen wir getrennte Wege und können das Ganze hier als Abschluss unserer Highschool-Geschichte endgültig zu den Akten legen.« Für ihn zu singen hatte mir ein Gefühl der Freiheit gegeben, das ich schon lange nicht mehr empfunden hatte. Jetzt war allerdings nicht der richtige Zeitpunkt, um zuzulassen, dass mein Hirn durcheinanderbrachte, was das zu bedeuten hatte. Diese alten Gefühle zu spüren war nicht das Gleiche, wie sie neu zu entfachen. Walt hatten meine Songs gefallen. Ich würde mich mit Maddy treffen. Ich hatte keine Zeit, mich auf etwas anderes als meine Musik zu konzentrieren. Ich bog in den Gang ab, der zu meiner Wohnung führte.

Dare saß neben der Tür und hatte den Kopf an die Wand gelehnt, seine Lider waren geschlossen.

Ich kniff die Augen zusammen. Nach unendlich vielen Aufnahmen hatte ich mich gestern endlich entspannen können. Aber für ihn musste es nach den anstrengenden Tagen voller

Training gestern und heute nicht einfach gewesen sein. Und trotzdem hatte er es getan. Der Schmerz in meinem Herzen war zurück. Genau der, für den ich keine Zeit hatte.

Vielleicht konnte ich mal nach Massagetechniken suchen. Um ihm etwas zu helfen, da er auch mir half.

»Sei vorsichtig mit meinem Kumpel, Bay.« Knox öffnete den Mund, als wollte er noch etwas hinzufügen, schloss ihn jedoch wieder, bevor er sich zu den Aufzügen umwandte.

Ich rutschte an der Wand gegenüber von Dare zu Boden. Ich wollte neben ihm sitzen. Es juckte mir in den Fingern, ihm durchs Haar zu fahren. Vielleicht lag es an den langen Nächten, daran, ihm wieder so nah zu sein und dann noch Knox zu begegnen, aber in diesem stillen Gang, in dem sich keine Glasscheibe zwischen uns befand und er aussah wie damals, wenn er nach dem Training oder Work-out zu mir gekommen war, fielen sämtliche vorherigen Argumente gegen das, was das hier bedeutete, von mir ab. Ich wollte in meinem Bett liegen, damit er mich wie früher zeichnen konnte, während ich ihm alles erzählte. Im Studio hatte er gezeichnet, aber tat er das noch oft? War sein Zeichenblock voller anderer Frauen, denen ein Teil seines Herzens gehörte?

Er öffnete flatternd die Augenlider und lächelte mich gähnend an, als er mich sah.

Mein Herz fühlte sich wie ein Singvogel an, der sich mit schwirrenden Flügeln in die Luft erhob.

»Hey, Bay.«

13

Dare

Die Augen zu öffnen und in Bays lächelndes Gesicht zu blicken war etwas, das ich früher für selbstverständlich gehalten hatte. Doch diesen Zeiten waren vorbei.

Sie saß mir gegenüber und wirkte so aufgeregt, als würde sie jede Sekunde aus der Haut fahren. Allerdings auf eine gute Art. Sie hatte die Arme um die Knie geschlungen und wiegte sich von einer Seite zur anderen, als würde das Lied in ihrem Kopf sie zum Tanzen drängen.

»Es ist also gut gelaufen?« Ich gähnte, schüttelte den Kopf und legte ihn schief, um meinen Nacken zu dehnen.

Ihr Lächeln war so breit, als hätte sie gerade einen Touchdown erzielt. Sie nickte, wobei einige Haarsträhnen aus ihrem Pferdeschwanz rutschten und ihr ins Gesicht fielen. »Meine Songs haben ihm gefallen. Und ich glaube, ich habe jetzt eine Managerin.«

Ich stand vom Boden auf, stolz und erleichtert, dass es funktioniert hatte. Aber ich wusste auch, wie viele Haie da draußen umherschwammen und nur darauf wartete, sich an Menschen ranzumachen, die auf dem Weg zum Ruhm waren. »Wie das?« Das war ja schnell gegangen. Ich hatte keine Ahnung, wie die Dinge in der Musikindustrie liefen, doch dass sie in derart kurzer Zeit an eine Repräsentantin gekommen war, wirkte geradezu rekordverdächtig. Ich war davon ausgegangen, dass man stundenlang Aufnahmen erstellen und diese überall herumschicken musste, um das Interesse einer Agentur zu wecken.

Sie stand auf und lehnte den Rücken an die Wand. Ihre Hände gestikulierten wild, während sie redete, als würde sie die Aufregung in ihrem Inneren nicht zurückhalten können. »Erinnerst du dich an die Frau, die damals mit *Without Grey* im Studio war? Walter hat sie angerufen, um sich nach mir zu erkundigen, bevor ich ihm das Demo-Tape gegeben habe. Und sie möchte sich am Mittwoch mit mir treffen.« Sie starrte mich mit einem ungläubigen und erstaunten Glänzen in den Augen an.

»Worüber will sie mit dir reden?«

»Über Shows, die nächsten Schritte und andere Dinge. Ehrlich gesagt habe ich keine Ahnung, aber es ist aufregend. Ich weiß, ich sollte mir nicht allzu viel Hoffnung machen. Meine Mom hat immer davon geredet, wie oft Dad in all den Jahren enttäuscht worden ist. Aber …« Sie wippte auf den Fußballen auf und ab. Die übersprudelnde Energie und das Versprechen einer Zukunft, von der sie immer geträumt hatte, platzten aus ihr heraus und füllten den Gang mit Aufregung und neuen Möglichkeiten. »Es fühlt sich real an.«

»Du hast es mehr als verdient. Ich freue mich für dich.« Meine Sorge durchdrang die Freude, die ich für sie empfand. Jetzt da sie das Tape fertig hatte, musste ich mich zwangsläufig fragen, was das für uns und die Zeit, die ich mit ihr zu verbringen gehofft hatte, bedeutete. Sie hatte mich näher an sich herangelassen und nun würde sie vielleicht von der Maschinerie der Musikindustrie verschluckt werden, bevor unsere gemeinsame Zeit im Trainingslager zu Ende war.

»Danke noch mal, dass du dir Zeit für mich genommen hast. Ohne deine Hilfe hätte ich das nicht geschafft.«

»Ich habe dir ja ohnehin was geschuldet.« Und meine Hilfe war nicht einmal ansatzweise genug, um die Schuldgefühle für das zu beseitigen, was ich getan hatte. Aber es war ein Anfang.

Sie lachte und band sich den Pferdeschwanz neu, wobei sie die ganzen herausgefallenen Strähnen einsammelte.

»Können wir irgendwo reden?«

Sie musterte kurz ihre Tür und nickte dann, bevor sie mit dem Kopf den Gang entlang zeigte, damit ich ihr folgte. »Hast du Lust auf Snacks? Ich könnte welche gebrauchen.«

Und so landeten wir in dem Lebensmittelgeschäft des Campus, wenn man es denn so bezeichnen konnte. Größtenteils befanden sich darin Regale voller Junk Food aus ganz Amerika, um das Heimweh der Studenten ein wenig zu stillen.

Während sie die Regale absuchte, entfernte Bay sich von mir.

Mein Handy vibrierte in meiner Tasche.

Ich holte es heraus und bekam noch eine Nachricht. Angesichts der letzten, die ich bekommen hatte, überkam mich ein unangenehmes Kribbeln.

Bay gesellte sich wieder zu mir. »Alles okay?« Ihr Blick war erfüllt von Sorge.

Ich warf einen Blick auf mein Handy.

Unbekannt: Besorgst du mir Tickets für eins deiner Spiele?

Meine Schultern entspannten sich. Ich schüttelte die entsetzliche Panik ab, die sich in meiner Brust breitmachen wollte, und lächelte Bay an. »Alles gut. Nur jemand, der versucht, durch mich an Karten für ein Footballspiel zu kommen, sobald die Saison startet.«

Ihr Blick wurde weicher. »Davon musst du viele bekommen.«

»Hat ein wenig nachgelassen. Und ich bekomme bestimmt

nicht so viele wie die Typen, mit denen ich im College zusammengewohnt habe. Die wurden alle in der ersten Runde gedraftet und sind wesentlich bekannter als ich.« Ich blockierte die Nummer.

»Trotzdem. Leute, die du nicht mal kennst, bombardieren dich mit Nachrichten.«

»Berufsrisiko, schätze ich. Mir ist es lieber, die Leute haben mich gern um sich, als dass sie vor mir weglaufen. Aber es ist schwierig zu erkennen, wer dich tatsächlich mag und wer nur was von dir will.«

Wir packten eine ganze Tüte voll mit Knabberzeug für was auch immer Bay vorhatte. Die Ernährungsexperten würden mich für das ganze Zeug umbringen. Wir sollten all unsere schlechten Angewohnheiten ablegen und nur die guten mit in die Saison nehmen, damit unser Körper die brutalen Anstrengungen aushalten konnte, die wir siebzehn Wochen lang ertragen müssen würden. Ich war mir sicher, dass die Gummiwürmer morgen im Mülleimer an der Seitenlinie landen würden. Aber wie das meiste von dem, was ich in ihrer Gegenwart tat, weil ich mich einfach nicht davon abhalten konnte, würde auch das es wert sein.

Wir verließen den Laden und gingen Richtung Hauptplatz. Ich dachte, wir würden zurück zu ihrer Wohnung gehen, doch stattdessen führte sie mich den Weg zum botanischen Garten hoch.

Am Horizont verschwand gerade die letzte Glut der untergehenden Sonne, als wir ein Fleckchen zum Sitzen auf einem großen, flachen Stein fanden, der genug Platz für uns beide und die Snacks bot.

Das Einzige, was ich hören konnte, waren knisternde Chipstüten, das Zischen von zwei Dosen Limonade und die Stille, die nicht zu einem Campus passten. Gelb-, Rosa- und Lilatöne von Blumen, die ich noch nie zuvor gesehen hatte, umgaben uns.

Es juckte mir in den Fingern, nach Zettel und Stift zu suchen. Und zwar nicht nur wegen der Landschaft.

Ihre Haare trug sie nach wie vor in einem Pferdeschwanz hochgebunden. Das Profil, das ihr diese Frisur verlieh, hatte sich in meine Erinnerung eingebrannt, allerdings hatten einige subtile Veränderungen stattgefunden, seitdem ich ihr das letzte Mal so nah gewesen war und so viel Zeit mit ihr verbracht hatte. Und dieses Mal befand sich keine Scheibe zwischen uns. Die Skizze, die ich im Studio anfertigt hatte, war die erste gewesen, die ich seit Wochen gezeichnet hatte – vielleicht sogar seit Monaten.

Es war einfach zu viel los gewesen. Zu viele Ablenkungen und kaum Zeit für mich. Außerdem hatte ich beschlossen, mich nicht mehr selbst zu geißeln, indem ich sie zeichnete. Dass ich jetzt wieder mit ihr hier war, so kurz nachdem ich diese Entscheidung getroffen hatte, kam mir wie ein seltsam passender Wink des Schicksals vor. Auf diese Art versuchte das Universum mir wohl mitzuteilen, dass es ein netter Versuch gewesen war zu glauben, ich könnte mit ihr abschließen.

Bay betrachtete die blühenden Pflanzen um uns herum, die jetzt von den Lampen entlang des Weges erhellt wurden. Sie spannte die Schultern an, bevor sie sie wieder entspannte. Dann traf mich ihr Blick und sie wandte ihn wieder ab, so als würde sich in ihrem Kopf ein ganzes Gespräch abspielen, zu dem ich nicht eingeladen worden war.

»Ich bin bereit.« Das sagte sie zwar, aber es hörte sich an, als wäre sie nicht ganz sicher.

Ich wischte mir die salzigen Finger an der Jeans ab. »Wofür?«

»Dafür, dass du mir erzählst, was an dem Tag passiert ist.« Sie schlang die Arme um ihre Knie und legte den Kopf auf einen davon, als würde sie es sich für eine großartige Campinggeschichte am Lagerfeuer gemütlich machen.

Diesmal wich ich ihrem Blick aus. Ich musste meine gesamte Selbstbeherrschung aufbringen, um nicht aufzuspringen und loszusprinten, bis sich mein Herz anfühlte, als würde es zerspringen. All das Grün und die farbenfrohen Blumen um uns herum erschufen einen Ort der Ruhe und Stille, der von den riesigen Bäumen beschützt wurde, die ringsherum aufragten, als würde nichts sie je umhauen oder ihnen das Sonnenlicht stehlen können. Nichts würde sie jemals so fertigmachen, dass sie nicht mehr weitermachen konnten. Auf diese Gelegenheit hatte ich schon so lange gewartet, genau das hatte ich ihr die ganze Zeit erzählen wollen.

»Du musst nicht, falls …«

»Das war vermutlich einer der schlimmsten Tage meines Lebens, weil ich erkannt habe, zu was ich fähig bin. Ich habe miterlebt, zu was ich werden konnte und wie kurz ich davor stand, eine Grenze zu überschreiten, von der es kein Zurück gibt. Die Gitarre …« Ich kniff die Augen zusammen und lehnte mich etwas zurück. Die Chips drohten mir wieder hochzukommen. »Seit diesem Tag trage ich die Reue darüber, die Gitarre deines Dads zerstört zu haben, in mir. Dich zu verletzen war das Letzte, was ich wollte. Und egal was in meinem Leben auch passiert ist, das habe ich nie auf dir abladen wollen.«

»Warum bist du ausgeflippt, weil ich vor der Schule gesungen habe?« Ihre Stimme war leise, doch sie strahlte mit jedem Wort Schmerz aus.

Ich öffnete die Augen und blickte in ihre. »Es war der Song.«

Sie hob den Kopf. »Der, den ich für dich gespielt habe?«

Ich schaute sie an und fühlte mich noch mehr wie ein Arschloch, als ich es ohnehin schon getan hatte. »Ich habe nicht wirklich zuhören können. Als du ihn für mich gespielt hast, war es ein Song über jemanden, der stark und mutig war und dein Herz in seinen Händen gehalten hat. Aber während ich mit dem Faustabdruck meines Dads auf den Rippen im Publikum gesessen habe, habe ich nichts davon hören können. Alles, was ich gehört habe, war, wie du der ganzen verdammten Schule ein Geheimnis offenbarst, das ich jahrelang für mich behalten habe.«

Ihre Hände schossen hoch zu ihrem Gesicht und bedeckten ihren Mund. »Das hätte ich nie gemacht, Dare. So was hätte ich niemals getan.«

»Das weiß ich jetzt.« In dem Song war es darum gegangen, dass ich geholfen hatte, ihr geschundenes Herz zu heilen. Dass die Wunden ihrer Vergangenheit nicht mehr so tief waren, wenn ich in der Nähe war. Dass ich es ihr leichter machte, jeden Tag zu lächeln. Und das machte es nur noch schwerer zu glauben, dass ich jemals wieder diese Person für sie würde sein können. »Als ich zwischen den ganzen Leuten in der Aula gesessen habe, mit denen ich aufgewachsen bin und vor denen ich schon so oft mit aufgeplatzter Lippe Dinge geheim gehalten hatte, konnte ich die Worte nicht verstehen. Es war, als würde ich alles andere ausblenden, abgesehen von den Zeilen, die mir wehgetan haben. Sie zu hören, direkt nachdem Coach Greer mir erzählt hat, dass ich alle meine Chancen vertan hatte, für irgendein College zu spielen …«

Sie keuchte.

Ich starrte zum fast tintenschwarzen Himmel hinauf. Zu viel Lichtverschmutzung, um auch nur einen einzigen Stern zu erkennen. Die Trostlosigkeit zu wissen, dass andere dort draußen waren, aber nicht in der Lage zu sein, sie zu sehen oder sie zu erreichen. Ein Leben in Isolation. Das war die Art von Leben, von dem ich gedacht hatte, dass ich es führen müssen würde.

»Also bin ich auf die Bühne gestürmt. Ich war völlig außer mir und habe kaum noch einen klaren Gedanken fassen können. Alle haben versucht herauszufinden, was los war. Und ich habe versucht herauszufinden, warum du mir das Herz rausreißen und es der gesamten Schule zum Fraß vorwerfen würdest. Ich konnte nichts sehen. Und nichts hören. So war es schon immer, wenn ich mich gefangen gefühlt habe. Wenn ich das Gefühl hatte, dass es keinen Ausweg gibt, habe ich den Verstand verloren. Ich bin vollkommen ausgeflippt, habe deine Gitarre kaputt gemacht und dir Angst eingejagt.« Ich blinzelte die Feuchtigkeit in meinen Augen weg und riskierte einen Blick in ihre Richtung.

Jetzt wo sie die ganze Geschichte kannte, fühlte ich mich ein wenig erleichtert. Bis jetzt hatte ich sie ihr nicht komplett erzählt. Dazu war ich nicht in der Lage gewesen.

Sie wischte sich die Tränen von den Wangen und sah mich mit einem Hauch von Verständnis an.

Ich meiner Brust keimte Hoffnung auf.

Doch es tat weh, dass ich sie wieder zum Weinen gebracht und sie traurig gemacht hatte, indem ich die alten Erinnerungen hatte hochkommen lassen.

»Ich bin aus dem Raum gerannt, habe mich übergeben und mich gefragt, was ich angerichtet habe. Und dann hat der Coach mich gefunden und mir gesagt, dass mich doch eine Uni annehmen wollte.« Ich kniff die Augen zusammen und entspannte die Hände, während ich versuchte, mich zu beruhigen und diese Gefühle der Verlorenheit zu ersticken. Wenn ich gewusst hätte, dass mein Leben nicht zu Ende war, hätte ich ihren Worten dann Beachtung schenken und sie singen hören können? Wenn ich nicht dermaßen sicher gewesen wäre, dass nie wieder etwas Gutes in meinem Leben passieren würde, hätte ich dann die Sache mit ihr nicht versaut?

»Als der Nebel sich gelichtet hat, nachdem du meinen Namen geschrien hast, und ich gesehen habe, wie du zusammengekauert in der Ecke gesessen hast, war das der schlimmste Augenblick in meinem Leben. Ich habe mich nie wie das Monster fühlen wollen, das ich in dem Moment war.« Der Nebel der Wut hatte seitdem nur ein weiteres Mal Besitz von mir ergriffen. Meine Hände zitterten, und ich ballte sie zu Fäusten, die ich gegen den Stein unter mir drückte. Ich vergrub diese Gefühle und schob die Erinnerungen weg.

Bay atmete zittrig aus, so als hätte sie die ganze Zeit über die Luft angehalten. »Das war eine Menge, mit dem du fertigwerden musstest.«

Ich nickte. In meinem Hals bildete sich ein Kloß, allerdings nicht wegen ihres Mitleids, sondern wegen ihrer Aufrichtigkeit. Diese Anerkennung hatte ich nicht verdient, denn es hätte nie so weit kommen dürfen.

»Wie geht es dir jetzt?« Sie strich sich die Haare aus dem Gesicht, als käme nun der allerwichtigste Teil und als wollte sie nicht eine Silbe davon verpassen.

Ich entspannte die Fäuste und drückte die Handflächen auf den festen Stein unter mir. »Ich bin hier, oder? Mir geht's gut. Hab auf der Fulton eine gute Clique erwischt. Vielleicht kannst du die irgendwann mal treffen. Ich habe mich im Unterricht angestrengt. Härter trainiert. Und habe sichergestellt, dass ich – für den Fall, dass ich nicht gedraftet werden würde – einen Abschluss und einen Durchschnitt habe, für den man mich bei einem Vorstellungsgespräch nicht auslacht.«

Das College war so anders gewesen als die Highschool. Der Unterricht war nicht mehr einfach nur da gewesen, um die Zeit bis zum Training oder einem Spiel zu überbrücken. Uni-Kurse waren meine Chance gewesen, endlich sichergehen zu können, dass ich nie wieder solche furchtbaren Nächte durchleben musste, in denen ich jeden Satz fünfmal lesen musste, weil mein Magen vor Hunger so laut knurrte. Ich hatte die Mensa voll und ganz ausgenutzt und außerdem gelernt, wie man Reis- und Bohnengerichte kochte, sobald ich mir ein paar Töpfe und Pfannen hatte kaufen können, damit ich nie wieder hungern musste. Nun besaß ich das Stück Papier, das mir immer außer Reichweite erschienen war.

»Und diese Gefühle? Die, deretwegen du damals Spiegel eingeschlagen, Autos demoliert und Gitarren zertrümmert hast?« Sie hob die Mundwinkel an, lächelte jedoch nicht. Sie wollte nur etwas Spannung abbauen oder mich vielleicht wissen lassen, dass ich nicht verhört wurde.

»Ich habe viel trainiert. Das hat mir letztendlich gute Dienste geleistet. Ich bin Laufen oder in den Kraftraum gegangen. Wenn es sein musste auch zweimal am Tag.«

»Hast du jemals jemandem deiner neuen Freunde von deiner Vergangenheit erzählt?«

Ich zuckte zusammen, und die Chipstüte zwischen uns raschelte, als ich mit dem Fuß dagegenstieß. »Warum zur Hölle sollte ich das tun?«

»Warum nicht?«

»Weil ich Greenwood und das alles hinter mir gelassen habe. Warum sollte ich es wieder ausgraben? Ich werde nie wieder dorthin zurückgehen. Warum sollte ich also meinen Ballast auf ihnen abladen?« Ich wusste ja nicht, wie es am College für sie so gelaufen war, aber an der Fulton hatten wir uns nicht gegenseitig die Haare geflochten und uns beieinander ausgeweint, während wir Eis direkt aus der Packung gelöffelt und in Erinnerungen geschwelgt hatten. Sich auf und abseits des Spielfeldes gegenseitig den Rücken freizuhalten war selbstverständlich. Aber warum musste es mehr sein?

»Warum so tun, als wäre es nicht passiert?« Sie legte den

Kopf schief, als würde ihre Frage einen Sinn ergeben. Wer lief schon herum und heulte sich bei Freunden über seine verkorkste Kindheit aus, vor allem bei neuen Freunden? Selbst Knox wusste nur über wenige Details Bescheid, dabei kannte ich ihn seit unserem ersten Streit auf dem Spielplatz in der ersten Klasse.

»Mich beim Beer Pong über meine beschissene Kindheit auszukotzen wäre vielleicht nicht ganz passend gewesen.«

Sie drehte sich auf ihrem Hintern, bis sie mir direkt zugewandt saß. »Und du denkst, buchstäblich vor deinen Problemen davonzulaufen, ist der beste Weg, damit fertigzuwerden?«

»Womit? Mir geht's gut. Laufen hilft mir, ruhig zu bleiben. Jeder braucht ein Ventil. Hast du keins?«

»Früher war das Musik.« Sie schnippte gegen den Rand einer Verpackung.

»Das kann wieder so sein.« Sobald ich die Gitarre fertig hatte, würde sie das auch erkennen. Sie würde sehen, dass ich alles in Ordnung gebracht hatte, und wir könnten es hinter uns lassen. Der Kleber war vor einigen Tagen getrocknet, aber ich war nicht dazu gekommen, mit der Reparatur weiterzumachen. »Ich muss vor der Abendrunde zurück sein.«

Sie kniff die Lippen zusammen und nickte. Wir packten die übrigen Snacks ein. Die Wege, die aus dem botanischen Garten hinausführten, waren verlassen. Die Luftfeuchtigkeit und das Laub fühlten sich jetzt erdrückend an.

Sie hielt mir das Knabberzeug hin, als wir im Flur des Erdgeschosses standen. »Du solltest sie nehmen.«

Ich schüttelte den Kopf. »Nein, schon gut. Ich denke nicht, dass die auf dem Plan der Ernährungsberater stehen.«

Sie nickte und ging dann mit dem Beutel unterm Arm davon.

Ihr beim Weggehen zuzusehen wurde nicht einfacher.

Nachdem wir die Erinnerungen unserer Vergangenheit ausgegraben hatten, hätte ich gedacht, dass sich Erleichterung einstellen würde. Ein wenig Hoffnung darauf, dass wir wieder mehr wie früher sein könnten.

Aber wir waren wieder bei höflicher Distanz angekommen. Kalt und noch einsamer als vor diesem gemeinsamen Moment, den wir eben geteilt hatten.

Endlich hatte ich ihr erzählen können, wie es zu diesem schicksalhaften Augenblick vor vier Jahren gekommen war. Doch die Entschuldigung, auf die ich meine ganze Hoffnung gesetzt hatte, hatte nicht wirklich etwas ausrichten können, um den Schaden wiedergutzumachen. Der Traum darüber, wie sich alles verändern würde, wenn sie erst einmal Bescheid wusste, wurde von der Tatsache, dass sie wieder davonging, zerschmettert. Ich kratzte mich am Kopf und versuchte, den Frust einzudämmen, bevor ich kehrtmachte.

»Dare.« Sie wirbelte herum.

»Ja.« Ich hielt mich davon ab, die Augen zusammenzukneifen. Ich klang wie ein übereifriger Welpe, der zu einem Spaziergang mitgenommen werden wollte. Sie würde mich immer als den Typen betrachten, den sie gekannt hatte. Die Veränderungen, die ich durchgemacht hatte, spielten keine Rolle.

»Ich weiß, dass du schrecklich beschäftigt bist.« Sie kam auf mich zu und zog den Kopf ein. »Aber ich habe gehofft, dass du vielleicht ein bisschen Zeit hast, um mir noch mal zu helfen.« Sie spähte mit diesem Blick zu mir hoch, der mich über die Entfernung von zwei Gärten hatte erstarren lassen. Ich würde ihr eine Niere geben, wenn sie darum bitten würde.

»Ich weiß nämlich nicht, was Maddy geplant hat. Aber wenn ich singen muss, dann brauche ich dich. Jedenfalls bis ich herausgefunden habe, wie ich dich nicht mehr brauche.« Sie lachte und senkte den Blick.

Natürlich. Sie brauchte mich. Nicht weil sie mich wollte, sondern weil ich ein Mittel zum Zweck war. Die bittere Pille brannte auf ihrem Weg durch meine Kehle nach unten. »Alles, was du brauchst.«

Ihr Grinsen wurde breiter und sie schlang mir die Arme um den Hals. »Danke.«

Ich umarmte sie behutsam, als könnte sie sich in Rauch auflösen, wenn ich mich zu schnell bewegte. Ich atmete ihren Duft ein und konnte mich kaum davon abhalten, das Gesicht an ihrer Halsbeuge zu vergraben. Der Geruch von Himbeeren erinnerte mich immer an sie.

Sie ließ die Arme sinken und trat zurück. »Sorry.«

»Kein Problem.«

Der Verlust ihrer Wärme fühlte sich an, als hätte mich ein Vorschlaghammer mitten in die Brust getroffen. In meinem Apartment war es still. Entweder war Knox nicht da oder er schlief. Unabhängig davon wusste ich, was ich zu tun hatte.

In meinem Zimmer knipste ich das Licht an und nahm mein Werkzeug zur Hand. Mit einer Feile schliff ich die Kanten des getrockneten Klebers ab. Nachdem ich bis weit über die Sperrstunde hinaus gearbeitet hatte, streckte ich meinen Rücken und legte mich ins Bett. Noch weniger als zwei Wochen. Hoffentlich hatte ich die Reparatur bald fertig und würde ihr die Gitarre endlich zurückgeben können. Ich würde ihr zeigen, dass ich der Mann war, für den sie mich gehalten hatte. Und dass ich das in Ordnung bringen konnte, was ich kaputt gemacht hatte.

14

Bay

Vor einem Hotel, das sich nur wenige Schritte vom Strand entfernt befand, stieg ich aus dem Taxi. Ich überprüfte die Adresse noch zweimal, bevor ich mich beim Portier meldete, der mich ins Restaurant verwies. Mein Magen machte Rückwärtssaltos. Das Hotel war trendy, teuer und sah aus wie auf einem Magazincover.

Dies war eine ganz andere Hausnummer als das Studio, in dem ich abgehangen hatte. Das Gebäude wirkte offen und hell. Während ich hindurchging, saß mir die Angst im Nacken, dass jemand mir gleich eine Hand auf die Schulter legen und mir sagen würde, dass ich gehen musste.

Die Bedienung führte mich zu dem Vierertisch, an dem Maddy mit einem aufgeklappten Laptop und einem Papierstapel saß, aus dem überall Klebenotizen herauslugten. Irgendwie sah sie noch genau so aus wie früher, und doch anders. Bis zu dem Moment, als sie damals die zerknitterte Verschwiegenheitsvereinbarung aus ihrem Rucksack geholt hatte, war ich nicht sicher gewesen, ob sie nicht vielleicht die Freundin von einem der Jungs war. Diese Version von ihr wirkte jedoch auf eine lässige Art professionell.

Ihr kurzes schwarzes Haar trug sie jetzt länger. Es war zu einem dieser Knoten gebunden, der bei den Leuten auf

YouTube immer so einfach aussah. Bis man ihn dann selbst ausprobierte und anschließend eine Stunde brauchte, um alles wieder zu entwirren. Sie saß allerdings im Schneidersitz auf ihrem Platz und auf der Rückseite ihres Laptops klebten haufenweise Band-Sticker. Sie wirkte genau wie die Leute, neben denen ich bei Vorlesungen gesessen hatte.

Die Bedienung legte eine Speisekarte auf die Ecke des Tisches und zog einen Stuhl für mich zurück.

War ich zu früh? Konnte jemand sehen, dass mir das Herz so fest gegen die Rippen schlug, dass mein Brustkorb vibrierte?

Maddy tauchte eine Pommes in den letzten Rest des Ketchups und blickte auf, bevor sie aufsprang, als hätte sie gar nicht mitbekommen, dass die Bedienung mich hergebracht hatte.

»Mist, sorry.« Sie wischte sich die Hände an der Stoffserviette neben ihrem Teller ab und kam um den Tisch herum.

»Wow, sieh dich nur an.« Sie schlang die Arme so fest um mich, dass ich mich kaum rühren oder die Umarmung erwidern konnte.

Also tätschelte ich ihr ungeschickt die Seiten mit den Händen und fühlte mich schrecklich unwohl, da ich mir nicht sicher war, wie wir so schnell in den Bereich gerutscht waren, dass wir uns zur Begrüßung umarmten.

Sie ließ mich los und ihr Lächeln ließ nach. Ihr Blick wurde prüfend und sie legte den Kopf schief. »Du bist zu früh.«

Ich hätte schwören können, dass meine Hände plötzlich doppelt so viele Schweißdrüsen wie sonst entwickelt hatten. »Ich war nicht sicher, wie der Verkehr sein würde. Und ich wollte nicht zu spät kommen.«

Schlagartig wurde ihr Lächeln wieder breiter und sie schüttelte den Kopf, als hätte ich etwas Lustiges und Ungewöhnliches gesagt.

»Du kannst dir nicht vorstellen, wie viel Zeit ich darauf verwende zu versuchen, alle rechtzeitig an einem Ort zu versammeln. Deine Pünktlichkeit macht dich zu meinem neuen Lieblingsmenschen. Setz dich ruhig.«

Das professionelle Outfit, das beim letzten Mal so gewirkt hatte, als würde sie es noch nicht allzu lange tragen, war durch einen frischen und kultivierten Look ersetzt worden – etwas, das ich für gewöhnlich aus Modemagazinen ausschnitt oder online anpinnte. Ihre schwarze Hose und die weiße Bluse saßen wie angegossen. Das Ensemble war schlicht, erweckte jedoch den Anschein, als könnte sie in der ersten Reihe der Pariser Fashion Week sitzen und niemand würde auch nur mit der Wimper zucken. Ihr Haar war vorne auf eine Art toupiert, die es garantiert möglich machte, ihren Look problemlos von einem Tages- zu einem Abendoutfit umzufunktionieren.

»Du siehst unglaublich aus.« Ich konnte nicht aufhören, sie anzustarren. Früher war sie Annie von *Der Teufel trägt Prada* gewesen, während sie in ihrem Apartment abhängt. Jetzt war sie die Pariser Annie.

Bevor sie sich setzte, hielt sie kurz inne, um mich lachend anzusehen. »Ich habe mit der Zeit ein paar Tipps aufgeschnappt. Aber Komplimente bin ich gar nicht gewohnt, da mich neben den Jungs ohnehin niemand anguckt.«

»Das stimmt sicher nicht.«

»Oh, du hast ja keine Ahnung, wie leicht es ist, unsichtbar zu sein, wenn ein heißer Typ im Raum ist. Ganz zu schweigen von fünf.«

Mein Magen zog sich schmerzhaft zusammen, denn das Gefühl war mir nur allzu bekannt. Es musste nicht einmal ein heißer Typ sein. Es reichte vollkommen, wenn es irgendjemand war, und sofort driftete ich in den Hintergrund. Ich nahm mir die Speisekarte und inspizierte sowohl die Speisen als auch die Preise.

»Heilige Scheiße.«

Maddy lachte in ihren Cappuccino. »Keine Sorge, das Mittagessen geht auf mich.« Ihr Handy vibrierte und rutschte dabei zentimeterweise über den Tisch, doch sie machte keinerlei Anstalten, danach zu greifen.

Ich legte die Karte wieder ab, da ich die meisten der Zutaten darin gar nicht kannte, und sah sie an.

Sie hatte die gefalteten Hände auf den Notizblock vor sich gelegt und hob das Kinn, bevor sie die Finger in einer »Schieß los«-Geste in meine Richtung wedelte.

»Warum tust du das alles für mich?« Die Frage schwirrte mir schon den ganzen Tag im Kopf herum. So etwas passierte doch nicht einfach, jedenfalls nicht mir.

Sie lehnte sich im Stuhl zurück. »Ich werde deine direkte Art der Liste von Dingen hinzufügen, die ich an dir mag.« Ein Hauch von Unsicherheit huschte über ihre Züge. »Ich arbeite jetzt seit fast fünf Jahren für *Without Grey*. Als wir uns getroffen haben, hatte ich die Jungs gerade mal ein knappes Jahr lang vertreten. Weißt du, dass ich ursprünglich ein Fan von ihnen war?«

»Echt jetzt?« Ich stützte die Ellenbogen auf den Tisch und legte das Kinn auf meine gefalteten Hände. Diese Geschichte musste ich hören.

»Ja, ich habe ihre Musik geliebt und sie hatten gerade eine Europa-Tour gemacht. Die fünfte Bühnenshow auf einem Haufen von Festivals und jede Menge kleinere Locations. Das war direkt nach meinem College-Abschluss. Ein Geschenk von meinem Freund.«

»Super Freund.«

Ihr Blick schoss zu meinem, und die Traurigkeit darin wurde von Wut vertrieben. »Sollte man meinen. Ich habe es jedenfalls getan. Aber das tut nichts zur Sache.« Sie wedelte mit der Hand, als würde sie alte Erinnerungen verjagen. »In dem Sommer ist eine Menge passiert und am Ende davon bin ich in England mit den Jungs in ihrem demolierten Bus auf der falschen Straßenseite gefahren.«

Ich staunte und konnte mir kaum vorstellen, direkt im Anschluss ans College so viel Mut zu haben, etwas so Verrücktes zu machen. »Das ist irre.«

»Oh ja. Aber wie du in Greenwood gesehen hast, hatte ich noch eine Menge zu lernen.«

»Mir ist es so vorgekommen, als hättest du alles im Griff.«

Sie lachte schnaubend. »Ich versichere dir, ich habe mich gefühlt wie auf einer Achterbahn, nur ohne Anschnallgurt.« Das Display ihres Handys leuchtete auf und vibrierte, aber sie warf nicht einmal einen Blick darauf.

»Du verkaufst dich hier nicht gerade als gute Managerin.«

»Ich will absolut ehrlich mit dir sein. Du wirst bald herausfinden, dass das im Musikbusiness eine Seltenheit ist. Egal wohin du dich auch wendest, irgendjemand wird immer versuchen, dich übers Ohr zu hauen. Sie werden dir Deals anbieten, die dich jahrzehntelang binden sollen und bei denen du so gut wie nichts verdienst. Sie werden dich manipulieren; dich benutzen und dann wie eine heiße Kartoffel fallen lassen.«

Ich hob das Glas Wasser, das vor mir auf dem Tisch stand; ein wenig schwappte über den Rand, bevor ich einen Schluck nahm. »Klingt unheimlich.« Im Gegensatz zu dem sicheren langweiligen Arbeitsplatz im Großraumbüro, der auf mich wartete.

»Du hast ja keine Ahnung. Aber du bist kurz davor, es rauszufinden.« Sie öffnete den schwarzen Lederaktenkoffer zu ihren Füßen.

»Walt hat mir das hier geschickt. Du bist nicht offiziell meine Klientin, aber wir machen das Ganze hier ein wenig unter der Hand.« Sie biss in eine Pommes und verzog das Gesicht. »Die sind eiskalt. Weißt du schon, was du möchtest?«

Ich nickte und sie winkte die Bedienung heran. Ich bestellte ein BLT-Sandwich mit Pommes, denn – warum auch nicht? Mit extra Bacon. Darüber lachte Maddy und bestellte das Gleiche.

Nachdem die Bedienung gegangen war, ließ Maddy einen dicken Stapel Papiere auf den Tisch fallen. Schon auf der ersten Seite war der Rotstift derart häufig zum Einsatz gekommen, dass mich das Ganze an einen blutigen Tatort erinnerte.

»So sieht ein wohlwollender Vertrag aus, nachdem ich ihn durchgearbeitet habe. Stell dir mal vor, wie ein schlechter aussehen würde.«

Meine Augen wurden groß, als ich die Seiten durchblätterte. Wörter, Klauseln und Dollarzeichen verschwammen auf den Seiten zu einem fast nicht identifizierbaren Einheitsbrei. Das machte alles nur realer. Und auch wesentlich gruseliger. »Du möchtest meine Managerin werden?«

»Zumindest bis du jemanden findest, den du lieber magst.« Sie sagte das in einem neckenden Tonfall, schien es allerdings ernst zu meinen.

»Aber warum? Das hier kommt mir vor wie eine Menge Arbeit für jemanden, den du vor vier Jahren mal getroffen hast.«

»Ich habe etwas ganz Besonderes gehört, als du damals für uns gesungen hast. Seit ich mit der Band unterwegs bin, habe ich eine Menge Mist gehört, deine Stimme hat jedoch herausgestochen. Damals kam es mir allerdings so vor, als wärst du noch nicht bereit, und in dieses Leben sollte niemand einfach so hineingestoßen werden. Das hat immer schwerwiegende Konsequenzen.« Ihr Blick driftete ins Leere, bevor sie den Kopf schüttelte und wieder lächelte.

»Aber Walt hat mich angerufen, um sich nach dir zu erkundigen, und da hab ich mir gedacht: Wenn du mit ihm sprichst, musst du wohl so weit sein.«

Ich wischte mir die Hände an der Jeans ab.

Ihr Vertrauen in mich erschien mir fehl am Platz, da sie mich seit damals nicht mehr singen gehört hatte. Hatte Walter ihr schon mein Demo-Tape geschickt? Würde sie mich heute bitten, für sie zu singen? Die unsichtbaren Finger der Angst legten sich um meinen Hals.

Ich wollte Maddy auf keinen Fall enttäuschen, vor allem nach dem Berg an Arbeit, den sie bereits geleistet hatte, um mir zu meinem Traum zu verhelfen.

»Wenn Walt mir nach so kurzer Zeit schon so was hier zuschickt, dann sieht er Potenzial in dir.« Maddy nippte an ihrem Glas, als wäre sie genauso aufgeregt wie ich.

Eine Band mit fünf Typen zu managen war sicher nicht einfach. Sie befanden sich kurz vor dem Ende ihrer aktuellen Tour. Es wurden Artikel darüber geschrieben, dass sie ein neues Album schreiben sollten. Sie musste eine Menge zu tun haben.

»Ich verstehe immer noch nicht, warum du bereit dazu bist, dir so viel Arbeit zu machen, wenn du mit den Jungs schon genug zu tun hast.«

»Die Tour ist in ein paar Wochen vorbei und dann sind sie wieder im Album-Modus. Bis das fertig ist, habe ich mehr Luft.«

Ich starrte sie weiterhin an. Für mich wirkte das immer noch nicht wie ein besonders guter Grund, für einen Niemand wie mich zu arbeiten.

»Weißt du, dass ich monatelang die Klatschzeitschriften durchsucht habe, weil ich darauf gewartet habe, dass jemand erwähnt, dass Lockwood bei ›Yara Vodara‹ nicht zu hören ist?

Ich habe auf einen Kommentar von einem ›Insider‹ gewartet, aber es kam nie einer. Und du hast mir eine verdammte Dankeskarte zukommen lassen, nachdem ich dir den Scheck für die Aufnahme geschickt habe.«

Nun kam mir das wie etwas Dämliches vor, das nur eine Highschool-Schülerin tun würde, um erwachsener zu erscheinen. Dabei wirkte es eher, als würde man eine riesige Neon-Reklame hochhalten, auf der stand: »Dieses Mädchen weiß nicht, was es tut.«

»Ich wollte nur nett sein.« Ich sank auf meinem Stuhl in mich zusammen.

Die Bedienung brachte unsere Getränke, unter denen sich auch ein Mimosa-Cocktail für mich befand.

Maddy hob ihren hoch, also tat ich es ihr gleich und stieß mit ihr an. »Das war extrem nett von dir. Als ich mit den Jungs angefangen habe, war es ein einziges Chaos. Ich habe mir alles selbst beigebracht, während ich mittendrin steckte. Als ich ihnen gezeigt habe, dass ihr vorheriger Manager ihnen Geld gestohlen hat, haben sie alle darauf gezählt, dass ich ihnen helfe. Aber ich hatte keine Ahnung, was ich tue. Ich war eine Zweiundzwanzigjährige mit einem Abschluss in Business. Und ich habe einige Fehler gemacht. Manche davon habe ich wiedergutzumachen versucht, andere haben sie mir nicht übel genommen, aber trotzdem … Ich weiß, wie schnell diese Welt einen verschlingen und dann wieder ausspucken kann. Ich möchte nicht, dass das Mädchen aus Greenwood, das Dankeskarten schickt, dieser Maschinerie zum Opfer fällt, weil es seinen Traum verwirklichen wollte.« Mit ihren perfekt manikürten Nägeln knibbelte sie an der feuchten Serviette unter ihrem Sektglas. Sie legte den Kopf schief, ihr Blick strahlte Aufrichtigkeit aus.

Hier ging es nicht nur um mich. Der ganze Mist, den sie in

der Branche hatte durchmachen müssen, konnte nicht leicht zu ertragen gewesen sein. Indem sie mich beschützte, versuchte sie auch, die Version ihrer selbst zu schützen, die nur mit einem Rucksack auf dem Rücken und ohne jegliche Erfahrung Managerin geworden war.

Das Geplapper und Gemurmel an den Tischen um uns herum passte nicht zu der lebensverändernden Unterhaltung, die wir gerade führten.

Ich legte eine Hand auf ihre. »Wenn du dir sicher bist, dass du es mit mir versuchen willst, dann würde ich das auch sehr gerne tun.«

Sofort lächelte sie, und der Knoten in meinem Bauch löste sich.

»Wo wir gerade dabei sind, ehrlich zu sein, solltest du eines unbedingt wissen.« Ich zog den Kopf ein und murmelte die Worte, die in meiner Brust gefangen waren – genau wie meine Singstimme, wenn nicht gerade ein gewisser Tight End zugegen war.

Mit offenem Mund schüttelte Maddy den Kopf, bevor sie ihn wieder schloss, ohne ein Wort herauszubringen. Das tat sie mehrmals, wie ein Fisch auf dem Trockenen.

Schließlich hielt sie einen Finger in die Höhe, um bei der Bedienung eine weitere Runde Getränke zu bestellen. »Keinen einzigen Ton?«

»Bis jetzt nicht.«

Sie rieb sich die Augen, ohne dabei ihr Make-up zu verschmieren. »Also, das ist mal eine interessante Marotte.«

»Ich hatte nur das Ziel, Walter ein Demo-Tape zu geben. Ich bin davon ausgegangen, dass ich noch genug Zeit haben würde, mich mit meinem anderen Problem zu befassen, bevor er mir eine Rückmeldung gibt. Aber dann bist du im Handumdrehen am Telefon gewesen und wolltest mich treffen.« Meine Stimme wurde zum Ende hin so hoch, dass Maddy beim letzten Wort zusammenzuckte.

»Beruhig dich erst mal und trink das.« Sie schob mir das Glas zu, das die Bedienung gerade abgestellt hatte.

»Ich kann dir ein paar Anwälte empfehlen, falls du noch mal jemanden über den Vertrag gucken lassen möchtest. Es gibt keine Garantie, dass Nexus Records diese Änderungen akzeptiert, aber ich habe versucht, so wenig abzuändern wie möglich.«

»Ich wüsste nicht mal, wo ich einen Anwalt herbekommen sollte.« Ich lehnte mich etwas mehr gegen meinen Stuhl und hob das Kinn. »Ich vertraue dir, Maddy.«

Sie straffte die Schultern und ihre Augen leuchteten. »Danke, Bay. Und ich verspreche dir, dass ich alles tun werde, um deine Träume wahr werden zu lassen.«

Das Essen wurde gebracht, doch ich bekam kaum etwas herunter. Mir schwirrte der Kopf. Meine Hände waren feucht und mein Herz klopfte wie wild, als Maddy mir ihre Pläne darlegte.

Sollte ich die Bedienung um eine braune Papiertüte bitten? Meine Fähigkeit, die Ruhe zu bewahren und auf cool zu machen, hatte ihre Grenzen.

»Nächste Woche findet ein Showcase statt, das sich gut eignen würde. Und in zwei Wochen gibt es einen Auftritt für YouTube Presents, der live gestreamt wird, bei dem ich dich dazwischengeschoben bekomme, wenn bis dahin alles unterschrieben ist.«

Anscheinend war ich mit einem Hosenbein an der wahnsinnigen Achterbahn hängen geblieben, von der Maddy vorhin gesprochen hatte. Ich saß nicht einmal in einem der Wagen, sondern klammerte mich nur daran fest und betete, dass ich nicht auf dem Boden aufprallen würde. Geschah das alles hier gerade tatsächlich?

Ein Teil von mir wollte loslaufen, um meine Mom anzurufen und ihr alles zu erzählen. Aber die ganzen Warnungen darüber, wie oft meinem Dad Hoffnungen gemacht worden waren, hinderten mich daran. Ich schaute zu Maddy hinüber, die im Vertrag zu der Stelle mit den biografischen Informationen blätterte, da ihr diese gefehlt hatten, als sie ihn durchgearbeitet hatte. Konnte sie das Ganze wirklich durchziehen? Verdammt, konnte ich das?

Ich wollte Dare … Keyton anrufen. Puh, würde ich mich je an diese neue Version von ihm gewöhnen? Er schien sich verändert zu haben. Und das machte mir irgendwie Angst. Es war, als würde ich eine ganz neue Person kennenlernen. War er in den wichtigsten Punkten noch derselbe? Ich schüttelte den Kopf. Was dachte ich da überhaupt? Ich kam ja kaum dazu, überhaupt Luft zu holen. Für ihn begann bald seine Profikarriere. Und für mich das hier – was auch immer es war. Reichte die Zeit für mehr als das, was in den nächsten zwei Wochen passieren würde?

Mit ihm Zeit zu verbringen erschien mir gar nicht mehr so unheimlich, wenn sie so begrenzt war. Außerdem brauchte ich ihn, um herauszufinden, wie ich ihn verdammt noch mal nicht mehr brauchen würde.

Maddys Handy vibrierte auf dem Tisch, und es klang fast wie ein Morsecode. Dieses Mal warf sie sogar einen Blick darauf. Sie lachte auf, bevor sie eine Antwort tippte. Kurz legte sie den Kopf schief und musterte mich, bevor sie eine weitere Nachricht schrieb.

»Die Jungs haben endlich mal den Arsch hochgekriegt. Hast du Lust, ihnen Hallo zu sagen?«

Und so kam es, dass ich am Nachmittag um zwei mit *Without Grey* frühstückte.

15

Dare

Als ich keine Antwort auf mein »Wie ist es gelaufen?« bekam, schaute ich noch einmal nach, ob ich die Nachricht überhaupt abgeschickt hatte.

Auf dem Spielfeld waren Handys verboten, also war ich während der Übungsspiele unaufmerksam. Das zeigte sich darin, dass ich Bälle nicht fing und Pässe verpatzte, ebenso wie eine Interception bei einem von nur zwei Running Plays, die mir gewährt worden waren.

Die Menge an der Seitenlinie ließ mich deutlich wissen, dass ich nicht einmal in der dritten Runde hätte gedraftet werden sollen. Mir stellten sich die Nackenhaare auf, und die Galle kam mir hoch. Doch nicht der Spott sorgte dafür, dass dies das schlimmste Training seit der siebten Klasse für mich war. Es war die Gestalt mit einer Baseballcap – die Kappe hatte nicht das Blau der Lions, sondern ein tristes Grün, das schon fast zu einem Grau ausgeblichen war.

Ein Pfiff ertönte, und als ich aufsah, war die Gestalt fort und von einem Typen in Tarnfarben ersetzt worden. Ich rieb mir das Gesicht und die Augen, bevor ich den anderen vom Spielfeld in die Umkleide folgte, um zu duschen. Das Bild meines Dads wollte einfach nicht aus meinem Hirn verschwinden. Mir lief ein Schauer über den Rücken, und ich hatte das Gefühl, von meiner Vergangenheit heimgesucht zu werden.

Von meiner letzten Begegnung mit ihm.

Ich ging die Treppe hoch, ohne dass mich jedes Knarzen meiner Schritte in Angst versetzte. Ich hatte alles in mein Auto gepackt und war bereit zu gehen. Mein Traum davon, am College Football spielen zu können, war wahr geworden. Und als Sportler konnte ich früher einziehen. Auch wenn meine Zukunft nach dem heutigen Abend vielleicht schon vorbei sein würde.

Er hatte mich zu genau dem gemacht, was ich nie hatte sein wollen – wer *ich nie hatte sein wollen. Ich hatte die einzige Person verjagt, die ich je geliebt hatte und von der ich gedacht hatte, dass sie mich hätte lieben können.*

Seine Schlafzimmertür war halb geöffnet. Er lag von Flaschen umgeben auf dem Bett und schnarchte. Dabei wirkte er exakt wie das Stück Scheiße, das er war. Das Gewicht des Schraubenschlüssels lag schwer in meiner Hand. Ich konnte das Metall fast durch die Haut schmecken.

Während ich über ihm stand, durchströmten mich die Erinnerungen an jeden Schlag, jeden Tritt, jede geworfene Zigarette und all die Nächte, in denen ich hungrig hatte zu Bett gehen müssen. Mein Griff wurde fester und ich hob das Werkzeug über den Kopf.

»Dare – Keyton, kommst du, oder was? Ich bin am Verhungern.«

Knox' Stimme drang in den Abgrund, in den ich hinabgezogen worden war. Der dunkle Ort, an den ich mir geschworen hatte nie wieder zurückzukehren.

Ich drehte das Wasser ab und griff nach meinem Handtuch, bevor ich zum Spind ging.

Knox hatte sich so schnell angezogen, als hätte ein Erdbeben stattgefunden, und schnürte sich bereits die Schuhe zu.

Ich packte meine Erinnerungen am Kragen, um sie abzuschütteln und wegzusperren. Meine Vergangenheit würde mir nicht die Zukunft zerstören.

»Dein Shirt ist auf links.« Ich schnippte gegen das Etikett in seinem Nacken.

Er schob meine Hand weg. »Ich werde dieses verdammte Shirt gleich essen, wenn wir nicht endlich zur Cafeteria gehen.« Knox rauschte vorwärts, als hätte er kein riesiges Omelett zum Frühstück gehabt.

Wir standen in der Schlange außerhalb der Doppeltüren der Team-Cafeteria, die eigentlich ein Präsentationsraum war und momentan zu einer mobilen Festmahl-Zentrale umfunktioniert worden war. Heute gab es ein Thanksgiving-Essen. Die Gerüche, die uns entgegenwaberten, versetzten mich kein bisschen in Hungermodus, obwohl ich vor einer halben Stunde noch am Verhungern gewesen war. Allerdings hatte ich gelernt, niemals eine Mahlzeit auszuschlagen. Ich würde das Zeug in mich hineinstopfen, bis ich satt war, und dann noch etwas mehr nachschieben, nur um sicherzugehen.

Knox spähte über seine Schulter zu mir und flüsterte dann aus dem Mundwinkel: »Du hast Glück gehabt, dass kein zweites Mal nachgesehen wurde, ob du schon im Bett bist.«

Der sanfte Klang der Gitarre am Sonntagabend hatte mich geerdet. »Das wäre es wert gewesen.« Ich griff nach der Bay-Rettungsleine und ein Teil der Anspannung in meiner Brust löste sich; ich lockerte die Hände an meinen Seiten.

Sein Blick weitete sich. »Dein Antrittsbonus muss um einiges größer gewesen sein, als ich gelesen habe, wenn gerade *du* kein Problem damit hast, Geld aus dem Fenster zu werfen.«

»Glaub mir, das hätte verdammt wehgetan. Aber ich konnte ihr helfen und bin nicht erwischt worden.« Und so würde es weitergehen, bis das Ganze ein Ende fand. Wenn ich ihr allerdings aus Geldgründen fernblieb, würde ich das wesentlich länger bereuen, als es dauern würde, um mich von dem Verlust der Kohle zu erholen.

»Was, wenn sie dich noch mal braucht?«

Dann würde ich wieder helfen, ohne zu zögern. »Sie hat das Demo-Tape fertig. Es hat denen gefallen, und sie trifft sich gerade mit der Managerin von *Without Grey*, um über zukünftige Möglichkeiten zu sprechen.«

»Lass dich nicht so sehr darin verwickeln, ihre Träume wahr werden zu lassen, dass du deine eigenen vergisst.« Er hatte die Lippen zu einer grimmigen Linie zusammengepresst.

»Ich schulde es ihr.« Und über das Begleichen dieser Schuld würde ich nicht verhandeln. Denn mein Herz würde sich nicht erholen, bis sie endlich wieder Teil meines Lebens war.

Knox schüttelte den Kopf. Die Schlange rückte vor, und wir erreichten endlich den Serviertisch, wo das Fleisch verteilt wurde.

Wir setzten uns zu Reid. Heute war bereits Tag vier, ohne dass ich eine Auseinandersetzung mit Vince gehabt hatte. Das war etwas Positives. Ich würde voraussichtlich nicht nur die nächsten vierzehn Tage mit ihm verbringen müssen, sondern ganze siebzehn Wochen während der Saison – und das beinhaltete Flüge, Busreisen und Aufenthalte im Umkleideraum. Er trieb mich näher an den Abgrund als jedes andere Arschloch, dem ich seit Greenwood begegnet war. Oder zumindest beinahe.

Nachdem Knox meinem Nachtisch zusehends mehr sehnsüchtige Blicke zugeworfen hatte, steckte ich ihm auf dem Weg zum Teammeeting, bei dem wir die Spielzüge besprechen würden, einen Cookie zu.

Mein Handy vibrierte, und ich blieb so abrupt stehen, dass Reid von hinten gegen mich lief.

»Fuck«, grummelte er und warf mir einen Blick zu.

»Sorry.« Ich trat an die Seite des Gangs und schickte ihr eine weitere Nachricht.

Kurz erschienen die drei Punkte, bevor auch schon das Handy in meiner Hand vibrierte.

Einer der Trainer stand am Ende des Gangs vor den blauen Doppeltüren, die in den Hörsaal führten. »Das Meeting fängt in fünf Minuten an. Wenn du dann nicht drinnen bist und dein Spielbuch offen hast … Lass uns einfach sagen, du willst nicht wissen, was dann passiert.«

Ich verschwand in der Nische neben den Toiletten und hielt mir das Ohr mit einem Finger zu. »Hey, Bay. Wie ist …«

»Sie ist noch toller, als ich gedacht hatte!« Ihre Stimme platzte durch den Hörer, noch bevor ich einen vollständigen Satz bilden konnte. Ihre Stimme quoll über vor Begeisterung.

Sofort fiel die Müdigkeit von mir ab. »Das sollte sie auch, wenn sie so ein Talent vor sich sitzen hat.«

Sie lachte leise. »Dein Vertrauen in mich erstaunt mich immer wieder.« Freude und pures Glück schwangen in ihren Worten mit.

»Du kannst dir so viel davon borgen, wie du brauchst.« Genau wie alles andere von mir, solange wie es nötig war. »Worüber habt ihr geredet?«

»Über alles. Sie hat den Vertrag von Walter mit einem Rotstift überarbeitet. Es sah aus, als wäre sie gerade von einem Tatort gekommen. Ich konnte es kaum glauben.«

Ich warf einen Blick um die Ecke auf die Typen, die den Hörsaal betraten. »Bist du in deinem Apartment?« Jetzt liefen nur noch vereinzelte Nachzügler durch den Flur. Ich musste auflegen.

»Nein, ich bin in einem Taxi auf dem Weg zum Campus. Ich bin den ganzen Nachmittag mit Maddy zusammen gewesen.«

Ihr Meeting war also gerade erst zu Ende gegangen und sie hatte mich direkt angerufen. »Das ist großartig, Bay.«

»Ich … Ohne dich hätte ich das nicht geschafft, Dare. Sorry, Keyton.«

Ich kniff die Augen zusammen, und mein Herzschlag strauchelte, als sie mich so nannte. Vielleicht würde sie mich endlich als anderen Menschen betrachten. Als einen, der sie nur an die guten Dinge erinnerte, und nicht an die schlechten. »Doch, das hättest du.«

»Glaub mir, ich wünschte, es wäre so.«

Eine Stimme ertönte in der Nähe. »Das Teammeeting startet in einer Minute.«

»Ich weiß, du musst los, aber ich wollte einfach Danke sagen.«

»Gehst du heute Abend mit mir essen?« Die Einladung platzte aus mir heraus, weil ich ihre gute Laune ausnutzen und mir die Chance nicht entgehen lassen wollte, Zeit mit ihr allein zu verbringen.

Am anderen Ende der Leitung spürte ich ein Zögern, während es bei mir still wurde – so still, wie es eben werden konnte, wenn vereinzelt noch Kerle angerannt kamen, um es rechtzeitig in den Raum zu schaffen.

»Um zu feiern.«

»O… Okay. Klar.«

»Ich hol dich um sechs ab?« Ich eilte aus der Nische und spähte um die Ecke. Fast niemand mehr auf dem Gang. Ein Date.

»Um sechs?«

»Ich muss vor der Ausgangssperre zurück sein, wenn nachgesehen wird, ob alle im Bett sind.«

»Ausgangssperre? Als du was von Abendrunde gesagt hast, dachte ich … Ich weiß auch nicht, was ich dachte.« Sorge schwang in ihrer Stimme mit. »Aber im Studio …«

Ich hechtete den Gang entlang, um es noch durch die sich langsam schließende Tür zu schaffen. »Teammeeting. Muss los. Bis um sechs.«

»Und ich dachte, Physik im Senior Year wäre schlimm gewesen.« Knox lehnte sich zu mir herüber, während ich mir die neuen Spielzüge ansah, die auf unsere iPads geladen worden waren.

Der Coach lief mit einem der dicken Handbücher vor uns auf und ab, die bei unserer Ankunft in unseren Zimmern gelegen hatten, auf unsere iPads geladen und uns – um es unmissverständlich klarzumachen – zusätzlich per E-Mail geschickt worden waren. »Einige von euch haben entschieden, dass sie die Vorschriften umgehen können. Aber ich möchte, dass ihr alle wisst: Ich erwarte, dass ihr diese Regeln befolgt, genauso wie ihr die Spielzüge verinnerlicht. Die Geldstrafen werden euren Antrittsbonus um einiges kleiner erscheinen lassen, wenn ihr den Job nicht leistet, für den ihr ihn bekommen habt. Erscheint pünktlich und spielbereit. Lernt die Spielzüge in- und auswendig, bis sie euch so vertraut sind wie die Falten auf euren Eiern, und seid nach der Ausgangssperre in euren Betten. Das ist nicht zu viel verlangt.«

Ich sackte in meinem Stuhl zusammen und warf einen Blick über meine Schulter. Dabei entdeckte ich mehr als nur einen schuldbewussten Ausdruck auf dem Gesicht anderer Mitspieler. Wenigstens war ich nicht der Einzige.

»Einige von euch haben unsere Erwartungen übertroffen, während andere, die es eigentlich besser wissen sollten, sich mehr Gedanken um das neue Auto machen, das sie gerade bestellt haben, anstatt darüber, wie sie es bezahlen werden. Macht keinen Ärger, haltet euch an die Trainingspläne und wir werden die nächsten Super-Bowl-Champions.«

Der Raum voller zu groß geratener Typen auf zu klein geratenen Sitzen grummelte angesichts von Coach Taylors Rede, die zur Hälfte Standpauke war und uns gleichzeitig Feuer unterm Hintern machen sollte.

»Ihr seid zum Abendbrot entlassen. Und die Ausgangssperre beginnt um elf. Zwingt uns nicht dazu, Bußgelder zu verteilen. Ihr wollt nicht mit einem Verweis neben eurem Namen auf der Spielerliste in die Saison starten.«

Bis elf würde ich es zurückschaffen. Heute Abend würde also kein Problem darstellen. Kein Grund zur Eile und keine Sorge darüber, dass eine Bombe in meinem Konto einschlagen würde. Es würde ein richtiges Date sein. Das allererste Mal.

Alle sammelten ihr Zeug ein und gingen zum Essen. Es fühlte sich an, als würden wir nichts anderes tun, als zu schlafen, zu essen, auf dem Spielfeld zu trainieren, die Spielzüge zu verinnerlichen, in den Kraftraum zu gehen und noch mehr zu essen. Vermutlich lag das daran, dass es auch genauso war. Nicht, dass es mir etwas ausmachte. Ohne neben dem Training noch Unterricht zu haben, würde ich gar nicht wissen, was ich in der Saisonpause oder an Tagen, an denen kein Spiel stattfand, mit meiner Zeit anfangen sollte.

Falls ich es überhaupt ins Team schaffte. Nach dem heutigen Trainingsspiel war da ein dickes Fragezeichen. Mir blieb nach wie vor genug Zeit, es zu versauen. Für mich bestand immer noch die Möglichkeit, mit Glanz und Gloria unterzugehen, während die ganzen Typen, mit denen ich auf dem College gewesen war, vermutlich einfach durchs Trainingslager spazierten und bereits von ihren Teamkollegen auf den Schultern getragen wurden. Und selbst wenn sie es nicht schaffen sollten, machten ihre siebenstelligen Antrittsboni die Angelegenheit wesentlich leichter zu ertragen.

Meiner würde mir gerade genug Zeit verschaffen, damit ich mir überlegen konnte, was ich mit meinem Business-Abschluss anfangen wollte. Das Kapital für ein Unternehmen würde einen Kredit voraussetzen. Und eine gefloppte Karriere als Profispieler schrie nicht gerade nach: »Vertraut mir Geld an.«

Ich eilte zum Büfett und füllte unter den wachsamen Blicken der Ernährungsexperten und der Coaches meinen Teller. Um sicherzugehen, dass ich nicht der Erste war, der ging, schob ich das Essen auf meinem Teller hin und her, damit ich keine Aufmerksamkeit auf mich zog, bevor ich mich zu den Mülleimern schlich und alles entsorgte.

Anschließend ging ich zu Knox und beugte mich zu ihm hinunter. »Ich bin rechtzeitig bis zur Ausgangssperre wieder zurück.«

»Kommst du nicht zum Team-Bowling?«

»Heute nicht.«

Er ließ den Kopf hängen und murmelte etwas davon, dass er mich mit einem Kissen im Schlaf ersticken wollte.

Zurück im Wohnheim stürzte ich in mein Zimmer und duschte noch einmal. Nach einem kurzen Blick auf die Gitarre zog ich mich an und eilte nach unten, um Bay zu treffen.

Diesmal wartete sie am Ende des Korridors auf mich, der zum Hinterausgang führte. Und sie schien tatsächlich froh zu sein, mich zu sehen. Ihr Lächeln strahlte und mein Herz geriet ins Stolpern. Ich würde alles tun, jede Summe zahlen und durch so viele Glasscherben kriechen wie nötig, um es noch einmal zu sehen.

Sie nahm mich zu einem Lokal mit, das Restaurant und Bar zugleich war, nur ein paar Blöcke vom Wohnheim entfernt. Zum Glück war Sommer, deshalb war es nicht so überfüllt, wie das bei ähnlichen Läden in der Nähe der Fulton U während des Semesters der Fall gewesen war.

Selbst mit etwas weniger als dreißig Tischen konnte ich hier einige bekannte Gesichter entdecken. Ich war nicht der Einzige, der nach dem Abendessen abgerauscht war. Einige nickten mir auf dem Weg zu unseren Sitzplätzen zu und plötzlich fühlte es sich gar nicht mehr so unheimlich an wie am ersten Tag, Teil eines neuen Teams zu sein. Es gab einige nette Typen. Und auch Arschlöcher, aber die meisten waren cool und schienen dasselbe zu wollen wie ich: spielen und Geld verdienen, bevor unser Körper nicht mehr mitmachte.

Bay teilte der Bedienung ihre Bestellung mit.

»Der kleine Nacho-Teller?«

Ich hob eine Augenbraue.

»Ich habe heute schon so viel gegessen. Bin immer noch voll.«

Ich gab meine eigene Bestellung auf und diesmal war es Bay, die eine Augenbraue hob.

»Ich habe gedacht, du müsstest am Verhungern sein, wenn du seit dem Frühstück nichts mehr gegessen hast“, sagte ich.

»Aus dem Frühstück ist ein Brunch geworden und dann gab es noch jede Menge Snacks. Außerdem habe ich die Jungs getroffen. Sie sind im selben Hotel gewesen wie Maddy.«

Ein Nachmittag mit einer Rockband. So eine Einladung würden nicht viele ausschlagen. Ich konnte nicht behaupten, nicht ein wenig eifersüchtig zu sein.

Wenn die Sache mit Maddy glattging, dann würde Bays Leben aus Roadtrips und Abhängen mit Typen wie *Without Grey* bestehen. In den paar Stunden, die ich damals mit ihnen verbracht hatte, waren die Jungs von der Band mir cool erschienen. Keiner war schmierig rübergekommen, doch es gab immer Ausnahmen von der Regel – genau wie bei Footballspielern.

Wenn ihr irgendjemand wehtat … Ich schob meinen Stuhl zurück. »Bin gleich zurück.«

Ich ging schnurstracks zu den Toiletten. Dort stützte ich mich am Waschbecken ab und atmete tief durch. Ich drehte den Hahn auf und spritzte mir Wasser ins Gesicht. Erschöpfung und Adrenalin sorgten dafür, dass ich unausgeglichen war.

Jetzt war ich schon allein bei dem Gedanken angepisst, dass jemand da draußen sie so behandeln könnte, wie ich es getan hatte. Ihr wehtun könnte.

Als ich zurückkehrte, saß ein Typ auf meinem Stuhl.

Die gesamte Ruhe, um die ich mich in der Toilette bemüht hatte, verschwand auf einen Schlag.

Erst nachdem ich einige Augenblicke neben dem Tisch gestanden hatte, bemerkten sie mich. Dann zuckten sie zusammen, als hätte ich mich hierherteleportiert.

»Belästigt er dich, Bay?« *Bitte sag ja, damit ich ihn rausschmeißen kann.* So viel zu meinem neuen Ich.

»Nein, Spencer wollte nur Hallo sagen.« Ihr Lächeln wirkte spröde. »Er geht jetzt.«

»Das ist mein Platz.« Mit rasendem Herzen griff ich an die Rückenlehne des Stuhls.

»Nur eine Sekunde, Mann.« Er sah nicht auf, sondern war weiterhin auf Bay konzentriert. Ich erkannte ihn. Das war der Typ, der an meinem ersten Tag aufgetaucht war. Der zugelassen hatte, dass Bay sturzbetrunken aus der Karaokebar spaziert war. Und der nicht da gewesen war, als sie sich alleine betrunken hatte.

Ich packte ihn am Arm und zog ihn vom Stuhl. »Hey!«

»Sie hat gesagt, du gehst. Also gehst du.«

Die Bedienung kam zu uns und blieb mit unseren Getränken in der Hand wie erstarrt stehen. Ich kam mir vor wie in einem Westernfilm, als stünde ich kurz vor einem Duell. Und so sehr ich auch beweisen wollte, dass ich mich geändert hatte, indem ich keine Schlägerei anfing … Dieser Typ machte es mir verdammt schwer.

Spencer schüttelte meine Hand ab.

Ich lockerte den Griff und ließ ihn los.

Er funkelte mich an, bevor er sich Bay zuwandte. »Danke. Ich schwöre, ich werde es irgendwann wiedergutmachen.« Er grinste sie an, was das Blut in meinen Adern zum Kochen brachte.

Sie nickte mit zusammengekniffenem Mund.

Die Bedienung trat zurück, als Spencer mit einem letzten wütenden Blick in meine Richtung davonmarschierte. Sie stellte die Getränke ab. Ein Bier für Bay und Eiswasser für mich.

Ich ließ mich auf meinen Platz fallen und musterte sie über den Tisch hinweg.

»Was sollte das denn?«

»Spencer halt.« Sie verdrehte die Augen und trank die Hälfte ihres Biers so schnell leer, dass nur noch Schaum an den Glaswänden hinunterfloss und sich am Boden in einer bernsteinfarbenen Pfütze sammelte. »Er ist eigentlich ein netter Typ, aber manchmal hat er einfach einen Tunnelblick und benimmt sich etwas daneben.«

Ich drehte den Kopf, um nachzusehen, wo er saß. Ein Teil von mir wollte zu ihm hingehen und ihm das sorglose Lächeln aus dem Gesicht prügeln. Welches Recht hatte er, so einen Mist mit Bay abzuziehen und dann einfach abzuhauen? Sie saß da und dachte über das nach, was auch immer er zu ihr gesagt hatte, während er Curly Fries in sich hineinstopfte. »Er hat dich verärgert.«

»Nein. So ist das nicht. Es ist nur … Allein die Chance auf Ruhm bringt die Menschen um dich herum dazu, ihr Verhalten zu ändern … Aber das weißt du vermutlich selbst.« Sie blickte mich lächelnd an. »Alles gut. Du musst nicht mit ihm vor die Tür gehen und ihm eine Lektion erteilen oder so.« Sie wollte mich vermutlich nur necken, doch es fühlte sich eher wie ein Seitenhieb an. All mein Gerede davon, wie sehr ich mich verändert hatte – und dann hatte ich sie innerhalb von fünf Sekunden wieder daran erinnert, was für ein Hitzkopf ich war.

Die Bedienung brachte Bays Nacho-Teller vorbei. Sie pflückte sich ein Stück Hähnchen von oben, aß dann jedoch nicht weiter.

Mein Unterbewusstsein erinnerte mich an ihre Aussage darüber, dass sie noch voll war. »Warum hast du zugestimmt, mit mir zum Abendessen zu gehen, wenn du gar keinen Hunger hast?«

Bay spielte an der Öffnung ihrer Bierflasche herum. »Du hast mir nicht wirklich eine andere Möglichkeit gelassen. Außerdem gibt es nicht viele Leute, mit denen ich über dieses Thema sprechen kann, ohne dass sie den Verstand verlieren. Also …« Sie zuckte mit den Schultern und beließ es dabei. Sie hatte sich gefühlt, als hätte ich ihr keine Wahl gelassen.

Immer wenn ich in ihrer Nähe war, nahm die Achterbahn der Gefühle so richtig Fahrt auf. Zuerst hatte sie sich mit einer Managerin getroffen, die nur das Beste für Bay wollte. Zum Glück. Denn sie brauchte jemanden, der ihr in dieser Welt den Rücken freihielt – in einer Welt, von der ich absolut nichts wusste. Dann hatte sie den ganzen Nachtmittag mit einer Band in einem Hotel verbracht. Und ich war der Einzige, dem sie all das mitteilen konnte.

»Ich soll nächste Woche ein paar Probeaufnahmen oder so machen. Maddy hat mir während unseres Gesprächs etwa acht Millionen Dinge pro Minute gesagt.«

Sie hielt inne und musterte mich. »Wenn du nur Wasser trinkst, komme ich mir mit meinem Bier vor wie eine Säuferin.« Sie deutete mit ihrer Bierflasche in meine Richtung.

»Glaub mir, du bist weit entfernt davon, eine Säuferin zu

werden. Ein paar Drinks zur Feier des Tages hast du dir verdient.«

Sie zupfte an dem Etikett ihrer Flasche herum. »Trinkst du gar nicht?« Sie blickte zu mir hoch und ich entdeckte Besorgnis in ihren Augen.

»Nicht während des Trainingslagers. Das ist zu wichtig, als dass ich es riskieren könnte, das Ganze wegen eines Katers in den Sand zu setzen. Während der Saison versuche ich auch zu verzichten. Aber in der Saisonpause gehe ich gerne mal aus. Ich gebe mir allerdings Mühe, es auf ein Minimum zu beschränken.« Das war eine Nebenwirkung davon, dass ich nicht auf mehr als eine Art in die Fußstapfen meines Dads treten wollte.

Wir tranken unsere Getränke aus, und nach ein wenig Hin und Her ließ sie mich schließlich die Rechnung bezahlen. Anschließend fuhren wir zum Wohnheim zurück. Ich überlegte, wie ich den Abend in die Länge ziehen konnte, wusste jedoch, dass ich wieder in meine Wohnung zurückkehren sollte. Ich musste weiter an der Gitarre arbeiten.

Ein paar Hardcore-Fans der Lions liefen über den Campus, und ich gab einige Autogramme. Wenn ich es nicht schaffte, ins Team zu kommen, würden sie die dann in einem Lagerfeuer verbrennen?

Selbst nachdem ich schon ein paar Saisons in College-Stadien gespielt hatte, konnte ich mir die Szene, wie ich in ein richtiges Stadion mit Tausenden von jubelnden Fans einlief, nur verschwommen vorstellen. Mir eine Zukunft in einem düsteren, versifften Apartment und die Enttäuschung des Versagens auszumalen, war da wesentlich einfacher. Solche Höhen zu erreichen fühlte sich nicht einmal in meinen Träumen real an.

Wir schwiegen, während wir die Treppe hinaufliefen. Und

ich war froh darüber, dass ich nur ein paar Nachos gegessen hatte, denn mein Magen hatte sich vollkommen verkrampft.

Wir zeigten unsere Ausweise an der Rezeption vor. Zwei ganze Stunden vor der Ausgangssperre. Ich hatte also noch Zeit. Ich wollte und brauchte mehr Zeit. Ich hätte mir ein Bier bestellen sollen. Oder ein Dessert, das wir uns hätten teilen können.

Als wir an der Gabelung im Flur ankamen, an der sie zu ihrem Apartment und ich zu den Aufzügen gehen musste, tippte sie mit der Schlüsselkarte auf ihre Handfläche. Sie stand zögernd vor mir, bevor sie die Arme um mich legte.

»Danke, dass du den ganzen Abend meinem Geplapper zugehört hast.«

Ich schloss die Augen und hielt sie fest. Der perfekte Moment. »Jederzeit.«

Ihr Duft stieg mir in die Nase. Sie schlang die Arme fester um mich und drückte ihren Körper an meinen.

»Dare?« Sie ließ mich los und trat zurück.

Mein Herz setzte einen Schlag aus, und ich starrte ihr entgegen. Nur sie nannte mich noch so. In ihrer Nähe einen auf cool zu machen, war mir nahezu unmöglich.

Sie zog den Kopf ein und spielte mit dem dünnen Riemen der Handtasche an ihrem Handgelenk.

Ich wollte sie küssen. Mit jeder Faser meines Körpers sehnte ich mich danach, ihr die Finger unters Kinn zu legen, um es anzuheben und sie zu küssen. »Ja?«

»Willst du …« Sie knabberte an ihrer Unterlippe.

Fühlte sie dasselbe wie ich? War es für sie trotz der ungeklärten Dinge zwischen uns genauso schwer, mir fernzubleiben?

»In den nächsten zwei Wochen muss ich zwei Auftritte geben. Ich habe die Termine noch nicht, aber es wäre wirklich toll, wenn du kommen könntest.«

Sie wollte mich dabeihaben. Die Brust wurde mir eng, mein Herz raste und Erleichterung überkam mich.

Sie wollte mich dabeihaben. Sie wollte es wagen, das Risiko einzugehen. Und in Anbetracht ihres Problems war es ein verdammt großes Risiko – das ich verursacht hatte.

Sie ließ mich jedoch so nah an sich heran, dass ich ihr Himbeerduschgel riechen konnte. Immer wenn mir der Duft in die Nase stieg, überkamen mich deutliche Erinnerungen daran, wie ich in ihrem Bett gelegen und mich sorgenfreier gefühlt hatte als je zuvor. Sie ließ mich an ihrem Leben teilhaben. Sie ließ mich wieder an sich heran, obwohl unsere gemeinsame Zeit von damals ihr immer noch wehtat.

Ihre Lippen glänzten rot, weil sie darauf herumgekaut hatte.

»Natürlich.«

Sie atmete aus. »Gott sei Dank. Ich habe den Code mit dem Singen noch nicht geknackt. Ich wäre also total am Arsch, wenn du nicht kommen würdest.«

Und schon wurde der kleine Hoffnungsfunke von einer Tonne Wasser gelöscht. Richtig, ich hatte ganz vergessen, was hier los war. Sie brauchte mich. Aber nicht auf die Art, auf die ich sie brauchte. Nicht, um sich wieder wie ein vollständiger Mensch zu fühlen oder um überhaupt atmen zu können, sondern damit ich ihr dazu verhalf, endlich ihr Ziel zu erreichen. Den Traum, der dafür sorgen konnte, dass sie mir für immer genommen wurde.

16

Bay

So sehr ich auch vorzugeben versuchte, dass ich Dare – nein, nicht Dare, sondern Keyton – dabeihaben wollte, weil ich ohne ihn nicht singen konnte, ich freute mich trotzdem darauf, ihn zu sehen. Nach unserem Abend mit den Snacks im botanischen Garten fiel es mir schwer, noch am letzten Rest meiner Wut ihm gegenüber festzuhalten.

Die Gitarre meines Dads war etwas gewesen, an dem ich sehr gehangen hatte. Sie hatte eine Erinnerung an ihn und seine Liebe dargestellt, doch ihr Verlust bedeutete nicht, dass ich nichts mehr von ihm hatte. Ich besaß schließlich sogar noch ein Stück der Gitarre, das ich in den Händen halten konnte. Allerdings rief es sein Andenken in meinem Herzen nicht auf die gleiche Art und Weise wach, wie das bei der Musik der Fall gewesen war.

Ich konnte mir nicht einmal ansatzweise vorstellen, was Dare – verdammt, Keyton – durchgemacht haben musste. So wie er aufgewachsen war, war es kein Wunder, dass er ständig gereizt gewesen war und kurz davor gestanden hatte, die Fassung zu verlieren.

Ich wusste jedoch nicht, wie ich ihn dazu bringen konnte zu erkennen, dass er nicht einfach seinen Namen ändern und vor allem davonlaufen konnte, was geschehen war. Dennoch schien er sich ein wenig verändert zu haben, er wirkte beherrschter. Vielleicht hatte er ja einen Weg für sich selbst gefunden, seine Wut zu kontrollieren, oder er wollte mir nicht erklären müssen, wie sehr er in den letzten vier Jahren an sich gearbeitet hatte.

Jedenfalls war es nicht schwer, wieder in ein Muster zu verfallen, bei dem es sich selbstverständlich anfühlte, dass er Teil meines Lebens war. Als ich auf dem Gang die Arme um ihn geschlungen hatte, waren mir all die Momente wieder eingefallen, in denen er mich im Arm gehalten hatte, während wir einen Film geguckt, heiße Schokolade getrunken oder unter dem Sternenhimmel gesessen hatten. Es hatte sich gut und richtig angefühlt. So als würde man das letzte Teil eines Puzzles einfügen und plötzlich ergab das gesamte Bild einen Sinn. Er hatte nach Muskelsalbe und Lack gerochen, was ungewohnt war. Nicht schlecht, aber anders. Vertraut und neu zugleich.

Jetzt wo sich so vieles, woran ich mich gewöhnt hatte, auf einmal fremd anfühlte – wie die Freundschaft zu Spencer –, ließ die Nähe zu Keyton warme und schöne Gefühle in mir aufsteigen, die ich schon lange nicht mehr empfunden hatte.

Es war seltsam gewesen, als Spencer sich zu mir an den Tisch gesetzt hatte. Zwischen uns herrschte eine komische Stimmung, seit Walter mich um das Demo-Tape gebeten hatte. Seine Fragen waren gezielter geworden. Direkter. Ich hatte jedoch keine Antworten. Ich wusste nicht, wie zur Hölle ich es geschafft hatte oder ob ich »damit« weitermachen würde. Was immer das auch sein sollte. Aber es hatte definitiv etwas mit einem gewissen Footballspieler zu tun, der meine Welt schon zum zweiten Mal auf den Kopf gestellt hatte.

Ich bemerkte, dass ich im Laufe der Tage immer wieder nach ihm Ausschau hielt. Wenn ich für jemanden eine Schicht an der Rezeption oder im Postraum übernahm, suchte ich die Gegend nach ihm ab. Obwohl die Typen nur einen Monat lang hier untergebracht sein würden, bestellten sie haufenweise Zeug, als wären sie für ein komplettes Jahr eingezogen.

Es war so einfach zu vergessen, was eigentlich zu unserer Trennung geführt hatte. Indem ich ihn näher an mich heranließ, fühlte ich mich jedoch, als würde ich die Mauern, die ich aufgebaut hatte, nachdem ich Greenwood verlassen hatte, langsam einstürzen lassen und schutzlos dastehen.

Und das war eine ganz furchtbare Idee.

Als er mein Zimmer betrat, humpelte er ein wenig. Den rechten Arm hielt er nah am Körper, aber er schenkte mir dennoch ein Lächeln.

»Anstrengendes Training?«

»Immer.«

Ich zog einen der zwei Stühle von meinem ramponierten Küchentisch heran. »Setz dich.«

Mit leicht verengtem Blick musterte er mich, bevor er meinen Anweisungen folgte.

Ich begann, die Verspannungen in seinen Schultern mit meinen Daumen zu massieren. Sie waren so groß wie Felsbrocken und auch genauso hart.

Als er zischte, hielt ich inne.

»Sorry, tut es zu sehr weh?«

»Nein, mach ruhig weiter.«

Also strich ich weiter über die Muskelstränge, nun jedoch sanfter. »Wie war dein Tag?« Durch die Reibung des Stoffes brannten mir die Fingerkuppen.

Seine Schultern bebten vor Lachen. »Brutal, aber gut. Neue Spielzüge zu lernen und mit einem neuen Team zu arbeiten ist seltsam, aber ich finde mich langsam ein.«

»Freut mich, dass du reinpasst.« Ich schob die Finger unter den Kragen seines T-Shirts.

Er stöhnte. »Du kannst ruhig stärker drücken.«

Im Kopf ging ich die Artikel und Videos durch, die ich mir online angeschaut hatte, und benutzte dann meine Ellenbogen, um kleine Kreise auf seinem Rücken zu machen. Unsere Haut berührte sich.

»Wenn jemand aus dem Team das sehen würde, würden sie mich wahrscheinlich umbringen.«

Ich schrak zurück.

Seine Hände schossen in die Höhe und fingen meine Handgelenke ein.

»Mache ich was falsch?«

Er spähte über die Schulter zu mir hoch. »Du machst das perfekt. Aber wir haben ein ganzes Team von Leuten, die uns damit in den Ohren liegen, wie man sich richtig dehnt und mit diesen ganzen Wehwehchen umgeht.«

Dort, wo er sanft mein Handgelenk berührte, pochte mein Puls an seinen Fingern. Als er meine Haut streichelte, jagten mir elektrische Stöße über den Arm und den Rücken entlang.

»Dann sollten wir es für uns behalten. Ich möchte nicht, dass du Ärger bekommst.«

»Das wäre den Ärger wert.« Er löste den Griff und blickte wieder geradeaus.

Mein Herz vollführte einen Sprung, bevor es anfing zu rasen. »Darüber solltest du nicht mal Witze machen. Du hast so hart dafür gearbeitet, da hinzukommen, wo du jetzt bist. Wie viele schaffen es von der Highschool aufs College und von da aus in die Profiliga? Ich bin stolz auf dich.« Noch vor wenigen Wochen hätte ich ihn in einem Stadion voller Leute verflucht. Und jetzt wünschte ich mir, dass er Erfolg hatte.

»Danke, Bay.«

Uns blieb nicht mehr viel Zeit zusammen, doch die Sache mit ihm wieder zu überstürzen, fühlte sich zu sehr nach alten Fehlern an.

In meiner Hosentasche vibrierte mein Handy. Auf dem Display erschien Maddys Name.

»Hey, Maddy.«

»Hey, Bay. Ich bin zwar praktisch die ganze Zeit damit beschäftigt, hier Flöhe zu hüten, aber ich habe es trotzdem zwischendurch geschafft, dir für Samstag einen Auftritt bei einer kleinen Veranstaltung im *Icarus* zu sichern. Ist nichts Großes, allerdings können wir so mal testen, wie den Leuten deine Musik gefällt.« Sie schrie jemandem auf ihrer Seite der Leitung etwas zu, bevor sie sich wieder an mich wandte. »Wie klingt das für dich?«

»Gut, großartig.« Meine Zunge wurde taub. Ich – Bay Bishop – würde vor Leuten auftreten. War es möglich, vor Angst umzufallen, während man gleichzeitig fast vor Freude platzte?

»Wunderbar. Bis dann.« Sie legte auf.

Bei dem Gedanken daran, dass mich Leute anstarren würden – oder schlimmer noch, durch mich hindurchstarren würden, als wäre ich gar nicht da –, kam mir die Galle hoch.

Dare saß an dem winzigen Tisch in meinem Apartment und beobachtete, wie ich in dem kleinen Raum auf und ab lief.

»Ich muss sie anrufen und ihr absagen.« Ich griff nach meinem Handy, aber er war schneller.

»Denk nicht mal dran.« Er hielt es hinter seinen Rücken, wo es für mich außer Reichweite war. Es gab einen Grund dafür, dass er Profisportler war. Er konnte jede Bewegung vorausahnen und seine Reflexe waren blitzschnell.

Meine Brust stieß gegen seine, während ich versuchte, an das Handy zu gelangen, das er von einer Hand in die andere wandern ließ.

Er verlagerte das Gewicht auf den Füßen hin und her, sodass er sich immer in die entgegengesetzte Richtung bewegte und sich meinem Griff entwand.

Verdammt, ich musste dringend mal wieder ins Fitnessstudio. In nur wenigen Minuten war ich völlig aus der Puste.

Er grinste, und seine weichen Lippen verspotteten jeden meiner Versuche, die er so einfach abblockte, als könnte er das Ganze auch im Schlaf.

Und dann ließ das Lächeln nach und wurde durch Zärtlichkeit ersetzt. Er schlang den Arm um meine Taille und legte mir die Hand auf den unteren Rücken, um mich an sich zu ziehen. »Du kannst das. Das weiß ich.« Die Intensität seines Blickes verursachte mir Gänsehaut.

Ich kämpfte nicht mehr gegen ihn an. Ich erlaubte mir, ihn zu spüren.

Die harten, starken Muskeln. Das stetige Pochen seines Herzens, das genauso schnell schlug wie meins, obwohl er sich kaum angestrengt hatte.

Meine Lippen teilten sich.

Das Handy fiel zu Boden.

Das Palmgrün seiner Augen wurde von seinen geweiteten Pupillen verdrängt. Seine Nasenflügel bebten.

Während ich zu ihm hochsah, legte ich die Hände auf seine Brust. Ich konnte die Hitze seiner Haut durch den Stoff seines Shirts spüren.

Seine Lippen kollidierten mit meinen, als würde ich von einer gigantischen Welle erfasst, die mein Boot zum Kentern brachte. Ausgerechnet allein derjenige, der den Tsunami verursachte hatte, konnte mich jetzt noch vor dem Ertrinken retten.

Ich schlang ihm die Arme um den Hals.

Er behielt den einen Arm an meiner Taille, während er die Hand des anderen in meinen Nacken legte, um mich an Ort und Stelle festzuhalten, während er meine Lippen auskostete. Fordernd, überwältigend, sanft, ausgehungert. Seine Küsse brachten eine Flut von aufgestauten Gefühlen mit sich, die über uns beiden hereinbrach.

In meinen Adern pulsierte ein Verlangen, das meinen Körper hinabwanderte und sich zwischen meinen Schenkeln sammelte. Ich wollte seinen Hunger und begegnete ihm mit gleicher Intensität. Die Kostprobe von vor zwei Wochen hatte eine Lunte gezündet, die die ganze Zeit über langsam vor sich hin gebrannt hatte.

Lippen kollidierten, Zähne stießen aneinander, unsere Hände erkundeten einst wohlbekannte Pfade.

Dare war derjenige, der zuerst zurücktrat. Stöhnend zog er die Hände weg, als würde es ihm körperliche Schmerzen bereiten.

Meine Lippen fühlten sich wund an, meine Seele schien dagegen angenehm gesättigt, so als hätte ich mich, ohne es zu wissen, die ganze Zeit über selbst gequält, indem ich ihn nicht berührt hatte, obwohl er mir so nahe gewesen war.

»Sorry«, murmelte er und hob mein Handy vom Boden auf, bevor er es mir reichte.

Das Ganze war so schnell passiert, dass ich ganz vergessen hatte, was der Auslöser dafür gewesen war. Ich starrte auf mein Handy und versuchte, mich daran zu erinnern, während sich die Hitzewelle auflöste, die unsere Körper erschaffen hatten.

Meine Wangen brannten, allerdings nicht von dem Verlangen, das volle Fahrt aufgenommen hatte, als seine Lippen meine berührt hatten, sondern wegen einer Verlegenheit, die mir den Gedanken durch den Kopf schießen ließ, dass es eine hervorragende Idee wäre, mich jetzt in meinem Wandschrank zu verstecken.

»War nicht meine Absicht, dich so zu überfallen.« Seine Stimme klang angespannt und abgehackt.

Mein Atem beruhigte sich langsam wieder. »Ich habe mich nicht beschwert.«

Sein Kopf zuckte hoch und ein Funken des Verlangens flackerte in seinen Augen auf. »Wir müssen dich auf Samstag vorbereiten.«

Die Realität, der ich mich in drei Tagen würde stellen müssen, traf mich so plötzlich, als hätte jemand nach der letzten Runde in einer Bar das Licht angemacht. Es ging um alles oder nichts.

Dare schnappte sich meinen Gitarrenkoffer, und wir liefen über den Campus. Ich folgte ihm, ohne so richtig zu wissen, wo es hinging, bis wir einen der Innenhöfe des Campus erreichten, über den einige Leute spazierten. Nicht sonderlich viele, aber es war dennoch ein stetiger Strom.

Er blickte sich um und zeigte dann auf eine Bank. »Dort.«

»Dort was?« Ich legte den Kopf in den Nacken und starrte ihn an. Dann folgte mein Blick seinem Finger.

»Dort wirst du spielen.«

Jeder meiner Muskeln spannte sich in Vorbereitung darauf an, Hals über Kopf die Flucht zu ergreifen. Ich schluckte den Liter Speichel herunter, der sich plötzlich in meinem Mund befand, und holte mit zitternden Fingern die Gitarre aus dem Koffer.

Dare stützte die Unterarme auf seine Beine und musterte die vorbeigehenden Leute. »Wir haben nicht viel Zeit, aber ich weiß, dass du das hinkriegst, Bay.« Angesichts der untergehenden Sonne schaute er mit leicht zusammengekniffenen Augen zu mir auf.

Mein Atem ging stoßweise, ich war kurz vorm Hyperventilieren und mein Blick huschte zu jeder neuen Person, die den Innenhof betrat. Einige sahen mich an und meine Muskeln verkrampften sich wie bei einer Ziege kurz vor der Ohnmacht.

Diesen Schutzmechanismus hatte ich nie verstanden, aber ich würde ihn gern mal ausprobieren, wenn er mir in diesem Augenblick den Arsch retten konnte.

Mein Magen vollführte Saltos am Trapez. Ich beäugte all die Leute um mich herum und Gedanken drangen auf mich ein, die mir jedes Mal kamen, wenn ich versuchte, vor anderen zu singen. Die entsetzliche Demütigung. Die Ablehnung. Das Bedürfnis, wegzulaufen und mich zu verstecken.

Eine Hand berührte meinen Oberschenkel.

»Bay, sieh mich an.«

Angst floss durch meine Adern, aber ich blickte ihn an.

Ich erkannte die unerschütterliche Überzeugung in seinem Blick, die ich immer schon darin gesehen hatte.

Mein Atem ging immer noch etwas unregelmäßig, war aber nicht mehr ganz so hastig und unkontrolliert wie zuvor. Die drohende Panikattacke rückte wieder ein wenig von mir ab.

Also kniff ich die Augen zusammen und atmete tief durch.

Er behielt die Hand auf meinem Bein, seine Finger massierten kaum spürbar meine Muskeln und verursachten allerhand Chaos in meinem Kopf. »Nur ich bin hier. Ich höre dir zu. Tu so, als würden wir in deinem Garten sitzen. So wie beim ersten Mal, als ich dich habe singen hören. Du trägst dein Rolling-Stones-T-Shirt, die Jeans mit den zerschlissenen Knien und deine marineblauen Sneakers.«

Ich verlagerte das Gewicht auf meine Fersen. »Wieso weißt du noch, was ich damals anhatte?« Das T-Shirt war schon in der Highschool alt und abgetragen gewesen. Im zweiten Jahr am College hatte ich es mit einem Wikingerbegräbnis geehrt, nachdem es auf dem Weg aus meiner Wirtschaftsvorlesung an einer Türklinke hängen geblieben war.

Der Griff seiner Finger genau über meinem Knie wurde fester. »Es war das erste Mal, dass ich dich so richtig gesehen habe. Natürlich erinnere ich mich daran. Jetzt setz dich«, beschwor er mich sanft.

Ich versank in der Erinnerung. Vielleicht war es genau das, was ich brauchte, um den Fokus von dem Wahnsinn zu nehmen, zu dem ich mich entschlossen hatte.

Ich setzte mich mit meiner Gitarre neben Dare auf die Bank.

Die Naht seiner Jeans drückte an meinen Oberschenkel, fast so, als wären wir aneinandergeschweißt. »Sei nicht nervös.«

»Ich weiß nicht, ob das möglich ist. Wenn es ums Singen geht, ist das Teil meiner DNA.« Ich blickte zu ihm hinüber.

»Dann werde ich für uns beide die Ruhe bewahren.« Er lehnte sich auf der Bank zurück und nahm die Hand von meinem Oberschenkel, um sie fest an meinen unteren Rücken zu legen, so als würde er sie für eine Weile dort lassen wollen.

Ich starrte auf die Saiten hinab und fing an, die Finger darübergleiten zu lassen. Das Metall bohrte sich in meine Fingerkuppen, die mittlerweile frei von Hornhaut waren.

Mit gesenktem Blick sah ich nur noch die Schuhe und Hosenbeine der Menschen, die vorbeigingen.

Der erste erstickte Ton kämpfte sich aus meiner Kehle. Er klang hoch und quietschend, wie ein Kauspielzeug, das ich aus dem Maul eines Bären gezogen hatte. Panik überkam mich und drohte den Ton hinter meinen Zähnen abzuwürgen. Das hier war ein großer Fehler.

Seine Finger strichen mir über den Rücken und sandten mit ihrer zärtlichen Berührung Wärme und Zuversicht durch den Stoff meines T-Shirts.

Ich spannte den Bauch an und atmete tief durch. Dann öffnete ich den Mund und drängte den Laut nach draußen – lauter, stärker, schneller.

Ich möchte fliehen
Den Gefühlen der Vergangenheit entrinnen
Doch die Flucht wird mir nie gelingen
Zu stark, was zwischen uns war
Die Verbindung untrennbar
Und ich kann nicht ewig laufen

Einige der Füße gingen nun langsamer vorbei.

Meine Schultern versteiften sich und meine Finger rutschten über die Saiten. Alle konnten das hier hören. Ich war das nervige Gitarrenmädchen, das nur von dem nervigen Gitarrenkerl in den Schatten gestellt wurde, der manchmal bei Partys auftauchte, um Mädels zu beeindrucken.

Dare setzte sich auf, seine Hand malte nun größere Kreise auf meinem Rücken.

Ich schloss die Augen und ließ mich von der Musik durchdringen. Ich spürte ihn, nahm eine Spur seines Geruchs in der aufgeheizten Luft wahr und füllte meine Lungen damit, sodass ich die Worte, die ich über ihn geschrieben hatte, ausatmen konnte.

Diese alten Gefühle waren nicht so alt, wie ich vorgegeben hatte. Was er mich fühlen ließ und wie ich mich selbst sah, wenn er mich anschaute, war noch immer präsent.

Ich konzentrierte mich nicht länger auf die Schritte der Fußgänger oder das Klimpern der Münzen, die in meinem mit Samt ausgekleideten Gitarrenkoffer aneinanderschlugen.

Mit einigen Fingergriffen beendete ich die Melodie und blickte zu Dare. Der Applaus der umstehenden Leute übertönte das triumphierende Dröhnen in meinen Ohren. Mir fiel ein Stein vom Herzen, und ich presste die Lippen aufeinander, damit ich nicht hysterisch zu lachen anfing oder mich übergab. Doch mein Lächeln war euphorisch.

Er begegnete meinem Blick mit Wärme und Begeisterung in den Augen, was mein Körper kribbelnd zur Kenntnis nahm. Er ließ die Hand auf meinem Rücken liegen und deutete mit dem Kinn nach vorne.

Ich drehte den Kopf, als würde ich mich in einem Horrorfilm befinden und einen Blick in die Schatten riskieren. Angesichts des Halbkreises aus Schaulustigen rutschte ich unwillkürlich ein Stück zurück.

Dann schluckte ich die Angst herunter und verbeugte mich im Sitzen, mit meiner Gitarre auf dem Schoß.

Dare setzte sich neben mir weiter nach vorn. »Wer will noch einen Song hören?«

Einige jubelten und es wurde geklatscht.

Ich funkelte ihn über meine Schulter hinweg an.

Er zuckte mit den Schultern und gab mir einen leichten Stups.

Die restlichen vier Songs von meinem Demo-Tape zogen eine etwas größere Menschenmenge an. Größer würde sie nicht werden, wenn man in Betracht zog, dass ich meine eigenen Lieder sang und es Sommer war. Allerdings war niemand losgezogen, um Tomaten zu kaufen, mit denen er mich bewerfen konnte. Keiner hatte mich ausgebuht. Selbst die Leute, die nicht anhielten, warfen mir im Vorbeigehen einen Blick zu, und ich lebte noch. Einige gingen wieder, doch die Welt ging deswegen nicht unter. Ich fühlte mich beschwingt, so als würde ich alles von außerhalb meines Körpers beobachten und es mit einem warmen, kribbelnden Gefühl wahrnehmen, das mir aus jeder Zelle drang.

Auf dem Rückweg trug Dare meinen Gitarrenkoffer und ging neben mir her, während ich beinahe vor Glück hüpfte. »Siebenunddreißig Dollar.« Ich hielt die Scheine triumphierend hoch, während die Münzen in meiner Tasche klimperten.

»Der Verdienst einer halben Stunde harter Arbeit.«

»Ich denke, die Hälfte davon steht dir zu.« Ich teilte die Banknoten auf und hielt ihm einen Teil davon hin.

Sein Kopf zuckte zurück. Die kräftigen sehnigen Muskeln an seinem Hals spannten sich an. »Ich weiß die Geste zu schätzen, aber du kannst es behalten.«

Und wieder einmal fühlte ich mich total dumm und einfältig, weil ich so etwas überhaupt vorgeschlagen hatte. »Richtig, du bist jetzt ein Footballstar. Du verdienst vermutlich im Schlaf schon mehr als das.«

Er nahm meine Hände in seine. »Glaub nicht, dass ich vergessen habe, wo ich herkomme. Ich denke bloß, dass du es für dich behalten solltest, um dir etwas zu gönnen. Du hast es verdient, nachdem du heute so einen schweren Schritt getan hast.«

Ich zog mir das Haargummi aus den Haaren und band meinen Pferdeschwanz neu. »Ich kann immer noch nicht glauben, dass ich das gemacht habe. Ich. Nach all dieser Zeit. Ich habe es tatsächlich getan.« Wenn ich nicht damit beschäftigt gewesen wäre, mir die Haare hochzubinden, hätte ich triumphierend eine Faust in die Höhe gestreckt. Das Hochgefühl des Auftritts wollte einfach nicht nachlassen. Wo befand sich der nächste Berg, auf den ich klettern konnte? Ein Bär, der verprügelt werden musste? Ich verspürte den Drang, mich an den Bug eines Kreuzfahrtschiffs zu stellen und die Arme auszustrecken, als würde mir die ganze Welt gehören.

»Und du wirst es noch mal schaffen. Und noch mal.« Er reichte mir meinen Gitarrenkoffer, wobei sich unsere Finger streiften.

Die Funken in meinem Inneren sprühten noch höher.

»Danke. Ich weiß, dass du dich heute eigentlich hättest ausruhen sollen, also danke.« Hüpfte ich wirklich auf und ab? Oder war das mein Bauch, der vollkommen verrückt spielte, als wäre ich gerade auf eine Bühne gelaufen, um einen Grammy entgegenzunehmen?

»Jederzeit, Bay.« Sein Blick verriet, wie sehr er sich für mich freute. Und in seinen Augen schimmerte eine Zärtlichkeit, die meine Gefühle kopfstehen ließ und den inneren Siegessprung in kribbelnde Erwartung verwandelte. Der Kuss von vorhin hatte mich total heiß gemacht. Wollte er mich wieder küssen?

Eine Gruppe aus Kerlen platzte in den Eingangsbereich des Wohnheims und zerstörte den stillen Moment zwischen uns.

Dare wurde nach vorne gestoßen, als ihm jemand in den Rücken lief. Er wirbelte herum und funkelte den anderen Typen wütend an, der nur allzu gerne zurückstarrte.

»Pass auf, Grünschnabel.« Das Knurren kam von einem Typen mit einem kurz geschorenen Bart, rasierten Seiten und nur einem Hauch von braunem Haar auf dem Kopf.

Dare hatte die Hände an den Seiten zu Fäusten geballt und tat einen Schritt auf den Typen zu. Dieser stachelte ihn an, indem er den Blickkontakt nicht unterbrach.

Grauen machte sich in mir breit. Bei der Sache mit Spencer hatte ich einen Anflug von Wut in Dare erkennen könne, aber das hier war etwas anderes. Dieser Typ versuchte eindeutig, einen Streit zu provozieren. Ich griff nach Dares Arm und schob mich in sein Sichtfeld. Eine Schlägerei mit einem Kollegen würde ihm sicher nicht zu einem Platz im Team verhelfen.

»D… Keyton.« Ich stellte mich auf die Zehenspitzen, damit er den Kerl nicht mehr sehen konnte. Es hatte definitiv einen Nachteil, wenn man von Typen dieser Größe umgeben war.

Das Arschloch redete weiter, während die Gruppe sich viel zu langsam Richtung Aufzug bewegte. Konnte mal jemand diesen Typen hier wegschaffen?

Mit zusammengepresstem Kiefer starrte Dare ihm hinterher. Sein gesamter Körper war angespannt.

Ich hob die Stimme und rief: »Dare!«

Der Laut des Aufzugs ertönte, und die Stimmen der anderen Footballspieler klangen jetzt etwas weiter entfernt.

Sein Kopf zuckte, und er starrte auf mich herab. Die Wut in seinen Augen verschwand so schnell, wie sie gekommen war. »Sorry«, murmelte er und zog den Kopf ein. Sein Hals und Kiefer waren rot – ob vor Zorn oder Verlegenheit, konnte ich nicht sagen.

»Willst du darüber reden?« Meine Anspannung ließ nach, als die Aufzugtür sich geschlossen hatte und ich somit wusste, dass ich nicht auf den Rücken eines riesigen Kerls würde springen müssen, der sich mit Dare prügeln wollte.

Er öffnete den Mund, bevor er einen Schritt zurückwich. »Nein, alles gut.« Er vergrub die Hände in den Hosentaschen und nahm einen tiefen Atemzug. »Ich ... Gute Nacht.«

Und dann war er fort, einfach so, verschwand im Treppenhaus, nachdem die Tür hinter ihm zugefallen war.

Seine Wut war nur ein Schatten dessen gewesen, was ich in Greenwood erlebt hatte. Nicht annähernd so explosiv, aber immer noch da. Sie mochte unter einer Tonne Sand und Kies begraben liegen, doch darunter brodelte und kochte es nach wie vor.

Das bereitete mir Sorgen. Nicht meinetwegen, sondern um seinetwillen. Er tat so, als hätte er die Vergangenheit hinter sich gelassen, er war jedoch inzwischen lediglich besser darin als die meisten, all diese Gefühle hinunterzuschlucken. Allerdings war es bloß eine Frage der Zeit, bis ihm dies nicht mehr gelingen würde. Und wieder einmal befand ich mich in der Schusslinie und wusste nicht, wie ich ihm helfen konnte.

In meinem Zimmer schrieb ich noch ein paar Zeilen in mein Notizbuch – für einen Typen, von dem ich nie gedacht hätte, dass er das Siegel an meinem Herzen brechen können würde. Und einige über meine Unfähigkeit, ihm zu geben, was er brauchte, um vollständig zu sein. Manchmal fühlte es sich an, als könnte Liebe alles in Ordnung bringen. Doch tief in meinem Inneren wusste ich, dass dies nur eine Lüge war, die ich mir schon einmal erzählt hatte.

17

Dare

»Das müssen wir in zwei Stunden noch mal machen, oder?« Reid stöhnte und stemmte sich vom Rasen des Spielfelds hoch.

Knox hob den Kopf, während ihm immer noch Wasser vom Gesicht tropfte, das grünlich angelaufen war, weil er kurz davorstand, sich zu übergeben – schon wieder.

Die Drills waren brutal gewesen. Die Spieler lagen überall verteilt auf dem Gras und an der Seitenlinie standen praktischerweise Kotzeimer bereit. Einige waren einfach an Ort und Stelle zusammengebrochen, egal ob mit dem Gesicht nach oben oder unten. Keuchend versuchten sie, wieder zu Atem zu kommen.

Ich hatte es bis zu einer Bank am Rand geschafft und versuchte, mich daran zu erinnern, wie ich meine Gliedmaßen benutzen musste. »Wann ist unser nächster freier Tag?«

»Samstag?« Reid zog sich das Trikot über den Kopf, wobei sein Schweiß in alle Richtungen spritzte und meine ohnehin schon brennenden Augen traf.

Aber mir fehlte die Kraft, ihm eine reinzuhauen.

»Blödmann«, schrie Knox und wischte sich über das Gesicht.

»Sorry.« Reid taumelte. »Sorry. Falls ich es zum Mittagessen schaffe, besorg ich dir einen Extra-Cookie.«

Knox grummelte vor sich hin. »Das will ich auch hoffen.«

»Mein letzter Coach war zwar ein Arschloch, aber ich habe vorher noch nie während des Trainings gekotzt.« Reid schnappte sich eine Flasche Wasser und schüttete sich die eiskalte Flüssigkeit in den Mund.

Ich sah auf und bekam eine weitere Ladung Schweiß ab. »Dein Coach war ein Arschloch?«

Er rollte den Kopf hin und her und zog eine Grimasse, bevor er an der Vorderseite seiner Pads zupfte. »Na klar. Deiner nicht?«

»Nö, Coach Saunders war zwar hart, aber kein Arschloch – jedenfalls den meisten gegenüber nicht.«

»Gerade als ich dachte, ich könnte die Fulton U nicht noch mehr hassen ... Coach Mikelson war ein verdammter Mistkerl, und es ist sogar noch schlimmer geworden, weil wir andauernd gegen euch verloren haben. Nachdem er mal nach einer Niederlage mit einem der Tische aus dem Klassenzimmer nach mir geworfen hat, habe ich wesentlich weniger einkassieren müssen als die anderen. Gott, bin ich froh, dass ich den ganzen Scheiß durchgestanden habe. Jetzt ernte ich die Lorbeeren dafür.« Er grinste breit, als wäre nun alles gut.

Knox wrang sein Handtuch aus, sodass sich eine Pfütze zu seinen Füßen bildete. »Und das sagt jemand, der in der ersten Runde gedraftet wurde.«

Das war ein verdammt guter Ausgleich. Wenn Coach Saunders ein Arschloch gewesen wäre, dann hätte man mich schon in meiner ersten Saison rausgeworfen. Wenn jemand mich behandelt hätte wie mein Dad? Da hätte ich beim ersten geworfenen Gegenstand direkt mein Stipendium verloren.

Reid grinste. »Wenn du das so sagst, dann hab ich wohl kein Problem mehr damit, dass wir ständig verloren haben. So ist Mikelson wenigstens nie in den Genuss eines Sieges gekommen.« Sein Grinsen wurde noch breiter, und er starrte in die Luft, als würde er die Art und Weise gerade genießen, wie das Universum ihn für all seine Qualen belohnte.

»Bin froh, dass du den Mist durchgestanden hast.«

»War nicht so schlimm. Eines kann ich allerdings ehrlich behaupten: Zu wissen, dass wir ihm nie gegeben haben, was er wollte, hilft mir beim Einschlafen.«

Hinter uns rief jemand: »Mittagessen in dreißig Minuten. Wascht euch. Danach Teammeeting, bevor ihr euch fürs Abendtraining umzieht. Schmeißt alles, was gewaschen werden soll, in den Korb. Sonst spielt ihr um fünf wieder in eurer versifften Ausrüstung.«

Alle schleppten sich vom Feld. Der Trainingsbereich und die Seitenlinie waren erfüllt von Gemurre und Gestöhne.

Auf dem Weg zum Essen hatte ich das Gefühl, dass jemand meine normalen Sneakers gegen ein mit Blei ausgefülltes Paar Schuhe eingetauscht hatte.

Meine Tage waren von brutalem, in Schweiß getränktem Schmerz erfüllt. Das machte die Abende jedoch umso süßer.

Wenn ich Bay während des Tages kurz irgendwo erspähte, war das wie ein flüchtiger Sonnenstrahl an einem trüben Tag. Und jeden Abend mit ihr zu verbringen half mir beim Durchhalten – auch wenn es nur wenige Stunden waren, in denen es nie zu mehr als einem Kuss kam.

Wir stellten uns in die Schlange aus Typen, die mich an zu groß geratene Highschool-Jungs erinnerten, um in kürzester Zeit so viel Essen wie möglich in uns hineinzuschaufeln, damit wir noch Zeit zum Verdauen hatten. Dadurch wurde die Chance verringert, dass man beim Training alles wieder erbrach. Im Gang roch es nach einer Mischung aus Schweiß und einer Tonne Parfüm, die so schwer in der Luft lag, dass ich sie praktisch schmecken konnte.

Da ich unter Schlafentzug litt und bis auf die Knochen erschöpft war, wäre ich in meiner Benommenheit beinahe auf dem Boden gelandet, als mich jemand an der Schulter rammte.

»Vielleicht solltest du daran arbeiten, auf den Beinen zu bleiben, Grünschnabel.« Vince zog lachend an mir vorbei, wobei er die Zunge herausgestreckt hatte und aussah wie eine übergroße Bulldogge.

Die Worte rutschten mir heraus, bevor ich sie aufhalten konnte. Ich war müde, aber nicht so k.o., dass ich in der Lage gewesen wäre, ins Bett zu fallen und einzuschlafen. Das Wissen, das ich die nächsten sechs Stunden auf jeden Fall durchstehen musste, hielt meinen Adrenalinspiegel hoch, auch wenn mein Körper kurz vorm Aufgeben war.

Diese Art von Erschöpfung nahm mir jegliche Selbstbeherrschung. Und anscheinend auch die Fähigkeit, diesem Arschloch weiterhin zu erlauben, mich herumzuschubsen. »Wenn du nicht solche Angst davor hättest, deinen Platz zu verlieren, würdest du vielleicht konzentrierter an deinen Drills arbeiten, statt diesen Mist abseits des Feldes abzuziehen. Ich bin nicht der Einzige da draußen, der Pässe verpatzt.«

Die ganze Schlange erstarrte. Die einzigen Geräusche auf dem sonst so lauten Gang waren gemurmelte Flüche, leises Lachen und einige scharfe Atemzüge.

Vince drehte sich langsam um, sein Kiefer war angespannt und die Hände hatte er zu Fäusten geballt.

Ich spiegelte seine Haltung. Ich würde mich nicht vor einem tyrannischen Scheißkerl verstecken, der glaubte, er könnte tun und sagen, was immer er wollte. Dabei war mir völlig egal, wie viele Championship-Ringe er schon gewonnen hatte.

Eine Stimme unterbrach unseren Starrwettbewerb. »Muss ich anfangen, Bußgelder zu verteilen?«

Mein Kiefer knackte. Egal wie hoch diese Summe sein würde, ich war sicher, Vince konnte die Strafe mit Leichtigkeit wegstecken. Ich löste meine geballten Hände ein wenig und trat einen Schritt zurück.

Er grinste höhnisch, und in seinem Blick sah ich ein niederträchtiges Funkeln.

Reid legte mir eine Hand auf die Schulter und redete mit leiser Stimme auf mich ein. »Lass ihn nicht so an dich ran. Er will dich nur provozieren, weil er weiß, dass er nachlässt. Gibt ihm nicht, was er will.«

Ich nickte, auch wenn die Sehnen in meinem Nacken dagegen protestierten. Am liebsten hätte ich ihm das dämliche Grinsen aus dem Gesicht geprügelt. Ich wollte ihn schlagen, bis meine Knöchel blutig waren. Ich wünschte, dass nichts davon eine Rolle spielen würde, sodass ich nicht nachgeben musste, um meinen Platz im Team zu behalten.

Wir schafften es durchs Mittagessen und das Offense-Teammeeting, bevor wir die Pads für das Nachmittagstraining anlegen mussten. Nachdem wir im Anschluss geduscht hatten, musste ich mir die Aufnahmen jedes einzelnen Fehlers von mir angucken. Mein Körper schrie nach Erlösung, doch es waren noch mindestens zwei Stunden, bevor ich auch nur in die Nähe meines Bettes kam. Ich lief aufs Feld und war entschlossen, allen zu zeigen, dass ich diesen Platz im Team verdient hatte. Und dass Vinces Angst berechtigt war.

Nach der dritten verpatzten Completion war ich allerdings derjenige, der Angst haben musste. Warum machte ich mich bloß dermaßen verrückt und ließ zu, dass Vince und der Druck mir so sehr zusetzten? Ich musste mich zusammenreißen oder ich würde von Glück reden können, wenn ich als zweiter Ersatzspieler endete.

Die Sonne verschwand hinter dem Horizont, ihre Hitze hing jedoch nach wie vor über dem Spielfeld und schmorte uns. Mit einer Hand in die Hüfte gestützt stand ich da und goss mir Eiswasser über den Kopf. Die Kälte der Flüssigkeit hielt unter meinen Pads und dem Trikot nicht lange an.

Jemand vom Hilfspersonal verteilte Handtücher an der Seitenlinie. Ich wischte mir mit einem davon das Gesicht und den Nacken trocken.

Hank kam vor mir zum Stehen. »Was ist los mit dir, Keyton? Die Konzentration und die Entschlossenheit der ersten Woche sind futsch.« Sein Blick bohrte sich in meinen.

Ich ließ den Kopf hängen und starrte das Gras zu meinen Füßen an. Ich enttäuschte hier nicht nur mich selbst, sondern auch Hank. Ich wollte nicht der Typ sein, der das Team im Stich ließ. Dabei ging es mir nicht nur um den Gehaltscheck. Ich wollte einfach nicht der Grund sein, warum mein Team eine Chance auf den Sieg verlor. »Mir geht in letzter Zeit viel durch den Kopf. Aber ich bin konzentriert. Ich bin hier, um meinen Job zu erledigen. Ich werde mich bessern.«

Er legte mir eine Hand auf die Schulter. Sein harter Blick wurde eine Spur weicher, von Granit zu Beton. Es machte kaum einen Unterschied, aber für Männer, die so viele Saisons miterlebt hatten wie er, war das enorm. »Du steht sehr unter Druck, das weiß ich. Aber du musst einen kühlen Kopf bewahren.«

Über Hanks Schulter hinweg konnte ich die Fans in den Rängen sehen, die sich von ihren Lieblingsspielern oder jenen Autogramme geben ließen, die wie Reid in der ersten Runde gedraftet worden waren. Inzwischen leerten sich die Tribünen zunehmend. Wir hatten nur die Aufnahmen analysiert. Für die Fans war die Aufregung des Tages vorüber und sie würden bis zum nächsten Tag in ihre Hotels zurückkehren. Eine unverwechselbare Gestalt in einem dunkelgrünen Mantel auf der Tribüne, die im Blau der Lions gestrichen war.

Zuvor hatte ich so tun können, als sei es bloß reine Einbildung, ein Hirngespinst meines gestressten Verstandes. Doch jetzt wusste ich es besser. Es war mein Vater. Sein Gesicht lag im Schatten, da er von dem hellen Lichtstrahler von oben beleuchtet wurde, dennoch bestand kein Zweifel.

Mein Herz schlug, als hätte ich gerade einen 40-Yard-Sprint in 4,3 Sekunden hingelegt. Das Blut in meinen Adern pulsierte, als würde es nach einem Ausweg aus meinem Körper suchen. Ich erstarrte, unfähig, den Blick von dem Mann abzuwenden, von dem ich geschworen hatte, dass er mich nie wieder zu Gesicht bekommen würde.

»Hörst du mir zu?« Hank zog am Kragen meiner Pads. Mein Mund wurde trocken, und ich starrte ihn an, während ich versuchte, mich zu fokussieren.

Er schüttelte den Kopf. »Geh duschen und reiß dich etwas zusammen, Junge.«

Als ich durch den Tunnel zur Umkleide ging, warf ich die ganze Zeit Blicke über die Schulter. Was zur Hölle wollte er? Warum war er hier? Seitdem ich Greenwood verlassen hatte, hatte ich nichts mehr von ihm gehört. Als ich abgehauen war, war ich nur knapp bei Verstand gewesen, während ich mit dem Wenigen entkommen war, das ich besaß und das er noch nicht zerstört hatte. Das war in der Nacht gewesen, in der ich um ein Haar zu einem Monster geworden wäre, das keine Aussicht mehr auf Erlösung gehabt hätte.

In dieser Nacht war er nicht gerade gesprächig gewesen, während ich mit Mordlust in den Augen über ihm gestanden hatte.

Aber nach vier Jahren fühlte ich mich wieder, als wäre ich zwölf. Als würde er mir im Nacken sitzen, dazu bereit, mir einen weiteren Schlag zu verpassen. Der erfolgreiche Sportler war durch einen Jungen ersetzt worden, der irgendwie versuchte, einer beschissenen Situation zu entkommen. Jetzt war sie zwar wesentlich weniger beschissen als früher, aber ich stand kurz vorm Scheitern.

Würde er sich hämisch darüber freuen? Mir sagen, dass alles, was er immer schon über mich gewusst hatte, sich nun bestätigte? Wenn ich meine Chance auf die Profiliga verlor, würde das lediglich seine Überzeugung untermauern, dass ich das wertlose Stück Scheiße war, für das er mich schon immer gehalten hatte.

Die Nachrichten, die ich in den letzten Wochen geschickt bekommen hatte, bildeten lediglich das Ende einer langen Reihe davon, die begonnen hatte, als ich gedraftet worden war. Aber dass sie von ihm gewesen waren ... Jetzt wusste er genau, wo ich mich aufhielt und wie er mich finden konnte. Ein Schauer lief mir über den Rücken.

Ich stützte mich mit den Händen am Holzspind ab und wünschte mir, dass ich etwas hätte, in das ich die Finger krallen könnte. Meine Fingerknöchel fingen an wehzutun, und einige Blicke trafen mich. Erst als ich hinuntersah und meine pochende Faust entspannte, merkte ich, was ich getan hatte. Schwache Abdrücke meiner Finger waren im Holz zu erkennen.

»Wenn du etwas von dieser Energie auf dem Feld zeigen würdest, dann müsste ich mir vielleicht tatsächlich Sorgen um meinen Platz machen, Grünschnabel.« Vinces nervige Stimme durchbrach die Panik in meinem Kopf, und mein Blick landete auf dem eins neunzig großen Arschloch, das mich vom anderen Ende der Bank aus verspottete.

Ich machte gerade einen Schritt vorwärts, da packten mich bereits zwei Paar Hände an den Schultern und wirbelten mich herum.

Abwehrend riss ich die Arme hoch, doch mein Kampfgeist verließ mich sofort, als ich Knox und Reid erkannte, die mich anstarrten, als hätte ich den Verstand verloren.

Ein Assistenztrainer kam in den Raum gelaufen und knallte mit seinem Klemmbrett. »Ihr beiden schon wieder? Keine Schlägereien!«

Ich schluckte den Zorn herunter, der wie heiße Kohlen in meiner Brust brannte. Ich zog meine Workout-Klamotten an, ohne vorher zu duschen, deshalb klebten sie mir am Körper. Aber ich musste vor dem Offense-Teammeeting unbedingt den Kopf freibekommen.

Allerdings fühlte ich mich nun nicht länger erschöpft und kurz vor der Ohnmacht – stattdessen rauschte mir das Adrenalin durch die Adern.

Ich brauchte frische Luft. Als ich durch die Eingangstüren des Gebäudes platzte, erschlug mich die schwüle Hitze beinahe. Meine Hände bebten, und ich sehnte mich danach, Bay aufzusuchen. Der Gedanke daran, den Kopf in ihrem Haar zu vergraben und sie wortlos an mich zu drücken, hielt mich zusammen.

Ich verzog das Gesicht. Sie konnte es nicht gebrauchen, dass ich meinen Ballast bei ihr ablud. Das hatte sie nicht verdient. Sie verdiente einen Typen, der sein Leben im Griff hatte und nicht kurz vor einem Wutanfall stand – wieder einmal. Zum Wohnheim gehen. Ein paar Stunden in einen traumlosen Schlaf abdriften. Das waren meine Optionen.

»Dare!« Der harsche Ton, mit dem mein Name gebellt wurde, ließ meinen Puls in die Höhe schießen. Allerdings wurde das Wort dieses Mal nicht gelallt und es folgten auch keine Faustschläge.

Mich überkam ein Reflex, von dem ich schon lange nicht mehr Gebrauch gemacht hatte – ich füllte meine Lungen mit Sauerstoff, da mir nur eine Wahl blieb.

Ich rannte davon. In den letzten vier Jahren hatte ich mich so bemüht, auf dem richtigen Weg zu bleiben. Also lief ich schneller als je zuvor. Ich würde nicht vor ihm wegrennen können, denn er wusste, wo ich mich aufhielt, und er würde nicht einfach verschwinden.

Auf eine Konfrontation mit ihm war ich nicht vorbereitet. Das letzte Mal war ich gegangen, bevor ich zu dem Monster hatte werden können, zu dem er mich hatte machen wollen. Diesen Pfad konnte ich nicht erneut einschlagen. Er war gefährlich und sobald diese Grenze überschritten wäre, würde es kein Zurück mehr geben.

Angst rumorte in meinem Inneren, als ich daran dachte, zu was ich fähig war.

Mit dem Schraubenschlüssel in der Hand stand ich über ihm und wollte dem Gift, das er in mein Leben brachte, ein Ende setzen. Ich war zwar an der Fulton U angenommen worden, aber Bay war meinetwegen weg. Seinetwegen. Er hatte mich mit seinem Jähzorn infiziert und mit seiner missratenen Erziehung verdorben, und nun war sie fort.

Wutschnaubend stand ich über seinem reglosen Körper, Mordlust funkelte in meinem Blick.

In meiner Hosentasche vibrierte mein Handy und riss mich aus dem Nebel, der so dicht war, dass ich fast daran erstickte. Ich holte das Gerät heraus

Knox' Name erschien auf dem Display.

Wo bist du? Alles in Ordnung?

Ich kniff die Augen zusammen und ließ den Schraubenschlüssel zu Boden fallen. Das Klappern weckte meinen Dad nicht.

Ich zog mich aus dem Zimmer zurück; Ekel und Wut erfüllten mich angesichts dessen, was ich beinahe getan hatte. In meinem Zimmer schnappte ich mir noch die letzten meiner Sachen und rannte die Treppe hinunter, bevor ich die Haustür hinter mir zuschlug.

In meinem Auto lud ich alles auf der Rückbank ab und schlug mit der Faust so lange auf das Armaturenbrett, bis meine Knöchel bluteten.

Stille erfüllte meinen Wagen. Nicht die Stille, die nur aus meinem Keuchen bestand. Sondern die Stille, die aus meinen Lautsprechern kam, bevor die Musik einsetzte. Bays Aufnahme, die in der Nacht entstanden war, in der ihre Mutter uns erwischt hatte, befand sich immer noch in meinem CD-Spieler.

Ich umklammerte das Lenkrad und raste aus der Einfahrt, fort von dem Haus, das nie mein Zuhause gewesen war. Ihrem Gesang lauschend fuhr ich, bis mein Tank fast leer war. Und ich schwor, dass ich versuchen würde, der Mann zu werden, den sie verdient hatte. Auch wenn sie nichts mehr mit mir zu tun haben wollen würde.

Und jetzt lief ich wieder davon – vor ihm und einer Vergangenheit, die ich versucht hatte, hinter mir zu lassen. Diese alten Emotionen, die alte Wut, lungerten allerdings stets hinter der nächsten Ecke.

Auf dem Weg zum Treppenhaus öffneten sich gerade die Aufzugtüren, also sprang ich hinein und drückte auf den Knopf für meine Etage. Es fühlte sich an, als würden die Wände auf mich zukommen. Als ich ausstieg, drückte ich die Hände gegen die kühlen gestrichenen Betonziegelwände und versuchte, meinen Atem zu beruhigen. Er würde das Gebäude nicht betreten. Auch mein Zimmer nicht, also war ich sicher.

»Ist alles in Ordnung?« Ihre Stimme holte mich schlagartig aus den Gedanken, die mich zu ertränken drohten, als hätte ich sie mit meiner Sehnsucht heraufbeschworen.

»Ist was passiert?« Sie legte beide Hände um mein Gesicht und musterte mich eindringlich.

Ich kniff die Augen zusammen und atmete die Panik weg, indem ich in der Wärme ihrer Berührung versank.

Sie bewegte sich. Ich konnte ihre Nähe spüren, auch wenn

ich sie nicht sehen konnte. Ich konnte ihre Besorgnis wahrnehmen und das erdete mich.

»Dare?«

18

Bay

Ich lief vor seiner Tür auf und ab, während ich versuchte, einen anderen Weg zu finden. Dare hatte ohnehin schon genug zu tun. Und es war unfair von mir, ihn um noch mehr zu bitten.

Ich band meinen Pferdeschwanz neu und kam zu dem Entschluss, dass ich es alleine versuchen und Dare nicht dazu zwingen würde, mir zu helfen.

Der Aufzug um die Ecke öffnete sich mit einem hellen Glockenton.

Da ich meine Entscheidung getroffen hatte, war es wohl besser, wenn ich mich aus dem Staub machte.

Aber am Ende des Gangs kam Dare in Sicht.

Ich fluchte vor mich hin, denn ich hatte keine gute Erklärung, warum ich vor seiner Tür stand, abgesehen von der, dass ich dort war, um ihn zu sehen. Zahlreiche unsinnige Ausreden schossen mir durch den Kopf, blieben mir jedoch im Halse stecken, als er näher kam.

Er war blass und sah angespannt aus, allerdings nicht so wie bei dem Vorfall mit dem Arschloch im Korridor. Das hier war anders. Dare hatte Angst.

Die Entschlossenheit in seinem Blick kam Scheuklappen nahe. Erst als er mich fast erreicht hatte, bemerkte er mich. Er schrak zurück, als wäre ich aus dem Nichts aufgetaucht, bevor er gegen die Wand sackte und die Augen schloss, als wären all seine Kraftreserven aufgebraucht. Wenn man den Trainingsplan der Spieler in Betracht zog, wäre das auch kein Wunder gewesen. Es waren schon mehrere von ihnen im Gemeinschaftsbereich des Wohnheims eingeschlafen.

»Ist alles in Ordnung?« Damit ich die Hände nicht nach ihm ausstreckte, ballte ich sie an den Seiten zu Fäusten.

Er wirkte wie Raubtier im Käfig, und ich wollte nicht gebissen werden. Also näherte ich mich vorsichtig und holte zitternd Atem. Die Furcht, die in mir hochstieg, ließ meine Rippen schmerzen. Doch ich musste wissen, was passiert war. Plötzlich war nichts wichtiger, als das wieder in Ordnung zu bringen, was auch immer ihm Angst eingejagt und ihn in diesen Zustand versetzt hatte.

»Ist etwas passiert?« Zögerlich und mit bebenden Händen berührte ich seine Wangen. Er musste mir erzählen, was passiert war. »Dare?«

Er öffnete die Augen nicht, sondern schien zufrieden damit zu sein, einfach nur wortlos dazustehen, während sich meine Hände an seine Wangen schmiegten.

»Ich habe gehört, dass einige Spieler nach Hause geschickt worden sind.« Dem Ziel so nahe zu sein, bevor einem die Chance genommen wurde, es zu erreichen … Ich konnte mir nicht vorstellen, was das mit einem machte. Was würde mit mir passieren, wenn meine Träume zerplatzten, weil Maddy herausfand, dass sie sich nicht auf mich hätte einlassen sollen?

»Wurdest du rausgeworfen?« Bei diesem Gedanken blutete mir das Herz. Was auch geschehen war, hatte ihn völlig erschüttert, und ich wollte ihm um jeden Preis helfen, sich besser zu fühlen. »Dare.«

Als hätte jemand einen Schalter umgelegt, erwachte er abrupt zum Leben. »Nenn mich nicht so!«

Ich schrak so weit vor ihm zurück, dass mein Rücken gegen einen Türgriff prallte.

Entsetzen erfüllte seine Miene, und er ließ kurz den Kopf hängen, bevor er mich wieder mit Reue im Blick ansah.

»Sorry.« Er fuhr sich mit den Fingern durchs Haar und zog daran, als würde er am liebsten jede einzelne Strähne herausreißen. »Tut mir leid. Ich hatte einen miesen Tag, aber das ist kein Grund, dich anzuschnauzen.« Ein tiefer Atemzug folgte dem anderen. Sein Gesicht war nicht länger blass, sondern gerötet, doch seine Augen strahlten pures Elend aus.

»Möchtest du darüber reden?«

»Nein. Mach dir keine Sorgen.«

»Du hast mir schon so viel geholfen. Vielleicht hilft es, wenn du es dir von der Seele redest.« Mir fiel auf, dass sich unsere Rollen vertauscht hatten. Jetzt war ich diejenige, die reden wollte und versuchte, ihn dazu zu bringen, sich zu öffnen. Wie damals in der Highschool. Wir verfielen wieder in alte Muster, und ich konnte nur hoffen, dass wir nicht zusätzlich von unseren alten Fehlern heimgesucht werden würden.

Der Ausdruck auf seinen Zügen wurde weicher, und seine zusammengezogenen Augenbrauen entspannten sich ein wenig. »Es wird schon wieder, wirklich. Sorry noch mal. Wolltest du was?«

Sofort fühlte ich mich wie ein Arschloch, das immer nur auftauchte, wenn es etwas wollte. »Ja, aber du hast genug zu tun, also überlege ich mir selbst was.« Ich biss mir auf die Unterlippe, bevor ich mich umdrehte.

Er hielt mich am Ellenbogen fest, seine Finger berührten meine empfindliche Haut. »Ernsthaft, was ist los?«

»Maddy hat angerufen, weil sie noch einen Auftritt für mich hätte. Aber ich weiß, dass dein Zeitplan irre ist, also vergiss es einfach.«

Sein Griff lockerte sich nicht. Er war nicht fest oder unangenehm. Eher wie eine sanfte Aufforderung, um mir deutlich zu machen, dass er nicht loslassen würde, bis ich alles erzählt hatte.

»Donnerstagabend.« Ich verzog das Gesicht und fühlte mich wie das größte Arschloch überhaupt. Er war müde. Und gestresst. Er hatte andere Dinge, auf die er sich konzentrieren musste, und ich bat ihn ständig um irgendetwas, weil ich wusste, dass er nicht Nein sagen würde. Ich befürchtete, dass es ein Wort für Menschen wie mich gab, aber ich wollte lieber nicht allzu genau darüber nachdenken.

»Neun Uhr.«

»Natürlich werde ich da sein. Direkt davor habe ich ein Teammeeting, aber ich werde kommen.« Er hatte meinen Arm immer noch nicht losgelassen, und ich machte keine Anstalten zu gehen.

»Du solltest gehen, Bay. Ich muss schlafen.« Sein Blick flehte mich an, doch ich wusste nicht, worum. Sollte ich nun gehen oder bleiben? Ich entschied mich für die sichere Wahl.

Also drückte ich kurz seine Hand und ging davon.

Mein Magen war kurz davor, alles auszustoßen und auf dem Boden zu verteilen, was ich heute gegessen hatte.

Bestimmt würden es die Leute hier zu schätzen wissen, wenn ich der Geruchsmischung aus Bier, Parfüm und zuckersüßen Cocktails noch das gewisse Extra verlieh.

In dem Raum aus Ziegeln und Holz stand das Publikum dicht gedrängt vor der kleinen Bühne. Sie holten sich Drinks in Plastikbechern an der Bar und trugen bis zu drei davon gleichzeitig zu ihren Gruppen, die sich bereits Stehplätze gesichert hatten. Das Getränke-Special musste wohl dazu beigetragen haben, dass heute so viele gekommen waren. Die Gäste versammelten sich, lachten und redeten, während die Band – nein, keine Band, sondern ein Duo – auf der Bühne spielte.

Auf den Balkonen, die von der Galerie abgingen, trieben sich sogar noch mehr Leute herum. Es mussten mehrere Hundert sein. Die beiden Musiker auf der Bühne legten sich ordentlich ins Zeug. Einige sangen ihre Songtexte mit.

Wie würde es wohl sein, wenn jemand meine Lieder mitsingen würde? Wenn Menschen meine Sachen hören und sie so gerne mögen würden, dass sie sie auswendig lernen oder zumindest die Melodie mitsummen würden? Wenn sie hierhergekommen wären, um mir dabei zuzusehen, wie ich Songs sang, die sie zuvor stundenlang vor sich hin gesungen hatten?

Mein Dad wäre so stolz auf mich gewesen und hätte bestimmt ganz vorne in der ersten Reihe gestanden. Schuldgefühle nagten an mir, weil ich Mom das alles verheimlichte. Ihre Fragen danach, was ich im kommenden Monat machen wollte, hatte ich nicht besonders geschickt umschifft. Aber ich konnte ihr weder von den Jobangeboten erzählen, die ich bekommen, auf die ich aber nicht geantwortet hatte, noch von den Auftritten. Nicht, bevor ich mir nicht sicher war, dass ich es schaffen würde. Wenn ich versagte, dann würde diese Sache einfach mein kleines Geheimnis sein können. Vielleicht würde ich ihr bei meiner zweiten Tour in einem verrosteten Van quer durchs Land davon erzählen, dass ich mein Geld als Musikerin verdiente. Doch gerade jetzt war das noch so weit von der Realität entfernt, warum sollte ich ihr da einen Grund mehr geben, um mir zu sagen, dass ich mir nicht zu viel Hoffnung machen sollte? Vor allem, wo ich das doch schon alleine wunderbar hinbekam.

Meine Gedärme schienen sich so dermaßen verknotet zu haben, dass ein Seemann hellauf begeistert gewesen wäre. Ich stellte mich auf die Zehenspitzen, um über die Köpfe der Anwesenden zu spähen, bevor ich wieder zu den Stufen zurückging, die in den Backstagebereich führten.

Als ich dem Sicherheitspersonal meine ID zeigte, warf ich noch einmal einen Blick über die Schulter.

Wo steckte er nur? Ich trat von einem Fuß auf den anderen, während ich versuchte, nicht durchzudrehen und wie eine Verrückte durch den Backstagebereich zu laufen, bis mich jemand abführen musste. Ich überprüfte erneut meine Gitarre. Der Soundcheck hatte daraus bestanden, dass ich ein wenig gespielt hatte, sehr oft »Test eins, zwei, drei« gesagt, aber nicht einen Ton gesungen hatte.

Das unverwechselbare Klacken von zwölf-Zentimeter-Absätzen, die Maddy auf eins siebenundsechzig brachten, erklang hinter mir.

Gott, ich wollte sie wirklich nicht enttäuschen. Die meisten Leute waren heute nicht wegen mir hier, doch sie lief schon die ganze Zeit backstage herum, und ich wollte mich nicht auf die Bühne stellen und krächzen.

»War dieser Look Absicht?« Maddy zeigte auf mein T-Shirt und meine Jeans.

Ich blickte an mir hinunter und dann wieder zu ihr hoch. »Bin eben erst mit meiner Schicht fertig geworden und der Abfallschacht hat geklemmt. Viel weiter habe ich nicht gedacht.« Dass Felicia während ihrer Elternzeit angerufen wurde, weil ich es nicht hinbekam, mich um etwas derart Triviales zu kümmern, kam für mich nicht infrage.

Sie legte den Kopf schief und klopfte sich mit dem Stift gegen die Lippen. Dann kniff sie die Augen zusammen und kippte den Kopf zur anderen Seite, während ich mich fühlte, als würde ich bei lebendigem Leibe frittiert werden. Sie tippte und kritzelte etwas auf ihr Tablet. »Mal sehen, was sich machen lässt.«

»Heute noch?« Ich spähte über meine Schulter, meine Finger umklammerten den Gitarrenhals. Ich hatte nichts zum Umziehen dabei. Erwartete sie, dass ich mich neben der Bühne auszog? Vor meinen Augen tanzten Sterne. Dare hatte gesagt, er würde hier sein. Es war knapp mit dem Training, aber ich brauchte ihn.

Maddy blickte von ihrem Tablet auf. »Nicht heute. Für die Anprobe, die wir am Montag mit dir machen werden. Keine Sorge deswegen.« Sie wedelte mit der Hand und lächelte. »Ich kümmere mich um alles.«

»Ist Bay da?«, rief einer der Bühnenarbeiter, während das Bruder/Schwester- oder Freund/Freundin-Duo sein Gitarren-Schlagzeug-Duett auf der Bühne zum Besten gab. Er war etwas älter, hatte graumeliertes Haar und einen Bierbauch, der noch nicht ganz ausgereift war, aber in ein paar Jahren an Freddys herankommen würde.

In meinem eigenen Bauch rumorte es, und ich drückte mir die Faust an den Mund. »Ich.« Das Wort kam mir als kaum verständliches Quieken über die Lippen.

»Komm, ich schließ dich an. Du bist nach dem nächsten Auftritt dran.« Er winkte mich zu sich und hielt ein Gerät hoch, das mit einem In-Ear-Stecker verbunden war.

Ich hechtete zu einem Mülleimer, in den ich meinen Kopf steckte, bevor sich mein Frühstück auf dramatische Weise mit einem ätzenden Brennen von meinem Magen verabschiedete. Mir tränten die Augen und ich keuchte, als ich noch einmal in den Eimer spuckte.

Ein Bühnenarbeiter musterte mich mit einem grimmigen Blick, als wollte er sagen: »Bitte erzähl mir, dass alles im Mülleimer gelandet ist.«

»Sorry.« Ich wich von dem Eimer zurück und holte mir eine Flasche Wasser, damit ich mir den Mund ausspülen konnte.

Ich warf dem Typen einen entschuldigenden Blick zu, bevor ich erneut in den Eimer spuckte.

»Alles gut?« Maddy kam mit ihrem Tablet auf mich zugerannt. Ihr Blick zuckte von dem Mülleimer zu mir.

Dies musste der Moment sein, wo ihr endgültig Zweifel kamen.

»Viel besser. Flashbacks vom Abfallschacht.«

Ihr Blick verriet, dass sie die Lüge zwar erkannt hatte, allerdings nichts dazu sagen würde. Sie wühlte in ihrer Tasche und gab mir ein Pfefferminzdragee und ein Kaugummi.

Ich steckte mir beides in den Mund.

Einer der Sicherheitsmitarbeiter kam zu uns herüber. »Da ist ein Typ, der sagt, er gehört zu Bay. Behauptet, sein Name wäre Keyton, aber er steht nicht auf der Liste.«

Fast wäre ich über den Mülleimer gesprungen, um zu ihm zu laufen. Mein Puls beschleunigte sich, jedoch nicht aus Angst, sondern aus Erleichterung und Aufregung. Er war hier. Mein übersäuerter Magen beruhigte sich, und ich lächelte, während ich versuchte, durch den schwarzen Vorhang zwischen dem Backstagebereich und der Treppe, die hierherführte, einen Blick auf ihn zu erhaschen.

»Ja!« Meine Stimme schallte durch den Backstagebereich und einige Leute schauten zu mir herüber. Glücklicherweise übertönte mich das Duo auf der Bühne, sodass ich nur in einem kleinen Radius zu hören gewesen war. »Ja, da ist er. Dare.« Ich zeigte auf den Namen auf dem Klemmbrett.

»Nächstes Mal soll er den richtigen Namen nennen.« Er stolzierte davon und wenige Sekunden später schob sich D… Keyton durch den Vorhang, während er sich das Schlüsselband mit dem Backstagepass über den Kopf zog.

Er suchte die Umgebung ab, bevor sein Blick auf mir landete. Schweiß stand ihm auf der Stirn. »Sorry, dass ich so spät komme. Der Coach wollte nach dem Meeting noch mit mir sprechen, und ich musste dringend duschen, sonst hätte ich alle hier mit meinem Gestank vertrieben.«

Er wandte sich an Maddy und hielt ihr die Hand hin. »Du erinnerst dich wahrscheinlich nicht mehr an mich. Ich bin Keyton.«

Ihr Blick huschte von ihm zu mir, und ihre Lippen zuckten. »Und ich bin froh, dass Bays Glücksbringer endlich angekommen ist.« Sie schüttelte ihm die Hand. »Schön, dich wiederzusehen.«

War das alles, was er war? Eine Sekunde lang hatte ich vergessen, dass ich ihn für mehr brauchte als ein bisschen moralische Unterstützung. Den Gedanken an die Ketten, die um meine Kehle lagen und sich nur lösen ließen, wenn er bei mir war, hatte ich völlig verdrängt. Stattdessen hatte ich an nichts anderes gedacht als daran, dass ich ihn bei dieser großen angsteinflößenden Sache einfach dabeihaben wollte.

Das Gitarren-Schlagzeug-Duett erreichte seinen Höhepunkt und kam zum Ende. Die Menge jubelte dem Duo begeistert zu. Die Drummerin ging auf der Bühne nach vorne und warf ein paar Sticks in die Menge, bevor der Gitarrist sie küsste. Die beiden waren also ein Paar.

Sie rauschten von der Bühne und begannen, sobald sie außer Sicht waren, vor Aufregung begeistert auf und ab zu hüpfen. Ein Typ mit einem leuchtenden Bluetooth-Headset und einem Tablet, wie Maddy es hatte, führte sie in Richtung einiger Anzugträger, die im hinteren Bereich herumstanden, wo es Snacks und Getränke gab. Diese Ecke hatte ich bis jetzt wohlweislich gemieden, um zu verhindern, dass mir die Essensgerüche den Magen umdrehten.

Der Vorhang auf der Mitte der Bühne wurde zugezogen, und die Crew fing damit an, das Schlagzeug auseinanderzunehmen. Die Drummerin lief zurück auf die Bühne, um dabei zu helfen und alles zu verstauen.

Das rief Erinnerungen an das verrückte Getümmel während meiner Zeit bei der Bühnen-AG wach, das zwischen den Übergängen der Szenen stattgefunden hatte und reibungslos hatte laufen müssen, damit die Schauspieler ihr Ding machen konnten. Ich erinnerte mich daran, wie es gewesen war, ein wesentlicher Teil einer Performance zu sein, ohne dass dich jemand sah.

Jetzt würden mich alle sehen. Ich konnte mich nicht auf die Bühne stehlen, unauffällig etwas richten und wieder verschwinden. Das Publikum würde mich anschauen, mich hören, mich beurteilen

Meine Hände zitterten, und das Rumoren in meinem Bauch kehrte zurück. Ich starrte auf den Spalt, durch den ich die Menge beobachten konnte.

Dare stellte sich vor mich und blickte auf mich herab. »Du kannst das. Du hast die Songs in dieser Woche mindestens hundert Mal gesungen. Du hast damit fast vierzig Dollar verdient. Stell dir einfach vor, dass wir zusammen im Studio sind, oder im Hof. Ich bin hier.«

Zittrig stieß ich den Atem aus und nickte, da ich meiner Stimme nicht vertraute.

»Bay? Wir sind dann so weit«, rief der Bühnenarbeiter mir zu.

Mit Panik in den Augen starrte ich Dare an.

Seine Züge wurden sanft, und er senkte den Kopf, ohne den Blick von mir abzuwenden. Die zärtliche Berührung seiner Lippen, die unvermittelt über meine strichen, erschreckte mich. Er schmeckte nach frischer Minze und seine Zunge neckte meinen leicht geöffneten Mund.

»Das sollte dich etwas ablenken.« Sein Lächeln wurde breiter, und er drehte mich an den Schultern herum, bevor er mich in Richtung des Technikers stupste, der das Wort »gelangweilt« buchstäblich auf seinem T-Shirt stehen hatte.

Über meine Schulter hinweg beobachtete ich, wie Dare sich an einen übergroßen Verstärker lehnte, als wäre er bereit für seine Privatvorstellung.

Ich konzentrierte mich auf ihn, bevor ich auf die Bühne ging, in dem Wissen, dass mindestens eine Person meinen Auftritt heute genießen würde.

Ich legte die schweißnassen Finger ans Mikrofon, leckte mir über die Lippen und nahm einen weiteren zittrigen Atemzug. Dann öffnete ich die Augen und warf Dare einen letzten Blick zu, bevor ich ins Publikum lächelte. Ich schwang meine Gitarre nach vorne und nahm das Mikrofon aus dem Ständer. »Wie geht's euch allen heute Abend?«

19

Dare

Ihr Blick huschte zur Seite und aus dem Zucken um ihren Mund wurde ein richtiges Lächeln, das allein mir galt.

Ich konnte hören, wie sie sich gedanklich gut zuredete, während sie das Meer aus halb betrunkenen Menschen vor sich betrachtete und zum Warmwerden ein wenig plauderte.

Das Publikum hing förmlich an ihren Lippen. Ich spähte am Vorhang vorbei und musterte die Gesichter in der Menge, während Bay sang. Köpfe wurden gedreht und Unterhaltungen abgebrochen. Gruppen, die vorher zusammengedrängt gestanden hatten, teilten sich jetzt, damit sie sie alle sehen konnten.

Mein Magen krampfte sich zusammen. Sie war zu Größerem bestimmt. Ihr Song handelte von mir, wie so viele. Die Worte hatte sie geschrieben, nachdem ich die Gitarre kaputt gemacht hatte. Schmerz, Wut und eine ordentliche Portion »Fick dich« schwangen darin mit, aber sie sang auf eine Art, die die Menschen dazu animierte, mitzusingen.

Klatschen und Jubeln erfüllte den ganzen Raum. Hatten sie bei den vorherigen Auftritten auch so laut gejubelt? Ich wollte nicht, dass ihr dort auf der Bühne auch nur ein einziger negativer Gedanke kam.

»Nicht schlecht für ihr erstes Mal.« Maddy stand mit ihrem Tablet unterm Arm neben mir.

Sie reckte den Hals, um sich von dem zu überzeugen, was ich bereits gesehen hatte. Ihr Gesicht fing zu strahlen an, und sie nickte, bevor sie ihr Handy hervorholte. »Das heißt, ich habe Arbeit vor mir.«

Meine Hand schoss vor und streifte ihren Arm. Hastig zog ich die Finger wieder zurück.

Maddy drehte sich zu mir um. »Was gibt's?«

»Welche Pläne hast du für sie?« Ich musste wissen, was mir bevorstand. Woran ich mich nach diesem Monat gewöhnen müssen würde, denn das hier zu beenden war für mich keine Option.

Auf der Bühne begann Bay einen weiteren Song.

»Das kommt drauf an.« Maddy begegnete meinem Blick und straffte die Schultern.

»Worauf?«

»Auf sie. Darauf, was sie will. Es scheint, als hättest du was dazu zu sagen.« Sie verschränkte die Arme vor der Brust. »Also los. Keine Zurückhaltung.«

»Die Musikindustrie und die Sportwelt sind sich sehr ähnlich. Ich will nur nicht, dass sie verarscht wird.« Nicht, dass sie mir davon erzählen würde, wenn es so wäre. Maddy schien jedenfalls nicht der Typ zu sein, der so etwas absichtlich tat.

Unter dem Scheinwerferlicht auf der Bühne wirkte Bay mit ihrem nervösen Lächeln jetzt weniger wie ein Reh kurz vor dem Aufprall, sondern eher, als würde sie vom Straßenrand aus zusehen.

»Was ich tue und die harte Arbeit, die ich leiste, mache ich, damit Menschen wie Bay und meine Jungs nicht von den Haien zerfleischt werden. Das heißt nicht, dass ich immer alles richtig mache. Aber ich werde ihr immer den Rücken stärken, solange sie mit mir arbeiten möchte.« Sie stellte sich neben mich. »Weiß sie, wie viel sie dir bedeutet?«

»Ich weiß nicht. Ist lange her.« Und es ihr zu sagen könnte sie verscheuchen. Ein Schritt nach dem anderen. Ich musste es langsam angehen lassen.

»Als ich euch damals in Greenwood gesehen habe, kam es mir so vor, als wärt ihr beide ganz schön ineinander verschossen gewesen. Was ist passiert?«

Ich legte den Kopf schief und sah ihr in die Augen. »Ich habe ihr wehgetan.«

Sie schürzte die Lippen und verengte den Blick. »Dann nimm diese zweite Chance nicht für selbstverständlich, in welcher Form sie auch daherkommen mag.«

»Tue ich nicht. Deshalb bin ich hier.«

Sie nickte. »Ich muss ein paar Anrufe erledigen. Bin gleich zurück. Pass auf unser Mädchen auf.«

Ich spähte an den blendenden Lichtern vorbei zu Bay hinüber, die ihre Nervosität herunterschluckte, um sich einem Haufen Fremder zu öffnen und Dinge von sich mit ihnen zu teilen, die sie vorher nur mit mir geteilt hatte. Dinge von ihr, von denen sie geglaubt hatte, dass sie nicht mutig genug wäre, um sie zu teilen. »Immer.«

Bay beendete ihren Auftritt begleitet von begeistertem Applaus und durchdringenden Pfiffen. Einige riefen sogar nach einer Zugabe. Aber noch bevor Bay die Bühne verlassen hatte, wurde bereits das Equipment für den nächsten Auftritt aufgebaut.

Sie rauschte von der Bühne geradewegs in meine Arme und umklammerte mich fest. Der Gurt ihrer Gitarre schmiegte sich an meine Brust wie ein Anschnallgurt.

Ich legte ihr die Arme an den Rücken, und ihr Haar kitzelte mich an der Nase. Dass sie mich direkt nach ihrem Auftritt als Erstes umarmte, machte mich wahnsinnig glücklich. Ich freute mich über das, was sie erreicht hatte. Und ich war stolz darauf, dass das Publikum dermaßen für sie gejubelt hatte. Aber ich hatte auch Angst, dass ich ihr nicht gewachsen war, ebenso wie dem, was die Zukunft für sie bereithielt.

Ihr euphorisches Hoch ließ sie auf und ab hüpfen, also hielt ich sie noch fester. So hätte es nach dem Talentwettbewerb zwischen uns sein sollen. Ich hätte da sein sollen, um sie in den Arm zu nehmen und jedem ihrer aufgeregten Worte zu lauschen, jedem Blinzeln ihrer strahlenden Augen zuzusehen, und sie aufrecht halten sollen, wenn sie vor Schwindel geschwankt hätte.

»Glaubst du, es hat ihnen gefallen?« Sie band ihren Pferdeschwanz neu. Ihre Wangen waren gerötet und ihr Atem kurz vorm Hyperventilieren. »Wo ist Maddy?« Sie lehnte sich zur Seite, um an mir vorbei in den Backstagebereich zu schauen.

»Sie hat gesagt, sie ist gleich wieder da. Nach dem ersten Song meinte sie, dass sie ein paar Anrufe machen muss.«

»Wirklich?« Ihre Augen leuchteten.

»Daran habe ich nicht eine Sekunde lang gezweifelt.«

»Da warst du aber der Einzige.«

Maddy kam zurück und entführte Bay für ein Gespräch, bei dem wild gestikuliert und breit gelächelt wurde, bevor sie ein paar Leute in Anzügen traf. Sie würde es weit bringen, daran bestand kein Zweifel.

Ich sah auf die Uhr. Mir blieben noch ein paar Stunden bis zur Ausgangssperre. Bis jetzt hatte ich Glück gehabt. Jemand musste von oben über mich wachen und sichergehen, dass die Zeit, die ich mit Bay verbrachte, nicht dafür sorgte, dass mein Antrittsbonus mit jedem Abend in kleinere Einzelteile zerlegt wurde.

Wenn man mich rauswarf, würde ich noch ein paar Monate zur Verfügung haben, um mir etwas anderes zu überlegen. Vielleicht brauchte Reece – einer meiner Mitbewohner von der Fulton U, der bereits Profispieler war – jemanden, der sich um seine Sneakers kümmerte. Oder ich könnte in Nix' Restaurant arbeiten. Ich hatte zwar noch nie gekellnert, aber Geld war Geld.

Beim Verlassen des Campus vorhin hatte ich ständig über die Schulter geguckt, bis ich im Auto gesessen hatte. Zu wissen, dass mein Dad irgendwo in den Schatten lauerte, machte meine Konzentration vollkommen zunichte. Alle fünf Sekunden schaute ich mich um oder warf einen Blick auf die Tribünen. Das Training auf dem Feld war ein einziges Desaster geworden. Heute nicht für Bay da zu sein hatte allerdings nicht zur Debatte gestanden. Ich lehnte mich an die Backsteinwand und wartete, bis sie fertig war.

Eine warme Berührung streifte mich am Arm. »Hey.«

Ich schreckte auf und stolperte nach vorn, wobei ich um ein Haar mit Bay kollidiert wäre.

»Hat ausgesehen, als würdest du ein schönes Nickerchen halten.«

Ich blinzelte und rieb mir die Augen. »Sorry.«

»Du musst dich nicht entschuldigen. Du arbeitest hart. Sollen wir hier abhauen?« Sie hielt ihren Gitarrenkoffer in der Hand.

»Klar, lass mich den für dich halten.« Ich griff nach dem Hartschalenkoffer und sie überließ ihn mir lächelnd. Mit einem Mal fühlte ich mich, als wären mir Flügel gewachsen, und ich war kurz vorm Abheben.

»Wir können hinten raus und zum Campus zurückfahren. Außer du wolltest noch was trinken gehen oder so.«

Ich rieb mir das Gesicht. So gerne ich auch die ganze Nacht lang mit ihr um die Häuser gezogen wäre, ich konnte mich kaum noch auf den Beinen halten. Bis jetzt hatte mich das Adrenalin aufrecht gehalten, doch sobald dieser Energieschub nachließ, würde ich fix und fertig sein. »Nein, lass uns zurückfahren.« Ich legte den Arm um sie und führte sie durch den Hintereingang nach draußen.

Auf der Rückfahrt sagten wir nichts. Es war jedoch keine angenehme entspannte Stille, sondern eher ein unbehagliches Schweigen. Ich hätte ihre Gitarre schon längst fertig haben sollen. Aus Angst, es zu versauen, hatte ich die Reparatur vor mir hergeschoben – als könnte ich die Gitarre noch kaputter machen.

Mir fehlte ein Teil – während meiner Recherche zur Anatomie von Gitarren hatte ich erfahren, dass man es Rosette nannte. Das mehrfarbige Inlay war nicht da; vermutlich war es zersplittert und am Boden der Mülltonne gelandet, aus der ich die Gitarre gefischt hatte.

Die ganzen großen Stücke hatte ich abgeschliffen, geglättet und bereits zusammengesetzt. Ich hatte den Korpus von innen verstärkt und quasi eine Gitarre in der Gitarre gebaut, wie bei einem Flaschenschiff. Sie würde nicht mehr genau wie früher klingen, aber ich schuldete Bay etwas, das sie wenigstens bei sich tragen konnte.

Nachdem ich mehrmals den Mund wie ein Guppy auf und zu gemacht hatte, starrte ich aus dem Fenster, während wir uns dem Campus näherten.

Und dann entdeckte ich ihn. Rasende Wut schoss mir durch die Adern, begleitet von einer tief verwurzelten Angst, die durch zwei Jahrzehnte mit ihm unter einem Dach entstanden war. Unterdessen spazierte er in Jeans und T-Shirt die Straße entlang, als wäre er nicht mein wahr gewordener Alptraum. Neben ihm ging eine Frau.

Das Taxi hielt an einer Ampel und ich stieß meine Tür auf.

»Dare!«

»Ich muss los. Das Taxi geht auf mich.« Ich drehte mich nicht zu ihr um, während ich die Tür zuschlug und durch das offene Fenster mit dem Fahrer sprach. »Bringen Sie sie bitte bis nach Hause.«

Erst als ich mich etwas entfernt hatte, sah ich zurück.

Bay starrte mich durch die Rückscheibe des fahrenden Autos an, in ihrem Blick standen Fragen.

Ich ballte die Fäuste so stark, dass mir die Finger schmerzten. Zuvor war ich nicht bereit gewesen. Vermutlich war ich das auch jetzt nicht, doch diesmal hatte er sich wenigstens nicht angeschlichen.

»Dad«, bellte ich. Einige Leute auf dem Gehweg wandten den Kopf in meine Richtung. Ich wusste nicht, ob dies das Ganze besser oder schlimmer machte. Mehr Menschen, die als Zeugen dienten. Mehr Leute, die mich in Schach halten könnten.

Er blieb stehen und straffte die Schultern, bevor er sich umdrehte. Das Knirschen seiner Schuhsohlen auf dem Kies des Gehwegs ging mir bis ins Mark, wie das kreischende Geräusch von Nägeln auf einer Tafel.

»Darren.« Er lächelte mich an, als wäre das hier ein glückliches Wiedersehen. Und nicht, als wäre ich derjenige, dem er bis zu seinem achtzehnten Lebensjahr das Leben zur Hölle gemacht hatte. »Wie geht's dir, Junge? Mein Handy ist so oft abgestellt worden. Ich hab dir geschrieben, aber du hast nie geantwortet.« Er lachte leise, als wäre die Tatsache, dass wir vier Jahre lang nicht miteinander gesprochen hatten und dass ich ihn nie besucht hatte, lediglich ein großes Missverständnis.

Mein Kopf fühlte sich an wie glühendes Gestein. Als würde unter der kaum abgekühlten Kruste heiße Lava fließen.

»Ich möchte dir Betty vorstellen. Ich hab ihr schon so viel von dir erzählt.«

Der Frau schenkte ich kaum Beachtung. Sie hielt sich an seinem Arm fest und lächelte. Ihr blondiertes Haar war toupiert und in Haarspray ertränkt und sie balancierte auf abgewetzten High Heels.

Ich blieb ein paar Schritte entfernt stehen, da ich weder ihm noch mir trauen konnte, wenn wir uns in Schlagreichweite befanden.

Einige Typen aus meinem Team gingen an uns vorbei. Das Letzte, was ich jetzt noch gebrauchen konnte, war, dass mein Dad vor den Augen meiner neuen Teamkollegen ausrastete und eine Szene machte. Ich nickte ihnen zu, ohne den Blick von meinem Dad abzuwenden.

»Warum bist du hier?«

»Darf ich meinen Sohn nicht besuchen?« Er lallte so subtil, dass es den meisten Leuten vermutlich nicht einmal auffiel. Man hätte meinen können, dass er einfach nur älter wurde und womöglich einen Sprachfehler hatte, aber ich wusste es besser. »Ich habe dir doch gesagt, dass mein Sohn ein Profispieler ist.« Er grinste Betty mit dem blauen Lidschatten an.

»Das hast du.« Sie erwiderte das Lächeln.

»Du bist betrunken«, fauchte ich. Dabei versuchte ich zu verhindern, dass noch mehr Kohle in den Ofen geschaufelt wurde, der sich in meiner Brust befand und voll aufgedreht worden war.

Sein Kopf zuckte zurück, aber nicht ruckartig, sondern eher schwankend. »Ich hab ein paar Bier getrunken. Was soll man auch anderes tun, wenn der eigene Sohn einen nicht mal Hallo sagen lässt? Betty und ich haben die kalifornische Sonne genossen. Kaum bist du gedraftet worden und schon willst du nichts mehr mit mir zu tun haben.«

»Ich habe seit vier Jahren nicht mit dir gesprochen. Das kam nicht von jetzt auf gleich.« Mein schneller Herzschlag machte mich schwindelig, so als würde mir mein eigener Körper zurufen, dass ich verdammt noch mal von hier verschwinden sollte.

Autos fuhren unaufhörlich an uns vorbei und noch mehr meiner Kollegen schlenderten den Gehweg entlang. Die Bar, die nur einen Block entfernt lag, war zu einem Lieblingsort des Teams geworden und die Ausgangssperre rückte näher. Ich musste Dad hier wegschaffen.

Er ließ Bettys Arm los und kam auf mich zu.

Ich wich zurück, achtete jedoch darauf, dabei nicht in eine Ecke gedrängt zu werden. »Hattest du vor, mich mal zu besuchen? Um mich für die ganze Arbeit zu entlohnen, die ich in all den Jahren geleistet habe? Für all die Opfer, die ich gebracht habe?« Die Maske der Höflichkeiten war gefallen. Er hatte die Hände an den Seiten zu Fäusten geballt und baute sich vor mir auf. Der Kragen seines Poloshirts war ausgefranst und im Saum des heraushängenden Shirts befanden sich ein paar Löcher.

Geld. Er wollte Geld. Natürlich. Vielleicht hatte ich mich an die Hoffnung geklammert, dass er irgendwo ganz tief in seinem Unterbewusstsein wusste, was für ein schlechter Mensch er war. Dass er gekommen war, um sich zu entschuldigen. Aber das Einzige, was er wollte, war ein saftiger Scheck von seinem Sohn, der neuerdings professioneller Footballspieler war.

Ich spannte den Kiefer an und sprach durch zusammengebissene Zähne. »Du hast nichts geopfert. Du hast rein gar nichts für mich gemacht, abgesehen davon, dafür zu sorgen, dass das Haus nicht zwangsversteigert wurde. Ich habe selbst für Essen und Kleidung sorgen müssen. Verdammt, sogar Knox' Eltern haben mehr für mich getan als du.« Meine Nackenmuskulatur verspannte sich, und es fühlte sich an, als hätte mir jemand mit einem Stollenschuh in die Brust getreten.

»Oh, du und dein reicher Freund. Jetzt wo du Geld hast, bist du zu gut, um deinem Vater was abzugeben«, spie er, wobei seine Stimme förmlich vor Gift troff.

»Du bist mir nie ein Vater gewesen. Du warst der Scheißkerl, der dachte, dass er mich als Boxsack benutzen könnte. Ich schulde dir absolut gar nichts, und ich bin froh, dass das Einzige, was ich dir genommen habe, dein Job war.« Mit ihm zu reden versetzte mich in einen Zustand, in dem ich mich nie wieder hatte befinden wollen.

»Betty, tu dir selbst einen Gefallen und such dir einen anderen. Egal wen. Er ist es nicht wert. Und wenn du am Ende mit ein paar fehlenden Dollars davonkommst, kannst du dich noch glücklich schätzen.«

Ihre Augen wurden groß, und das Lächeln fiel langsam von ihrem Gesicht ab.

Nachdem ich ihm einen letzten wütenden Blick zugeworfen hatte, machte ich auf dem Absatz kehrt und marschierte auf den Campus zu.

Ich hörte seine schlurfenden Schritte, kurz bevor er mich wie ein hinterhältiges Arschloch mit einem zornigen Funkeln in den Augen am Arm packte und zu einem unerwarteten Schlag ausholte.

Allerdings war ich kein kleines Kind mehr. Und auch wenn ich hundemüde war, besaß ich inzwischen mindestens zwanzig Kilo Muskelmasse mehr als er.

Ich blockte seinen Schlag und packte ihn an beiden Seiten seines Hemdkragens, bevor ich ihn gegen die Backsteinmauer drückte. Ich wollte ihm die Faust ins Gesicht rammen. Ich wollte spüren, wie der Knochen unter der Wucht des Schlags knackte. Ich wollte ihn so hart schlagen, dass er nie wieder aufstand.

»Denk nicht mal dran, mich je wieder anzufassen.« Mit reiner Willenskraft löste ich meine Finger von seinem Shirt.

Er knurrte. »Gib mir, was mir zusteht.«

»Wenn ich dir geben würde, was dir zusteht, dann würdest

du gleich im Krankenhaus landen«, brüllte ich, während jeder meiner Muskeln dazu bereit war, ihm ein Ende zu setzen.

»Ich habe nichts mehr, du kleiner Scheißkerl. Und jetzt erzählst du mir noch, du bist schuld, dass ich gefeuert wurde.« Auf seinen Lippen sammelte sich Speichel. »Du schuldest mir Geld dafür, dass ich mich all die Jahre um dich gekümmert habe.«

Ich ließ ihn los, und er taumelte vorwärts. »Du kannst froh sein, dass du bloß deinen Job verloren hast und nicht im Knast gelandet bist. Alkoholiker sind beschissene Trucker.«

»Du schuldest mir was«, wütete er.

»Ich schulde dir einen Scheiß.« Ich ging davon, obwohl jede Zelle meines Körpers mir zuschrie, umzudrehen und ihm zu zeigen, wie es sich anfühlte, wenn man ohnmächtig wurde und im Krankenhaus wieder aufwachte.

»Verprügelst du jetzt alte Knacker, Grünschnabel?« Vinces gackerndes Lachen verursachte mir Gänsehaut.

Wenn ich nicht sofort abhaute, würde ich nicht nur aus dem Team geworfen, sondern auch noch festgenommen werden.

Einen Häuserblock später packte mich eine Hand am Arm, und ich überlegte nicht lange. Ich schlug zu.

Meine Faust traf auf einen harten Kiefer, bevor sie in einer weichen Wange versank.

»Was zur Hölle, Dare?« Knox blickte mit blutigen Zähnen zu mir hoch.

Mir rutschte das Herz in die Hose. »Knox, fuck.« Schock und Bedauern ließen mir die Kehle eng werden.

Reid hatte eine Hand auf Knox' Schulter gelegt und starrte mich an, als hätte ich völlig den Verstand verloren. Vielleicht hatte ich das auch. Meine Hände bebten an meinen Seiten. Der Schmerz in meinen Fingerknöcheln war nicht annähernd so schlimm wie der in meinem Herzen, angesichts der Tatsache, dass ich meinen besten Freund verletzt hatte.

Knox spuckte Blut auf den Boden.

Ich blickte ihm über die Schulter. Eine Gruppe von Typen, Vince eingeschlossen, sah nach meinem Dad. »Sorry. Tut mir so leid.«

Kopfschüttelnd richtete er sich auf. »Lass uns einfach von hier verschwinden.«

Ich vergrub die Hände in den Hosentaschen, und wir gingen wortlos zum Wohnheim, wobei wir vereinzelte Fans auf Autogramm-Jagd umgehen mussten.

Im Apartment nahm Knox eine saubere Socke, füllte sie mit Eis und presste sie sich gegen den Mund. »Willst du mir jetzt endlich erzählen, was zur Hölle eigentlich los ist? Mit wem hast du da auf der Straße gestritten?«

Ich nickte und erhob mich von der Fensterbank, auf die ich mich gesetzt hatte. Die Stille außerhalb des Gebäudes stellte einen starken Kontrast zu dem lärmenden Feueralarm in meinem Kopf dar. »Mit meinem Dad.«

Sein Blick weitete sich, und er riss verblüfft den Mund auf. Dann zuckte er zusammen und drückte sich das Eis wieder gegen den Kiefer. »Dein Dad ist hier? Nicht nur in Kalifornien, sondern hier beim Trainingslager? Warum hast du mir nicht schon früher davon erzählt?«

So einen guten Freund hatte ich gar nicht verdient. »Hab gehofft, er würde einfach wieder verschwinden.« Ich zuckte mit den Schultern. »Oder dass ich den Verstand verliere und ihn mir nur einbilde.«

Reid erhob sich von der Armlehne des Sofas, auf der er gesessen hatte. »Ich nehme mal an, er ist kein sonderlich guter Kerl.«

»Nein, ist er nicht«, brachte Knox heraus. »Erzähl es Hank. Dafür sind Coaches da. Oder jemandem vom Betreuungspersonal. Die können sicherstellen, dass er den Campus nicht betreten darf.«

»Dann würde er doch bloß vor den Toren rumlungern oder versuchen herauszufinden, wo ich wohne.« Ich sollte meine verkorkste Vergangenheit vor dem gesamten Team ausbreiten? Nein, danke. Damit würde ich schon alleine zurechtkommen. Niemand sonst musste da mit hineingezogen werden. Möglicherweise würde er ja jetzt verschwinden. Vielleicht auch nicht. Ich hasste es, wie sehr ich mich jedes Mal fürchtete, wenn er in der Nähe war. Wie sollte ich das irgendjemandem erklären? Ich hatte ihm mindestens zwanzig Kilo Muskelmasse voraus, doch die Angst war immer noch da.

»Ich weiß nicht genau, wie das Ganze rechtlich so funktioniert, aber vielleicht solltest du ihn anzeigen.« Er berührte die Stelle an seiner Wange, an der sich bereits ein blauer Fleck abzeichnete.

Ich senkte den Blick, während mein Magen zu rebellieren drohte. Die blutige Erinnerung daran, dass ich mich nicht allzu weit von meinem damaligen Ich entfernt hatte, war auf Knox' Wange zu erkennen.

Ich krallte die Finger in die Oberschenkel und versuchte trotz der Faust, die sich um mein Herz geschlossen hatte, zu atmen. »Das würde doch sowieso nichts bringen. Aber wenn ich das jetzt mache? Glaubst du, dem Team würde diese Art von Publicity gefallen?« Ich befand mich bereits auf dünnem Eis. Das konnte ich in Hanks Blick erkennen, wenn er mich zusammenstauchte. Wenn nun noch dazukam, dass ich ein Problemfall war, konnte ich gleich einpacken.

»Du hast nichts falsch gemacht.«

»Mit dieser Sache würden sie nicht umgehen wie mit einer Festnahme wegen einer Nutte oder so.« Reid meldete sich zu Wort, als hätte er irgendeine Ahnung von dem, was in meinem Leben wirklich abging.

»Nein!«, brüllte ich. Der Fernseher neben mir wackelte auf

seiner Halterung. »Ich will nur, dass er verschwindet. Ich will, dass er abhaut und ich einfach vergessen kann, dass er jemals da gewesen ist. Ich bin völlig fertig. Ich bin ein verdammtes Wrack. Also gehe ich jetzt ins Bett.« Ich stieß mich von der Fensterbank ab, stürmte in mein Zimmer und knallte die Tür hinter mir zu.

Mit dem Rücken an das von der Klimaanlage gekühlte Holz gepresst, versuchte ich, das Zittern in meinem Körper unter Kontrolle zu bekommen. Ich öffnete die Augen und ging zum Tisch. Dort lag Bays Gitarre und glänzte. Sie war zwar noch nicht ganz repariert, doch es fehlte nicht mehr viel. Sie war fast wieder vollständig. Nachdem ich geduscht hatte, schaltete ich die Schreibtischlampe an und rieb die Oberfläche mit dem Schleifpapier kreisförmig ab. Das rhythmische Scharren beruhigte mich. Jeder Kratzer und jede Schramme würde geglättet und wegpoliert werden, bis alles strahlte.

Wenn ich schon mein eigenes Leben nicht in Ordnung bringen konnte, dann würde ich wenigstens diese Gitarre für Bay in Ordnung bringen. Auch wenn ich nach wie vor zu kaputt war, um der Mann zu sein, den sie verdient hatte.

20

Bay

Der Countdown für unsere gemeinsame Zeit lief langsam ab. Nur noch sechs Tage bis zu meinem Live-Stream-Auftritt. Nur noch sieben, bis Dare abreiste. Wie viele Tage noch bis ich wusste, was zur Hölle ich tun sollte?

Dass Dare unser Nicht-Date dermaßen abrupt beendet hatte, hatte mir rein gar nicht geholfen, die Dinge klarer zu sehen. Und seit ein paar Tagen herrschte Funkstille.

Schließlich war ich eingeknickt und hatte im Trainingsplan nach seinem nächsten freien Tag gesucht. Für die vier Wochen waren davon nicht viele eingeplant gewesen.

Wenn er kein Training hatte, würde er dies auch nicht als Ausrede benutzen können – allerdings wäre es verständlich, wenn er an den wenigen freien Tagen, die er hatte, gerne die ganze Zeit über schlafen wollte.

Wer verhielt sich jetzt wie ein irrationales Arschloch, das versuchte, eine Person zu belästigen, die offensichtlich etwas Freiraum brauchte? Unabhängig davon, dass so etwas anscheinend die Regel war, wenn es um uns beide ging.

Ich musterte ihn von der Seite, während wir im Auto saßen, das Maddy geschickt hatte, um uns vor dem Gebäude abzuholen.

»Danke, dass du heute mitkommst.«

Sein Bein hörte auf, nervös zu wippen, und er sah mich mit bebenden Nasenflügeln an, als müsste er mit jedem Atemzug neue Kraft sammeln. »Du musst nur fragen.«

Jepp, ich war definitiv das Arschloch, das Dares vergangene Fehler ausnutzte, um ihn dazu zu zwingen, mich zu treffen.

»Möchtest du über den Grund reden, warum du am Dienstag aus einem fahrenden Auto gesprungen bist?«

Er blickte wieder aus dem Fenster. »Nicht wirklich.« Er trommelte mit den Fingern auf sein Knie. »Was genau ist das heute?«

»Maddy hat sich ziemlich vage ausgedrückt. Ich glaube, sie wollte mir keine Angst machen. Es geht irgendwie darum, mich auf den Live-Stream vorzubereiten.«

»Indem du singst?«

Ich zuckte mit den Schultern und starrte für den Rest der Fahrt aus meinem Fenster. Dabei versuchte ich, die Nervosität zu unterdrücken und mein Geplapper für mich zu behalten. Diesmal hatte meine Nervosität weniger mit dem zu tun, was Maddy für mich vorgesehen hatte, sondern mehr mit der Sache zwischen Dare und mir.

Wir erreichten das Studio. Meine Nerven spielten völlig verrückt, gerade so, als würde ich Elektroschocks von einem schlecht geerdeten Verstärker verpasst bekommen.

Dare nahm meine Hand und drückte sie sanft, als ich im Aufzug von einem Fuß auf den anderen trat.

»Ich bin für dich da.« Er hob meine Hand und küsste die Innenfläche, bevor er unsere Finger ineinander verschränkte und beruhigend festhielt.

Ein erstickter Laut entfuhr meiner Kehle. Seit dem Abend auf meiner Hintertreppe war er eine Konstante in meinem Leben gewesen. Ein Ärgernis hatte sich in Faszination und dann in Liebe verwandelt, bevor daraus eine Erinnerung geworden war, die ich einfach nicht hatte abschütteln können, egal wie sehr ich es versucht hatte. Und nun war er endlich wieder in mein Leben katapultiert worden. Das Gefühl, dass er sich von mir entfernte, traf mich härter, als ich für möglich gehalten hatte. Es fühlte sich an, als würde mir mitten in der Nacht ein Teil meiner selbst genommen werden, gestohlen von einer unbekannten Macht.

Und dann ging mir ein Licht auf. Ich wollte ihn nicht verlieren. Wie das Ganze mit uns weitergehen sollte, war mir ein absolutes Rätsel, aber wir würden es schon hinbekommen.

Mein zögerliches Lächeln wurde mit jedem Zentimeter, den wir nach oben fuhren, ein Stückchen breiter, bis sich die Aufzugtüren öffneten und den Blick auf ein schreckliches Chaos freigaben.

Mir fiel die Kinnlade herunter. An einer Seite standen Kleiderständer. Am gegenüberliegenden Ende des Raums befand sich ein komplettes Fotostudio inklusive fünfzig Lampen und diesen regenschirmartigen Dingern, die dazu dienten, die Ausleuchtung zu optimieren. Überall standen Stative und Lampen herum, während sich zahllose Kabel über den Boden schlängelten.

»Bay, da bist du ja.« Maddy kam mit ihrem allgegenwärtigen Tablet auf mich zu. »Perfektes Timing. Haare und Make-up sind bei dir als Erstes dran. Für vier Stunden gehört hier alles und jeder uns, bevor wir rausgeworfen werden, um für das Vogue-Shooting Platz zu machen.«

Meine Füße waren wie auf dem Boden festgeklebt. »Vogue.«

Sie zog mich mit sich und verdrehte die Augen. »Nicht durchdrehen. Atme.«

Ich sah mich nach Dare um.

Er ging einen halben Schritt hinter mir und hatte die Hände in den Hosentaschen vergraben. Sein beruhigendes kleines Lächeln glättete die Wogen meiner aufgebrachten Nerven. Wenigstens einer von uns vertraute darauf, dass ich das hier schaffen würde.

»Heute testen wir nur die Kameraeinstellungen und ein paar Looks. Iss was, solange du noch kannst. Lass dich von dem Team umstylen und hab Spaß dabei. Wenn hier heute nur Müll entsteht, wird nichts davon jemals ans Tageslicht kommen.« Ihre Mundwinkel zuckten.

»Na, herzlichen Dank für das Vertrauen«, murmelte ich.

»Du hast deine eigene Ablenkung mitgebracht.« Sie nickte in Dares Richtung und ihr Blick schweifte über ihn. »Schön, dich zu sehen, Dare.«

»Keyton«, korrigierte er.

Sie tippte sich mit ihrem Stift gegen die Lippen. »Konzentrier dich einfach auf ihn. Warte darauf, bis sein Blick dir verrät, dass du den richtigen Look getroffen hast. Kann mal jemand Champagner für Bay und ihren Gast besorgen?«, rief sie den herumwuselnden Leuten zu.

»Es ist neun Uhr morgens.« Dare und ich tauschten einen verwirrten Blick.

Sie tippte auf ihrem Tablet herum. »Herrgott, ich bin schon seit sechs Stunden wach. Dann eben Mimosas.«

Als würde Orangensaft den Drink für diese Tageszeit angemessener machen. Nicht, dass ich nicht schon mal einen oder zwei davon bei einem Brunch getrunken hätte, wenn sie gerade günstiger angeboten worden waren. Warum eigentlich nicht? Wenn ich betrunken war, würde ich wenigstens nicht mehr so fixiert darauf sein, wie unangenehm mir das Ganze hier war.

Ein Typ in einem hautengen T-Shirt und Lederhosen kam mit zwei Gläsern Champagner auf uns zu.

»Gieß erst noch einen Schluck O-Saft da rein.«

Er machte auf dem Absatz kehrt und ging zurück zum Büfett in der Ecke des Raumes.

»Passiert das mit allen Künstlern, die bei Nexus Records unterkommen?«

Maddys Augen weiteten sich, bevor sie in hysterisches Gelächter ausbrach. Sie beugte sich nach vorn, während sie sich das Tablet an die Brust drückte und sich die Seiten hielt. Ihr schwarzes Haar bedeckte ihr Gesicht, bis sie sich mit feuchten Wangen wieder aufrichtete.

Ich drehte mich zu Dare um und starrte ihn an.

Er zuckte nur mit den Schultern und bedachte mich mit einem Blick, als wollte er sagen: »Diese Verrückte ist für deine Karriere zuständig.«

»Bay, du bist zum Totlachen.« Sie wischte sich die Tränen weg und schnappte sich eins der Gläser von dem Tablett, das Mr Lederhose herübergetragen hatte. Nachdem sie es in einem Zug geleert hatte, stellte sie es zurück. »Gott, nein. So läuft das ganz und gar nicht. Normalerweise verbringen die Leute ein Jahr auf Tour in einem verrosteten Van, schleppen ihre Ausrüstung von Gig zu Gig und hoffen, dass sie irgendwann mal vor jemandem von der A&R-Abteilung spielen. Dann unterschreiben sie einen beschissenen Deal, der sie an einen schrecklichen Vertrag bindet, der ihnen einen sechsstelligen Betrag verspricht, den sie allerdings erst erhalten, nachdem sie fünf erfolgreiche Alben herausgebracht haben und über fünf Kontinente getourt sind – und das an dreihundert Tagen im Jahr.«

Mir blieb der Mund offen stehen, und ich rang nach Worten. »Und das steht mir nicht bevor.«

»Nicht mit mir. Ich habe diesen Job auf die harte Tour gelernt, aber so einen Mist lasse ich den Leuten in meinem Team nicht passieren.«

Ich beäugte den Regiestuhl, der vor einem beleuchteten Schminktisch stand. Eine Visagistin packte gerade ihre Materialien aus. Der Haarstylist wickelte ein Kabel nach dem anderen aus und baute den Arbeitsbereich auf. Die Klamotten auf den Ständern kosteten vermutlich mehr als meine gesamten Studiengebühren. »Und das alles hier?«

Ich zeigte auf das Set, zu dem sie mich gebracht hatte.

Sie verschränkte die Arme vor der Brust und betrachtete mich mit wilder Entschlossenheit. »Du gehörst jetzt zu mir. Und ich lerne aus meinen Fehlern. Ob du mit mir zusammenarbeitest oder mit jemandem, den ich für dich ausgewählt habe – wir werden niemals zulassen, dass dich jemand verarscht. Das habe ich viel zu oft mit ansehen müssen, als dass ich so was jemandem in meiner Obhut zustoßen lassen würde. Das hier wird alles von meinem Künstler-Entwicklungs-Fond abgedeckt. Du bezahlst keinen Cent, solange wir keinen Erfolg sehen. Und wenn nichts dabei rumkommt«, sie zuckte mit den Achseln, »dann bin ich schuld, weil ich meinen Job nicht richtig gemacht habe. Wenn aber etwas Erstaunliches dabei entsteht, dann bekomme ich meinen Anteil, und wir können alle glücklich nach Hause gehen.«

Sie zwinkerte mir zu. »Außerdem hast du mir damals doch diese Dankeskarte geschickt, schon vergessen?«

Ich senkte den Blick auf meine Sneakers. »Ich wollte nur nett sein.«

»Es war auch nett. Noch dazu hast du eine verdammt hammermäßige Stimme. Wenn wir alles richtig angehen, wird aus dir etwas wirklich Besonderes. Und du bist nicht total irre, was eine Menge darüber aussagt, ob es jemand schafft oder nicht – auch wenn viele etwas anderes behaupten. Für mich ist es vermutlich das Beste, wenn ich auch mal was anderes mache. Und nicht alles nur auf *Without Grey* setze.« Ein gedankenverlorener

Ausdruck huschte über ihre Züge. Sie schnappte sich das Champagnerglas aus Dares Hand und leerte es. »Ich besorg dir einen neuen.« Sie wedelte mit der Hand über dem Kopf herum und gab Mr Lederhose ein Zeichen.

»Viel Spaß. Ich bin in ein paar Stunden wieder da. Muss mich noch um einiges kümmern.« Sie tippte auf ihrem Handy herum, während sie davonging.

»Maddy«, rief ich ihr nach.

Sie wirbelte herum und legte den Kopf schief.

»Danke für alles. Wirklich. Ich …«

»Spar dir das für die Dankesrede auf. Und enttäusch mich nicht.« Sie zeigte mit ihrem Handy auf mich, bevor sich ihre Mundwinkel hoben und sie verschwand wie eine gute Fee mit einem losen Mundwerk.

»Das war verrückt, oder?«, flüsterte ich Dare über meine Schulter zu.

»Anscheinend haben Sport-Agenten und Musik-Manager die gleiche Art von Intensität an sich. Aber sie scheint eine von den Guten zu sein.«

»Bay, wir wären dann so weit.« Mr Lederhose winkte mich in Richtung des Schminkstuhls.

»Geh schon. Hab Spaß.« Dare fuhr mit dem Finger an meinem Kiefer entlang und reichte mir meinen Mimosa.

Ich biss mir auf die Unterlippe und unterdrückte ein Quieken, während man mich zu dem Stuhl vor der Reihe von Spiegeln führte.

»Ich bin Jamie.« Die Visagistin mit den knallblauen Haaren streckte mir die Hand entgegen.

»Bay.«

Ihr Lächeln ließ Fältchen an ihren Augen entstehen. »Ich weiß.«

In meiner Brust kribbelte es. Sie wusste, wer ich war. Natürlich tat sie das, aber es war noch nie vorgekommen, dass mich jemand gekannt hatte, bevor ich mich vorgestellt hatte.

Sie legte mir die Hände auf die Schultern. »Wir wollen heute einige verschiedene Looks bei dir ausprobieren. Ich verspreche dir, das Brennen auf deinem Gesicht wird nur ein paar Tage anhalten. Aber es wird sich gelohnt haben.«

Ich lachte, aber sie grinste mich weiterhin an. Das war dann wohl kein Scherz gewesen.

»Brennen?«

»Vertrau mir.« Sie tätschelte mir den Arm, was mir kein Fünkchen Hoffnung darauf machte, dass mir nicht gleich chemisch die Haut vom Gesicht geschält werden würde.

Worauf hatte ich mich da bloß eingelassen?

Sie drehte sich um und öffnete einen Koffer in Größe eines Werkzeugkastens, was mich glauben ließ, dass sie mir gleich Spachtelmasse mit einer Maurerkelle auf die Haut klatschen würde. Stattdessen befanden sich darin Farbpaletten, Hunderte von Make-up-Pinseln, Kajalstiften, Lippenstiften und haufenweise Geräte und Equipment, das ich noch nie zuvor gesehen hatte.

»Keine Angst, das wird überhaupt nicht wehtun.« Sie tupfte mit einem Schwamm auf meinem Gesicht herum, der aussah wie ein Schneemann auf Drogen.

Ich schloss die Augen und ließ sie einfach arbeiten.

Dare bediente sich währenddessen am Büfett, wo er sich den Teller mit proteinreichen Lebensmitteln volllud. So viel Hähnchenbrust und Aufschnitt.

Ab und zu kam er zu mir herübergewandert, um mir Snacks zu bringen und nach mir zu sehen, bevor er sich wieder auf seinen Platz zurückzog, während mir eine Armee von Leuten die Nägel und Haare machte. Der Fön machte ein Gespräch unmöglich. Manchmal lugte ich zwischen den Haarsträhnen hervor, die mir ins Gesicht hingen und von denen ich nicht ganz sicher war, ob sie tatsächlich zu mir gehörten, und lächelte ihn an.

Sein Blick ruhte die ganze Zeit auf mir, als wäre er jederzeit bereit, einzugreifen und mich zu retten, sollte ich auch nur mit der Augenbraue zucken. Als er innerhalb von dreißig Minuten das dritte Mal gähnte, bekam ich ein schlechtes Gewissen. Wir hatten nicht einmal Zeit zum Reden, wie ich es eigentlich gehofft hatte. Nicht wenn ich von fünfzehn Leuten umgeben war, während drei weitere mich frisierten, an mir zupften und mein Aussehen aufpolierten, als gäbe es kein Morgen mehr.

Ich winkte ihn heran.

Er stellte seinen Teller ab und kam durch den Raum auf mich zu.

Mir entging dabei nicht, wie die Leute den Kopf nach ihm umdrehten. Er bestand praktisch nur aus Muskeln und roher Kraft, selbst wenn er Jeans und ein gut sitzendes T-Shirt trug. Er hätte sich jetzt allerdings eigentlich ausruhen können. Es war egoistisch von mir gewesen, ihn überhaupt ums Mitkommen zu bitten.

Er schnappte sich ein gepolstertes Fußbänkchen und zog es vor mich.

»Du musst nicht bleiben. Der Gedanke, alleine herzukommen, hat mich nervös gemacht, aber ich bin sicher, du hast heute Besseres zu tun, als hier rumzuhängen. Du solltest dich lieber ausruhen.«

Hitze und Dampf von dem Lockenstab waberten um meinen Kopf herum und Jamie stand halb vor mir, während sie zwischen meinen Augenbrauen und meinem Haaransatz kleine Härchen fand und auszupfte, obwohl ich nicht einmal gewusst hatte, dass sich da welche befanden.

»Du willst, dass ich gehe?«

»Den Tag damit zu verbringen, mir dabei zuzusehen, wie ich zurechtgemacht werde, kann nicht besonders unterhaltsam für dich sein.«

»Ich wäre nicht hier, wenn ich das nicht wollen würde.«

»Hast du es rechtzeitig zurück zum Apartment geschafft? Ohne Ärger und Bußgeld oder so?«

Sein Kiefer verkrampfte sich, bevor er den Blick auf seine Hände senkte. »Ich hatte keine Probleme. Danke, dass du gefragt hast.«

»Es wäre meine Schuld, wenn du zu spät gewesen wärst; natürlich sorge ich mich da. Willst du mir erzählen, was passiert ist?«

Sein Blick zuckte zwischen den Leuten um mich herum hin und her. »Nichts, worüber du dir Sorgen machen musst. Wird sich bald von selbst erledigt haben.«

Ich öffnete den Mund, weil ich irgendetwas sagen wollte, um seine Meinung zu ändern.

Aber Mr Lederhose berührte meine Schulter. »Die Garderobe wäre dann so weit.«

Ich drehte ihm lächelnd den Kopf zu und versuchte, den Schmetterlingsschwarm in meinem Bauch am Ausbrechen zu hindern.

»Ich bin übrigens Damon.« Er schüttelte meine Hand und führte mich in den Umkleidebereich.

Hinter einem faltbaren Raumteiler starrte ich das Kleid an, das vor dem blickdichten Stoff hing, der zwischen das dunkle Holz gespannt war.

Die Pailletten und die Perlenstickerei glitzerten selbst bei der schwachen Beleuchtung. Hauchdünne grüne Ärmel waren mit einem verschnörkelten Muster und einer Tonne winziger Kristalle bestickt. Das Muster zog sich über das ganze Kleid, das einen relativ weiten Ausschnitt hatte.

Aus Angst, irgendwo hängen zu bleiben, öffnete ich den Reißverschluss ganz langsam und vorsichtig. Mein Blick weitete sich angesichts des Gewichts des Stoffes, bevor ich hineinschlüpfte.

»Alles in Ordnung da hinten?«

»Ja. Hab gerade den Reißverschluss zugemacht.« Ich antwortete hastig, um zu verhindern, dass jemand hinter den Raumteiler kam und sah, wie sehr ich mit dem Kleid zu kämpfen hatte.

Nachdem ich etwas mit den Armen herumgefuchtelt hatte, bekam ich endlich den Reißverschluss zu fassen und zog ihn hoch, wobei ich betete, dass ich nirgendwo hängen blieb.

Die Klimaanlage war voll aufgedreht, und meine Beine fühlten sich seltsamerweise entblößter an als vorher in meiner Shorts. Der bestickte Tüll streifte über die Mitte meines Oberschenkels und kitzelte meine Haut. In den Spiegel zu gucken war keine Option. Dadurch würden meine Handflächen und Achseln nur noch mehr schwitzen. Was war ich doch für eine Lady.

»Großartig. Dann lass mal sehen, damit wir uns um die Schuhe kümmern können.«

Ich raffte den Saum des Kleides und trat mit geschlossenen Augen hinten dem Wandschirm hervor, damit alle genug Zeit hatten, sich das Lachen zu verkneifen.

»Ja, verdammt. Sieht an dir Hammer aus. Maddy wird ausflippen.«

Ich lugte zuerst durch ein Auge, bevor ich sie beide öffnete.

Mr Lederhose klatschte leise und zufrieden und alle anderen lächelten zustimmend. Ich suchte nach Dare.

»Kann jemand die beiden goldenen High Heels vom oberen Regal holen?«

In diesem Augenblick trat Dare hinter dem Schminktisch hervor und seine Augen wurden groß.

Als er auf mich zukam, entdeckte ich die glitzernden Riemchensandalen, die an seinen Fingern baumelten.

Mr Lederhose aka Damon stützte das Kinn auf die verschränkten Hände. »Sieh mal an. Wie wär's, wenn du ihr hilfst, die anzuziehen?«

Dare lächelte und ließ sich auf ein Knie sinken. »Mit Vergnügen.«

Er legte die Finger an meine Wade und zog sie zu sich heran. Ich hielt mich an seinen Schultern fest, um nicht die Balance zu verlieren.

Ohne Zögern zog er mir den offenen Sneaker vom Fuß und strich mit der Hand an der Unterseite meines Fußes entlang.

Ich lachte und wand mich, wobei ich seine Schultern drückte.

»So kitzelig.« Er lachte und zog mir den ersten Schuh an. Seine Hand schlang er dabei um meinen Knöchel, um die Riemen festzuhalten, während er die winzige Schnalle schloss. Seine Berührungen an meinem Bein und das Streicheln seiner rauen Hände an meinem Knöchel jagten einen Schwall Hitze durch meinen Körper.

Dann wiederholte er das Ganze mit dem zweiten Schuh an meinem anderen Fuß. Ich schwankte dabei, allerdings nicht, weil ich auf einem Fuß stand, sondern weil meine Beine sich fast wie Wackelpudding anfühlten.

»Fertig.« Er stützte mich, indem er mich an den Waden festhielt.

Ich hatte meine Unterschenkel nie für mehr als Gliedmaßen gehalten, die mich von A nach B brachten, doch er hatte sie in eine erogene Zone verwandelt.

»Danke.« Ich strich mir das Haar hinters Ohr und blickte auf.

Alle im Raum schauten sofort weg und schienen plötzlich furchtbar beschäftigt mit den Dingen, die sie in der Hand hatten.

Anscheinend war ich nicht die Einzige, die der Dare-Show wie gebannt zugesehen hatte.

Eine der Assistentinnen ging an mir vorbei. »Kann mal jemand den Ventilator anschalten?«

Meine Augen weiteten sich und mir brannten die Wangen. Meine Haut musste knallrot sein.

Dare stand auf und starrte mich mit einem Ausdruck an, das ein Ziehen in meiner Brust verursachte, das sich einen Weg durch meinen gesamten Körper bahnte.

Es fiel mir nicht schwer, alle anderen auszublenden und mich nur auf ihn zu konzentrieren, während das Blitzlicht ausgelöst wurde, das mit der Kamera des Fotografen verbunden war. Drei Frisuren und Outfits später hatte ich keine Ahnung, ob unter den Tausenden von Fotos, die gemacht worden sein mussten, etwas Brauchbares dabei war.

Als ich schließlich nach Dare Ausschau hielt, entdeckte ich ihn auf einem Stuhl schlafend an eine Wand gelehnt. Er war in einem Raum voller Leute und dröhnendem Lärm einfach eingenickt. Er musste furchtbar müde gewesen sein, hatte aber offensichtlich nicht gehen wollen, solange ich ihn nicht fortschickte.

Ich bat Damon um eine der weichen schwarzen Decken, die mir bei Outfit Nummer zwei, das aus einem Trägertop bestanden hatte, um die Schulten gelegt worden war. Ich schüttelte die Decke aus und legte sie ihm um. Sie bedeckte gerade mal seine Schultern und den Oberkörper, die Oberschenkel berührte sie kaum, aber immerhin etwas.

Er wirkte so entspannt und friedlich. Seine Lippen waren leicht geöffnet, seine Brust hob und senkte sich sanft und gleichmäßig. Eine Sekunde lang öffneten sich seine Lider flatternd.

Ich ließ meine Hand über seine Wange streichen. »Schlaf.«

Mehr als dieses eine Wort brauchte er nicht. Der Hauch eines Lächelns und er war wieder eingeschlafen. Wenn er später einen verspannten Nacken davon bekam, dass er im Sitzen schlief, würde ich ihn notfalls die ganze Nacht massieren.

Das war das Mindeste, was er verdient hatte.

Das Dare-Problem wurde zunehmend schlimmer. Wenn er so war, schmolzen alle Ängste, die ich unseretwegen hatte, einfach dahin. Er war für mich da, wie ein stiller schlafender Wächter.

Bei niemandem sonst hatte ich mich je gefühlt, als würde er nichts vorbeilassen, das mich verletzen konnte. Es blieb also nur die Frage: Würde er selbst es wieder tun?

21

Dare

»Gib schon her.« Bay wedelte mit den Fingern in meine Richtung.

Ich legte das Tablet in ihre ausgestreckten Hände. Darauf befand sich die digitale Version des Spielbuchs, das ich eigentlich gerade auswendig lernen sollte. Stattdessen hatte ich den Skizzenblock und die frische Packung Bleistifte benutzt, die zufällig auf Bays Tisch gelegen hatten, und war in einen Zustand der Entspannung verfallen, den ich seit Monaten nicht mehr erlebt hatte.

Als sie das Skizzenmaterial zu mir herübergeschoben hatte, hatte ich einen Stich im Herzen gespürt, und meine Kehle war eng geworden, weil all die Worte herauswollten, für die es noch zu früh war.

Das machte heute nur umso besonderer. Ein freier Tag. Mir war gar nicht aufgefallen, für wie selbstverständlich ich das genommen hatte. Knox hatte das Frühstück komplett verpennt – was ich durchaus verstehen konnte.

Meinen letzten freien Tag hatte ich damit verbracht, einem Haufen Leute dabei zuzusehen, wie sie um Bay herumscharwenzelten. Das hatte sie zwar auch verdient, aber ich bevorzugte es trotzdem, wenn ich allein derjenige war, der das tat, ohne zwanzig Leute um uns herum.

Allerdings konnte ich es unmöglich bereuen, miterlebt zu haben, wie ihre Nervosität bei Outfit Nummer fünf allmählich dahingeschmolzen war und das geheime Strahlen in ihrem Inneren zum Vorschein kam. Ich hätte mir bloß gewünscht, dass ich einen Skizzenblock dabeigehabt hätte.

Nach dem Essen war ich lieber im Gebäude geblieben, da ich mich nicht mit dem herumplagen wollte, was womöglich außerhalb dieser Mauern auf mich lauerte. Zudem konnte ich so Zeit mit Bay verbringen, die den Nachmittag freihatte. Ausnahmsweise mussten wir beide nirgendwo anders sein.

Sie schlug den Umschlag des Tablets auf. »Es ist gesperrt.«

Ich lehnte mich nach vorne, um ihr die Finger um das Handgelenk zu legen und sie zu mir heranzuziehen.

Ihre Füße scharrten über den fadenscheinigen Teppich.

Dann ließ ich die Hand höher zu ihrem Ellenbogen gleiten.

Unsere Blicke trafen sich und zogen sich gegenseitig in ihren Bann. Das Band zwischen uns, das schon seit dem ersten Abend auf ihrer Hintertreppe bestand und von dem ich gedacht hatte, dass es für immer zertrennt worden war, straffte sich mit jedem Atemzug.

Ich lehnte mich nach hinten und zog sie näher zu mir. Mein Rücken traf die Wand, während meine Beine von der zu schmalen Matratze hingen.

Ihre Füße verließen den Boden, und sie bewegte sich über das Bett. Die Hitze ihres Körpers wärmte die Innenseiten meiner Oberschenkel.

Mit dem Tablet in der Hand kniete sie zwischen meinen Beinen, und ich nahm ihren Anblick in mich auf.

Ich ließ die Hand von ihrem Ellenbogen an ihre Seite wandern und von dort aus über ihre Taille, bis ich sie auf ihrem unteren Rücken ruhen ließ. Mit einem sanften Stupser drehte ich sie, sodass sie nun zwischen meinen Beinen saß.

Ihr Rücken war an meine Brust gepresst, und ich atmete den Geruch ihres Duschgels ein, bevor ich kurz die Augen schloss.

Schließlich lehnte ich mich zur Seite und beobachtete ihr Profil, das vom Display angeleuchtet wurde.

»Du hättest mir einfach dein Passwort sagen können.« Ihre Mundwinkel zuckten leicht nach oben.

Wir teilten eine Nähe miteinander, von der ich angenommen hatte, dass ich sie nie wieder spüren würde. Damals in der Highschool hatte ich diese Art von Intimität als selbstverständlich betrachtet. Ich hatte geglaubt, dass sie für immer anhalten würde, und nie in Erwägung gezogen, ohne sie leben zu müssen.

Über ihre Schulter hinweg warf sie mir einen Blick zu, machte jedoch keine Anstalten aufzustehen. Ihre tiefbraunen Augen wurden von langen dunklen Wimpern gerahmt.

Ich legte den Arm um sie und berührte den Home-Button mit meinem Finger. »Es kann nur mit meinem Fingerabdruck entsperrt werden.«

»Oh.« Das Wort kam als atemloses Flüstern über ihre Lippen, das zu meinen Ohren flatterte wie die Küsse, die sie in ihrem Schlafzimmer auf meinem Gesicht verteilt hatte. Ihre dunklen Augen musterten mich auf eine Art, die mein Blut in Wallung brachte. Ich hatte gedacht, dass ich das Recht darauf vertan hatte, diesen Blick je wieder zu sehen.

Das leise Klicken, mit dem sich das Tablet entsperrte, ging zwischen unseren bebenden Atemzügen verloren.

»Ich sollte dich lernen lassen.«

Mein Griff an ihrem Rücken wurde fester.

»Das solltest du.«

Noch bevor das Tablet auf dem Bett landete, hatte ich bereits die Arme um sie geschlungen.

Ein hungriges unendliches Verlangen nach ihr machte sich

in meiner Brust breit. Meine Hände erkundeten ihren Körper: ihren Rücken, ihr Haar, ihre Wangen.

Dieses Drahtseil, auf dem wir balancierten, seitdem ich ihr Zimmer betreten hatte, war gerissen. Die Nähe brachte sämtliche Schutzwälle zum Einsturz, bis nur noch wir beide übrig waren. Meine Rüstung lag zu ihren Füßen, und ich konnte mich nicht einmal fürchten. Nicht, wenn sie ihre Finger in meinem Haar vergrub und jeder meiner fieberhaften Berührungen mit gleicher Begierde begegnete. Das Blut pulsierte in meinen Adern, und mein Schwanz drückte gegen die zwei Lagen Stoff, die uns trennten.

Die Hände hatte sie in meinen Hemdkragen gekrallt, und ihr keuchender Mund ruhte an meinem, entfernte sich jedoch jedes Mal, wenn ich versuchte, ihn in Besitz zu nehmen. Sie gab ein »Tz, tz« von sich, während sie mit den Fingern über die Knöpfe meines Hemds strich.

»Ich weiß genau, was wir brauchen.«

Der Hunger in mir wütete wie ein wildes Tier, das an den Gitterstäben seines Käfigs rüttelte.

Mit einem sinnlichen Blick in den Augen rutschte sie nach hinten, und mein Herz schlug mir bis zum Hals. Mein Mund schien völlig ausgetrocknet.

Und dann verließ sie das Bett und ging auf die Küche zu.

Ich legte den Kopf schief. Bewahrte sie ihre Kondome in einem der Küchenschränke auf? Suchte sie nach Schlagsahne?

Sie machte sich nicht einmal die Mühe, ihr Lachen zu verbergen, während sie in einer Box auf dem Boden herumwühlte.

Ich war immer noch überzeugt, dass sie nach einem Kondom suchte.

»Zuerst die Arbeit.« Das Klacken von Keramik auf Metall. »Dann können wir über eine Belohnung verhandeln.« Sie warf mir über die Schulter hinweg einen Blick zu und unterdrückte ein Lächeln, bevor sie wieder nach vorne schaute.

Ich presste die Lippen aufeinander, hin- und hergerissen zwischen der Entscheidung, sie einfach auf das Bett zu werfen, oder bei dem mitzuspielen, was sie vorhatte. Ich genoss ihre Verspieltheit, ihre Ungezwungenheit in meiner Nähe. Das ließ mich an früher denken. An uns.

Vor mich hin murmelnd verlagerte ich das Gewicht auf dem Bett, um das Zelt in meiner Hose loszuwerden. Ich nahm das Tablet in die Hand, bevor ich auf einen der zwei Stühle an ihrem Tisch zuging. Es bestand absolut keine Möglichkeit dazu, dass das Blut zurück in mein Hirn floss, solange ich auf dem Bett liegen blieb.

Sie drehte den Wasserhahn auf und wieder zu. Dann fuhrwerkte sie am Herd herum.

Ich setzte mich und versuchte, mich auf den Bildschirm vor mir zu konzentrieren. »Was machst du da?«

Sie stellte sich vor den Herd und versperrte mir so die Sicht. »Hab Geduld.«

Ich wischte über das Display, um den Spielzug zu wechseln, und verdrehte genervt die Augen angesichts der irren Positionswechsel, die ich im Kopf würde haben müssen. Ich kniff mir in den Nasenrücken und schloss die Lider.

Bay bewegte sich hinter mir, und es war wie früher, als ich in ihrer Küche gesessen und so getan hatte, als würde ich lernen, während sie Cookies aus dem Ofen geholt oder Popcorn für einen Filmabend vorbereitet hatte. Dieses Mal musste ich mir allerdings nicht die Fäuste auf die Knie drücken, während sich mein Magen beinahe selbst auffraß. Wir hatten nicht viel Zeit, aber vielleicht würden sich die Dinge ändern. Bei dem Gedanken, dass dies möglicherweise ein Ausblick auf unsere Zukunft sein könnte, keimte tief in mir Hoffnung auf.

Der unterschwellige Duft nach Schokolade vertrieb schlagartig einen Teil meiner Müdigkeit. Das Geräusch von Sprühsahne bestätigte meinen Verdacht.

»Ist es das, wofür ich es halte?«

Mit zwei Tassen und einem schüchternen Lächeln drehte sie sich um – als würde ich nicht sogar eine Tasse gemahlener Grillen herunterschlingen, wenn sie sie mir vorgesetzt hätte.

»Ich hatte nicht die richtige Schokolade. Und keine Mini-Marshmallows, aber ich dachte, das hilft vielleicht.«

Bay stellte eine Tasse vor mir ab, und ich schlang einen Arm um ihre Taille und zog sie zu mir heran, sodass sie auf meinem Schoß landete. Ein Japsen verwandelte sich in Lachen, als ich das Gesicht an ihrer Halsbeuge vergrub.

»Vorsicht, heiß! Wegen dir verschütte ich noch alles.«

Ich nahm ihr die Tasse ab und hob ihre Hand an meine Lippen. »Hast du einen Tropfen abbekommen?«

Ihre Lippen teilten sich und ihrer Kehle entfuhr ein leises Keuchen. »Vielleicht«, wisperte sie.

Ich tauchte meine Finger in die Sahne und verteilte sie auf ihrem Handgelenk. »Das sollte für etwas Abkühlung sorgen.«

Ohne den Blick von ihr abzuwenden, hob ich ihre Hand und drückte die zarte Haut an meine Lippen. Dabei lächelte ich die ganze Zeit, weil ihr Puls unter meiner Berührung wie wild schlug.

»Habe ich alles erwischt?«

Sie biss sich auf die Unterlippe und schüttelte den Kopf.

Also drehte ich ihre Hand um und drückte die Lippen auf die zarte Haut ihres Handrückens. Meinen Daumen bewegte ich in kleinen Kreisen über ihre Taille, wobei ich über die Lücke zwischen ihrem Top und der Jeans strich.

Während ich in ihre Augen blickte, verschwanden Müdigkeit, Ängste und Sorgen, bis auf eine – dass ich irgendwann aufhören müssen würde.

»Haben deine Freundinnen auf dem College dir dabei geholfen, die Spielzüge zu lernen?« Sie erschauderte, als meine Hand sich unter ihr Top schob und mehr von ihrer Haut für meine Berührung freilegte.

Meine Lippen zuckten. »Nein.«

»Was ist mit Sexfreundinnen?«

Ich lachte leise. Der Druck meines Schwanzes an ihrem Po neckte mich genauso sehr wie sie.

»Dann eben One-Night-Stands?« Ihr stockte der Atem, und das Blut in meinen Adern pulsierte wild.

Ich blickte ihr tief in die Augen und öffnete mich ihr vollkommen. »Keine Freundinnen, keine Sexfreundinnen, keine One-Night-Stands. Seit dir hat es keine andere gegeben, Bay.«

Eine ohrenbetäubende Stille breitete sich im Zimmer aus. Ich hatte niemals vorgehabt, ihr das anzuvertrauen. Dachte sie, ich sei erbärmlich, weil ich mich an diese Hoffnung geklammert hatte? Dass der Gedanke daran, eine andere zu küssen, ganz zu schweigen von Sex mit jemand anderem, mir nie in den Sinn gekommen war, seitdem sie mich verlassen hatte? Glaubte sie, ich sei ein Irrer, der die ganze Zeit über nur auf seine Chance gewartet hatte? In diesem Punkt würde sie zumindest fast richtig liegen.

Ihre Augen weiteten sich und sie riss den Kopf zurück, sodass sie um ein Haar von meinem Schoß gefallen wäre. »Aber … du …« Sie starrte mich an, als hätte ich gerade zugegeben, dass ich nie gelernt hatte, wie man einen Football warf. »Diese Nacht letztens, als ich dich reingelassen hab …«

Ich hielt sie fest, damit sie nicht das Gleichgewicht verlor.

»Das war das erste Mal, dass ich Sex hatte, seit wir damals miteinander geschlafen haben.«

Der Atem entfuhr ihr mit einem erstickten Laut.

»Aber du bist Footballspieler. Du hast das ganze College über gespielt. Und jetzt bist du sogar Profispieler.« Sie drückte sich von meiner Brust ab und schüttelte den Kopf, als würde das alles keinen Sinn ergeben.

Allerdings tat es das. Für mich ergab es absolut Sinn.

Ich löste meinen Griff.

Sie rutschte auf den Stuhl neben mir und sah mich immer noch an, als hätte ich ihr gerade mitgeteilt, dass ich noch an den Weihnachtsmann glaubte. Ihr Mund stand offen.

»Nur weil ich Footballspieler bin, macht mich das nicht automatisch zu einem Aufreißer. Es gibt da draußen eine Menge Leute, die all die Typen um mich herum nur zu gerne benutzen, um zu bekommen, was sie wollen. Sie interessieren sich nicht wirklich für mehr als das, was dabei für sie rausspringt.«

»So wie ich.« Elend schwang in ihrer Stimme mit.

»Nein, Bay, du würdest so was niemals tun«, sagte ich schnell und trat mir innerlich selbst dafür in den Hintern, dass ich sie auch nur eine Sekunde daran hatte zweifeln lassen, dass ich zu einhundert Prozent an Bord war, wenn es darum ging, ihr zu geben, was sie brauchte – ihr einfach alles zu geben. »Außerdem war ich dir was schuldig.«

Sie verengte den Blick und zog die Augenbrauen zusammen, als hätte ich mich plötzlich in jemand anderen verwandelt. »Ich hätte nur nie gedacht …«

»Ich wollte einfach, dass die nächsten Lippen, die meine berühren, deine sind.« Mir schnürte sich die Kehle zu. Die Träume von ihr … so schwer sie auch zu ertragen gewesen waren, sie hatten die Erinnerung an sie wachgehalten. Sie hatten mir Hoffnung auf eine Zeit gegeben, in der ich die Gelegenheit haben würde, ihr zu beweisen, dass sie die einzige Frau war, die ich je geliebt hatte.

»Aber du wusstest doch gar nicht, dass ich hier sein würde.« Ihre Augen wurden groß und Unglaube breitete sich auf ihren Zügen aus. »Was, wenn es noch fünf Jahre gedauert hätte, bis wir uns wiedergesehen hätten?«

»Dann hätte ich gewartet.«

Sie lachte.

Ich nahm ihre Hand und verschränkte meine Finger mit ihren. »Ich hätte auf dich gewartet, Bay.«

Ihr eindringlicher Blick erkundete meine Miene, als würde sie hoffen, das wäre nur ein Scherz.

Aber das war es nicht.

Da ich mich nicht länger zurückhalten wollte, strich ich ihr mit dem Daumen über das Kinn und sagte: »Keine konnte dir das Wasser reichen. Es hat nie eine andere gegeben. Wenn ich nachts wach gelegen habe, habe ich mich an unsere Filmabende erinnert oder an die Nachmittage in deinem Bett. Und da konnte ich nicht …« Ich hatte einen Kloß im Hals. Also räusperte ich mich und redete hastig weiter, bevor ich mich selbst noch davon abhalten würde. »Ich wusste, keine würde je an dich rankommen, also habe ich es gar nicht erst versucht.« Meine Hand glitt an ihre Wange, und ich strich mit dem Daumen über ihre weiche Haut.

Sie senkte den Blick. Ihr dezentes Kopfschütteln jagte mir einen Speer direkt durchs Herz.

Ich versuchte, meine Hand sinken zu lassen, um wenigstens einen Hauch meiner Würde zu bewahren, aber sie legte ihre Hand auf meine.

Nur einen Wimpernschlag später war sie von ihrem Stuhl aufgesprungen und flog mir in die Arme. Ein Klappern erklang wie aus weiter Ferne, das Geräusch konnte mich allerdings nicht davon abhalten, sie an mich zu ziehen und ihre Lippen zu verschlingen.

Ihr Geschmack war noch genau so, wie ich ihn in Erinnerung hatte. Jeder Augenblick musste geschätzt und nicht als selbstverständlich hingenommen werden.

Sie erhob sich gerade lange genug, um die Hände unter mein Shirt zu schieben und es mir über den Kopf zu ziehen.

Ihres beseitigte ich ebenfalls rasch, bevor ich ihre Haare aus dem Haarband befreite und mit den Fingern hindurchfuhr. Dabei schlang ich die Arme noch fester um sie und nahm ihre Lippen erneut gefangen.

Sie rutschte von meinem Schoß und kam vor mir auf die Beine. Ihre glatte, geschmeidige Haut rief nach mir – nach meinem Mund und meinen Händen.

Mein Schwanz pochte, nicht mehr länger damit zufrieden, durch meine Jeans hindurch geneckt zu werden.

Bay öffnete ihren BH und ließ die Träger von den Schultern gleiten, während sie weiterhin die Cups an ihre Brust gepresst hielt.

Ich stand auf.

Sie trat zurück. Ihr Lächeln wurde zu einem Biss auf die Unterlippe, als ich meine Schuhe wegkickte und meine Jeans aufknöpfte, bevor ich sie zu Boden fallen ließ.

»Was ist mit deinem Spielbuch?« Sie stieß mit den Beinen gegen das Bett und wankte.

»Das kann warten.«

»Bist du sicher? Ich habe das Gefühl, wir sollten erst arbeiten, bevor wir uns vergnügen.«

Da ich mich nicht länger zurückhalten konnte, nahm ich mich selbst in die Hand.

Ihr Blick loderte auf. Ihre Augen waren wie zwei Teiche, bis zum Rand gefüllt mit unbändigem Verlangen, die mich in ihre Tiefen lockten.

»Ich habe das Gefühl, wir würden uns besser konzentrieren

können, wenn wir nicht so abgelenkt wären.« Ich verringerte den Abstand zwischen uns.

»Das Warten würde es nur umso süßer machen.«

Ich schob die Hände an ihrem Rücken nach unten und umfasste die Rundung ihres Pos, bevor ich sie unter ihre Unterwäsche schob und ihren Hintern packte, um sie an mich zu drücken. »Ich habe lange genug gewartet, Bay. Und der Vorgeschmack, den du mir gegeben hast, hat mich nur noch hungriger gemacht.«

22

Bay

Er war hungrig? Wohl eher völlig ausgehungert.

Im Handumdrehen beseitigte er mein Höschen, bevor er das Gesicht zwischen meinen Schenkeln vergrub.

Während er mich mit der Zunge verwöhnte, kniete er auf dem Boden, doch ich war diejenige, die betete. Meine Hände schossen zu seinem Kopf und hielten sich an seinen Haaren fest, als er zuerst seine Zunge und dann seine Finger in mich schob und mir Stöhnen und Seufzer entlockte.

Mein Orgasmus überwältige mich in Rekordzeit und ließ mich desorientiert zurück, als wäre ich kopfüber in die Fluten gestürzt und im Begriff, mich komplett aufzulösen. Er leckte und knabberte an der Innenseite meines Schenkels, sodass ich kaum zur Ruhe kam.

»Dare.«

Er kletterte an meinem Körper hoch. »Nenn mich Keyton, Bay.« Er sah mir in die Augen und in seinem Blick lag ein Flehen.

Es war ihm ein Bedürfnis, anders zu sein als früher – dass wir anders waren. Dabei war so vieles noch genauso wie früher.

»Küss mich, Keyton.« Ich schlang die Arme um seinen Nacken, als er sich auf mich sinken ließ.

Sein Schwanz neckte mich an meiner empfindlichsten Stelle, was mir Schauer der Lust über den Rücken jagte.

Er fluchte und erhob sich, bevor er sich umschaute.

»Karton neben dem Bett.« Fuchtelnd zeigte ich auf den zugeklebten Karton, der mir als Nachttisch diente.

Er riss das Klebeband ab, als wäre es nur Papier. Dann wühlte er nach der glänzenden blauen Schachtel und hielt sie triumphierend empor, bevor er sich darüber hermachte wie ein Bär, der einen Bienenstock plünderte.

Am Rand des Bettes stehend zog er sich das Kondom über, bevor er sich wieder auf mich legte.

Mit den Fingern strich er mir das Haar nach hinten. »Habe ich dir schon gesagt, wie glücklich ich darüber bin, mit dir hier zu sein?«

»Ich spüre an meinem Bein, wie glücklich du gerade bist.«

Mein Scherz kühlte das Feuer in seinen Augen kein bisschen ab. Was für gewöhnlich ein sanftes Glühen war, wie ein Lagerfeuer, das mit Wasser gelöscht worden war, aber immer noch schwelte, brannte nun lichterloh und versengte meine Haut überall da, wo sie seine berührte.

»Die ganze Zeit über hätte ich nie gedacht, dass ich noch mal die Chance bekommen würde, so mit dir zusammen zu sein.«

Mein Herz vollführte einen Sprung. »Aber nun sind wir hier.«

»Sag noch einmal meinen Namen.«

Das langsame neckende Wiegen seiner Hüften war eine Qual, die ich sowohl sofort beenden als auch ewig hinauszögern wollte. Aber letztendlich wurde das Ziehen zwischen meinen Schenkeln so stark, dass ich ihm geben musste, was er wollte. Was ich wollte.

»Keyton.«

Er ließ den Kopf sinken, bis unsere Lippen miteinander kollidierten.

Mit einer präzisen Verlagerung seiner Hüften drang er in mich ein und bedeckte mich mit dem ganzen Gewicht und der Wärme seines Körpers. Dabei dehnte er mich und raubte mir den Atem. Dieser langsame gleichmäßige Rhythmus war so vollkommen anders als unser letztes Mal – und auch unser erstes Mal. Mit jeder Bewegung wurde ein neuer Teil von mir erschlossen.

Seine langen, kraftvollen Stöße entlockten mir keuchende, stockende Atemzüge.

Ich krallte die Finger in die Matratze unter mir, damit ich die Nägel nicht in seinen Rücken rammte.

Jede Bewegung seiner Hüften sorgte dafür, dass die Lust in mir weiter anstieg, bis ich nicht mehr an mich halten konnte und aufschrie.

Mein Höhepunkt überkam mich brutal und explosiv. Mein ganzer Körper zuckte und wand sich unter ihm, versuchte gleichzeitig, der Überlastung meines Systems zu entkommen und ihr hinterherzujagen.

Während ich noch die Welle der Ekstase ritt, spreizte er meine Beine weiter und seine Stöße wurden unregelmäßig und fordernd. Als er in mir anschwoll, brachte mich das ein weiteres Mal an den Rand der Reizüberflutung und ich keuchte auf.

Sein Körper bedeckte meinen. Seine Lippen strichen mir über Hals, Kinn und Wange, bis sie endlich meinen Mund fanden.

Die Hand hatte er um meinen Nacken gelegt, um mich an sich zu drücken, während er mich küsste, bis ich atemlos nach Luft schnappte, während mein Herz wie wild raste.

Nachdem er sich um das Kondom gekümmert hatte, kam er

zu mir ins Bett zurück. Unter die Decke geschmiegt legte ich den Kopf auf seine Brust und strich mit den Fingern über seine Muskeln, die mir nicht ganz menschlich erschienen.

»Bist du für das Training morgen bereit?«

Sein Griff an meinem Arm verkrampfte sich kurz, bevor er ihn wieder entspannte. »Das muss ich sein. Es stehen Offense-Teammeetings und Krafttraining an. Wenigstens sind nur noch drei Trainingseinheiten auf dem Feld geplant.«

»In dem Fall …« Ich sprang aus dem Bett und holte sein Tablet von meinem Küchentisch.

»Möchtest du zum Essen ausgehen?« Ich spähte aus dem Fenster, bevor ich wieder zu ihm ins Bett stieg. Der Himmel war von einem tiefroten und orangefarbenen Leuchten erfüllt. »Es ist noch früh.«

An meinem Rücken konnte ich das heftige Schlagen seines Herzens spüren. »Nein, lass uns hierbleiben. Du kannst mir beim Lernen helfen.« Er legte den Finger auf den Home-Button und das Display wurde entsperrt.

Und so fand ich mich in meinem eigenen Bett wieder, teilte mir Fettuccine Alfredo mit einem Footballprofi und versuchte, beim Anblick diverser Grafiken voller X und O durchzusteigen.

»Beast Right Tank?«

Er beschrieb den Laufspielzug des Quarterbacks.

Ich starrte auf den Bildschirm und fühlte mich, als hätte er mir einen Timer gestellt und ich sollte ihm Sanskrit übersetzen.

»Der Kreis um den QB lässt rechts eine Lücke und die ganzen X und O heben sich gegenseitig auf, sodass er freie Bahn hat.«

Mit zusammengekniffenen Augen hielt ich das Tablet leicht schief. »Ja?«

Er lachte, stellte den Teller ab und nahm mir das Gerät ab, um selbst zu überprüfen, dass ich ihn nicht in die Irre führte.

Ich verzog das Gesicht. »Sorry, ich bin keine gute Lernpartnerin.«

»Das ist auf jeden Fall eine Lerneinheit, die ich nicht vergessen werde.« Er streichelte mir über das nackte Bein und jagte mir elektrische Impulse in jedes Nervenende meines Unterleibs.

Meine Wangen wurden warm, und ich streckte die Hände nach dem Tablet aus. »Das ist definitiv auch was Neues für mich.«

Dare war auf jeden Fall schlecht für die Konzentration. Mir schwirrte nach wie vor der Kopf angesichts der Tatsache, dass er seit der Highschool mit keiner anderen Frau geschlafen hatte. Ich hatte ihn in der ersten Woche in mein Zimmer gezerrt und erwartet, dass unser Quickie vor dem Hintergrund seiner vielen Eroberungen der letzten vier Jahre verblassen würde.

Wir gingen die restlichen Spielzüge durch, wovon er sich einige genauer einprägen musste, ohne dass ich ihn unnötig verwirrte, aber er beschwerte sich keinmal. Das hatte vielleicht auch mit der heißen Knutscherei im Anschluss an den letzten davon zu tun.

Im Spiegel erhaschte ich einen Blick auf mich selbst. Also, das war mal eine Sex-Frisur. Er hatte seine Finger in meinen Haaren vergraben und ordentlich daran gezogen. Ich versuchte, sie etwas glatt zu streichen, würde jedoch definitiv eine Bürste brauchen. Allerdings konnte ich nicht behaupten, dass meine Lippen und auch der Rest meines Körpers sich nicht darüber einig waren, dass es das wert gewesen war.

»Sieht so aus, als hätte ich endlich die Knutscherei bekommen, die du mir versprochen hast.« Es hatte mich damals völlig wahnsinnig gemacht, dass er sie mir vorenthalten hatte, genau wie es das jetzt noch tat. In den vier Jahren Trennung hatte ich nicht einen Typen gefunden, der so küssen konnte wie Dare. Nur bei ihm fühlte ich mich wie auf Wolke sieben und gleichzeitig wie auf einer Achterbahnfahrt, die mich nach mehr bettelnd zurückließ.

Er lachte und nippte an meiner Unterlippe. »Nicht mal annähernd.«

»Weißt du, du bauschst das Ganze so sehr auf, dass es niemals erreicht werden kann.«

»Ich werde es dir gerne das nächste Mal beweisen, wenn wir zusammen sind.« Er warf einen Blick auf die Uhr an der Wand. »Scheiße, ich muss vor der Ausgangssperre auf dem Zimmer sein.«

»Was passiert, wenn du zu spät bist?«

Wortlos und ohne mich dabei anzusehen, legte er sich den Gurt seiner Tasche um den Hals und steckte den Arm hindurch.

Doch ich musste es wissen. »Was passiert, wenn du zu spät bist? Ein Time-out oder so was?«

Er presste die Lippen aufeinander. »Mach dir deswegen keine Gedanken.«

Ich sprang vor ihn und drückte ihm eine Hand auf die Brust. »Was passiert, wenn du zu spät bist?«

»Wir bekommen eine Geldstrafe.« Sein Kiefer mahlte.

Meine Augen weiteten sich. »Wie hoch?«

Er nannte mir eine Summe, die mich zusammenzucken ließ.

Ich schüttelte den Kopf. »Bist du verrückt? Das hast du jedes Mal bezahlt, wenn du mit mir ausgegangen bist?«

Irgendwie würde ich es ihm zurückzahlen müssen.

»Nein.« Er zog den Kopf ein. »Ich hab alles im Griff. Bin nie erwischt worden.«

»Und das wirst du auch nicht. Du wirst nie wieder nach der Ausgangssperre unterwegs sein.«

»Ist doch keine große Sache.«

»Oh, seht mich an. Ich bin ein Profisportler, ich kann Geld aus dem Fenster werfen, wann immer ich will.« Ich hielt mich an imaginären Hosenträgern fest und stolzierte im Kreis herum.

Er brach in schallendes Gelächter aus. »So klinge ich also, ja?«

»So wirst du nach ein paar Jahren in der Profiliga klingen.« Ich zupfte einen nicht vorhandenen Fussel von seinem engen schwarzen T-Shirt.

Er legte eine Hand auf meine und drückte sie an seine Brust. »Danke, dass du dir meinetwegen Sorgen machst. Aber es wird schon gut gehen.«

»Du wirst keinen mittelgroßen Toyota verlieren, nur um mir zu helfen. Versprich mir das.«

»Wenn du mich brauchst …«

»Wir finden eine Lösung. Mach mir kein schlechtes Gewissen, weil ich dir Probleme verursache.«

Er zog mich an sich und streichelte meinen Nacken, während er mir in die Augen sah.

Eine Flut an Emotionen spülte mich gegen ihn, sodass ich den Kopf leicht schief legte und all diese ungezügelten Gefühle in einen Kuss fließen ließ.

»Ich sollte gehen.«

Ich zuckte zurück und ließ die Hände von seiner Brust fallen. »Das solltest du.«

Im Türrahmen stehend schaute er mich an, als wollte er nicht gehen.

So sehr ich auch wollte, dass er blieb, ich konnte nicht zulassen, dass er wegen mir eine Geldstrafe bekam.

Unser keuscher Kuss an meiner Tür fühlte sich wie die Küsse an, die ich damals vor meinem Haus bekommen hatte. Schon da hatte ich ihn stets zurück ins Haus und hoch in mein Zimmer zerren wollen.

Die Leichtigkeit, mit der ich wieder in seine Arme gesunken war, machte mir Angst. Ich hatte mir geschworen, ihn nie wieder so nah an mich heranzulassen, dass er mir wehtun konnte. Einmal hatte mir mehr als gereicht. Doch er fühlte sich anders an. Er war jetzt Keyton. Vielleicht hatte ich mein Herz vor Dare verschlossen, aber in Keyton konnte ich mich verlieben. Immerhin war es schon so gut wie passiert.

Links fuhren Fahrradfahrer an uns vorbei über den gepflasterten Weg, der zum Café im Zentrum des Campus führte.

»Das ist definitiv ein Upgrade zu deinem Freund mit Latein als Hauptfach, Bay.« Felicia nahm ihren Iced Mocha in die andere Hand und hielt mir eine Faust für einen Fistbump hin.

Ich schlug sie weg, bevor ich an meiner heißen Schokolade nippte, obwohl es draußen über dreißig Grad waren. »Ich meine das ernst.« Vielleicht war es nicht die beste Idee gewesen, Felicia ein Update zu Keyton zu geben.

Unter dem Schutz der Bäume war die Kraft der späten Morgensonne wesentlich besser zu ertragen. Ein Spaziergang, um ihr und Eve ein wenig Sonnenschein und Bewegung zu verschaffen, war eine gute Gelegenheit für sie, gleich noch etwas Tratsch aufzuschnappen. Unglücklicherweise ging es dabei um mich.

»Ich sehe da kein Problem.« Das Koffein war endlich in ihrem Blutkreislauf angekommen, was sich in ihrem hüpfenden Schritt äußerte, mit dem sie Eve in der Trage an ihrer Brust wiegte.

»Er ist Profisportler. Ich … habe einen Abschluss in Rechnungswesen.«

»Und du trittst auf! Sobald ich das mit dieser blöden Pumpe hinbekomme, werde ich mir ein paar Drinks genehmigen und Ethan übernimmt die Baby-Schicht, damit ich dir beim Singen zugucken kann.«

»Ich kann auch einfach beim nächsten Mal meine Gitarre mitbringen.« Vor Fremden aufzutreten war eine Sache, aber bis jetzt hatte noch keiner meiner Bekannten und Freunde mich auf der Bühne gesehen. Ich würde mich irgendwie unwohl dabei fühlen, vor meinen Freunden eine Show hinzulegen. Bei Dare war das etwas anderes. Ihn brauchte ich, doch bei Felicia würde ich lieber einfach meine Gitarre mitbringen und versuchen, ohne Dare ein paar Töne herauszuquetschen, um zu sehen, wie das so laufen würde. Möglicherweise war das gar keine schlechte Idee …

»Nimm mir nicht meinen Mädelsabend. Die Kleine ist weniger als einen Monat auf der Welt, und ich bin so müde, dass ich mich fühle, als würde ich nie wieder eine funktionierende Erwachsene sein. Das ist jetzt das vierte Mal, dass ich seit der Geburt das Haus verlassen habe. Lass mir doch meinen Traum.«

Kapitulierend hob ich die Hände. »Sorry. Der Mädelsabend findet statt, sobald du dazu bereit bist.«

Sie gähnte und küsste Eve auf den Kopf. »Ich schwöre, sie macht kaum was außer kacken und schlafen, aber ich habe das Gefühl, an den süßesten Vampir der Welt gebunden zu sein.«

»Sie ist schon verdammt süß.« Ich zog ihre winzige Mütze nach hinten und kniff ihr sanft in die pummeligen Wangen.

»Und jetzt zurück zu deinem Ex aus der Highschool, der inzwischen Footballspieler ist und neuerdings auch wieder dein Freund.«

»Wir haben noch nicht näher definiert, was genau wir sind.«

»Oh, okay.« Sie nickte beschwichtigend, aber ihr Blick schrie förmlich, dass sie mir das keine Sekunde lang abnahm. »Ihr geht auf Dates. Ihr verbringt Nächte miteinander. Ihr vögelt.«

»Das habe ich gar nicht gesagt«, zischte ich und zog den Kopf ein, bevor ich mich auf dem verlassenen Weg umschaute, um sicherzugehen, dass niemand etwas gehört hatte.

»Das musstest du auch gar nicht. Ich sehe doch, wie du läufst.« Ein wehmütiger Blick begleitete ihren ausgiebigen Seufzer. »Ich weiß, dass mein Körper irgendwann aufhören wird, sich anzufühlen, als hätte man ihn durch den Fleischwolf gejagt. Und wenn dieser Tag kommt, sollte Ethan besser drauf vorbereitet sein, denn ich werde so was von über ihn herfallen. Aber zurück zu dir. Bei allem, was zwischen euch passiert – warum denkst du da, dass ihr nicht zusammen seid?«

Als er im Wohnheim aufgetaucht war, hatte ich den Tag, an dem er wieder gehen würde, kaum erwarten können, doch jetzt bereitete mir diese Vorstellung Sorgen. Was würde ich tun, wenn er fort war? Ich würde Entscheidungen treffen müssen, ohne eine kostenlose Bleibe zu haben – wichtige, Furcht einflößende Entscheidungen, zu denen ich noch nicht bereit war. Immer wenn sie sich in meine Gedanken schlichen, erinnerte ich mich daran, dass ich mich auf heute konzentrieren musste. Doch das Morgen würde kommen, egal wie wenig ich darüber nachdenken wollte.

»In gut einer Woche gehen wir wieder getrennte Wege. Er wird durchs ganze Land reisen und Football spielen, und ich werde sehen müssen, wohin mich diese Sache mit der Musik bringt. Womöglich nirgendwohin …«

»Aber vielleicht auch irgendwohin. Du hast Meetings mit Musiklabeln, und es klingt so, als hättest du schon eine Managerin. Eine, die für eine der größten Bands des Landes arbeitet. Das klingt ziemlich real. Worüber machst du dir also Sorgen?«

»Wenn es real ist und ich es durchziehe, wo stehen Keyton und ich dann? Er wird furchtbar beschäftigt sein – genau wie ich. Wir versuchen gerade beide, eine Karriere auf die Beine zu stellen, und keine davon ist ein Spaziergang. Wie zur Hölle sollen wir das meistern?« Ich hätte zwar gerne so getan, als könnte ich ihm am Ende des Monats mit Leichtigkeit den Rücken zukehren, es fühlte sich jedoch einfach zu gut an, wenn er die Arme um mich legte. Seine Lippen entlockten mir verzweifeltes Keuchen und sein Blick gab mir das Gefühl, ich wäre die einzige Person auf dieser Welt. Er hielt mich so fest, als hätte er Angst, dass ich ihm entgleiten könnte.

»Indem ihr euch Mühe gebt. Ich behaupte ja nicht, dass es leicht wird. Aber wenn ihr beide bereit seid, Arbeit in diese Beziehung zu stecken, und miteinander kommuniziert, dann sehe ich gute Chancen für euch. Football läuft nicht das ganze Jahr über. Und du wirst sicherlich auch mal etwas Zeit zwischen deinen Gigs haben … oder Auftritten oder wie du das auch nennst. Es erscheint mir nicht unmöglich. Nicht so einfach wie Treppensteigen, aber ihr werdet euch ja nicht per Brieftaube oder Telegramm verständigen müssen.«

»Und du glaubst nicht, dass es da zu viele Versuchungen geben wird? Dass sich ihm haufenweise Frauen an den Hals werfen werden? Wenn man den Geschichten Glauben schenkt, dann werden sich sogar welche in sein Hotelzimmer schleichen, während er von Stadt zu Stadt reist.«

»Vertraust du ihm denn nicht?«

Nach seinem Geständnis gestern schon. »Doch.«

»Sorgst du dich darum, welche Versuchungen dir selbst begegnen könnten? Wenn du wochen- oder monatelang unterwegs bist?«

»Nein, das würde ich nie tun.«

»Was dann?«

»Was, wenn ich immer nur seine Freundin bin?« Ich ließ mich auf die Bank sinken, vor der wir stehen geblieben waren, und löste meinen Zopf, bevor ich das Haarband um mein Handgelenk legte.

»Willst du denn nicht seine Freundin sein?«

Ich spähte zu ihr hoch. »Doch. Dafür, dass ich mir geschworen habe, ihn nie wiederzusehen, denke ich momentan an ganz schön verrückte Dinge. Aber es ist gerade alles so neu. Ich weiß nicht mal, ob das alles irgendwo hinführt. Es wird Sammelkarten mit seinem Gesicht geben, und ich bin sicher, er wird überall bekannt sein. Und dann gibt's da mich.«

»Ich sehe immer noch nicht, wo das Problem liegt.« Sie runzelte die Stirn und trank den Rest ihres Iced Mochas aus.

»Weißt du, wie viele Ehefrauen und Freundinnen ich im Studio erlebt habe? Viele von ihnen sind schrecklich, aber einige sind auch ziemlich gut. Und weißt du, was auf ihrer Buchung steht? So-und-so und dann erst ihr Name.«

»Du willst nicht nur sein Schatten sein.« Erkenntnis schwang in ihrer Stimme mit, ein Verständnis, über das nachzudenken ich mir verboten hatte.

Ich kniff die Augen zu. »Das ist total verkorkst. Das weiß ich selbst. Aber ich habe endlich eine Chance darauf, ich zu sein und den Menschen zu zeigen, was ich kann. Ich bin nicht einfach Miles' und Mollys Tochter, nicht Spencers Freundin, nicht Felicias Ersatz, sondern ich. Und wenn ich mit ihm zusammen bin …« Elend erfüllte meine Stimme.

»Dann wärst du immer nur Darren Keytons Freundin Bay.« Sie setzte sich neben mich, wobei sie immer noch ein wenig auf und ab wippte.

»Genau.« Ich rieb mir übers Gesicht. »Ich weiß nicht, was ich tun soll.«

»Willst du denn, dass es endet? Willst du zum Abschied

winken, wenn das Team seine fünf Sattelschlepper an Equipment einpackt und hier wegfährt?« Sie versuchte, mir in die Augen zu sehen.

Aber ich konnte ihren Blick einfach nicht erwidern, aus Angst vor der Kritik, die ich darin zu sehen befürchtete. Sie und Ethan waren ein Team. Beide promovierten zur selben Zeit und hatten eine Familie gegründet. Jeder Sieg für den einen war auch ein Sieg für den anderen.

Mein Magen verkrampfte sich bei dem Gedanken daran, hinter dem Wohnheim zu stehen und zum Abschied zu winken, wenn die Footballspieler wegfuhren. Vor drei Wochen hätte ich ihnen noch mit Freude und Erleichterung dabei zugesehen, wie sie abzogen. Aber jetzt ... erschien es mir unmöglich, die Sache zwischen uns zu beenden. Es war, als hätte ich einen Teil von mir zurückbekommen, von dem ich hatte vergessen wollen, dass er mir fehlte. Und nun, wo ich ihn wiederhatte, konnte ich ihn nicht winkend und lächelnd gehen lassen.

»Mit ihm zu lachen. Für ihn zu singen. Wenn ich mit ihm zusammen bin, erwacht ein Teil von mir zum Leben, von dem ich nicht gewusst habe, dass er existiert.«

»Wie ist dann also der Plan?«

Ich zog mir das Haarband mit den Zähnen vom Handgelenk und band mir die Haare wieder hoch. Ich hob das Kinn und sah auf der Suche nach Antworten zu meiner weisen Freundin auf, doch an ihrer Miene erkannte ich, dass sie keine hatte.

23

Dare

Meine Teamkollegen betraten polternd den Raum und suchten sich Plätze bei ihren jeweiligen Teams. Offense links und Defense rechts. Nach einer Runde Schere, Stein, Papier hatte ich den Platz am Gang ergattert.

»Sind wir im Kindergarten oder was? Ich setze mich einfach hinter euch.« Also setzte sich Reid in die Reihe hinter uns.

Knox beugte sich vor und rieb sich mit schmerzverzerrtem Gesicht die Schulter. »Wann bist du zurückgekommen? Ich kann mich nicht mal dran erinnern, wann ich eingepennt bin.«

Ich zog den Kopf ein. »Kurz vor der Abendrunde. Ich hab's nicht mal geschafft, mir die Schuhe auszuziehen, bevor Hank an die Tür geklopft hat. Die ganzen anderen Trainer sind auch durch den Gang gelaufen. Sie müssen direkt nach mir aus dem Aufzug gestiegen sein.«

Reid steckte den Kopf zwischen unsere. »Du weißt schon, wie monumental dumm es ist, als Neuling gegen die Ausgangssperre zu verstoßen, oder?«

Ich funkelte ihn über die Schulter hinweg an.

Er hob abwehrend die Hände und wirbelte einen Stift zwischen den Fingern herum. »Wollte nur sichergehen, dass du das weißt.«

Knox drehte sich auf seinem Sitz um, wobei er ächzte wie

ein Neunzigjähriger. »Glaub mir, ich hab schon versucht, ihm das klarzumachen.«

»Das ist meine zweite Chance mit ihr. Noch eine bekomme ich vielleicht nicht. Also ja, es wäre das Bußgeld wert. Ich wäre sogar bereit, meine Karrierechancen hier aufs Spiel zu setzen, denn wer weiß schon, wie lange das mit dem Footballspielen anhält. Aber die Verbindung, die Bay und ich haben, die möchte ich für immer bewahren.«

Reid hob abrupt das Kinn und warf mir einen wissenden Blick zu. »Dann mache ich dir keinen Vorwurf. So jemanden kannst du dir nicht einfach durch die Lappen gehen lassen.«

Wenigstens einer hier verstand mich. Reid konnte nachvollziehen, wie es war, vor jemandem zu stehen, der mit einem einzigen Blick tief in deine Seele schauen und alles in deinem Inneren bloßlegen konnte. Eine Berührung brachte meinen Körper zum Glühen, und ein Kuss konnte meine ganze Welt in Flammen setzen. Wenn ich nicht jede Minute mit ihr auskostete, würde ich das für den Rest meines Lebens bereuen.

Die Lautstärke im Raum nahm zu, während immer mehr Typen hereinkamen. Die Trainer stellten sich vorne und an den Seiten auf, falteten die Hände vor sich und wirkten dabei wie etwas in die Jahre gekommene Türsteher.

»Wenn du dich aufs Krafttraining freust, weißt du, dass du am Arsch bist.« Reid dehnte den Nacken mit schmerzverzerrtem Gesicht. »Knapp eine Woche und wir sind frei.«

So sehr ich ihm auch zustimmen wollte, wünschte ich mir gleichzeitig, dass das Trainingslager nie zu Ende ging. Bay fast jeden Tag zu sehen, wie früher mit ihr in ihrem Zimmer abzuhängen – sobald das hier vorbei war, würde alles zur Normalität zurückkehren –, was auch immer für einen neuen Profisportler normal war. Vorausgesetzt, ich würde nicht aus dem Team geworfen werden.

Bays Talent und Maddys professionelle Einstellung würden dafür sorgen, dass Bay durchs ganze Land reisen würde – vermutlich sogar durch die ganze Welt.

Selbst die Tatsache, dass mein Dad hinter jeder Ecke lauern könnte, war nicht genug, mich danach zu sehnen, dass der Monat zu Ende ging.

Wenn sie erst einmal herausgefunden hatte, wie sie ohne mich singen konnte, warum sollte sie mich dann noch bei sich behalten? Wie konnte ich ihr erzählen, was ich für sie empfand? Sah sie mehr in mir als ein Mittel zum Zweck? Mehr als den Typen, den sie im Moment noch brauchte?

Würde die Freude darüber, endlich vor anderen Leuten singen zu können, vorübergehen, sodass sie mich irgendwann anschauen und sich fragen würde, was sie überhaupt in mir gesehen hatte?

Das geschehen zu lassen kam einfach nicht infrage. Ich musste ihr zeigen, wie sehr ich mich verändert hatte und wie gut ich für sie würde sein können. Ich musste alle ihre Zweifel und Bedenken beseitigen, damit sie erkannte, wie gut wir füreinander waren. Nicht nur gut, sondern perfekt.

Der Coach stellte sich vorne auf und ließ das Trainingscamp Revue passieren. Das Ganze ähnelte allerdings weniger einer Motivationsrede, sondern vielmehr einer Kriegt-den-Arsch-hoch-Ansprache.

»Und nun … Ich hatte euch allen gesagt, dass ihr die hier mit eurem Leben schützen sollt. Und ich habe euch gesagt, ihr sollt sie auswendig lernen. Wir werden jetzt die Aufnahmen durchgehen und diese Saison genau analysieren. Holt eure Spielbücher raus.«

Ich beugte mich vor, um meins herauszuholen. Mein Blick weitete sich, und mein Puls beschleunigte sich. Ich nahm die Tasche auf den Schoß und wühlte darin herum.

Knox' Display leuchtete neben mir auf.

Um mich herum wurden Tablets aufgeschlagen, und die Jungs loggten sich ein, um die Spielbuch-App zu öffnen.

Meine Brust wurde eng. Ich konnte nicht mehr atmen.

Panisch schaute ich mich im Raum um. Vielleicht konnte ich einen Feueralarm auslösen. Das hatte ich seit der Highschool nicht mehr gemacht.

Mein Blick huschte von einem Ausgang zum nächsten, bevor er wieder zur Tür schoss, in der sich ein Sichtfenster befand. Das Metallgitter konnte das Gesicht, das mich dahinter mit einem verzweifelten Ausdruck anstarrte, nicht verbergen.

Ich sprang von meinem Stuhl auf und rannte förmlich gegen einen Trainer, der im Gang stand, bevor ich auf die Tür zusteuerte. War etwas passiert? Brauchte sie meine Hilfe?

Einer der Trainer stellte sich mir mit einem fragenden Blick entgegen.

»Die Ernährungsberater haben mich vorhin einen halben Liter Elektrolytlösung trinken lassen. Ich muss pissen.«

Er verzog das Gesicht zu einer Grimasse, öffnete jedoch die Tür, um mich hinauszulassen.

Bay sprang hinter der Tür hervor. »Ich dachte schon, du siehst mich nicht. Ich habe hier wie eine Idiotin gewunken und war kurz davor zu klopfen.« Sie redete so schnell, dass sich ihre Stimme beinahe überschlug.

Ich spähte kurz über meine Schulter. Obwohl ich froh war, sie zu sehen, musste ich mir nun irgendwie überlegen, wie ich es überleben würde, wenn ich gleich wieder zurück durch diese Tür gehen musste. »Wie bist du hier reingekommen?«

»Hab meine ID vorgezeigt und behauptet, es gäbe einen Müllschachtnotfall.«

»Du weißt, dass ich mich immer freue, dich zu sehen.« Ich blickte noch mal über die Schulter. »Aber was machst du hier?«

Sie hielt mir das Tablet in der schwarzen Hülle mit beiden Händen hin. »Das lag unter meiner Decke. Hab es gefunden, als ich das Bett gemacht habe. Ich dachte mir, dass du es vermutlich brauchst, da das Lernen der Spielzüge mir wie etwas ziemlich Wichtiges vorkam.«

Der Schraubstock an meinem Herzen lockerte sich, und ich packte sie, legte ihr die Hände an die Wangen und küsste sie ausgiebig. Meine Brust fühlte sich eng an und schmerzte, denn ich hatte es noch nicht verdient, die Worte auszusprechen, die ich ihr sagen wollte. »Danke. Du hast mir den Arsch gerettet.«

Sie strahlte und zog den Kopf ein. »Ist ja nicht so, als hättest du das Gleiche nicht auch schon für mich getan. Und jetzt geh zurück zu deinem Meeting.« Ihr schüchternes Lächeln war mehr als genug, um die Schreckminuten, in denen ich da drinnen gedacht hatte, dass es aus war, wieder wettzumachen.

Ich ging rückwärts, während ich sie beim Davongehen beobachtete.

Ein kurzes Winken und sie verschwand um die Ecke.

Nachdem ich mir das Tablet unter das Shirt geschoben hatte, betrat ich den Raum wieder und setzte mich auf meinen Platz.

»Wir gehen jetzt die Spielzüge der Offense durch, die ihr in fast jedem Spiel machen werdet. Tätowiert euch die ins Hirn. Alle bereit?«

Ich wechselte einen kurzen Blick mit Reid und Knox, bevor ich das Tablet entsperrte.

Beide schüttelten den Kopf und konzentrierten sich dann auf ihre eigenen Bildschirme.

»Du musst mir hierbei nicht helfen.« Sie rollte den übergroßen schwarzen Permanentmarker ohne Deckel zwischen ihren Handflächen hin und her.

Ich reichte ihr einen weiteren Karton. »Ich lasse dich damit nicht allein.« Die meisten anderen Teammitglieder verbrachten die wenigen Stunden, in denen wir Pause hatten, vor allem damit, zu schlafen, Videospiele zu spielen oder irgendetwas zu essen. Ich hätte in meinem Zimmer die Aufnahmen meiner Leistung dieser Woche durchsehen oder die Spielzüge durchgehen können. Doch das Einzige, was mich tatsächlich dazu verlockte, nicht hier bei ihr zu sein, war die Reparatur der Gitarre. Das Projekt war beinahe fertig. Ich hatte die Rosette dem Rest des Instruments angepasst, so gut es eben ging. Sie war nicht perfekt, aber ich hatte mein Bestes gegeben. Nach all dem Schleifen, Kleben und Lackieren stand das Ganze kurz vor dem Abschluss.

So lange hatte ich von dem Gedanken gezehrt, ihr die Gitarre zurückzugeben und damit auch einen Teil dessen, was ich ihr genommen und zerstört hatte. Mein Verlangen, ihr nahe zu sein, hatte diesmal allerdings gewonnen.

»Ist schließlich nicht so, als würde ich nach Mitternacht mit dem Fahrrad durch die Stadt radeln oder so.« Grinsend kritzelte sie eine Apartmentnummer auf den Karton und stellte ihn auf den Stapel für die zweite Etage. »Ich befinde mich in einem verschlossenen Postraum. Das Schlimmste, was mir hier passieren kann, ist, dass mir jemand eine falsche Apartmentnummer nennt.« Sie tippte auf der Tastatur des Computers, um das Paket zu registrieren.

Ich entdeckte eine Schachtel mit meinem Namen drauf. Klein und dünn. Ich warf einen Blick über meine Schulter.

Sie war damit beschäftigt, die Registrierung auszudrucken.

Ich nutzte den Moment, schob mir das Päckchen in die Gesäßtasche und ging zu dem riesigen Behälter, der an einen Transportwagen aus einer Großwäscherei erinnerte, in dem sich die Kartons befanden. An der Wand standen stapelweise

Pakete nach Etage sortiert. Große schwarze Zahlen prangten an der Seite. »Renoviert 207 sein Haus von hier aus? Hier sind mindestens fünfzehn Pakete für ihn.«

Sie rollte mit den Augen. »Und das ist nur die Vormittagslieferung. Abends bekommt er noch mehr.«

Ich las den Namen auf einem der Pakete, und meine Finger krallten sich in den Karton, sodass ich die Kanten der Schachtel eindrückte. Vincent Fisher.

»Die Person, die normalerweise diese Schicht hat, sagt, dass er versucht hat, jemanden dazu zu bekommen, die Pakete zu seinem Apartment zu liefern. Aber wir dürfen das Postzimmer während unserer Schicht nicht verlassen.« Das Klemmbrett klackte, als sie den Zettel daran befestigte.

»Alles okay?«

Ich drehte mich um und ließ das Paket fallen, als wäre es plötzlich radioaktiv. Mein Kiefer verkrampfte sich, die Sehnen knackten, und ich ballte die Hände zu Fäusten. Ich hasste es verdammt noch mal, dass ich sofort den Drang verspürte, auf etwas einzuschlagen, wenn ich bloß seinen Namen las. Am liebsten hätte ich das Paket gegen die Wand geworfen, bis nichts mehr übrig blieb. Und das machte mich nur noch wütender. Ich hatte schon häufig gegen Arschlöcher gespielt, aber Vince hatte sich zu tief in meine Gedanken gebohrt, und ich wollte ihn da heraushaben.

Ihr Blick wanderte von dem Karton zu mir, bevor sie die Schultern straffte. »Das ist der Typ vom Flur, oder?«

Ich nickte angespannt.

»Warum ist er so ein Arschloch? Sollten Teamkollegen sich nicht gegenseitig den Rücken stärken?«

»Nicht, wenn man hinter derselben Position her ist. Wenn es um Millionen von Dollar geht.« Nicht, wenn man ein verdammtes Arschloch war. Und für eine Sekunde verschwanden alle meine Ängste, als ich daran dachte, wie befriedigend es sein würde, wenn mein Name oben auf der Spielerliste der Startaufstellung stand. Allerdings würde das nicht passieren. Ich würde mich glücklich schätzen können, wenn ich zweiter Ersatz wurde und ihm in Meetings, Trainings und bei Drilleinheiten begegnen musste, da wir für dieselbe Position spielten. Ich würde dazu verdammt sein mitzuerleben, dass jede Spielminute von seinem Ego überschattet wurde, genau wie von seinem Bedürfnis danach, allen zu zeigen, dass er etwas Besseres war.

»Hier sind die Dinge ziemlich anders als in Greenwood, was?« Sie hüpfte auf den Tresen, wobei ihre Füße leicht gegen die Schranktüren darunter stießen.

Ich drückte meine Hände von außen gegen ihre Oberschenkel und stellte mich zwischen ihre Beine. Sofort kam mir der Gedanke, wie passend die Höhe war und wie gut es sich anfühlen würde, wenn ich mir ihre Beine um die Hüften schlingen und in ihr versinken würde – wenn wir doch nur nicht in der Öffentlichkeit gewesen wären.

Ihre Pupillen weiteten sich, und ihr Atem stockte.

»Das sind sie definitiv.« Ich hielt inne, mein Mund nur Zentimeter von ihrem entfernt.

»Aber einiges ist noch genauso wie früher.« Sie lehnte sich vor, und ihre Lippen strichen über meine.

Stimmen ertönten im Gang, und ich wäre am liebsten über die Theke gesprungen, um die Störenfriede anzuschreien, damit sie verschwanden.

Stattdessen trat ich zurück, sie rutschte von der Theke und hielt sich an der Kante fest, bevor sie mir ein unterdrücktes Lächeln schenkte.

»Wie kann ich … Oh.« Besorgt spähte sie über die Schulter in meine Richtung.

»Arbeitest du jetzt schon im Postraum? Als Nächstes sammelst du noch unsere Handtücher vom Boden auf, Grünschnabel.«

Ich verkrampfte die Hände an den Seiten und funkelte ihn wütend an.

Vince stand vor der Scheibe des Postschalters und grinste so selbstgefällig wie eh und je.

»207, richtig? Ich hole deine Pakete.« Bay hastete zu seinem Stapel mit seinen Paketen und schob sie auf die Theke.

»Hast du in letzter Zeit noch mehr alte Knacker verprügelt?« Er lehnte sich an die Wand neben der Durchreiche für die Pakete.

Bays Kopf zuckte hoch, und sie arbeitete noch schneller, nachdem sie mir einen Blick zugeworfen hatte.

Während Angst in mir aufstieg, konnte ich außer meinem rasenden Herzschlag nichts anderes mehr hören. Das war nicht der richtige Zeitpunkt, um die alten Gefühle von Scham und Mitleid hochkommen zu lassen.

»Das geht dich einen Scheiß an.« Ich fixierte ihn, um Bays fragendem Blick auszuweichen.

»Lässt wohl gerne den Frust über deine miese Leistung an Fans aus der Heimat aus, die dir auf der Straße begegnen, was?« Die Art, wie er »Heimat« sagte, traf einen Nerv in mir. Es klang nicht so, als würde er L.A. meinen. Und er musste abhauen, bevor Bay anfing, Fragen zu stellen. Fragen, auf die ich keine Antworten hatte, selbst wenn ich sie ihr hätte geben wollen.

»Das wären dann alle Pakete.« Bay strich sich das Haar aus dem Gesicht.

Vinces spöttisches Grinsen verwandelte sich in ein schleimiges Lächeln, als er sich Bay zuwandte. »Danke für deine Hilfe.« Er drückte sich von der Wand ab. »Du bist das Mädchen aus der Karaokebar, oder? Ich habe dich aufgefangen, als du von der Bühne kamst.« Sein süffisantes Grinsen wurde breiter und er sah zurück zu mir.

»Schnappst dir eine heiße Schnitte in einer neuen Stadt, obwohl du nur eine Woche vom Rauswurf entfernt bist. Mutig.«

Bay runzelte die Stirn noch stärker.

Ich atmete tief durch und versuchte, den Nebel der blinden Wut fernzuhalten. Während ich mich an den letzten Rest meiner Selbstkontrolle klammerte, drückte ich mir die Finger in die Oberschenkel.

»Wenn ich gewusst hätte, dass du dich um meine Pakete kümmerst, hätte ich sogar noch mehr bestellt.«

Ich schoss vorwärts, aber Bay trat zur Seite, sodass ich gegen sie stieß, anstatt über die Theke zu springen.

»Bitte hier unterschreiben, dann sind wir fertig. Der Transportwagen für die Pakete steht direkt um die Ecke.« Sie behielt einen fröhlichen, aber festen Tonfall bei. Allerdings verkrampften sich ihre Muskeln, und sie stützte die Hände auf die Theke, als wäre sie bereit dazu, mich wenn nötig zu Boden zu ringen.

Unfassbar langsam schob Vince alle Pakete vom Tresen in den klapprigen Wagen.

Bay ging rückwärts und drängte mich erst einen Schritt, dann zwei nach hinten, weg von der Theke, bis mein Rücken die Wand des beengten Raums berührte.

Ich hasste es, dass sie das Gefühl hatte, das tun zu müssen. Aber ihre Anwesenheit und ihr Gewicht an meiner Brust halfen mir, das Feuer in meinem Kopf zu ersticken.

Ich entspannte die Hände und eine Flutwelle an Schuldgefühlen überkam mich. Ständig erzählte ich ihr, dass ich jetzt anders war und meine Wut unter Kontrolle hatte, doch die Hälfte der Zeit, die sie mit mir verbrachte, verbrachte ich damit, nicht die Beherrschung zu verlieren.

Erschöpfung. Vince. Das Auftauchen meines Dads. Der Druck der letzten vier Wochen, in denen ich mich vor dem Team und Bay hatte beweisen müssen. Alles kam zusammen und allmählich bildeten sich sichtbare Risse in meiner mühsam aufrechterhaltenen Fassade.

»Keyton.« Sie drehte sich um und blickte zu mir auf, während sie eine Hand an meinen Hals legte.

Mein Kopf schnellte zurück und schlug gegen die Wand. Ich verzog das Gesicht.

Sie hatte etwas Besseres verdient.

»Ich sollte gehen.« Ich massierte mir den Nacken mit Daumen und Zeigefinger, um die verspannten Muskeln zu lösen.

Sie legte mir eine Hand mitten auf die Brust. »Nein. Er ist weg. So solltest du jetzt nicht gehen.«

Ich schob die Hände in meine Hosentaschen. »Wie?«

»Wütend.«

»Bin ich nicht«, sagte ich scharf. »Ich bin in einer Woche weg.«

Sie ließ den Kopf hängen. »Ich weiß. Aber wir haben noch Zeit.«

»Zeit wofür? Was ist das hier zwischen uns?« Ich drückte mir die Fingernägel in die Handflächen. *Hör auf, hör einfach auf. Sag ihr, es spielt keine Rolle, küss sie und geh.*

»Wir … Das ist alles noch so neu. Müssen wir der Sache zwischen uns einen Namen geben?«

Ich hasste es, dass ich es nicht locker nehmen konnte. Ich hasste es, dass sie mich dazu brachte, Dinge zu wollen, für die ich mich nicht gut genug fühlte. Ich hasste es, dass sie diejenige gewesen war, die mir gesagt hatte, ich hätte sie nicht verdient.

»Ich weiß einen Namen dafür. Ich bin dein Mikrofon, Bay. Also, was wird passieren, wenn du ohne mich singen kannst?« *Halt verdammt noch mal den Mund!*

Sie blinzelte und trat scharrend von einem Fuß auf den anderen.

Der Anblick schmerzte wie ein Stollenschuh, der mich genau in den Solarplexus traf. So als würde sie auf meine Brust treten, um zu einer Siegesfeier zu gelangen, zu der ich nicht eingeladen war.

»Ich weiß es nicht. Weißt du es? Was willst du von mir hören? Dass ich zu allem bereit bin, was dich angeht? Du stehst kurz davor, deine erste Saison als Profispieler zu starten. Willst du das, was auch immer hier zwischen uns passiert, noch obendrauf laden?«

»Ich würde diese Sache zwischen uns einer Chance auf eine Profikarriere vorziehen, egal wie unsicher das Ganze auch sein mag.« Ich hatte immer gedacht, dass meine schlimmste Angst darin bestünde, die einzige Möglichkeit auf eine Profikarriere zu versauen. Doch verglichen damit, sie zu verlieren, war es bloß ein Kratzer und nicht die tiefe offene Wunde, die ihr Verlust verursachen würde.

Ihr Mund öffnete und schloss sich. »Das ist das Verrückteste, was jemals jemand zu mir gesagt hat. Ist das dein Ernst?« Kopfschüttelnd wich sie zurück. »Nein, ist es nicht. So weit sind wir nämlich noch nicht. So eine Ansage kannst du nicht machen, nachdem wir uns gerade mal vor drei Wochen wiedergesehen haben.« Sie klang ganz elend, als wäre sie für ein Verbrechen verurteilt worden, das sie nicht begangen hatte. »Ich bin kein Roboter. Diese Sache …« Sie zog sich das Haarband aus den Haaren und band ihren Pferdeschwanz neu, dabei zog sie an den Strähnen, als würde sie nach einer Rettungsleine greifen. »So sollte es nicht sein. Es sollte nur um Vergebung gehen.«

»Für mehr hältst du das Ganze nicht? Du denkst, ich will nur deine Vergebung, bevor ich wieder abhaue?«

Hoffnung flackerte in mir auf.

Verunsichert senkte sie den Blick, bevor sie sich abwandte und die Hände in die Luft warf. »Ich weiß es nicht. Ich hab keine Ahnung, Keyton. Und du willst mir sagen, dass du es weißt?« Sie zeigte mit dem Finger auf mich. »Du bist jetzt Profifootballspieler. Du wirst für den Traum, auf den du schon dein Leben lang hinarbeitest, immer wieder monatelang unterwegs sein und hart trainieren müssen. Und ich werde das machen, was auch immer sich eben ergibt. Ich habe nach wie vor einen Job als Buchhalterin in Omaha, der auf mich wartet, genau wie die drei E-Mails in meinem Postfach. Wir haben keinen Schimmer, wo wir in zwei Wochen oder einem Monat sein werden – und du bist bereit für den Start einer Bezieh… von etwas, auf das wir beide nicht eingestellt sind.«

Ich machte einen Schritt auf sie zu und nahm ihre Hand in meine. Ich hatte diese Diskussion hier losgetreten, und ich konnte mein Herz nicht länger verstecken. Wenn es um Bay ging, konnte ich nicht auf Nummer sicher gehen. Und das musste sie wissen. »Ich bin bereit dazu.«

»Ich habe dich gerade erst davor bewahren müssen, über die Theke zu springen und einem Typen den Kopf abzureißen. Vor ein paar Tagen in der Bar hättest du Spencer am liebsten zusammengeschlagen.« Sie schüttelte den Kopf und trat erneut zurück. »Ich bin nicht bereit, das zwischen uns zu beenden, aber wir müssen es langsamer angehen. Erst mal festen Boden finden.«

Ich hatte versucht, alles zu überstürzen, und jetzt fühlte ich mich, als hätte ich mir selbst eine Gehen-Sie-zurück-zum-Start-Karte gegeben. Sie hatte recht. Natürlich hatte sie das, wir saßen beide in einem Schnellzug, der durch einen Tunnel in eine unbekannte Richtung raste. Das bedeutete allerdings nicht, dass es nicht verdammt wehtat. Ich war am Boden zerstört; gleichzeitig hatte sich die Angst in meinem Inneren, dass ich nichts richtig machen konnte, wenn es um sie ging, gerade bestätigt.

»Tut mir leid.« Ich bedeckte ihre Hand mit meiner und versuchte zu retten, was noch zu retten war. »Du hast recht. Natürlich hast du recht. Ich sehe das auch so, und wir sollten es um unser beider willen langsam angehen lassen. Es war ein langer Tag, und ich bin müde. Ich rede bloß Unsinn. Ich sollte mich aufs Ohr hauen.«

Nickend bedeckte sie meine Hand mit ihrer anderen. »Leg dich schlafen, wir sehen uns morgen.«

»Was ist mit heute Abend? Zum Abendessen?« Auf dem Weg zum Personaleingang versuchte ich, irgendwie wieder zu der Leichtigkeit zurückzufinden, die wir vorher miteinander geteilt hatten.

Sie griff nach meiner Hand. »Du solltest mehr schlafen.« In ihrem Blick lagen Sorge und Zuneigung – die Art von Zuneigung, aus der vielleicht mehr werden könnte. »Ich mag es nicht, wenn du wegen mir immer so knapp an der Ausgangssperre vorbeischlitterst.«

»Das ist mir …«

»Mir ist das wichtig. Wir sehen uns morgen beim Auftritt.« Sie stellte sich auf die Zehenspitzen und legte mir die Hände an die Wangen, bevor sie ihre Lippen auf meine Stirn drückte. »Schlaf gut, Keyton.«

Der Rückweg zu meinem Zimmer schien ewig zu dauern. Jeder Schritt machte deutlich, wie wenig Zeit uns noch blieb. In wenigen Minuten hatte ich die neue Art, wie sie mich wahrgenommen hatte, zunichte gemacht. Die neue Art, wie sie in Bezug auf mich gefühlt hatte und wie sie das betrachtete, was wir zusammen hätten sein können.

Zurück in meinem Zimmer holte ich das Päckchen mit den Saiten aus meiner Hosentasche und legte es neben die Gitarre.

Ich ließ die Finger über das Perlmutt-Inlay im Griffbrett gleiten, das ich ersetzt hatte, weil das alte größtenteils gesplittert gewesen war, dann über die metallenen Bundstäbchen. Entschlossenheit legte sich über mich wie eine kühle Decke über den brodelnden Abgrund in meinem Inneren. Wenn das hier in Ordnung gebracht werden konnte, dann war das auch für alles andere möglich, das ich kaputt gemacht hatte.

24

Dare

Als ich zum Veranstaltungsort hetzte, lief mir der Schweiß den Rücken hinab. Mein Körper war immer noch erhitzt vom Training auf dem Feld. Vor mir konnte ich eine Leuchtreklame mit Bays Namen darauf sehen. Noch bevor der Taxifahrer die Bremse komplett durchgetreten hatte, sprang ich bereits aus dem Wagen und rannte in den Nachtclub, in dem das Konzert stattfand.

Das spätabendliche Training hatte länger angedauert als nötig gewesen wäre, weil ein gewisser altgedienter Tight End unbedingt die Primadonna heraushängen lassen musste und allen anderen damit den Abend verdorben hatte. Seine Sticheleien wegen des Vorfalls im Postraum gestern und die Begegnung mit meinem Dad hatten es mir nicht gerade leichter macht, die Spielzüge durchzuziehen.

Drinnen angekommen blieb ich abrupt stehen, und die Tür inklusive Metallstange knallte mir gegen den Rücken.

Ihre Stimme erfüllte den Raum. Auf einem Barhocker im Rampenlicht der Bühne saß Bay. Das Licht strahlte sie an, und sie schien zu leuchten. Ihre Stimme katapultierte mich zurück in mein altes Zimmer – an einen Ort, den ich niemals wieder hatte besuchen wollen, außer in den Träumen, in denen sie bei mir war.

Das langsame Zupfen ihrer Finger an den Saiten wurde übertönt, als die Akustikmusik mit dem Sound einer Elektrogitarre kollidierte.

Und sie sang. Vor einem Meer aus Leuten saß sie lächelnd da und schmetterte kraftvoll den Refrain heraus, während sie in die Menge blickte. Und das ohne mich.

Tief im Inneren hatte ich immer gehofft, dass dieser Tag niemals kommen würde. Und mein Egoismus machte mich fertig. Das hier war der Moment, der es ihr ermöglichte, einfach zu gehen. Der Moment, den ich so lange gefürchtet hatte.

Als sie den Refrain das zweite Mal sang, wurde sie bereits vom Publikum begleitet. Mit Drinks in den Händen riefen sie ihr aufmunternde Worte zu, und Bay sah aus, als würde sie vor Glück vibrieren.

»Hast du ein Ticket?« Ein Typ mit einem Shirt, dass ihn als Mitarbeiter des Clubs identifizierte, funkelte mich an, was mir verriet, dass er schon länger mit mir zu reden versucht hatte, als mir klar war.

Ihre Stimme packte mich mit einer Kraft, die mich bis ins Mark erschütterte. Die Tür schloss sich, die Fenster wurden verbarrikadiert, als würde ein Hurrikan bevorstehen, und es gab kein Entkommen. Sie wuchs über mich hinaus. Bald würde sie mich zurücklassen.

»Dare.« Ich konnte den Blick nicht von ihr abwenden.

Der Typ durchsuchte seine Liste und fuhr mit dem Finger die Seite entlang, bevor er den Kopf schüttelte.

Ich räusperte mich in dem Versuch, die Muskeln zu entspannen, die sich langsam zusammenzogen. »Keyton.« Mein Herz schlug so schnell, dass es kurz davor zu stehen schien, mir ein paar Rippen zu brechen. Sie hatte mich als Keyton auf die Liste setzen lassen, als den Mann, von dem ich mir wünschte, dass sie ihn in mir sah. Der Mann, der ich zu sein versuchte.

Warum hatte sie sich plötzlich dazu entschieden? War das ihre Art, sich von meinem alten Ich zu verabschieden? Und was sagte das darüber aus, ob sie mit meinem neuen Ich zusammen sein wollte?

Der Typ musterte mich von oben bis unten, bevor er nickte und das schwarze einziehbare Band aushakte, das mir den Weg versperrte.

Ich ging durch die Tür. Das Publikum lauschte andächtig. Einige hatten die Augen geschlossen, während sie sich im Takt der Musik wiegten. Andere hielten ihre Handys in die Höhe und damit auch jeden einzelnen Ton fest.

Ich schlängelte mich durch das Menschenmeer und zum Backstagezugang neben der Bühne. Dort stand ein weiterer Typ, der die Hände vor sich gefaltet hatte und einen Leg-dich-nicht-mit-mir-an-Blick draufhatte, der wie angeboren wirkte.

Nachdem ich ihm meinen Namen genannt hatte – Keyton –, ließ er mich durch.

Die Menge tobte, jubelte und verlangte nach einer Zugabe. Das hatte ich ihr damals in Greenwood genommen. Sie hätte diesen Augenblick im Rampenlicht schon lange haben sollen.

Mit einem meterweiten Grinsen eilte sie von der Bühne. Dabei ließ sie den Blick hin und her wandern.

Ich beobachtete sie aus dem Schatten heraus.

Sie schien von innen heraus zu leuchten, als wäre tief in ihrem Inneren etwas entfacht worden, das nun wie ein Leuchtfeuer erstrahlte.

Schuldgefühle nagten an mir wie ein ausgehungerter Wachhund. Wenn ihr Auftritt damals in der Highschool nicht ruiniert worden wäre, hätte sie dann auf jeder Bühne in L.A. gesungen, bis sie ihren großen Durchbruch gehabt hätte? Sie könnte inzwischen bereits mit erfolgreichen Alben durch das Land touren.

Ich trat aus meinem Versteck neben den Verstärkern hervor, doch sie wurde bereits von anderen Leuten umschwärmt.

Außerdem stand ein Haufen an Anzugträgern neben der Bühne. Tatsächlich trug keiner von ihnen einen Anzug, aber seitdem ich mit College-Football angefangen hatte, hatte ich genug Agenten und Manager erlebt, um den Geruch von Tinte und Aktenpapier zu riechen, der von ihnen ausging.

Sie lugte zwischen den Köpfen hindurch, und ihr Lächeln hatte inzwischen Roter-Teppich-Ausmaße angenommen. Ich hätte nicht gedacht, dass es noch breiter werden konnte, doch das tat es. Und nur für mich hob sie noch einen Mundwinkel. Es war nicht zu leugnen, dass ich von ihr angezogen wurde, als stünde ich in ihrem Bann – selbst dann, wenn ich ihr eigentlich mehr Freiraum geben wollte. Und obwohl ich wusste, dass sie mich verlassen würde, konnte ich mich nicht stoppen.

Ich umrundete den Halbkreis von Leuten, die sie umringten, und stellte mich ein paar Meter abseits neben Maddy, die – teils Wächterin, teils Türsteherin – die ganze Szene im Auge behielt. Sie mochte mir zwar lediglich bis zur Schulter reichen – sogar mit Absätzen –, aber sie war so taff wie jeder Kerl auf dem Spielfeld.

Die Stimmen verschwammen ineinander, überhäuften Bay mit Lob – Lob, das sie zu einhundert Prozent verdient hatte.

»Das war phänomenal.«

»Wir haben uns dein Demo angehört, aber das hier trotzdem nicht erwartet.«

»Wir würden gerne mit dir und Maddy ein Meeting für Montag ansetzen, um ein paar Dinge zu besprechen.«

Bay nickte heftig. Ihr Look war vollkommen anders als bei ihrem letzten Auftritt. Ihre gelockten Haare hüpften wild auf und ab. Über die Schultern der Anzugträger, die jetzt mit Maddy sprachen, warf sie mir ein Lächeln zu.

Mein Herz raste, als wäre ich gerade anderthalb Kilometer in sechs Minuten gelaufen.

Die Horde von Begeisterten ging, als der nächste Künstler mit dem Bühnenumbau fertig war.

Bay fiel mir um den Hals.

Und ich fing sie auf. Ich schlang die Arme fest um sie, drückte sie an mich und atmete sie ein. Ein Hauch von etwas Blumigem, kombiniert mit dem Geruch nach Metall und Holz, der von ihrer Gitarre stammte.

Sie lockerte ihre Umarmung, und ich hielt sie eine Sekunde lang noch fester, bevor ich sie losließ. Ihr Körper glitt an meinem entlang. In ihren High Heels war sie fast auf Augenhöhe mit mir.

»Kannst du es glauben?« Sie keuchte, als hätte der Rausch sie jetzt erst getroffen. »Ich habe hier hinten gestanden und wäre fast ausgeflippt, weil du nicht da warst. Ich habe mich zweimal übergeben. Das werde ich bestimmt nach ein paar weiteren Auftritten ablegen.« Sie schüttelte den Kopf, um ihre wilden Gedanken wieder auf den richtigen Weg zu lenken. »Jedenfalls bin ich dann einfach da raus. Das Licht war so grell, dass ich kaum was sehen konnte, aber dann habe ich dich ganz hinten entdeckt.« Sie drückte die Handflächen auf meine Brust.

»Ich war ni…« Die Worte blieben mir im Hals stecken.

»Du hättest mich vorwarnen sollen, dass du nicht backstage sein würdest, damit ich nicht ausflippe. Ich habe solche Angst gehabt, dass du zu spät kommen würdest.« Ihr Lächeln war so breit, dass man es aus dem Weltall hätte sehen können.

Allerdings fühlte ich mich, als hätte mich ein verspäteter Tackle mitten in die Brust getroffen. Sie hatte geglaubt, dass ich da gewesen wäre. Sie hatte ohne mich gesungen. Ich hatte angenommen, mir bliebe mehr Zeit. Mehr Gründe, sie zu sehen. Ich hatte gedacht, sie würde mich immer brauchen.

Das war ein egoistischer und verkorkster Gedanke. Das hier hatte sie sich die ganze Zeit über gewünscht. Es war das, womit ich ihr angeblich hatte helfen wollen. Der eigentliche Grund für die spontane Performance auf dem Campus-Gelände und den kleinen Auftritt, den Maddy organisiert hatte. Alles gipfelte in diesem Moment, aber ich hatte nicht erwartet, dass es mich so hart treffen würde. Ich hatte gewusst, dass es wehtun würde, es fühlte sich jedoch an, als müsste ich mit gebrochenen Rippen in der Defensive Line stehen.

Die Tatsache, dass sie ohne mich gesungen hatte, schmerzte, als wäre mein Herz mir in der Brust zersägt worden – und es war schlimmer, als ich erwartet hatte.

»Wir arbeiten doch daran, dass du alleine auftreten kannst, oder? Da dachte ich, das wäre ein guter Test.« Meine Kehle fühlte sich rau und kratzig an, als würde ich einen Schrei zurückhalten. »Schade, dass ich es verdorben habe.«

Wer war der Typ, den sie im Publikum gesehen hatte? Einer von vielen auf ihrem Weg nach oben. Der Ausdruck in den Augen der Anzugträger vorhin war mir nicht entgangen. Es war der gleiche, den all die Coaches und Agenten trugen, wenn sie Tapes von Spielern ansahen, die in der ersten Runde gedraftet worden waren. Bald wäre sie fort, würde höher aufsteigen, als sie vermutlich selbst ahnte, und der gebrochene Junge aus ihrer Vergangenheit würde nicht mehr so dringend gebraucht werden. Vor allem dann nicht, wenn sie erst einmal bemerkte, dass sie es auch ohne mich hinbekam.

Schuldgefühle und Egoismus trugen einen erbitterten Kampf in mir aus, und ich versuchte, mich auf irgendetwas anderes zu konzentrieren, als das wütende Rauschen in meinen Ohren. Vermutlich war ich high von dem Gitarrenlack, dazu kam noch der Schlafentzug, das tägliche Versagen beim Training, die Schmerzen in meinem Körper und mein blutendes Herz. Das alles ließ mich langsam den Verstand verlieren.

Seit dem Vorfall auf der Straße hatte ich nichts mehr von meinem Dad gehört, doch er würde sich nicht einfach wie ein anständiger Mensch verhalten und verschwinden. Er würde wieder auftauchen. Von dem Wann und Wo würde ich vermutlich noch einige Alpträume haben.

»Wir müssen dich wieder zurückbringen.« Bay wedelte mit ihrem Handy vor meiner Nase herum. »Maddy, kannst du mich wegen dieser Sache anrufen oder mir eine Mail schicken? Ich muss mit Keyton zum Campus zurück.«

Maddy klopfte mit dem Fuß auf den Boden. »Und schon hast du Anforderungen. So, wie ihr Musiker drauf seid, verspreche ich dir, dass du innerhalb weniger Wochen anfangen wirst, johlend in Plüschpantoffeln durch die Hotelflure zu schlittern.« Sie schüttelte den Kopf.

Bay und ich tauschten einen vielsagenden Blick. »Ich werde versuchen, das mit den Hotelfluren auf ein Minimum zu reduzieren.«

»Warte«, rief Maddy.

Wir kamen schlitternd zum Stehen und wandten uns um.

»Ach egal, geht. Viel Spaß.« Während Bay mich zu der Stahltür zog, das von einem leuchtenden Schild als Ausgang markiert wurde, winkte Maddy uns lächelnd nach, bevor sie die Hände um den Mund legte. »Aber es steht noch ein Auftritt aus. Und die Verträge werden morgen früh per Kurier ans Label geschickt.«

»Lass uns gehen.« Sie packte meine Hand und drückte die Tür auf.

Ich veränderte unseren Griff und verschränkte unsere Finger miteinander.

Das knisternde Lächeln, das sie mir über die Schulter hinweg zuwarf, machte es mir schwer, geradeaus zu laufen. Noch nie hatte es jemanden gegeben, der mich mit einem einzigen Zucken seiner Lippen vergessen ließ, wo ich war und was zur Hölle ich eigentlich gerade tun wollte.

Draußen fuhr ein schwarzer SUV in die Gasse hinter dem Nachtclub ein.

»Ist das nicht unglaublich? Maddy hat gesagt, dass ich ihren Wagen benutzen kann.«

Ich öffnete die Hintertür auf der Beifahrerseite für sie.

Bay legte ihre Gitarre vorsichtig hinein, bevor sie sich selbst hineinsetzte und grinsend den Platz neben sich tätschelte.

Als ich die Tür schloss und uns das abgedunkelte Innere des Wagens umgab, raste mein Herz.

»Westwood Village, bitte.«

Der Fahrer nickte, der SUV fädelte sich in den Verkehr ein und fuhr Richtung Campus.

Ich legte einen Arm auf die Rückenlehne.

Sie warf mir einen Blick zu, bevor sie über den Sitz rutschte und sich in meine Armbeuge kuschelte.

Die Enge in meiner Brust ließ ein wenig nach. Ich ließ den Arm sinken und legte ihn um ihre Schulter. Die Zeit, die uns noch blieb, würde nicht reichen. Das hatte ich vom ersten Tag an gewusst und jetzt spürte ich es umso deutlicher. Aber die Leichtigkeit ihres Lächelns und ihrer Berührungen nährten meine hoffnungslose Sucht nach ihr.

Ich würde alles dafür tun, noch mehr von ihr zu bekommen.

Mit einem weiteren Lächeln ließ sie die Hand über meine Brust wandern. »Wie war das Training?«

»Brutal, aber gut. Nur eins heute. Den Rest der Zeit haben wir mit Teammeetings verbracht und uns Tapes angeguckt, bis ich dachte, mir fallen die Augen aus dem Kopf.«

»Noch weniger als eine Woche.« Sie wandte den Blick ab

und starrte aus meinem Fenster, während sie den Kopf an meine Brust legte.

»Ein Monat war nicht genug.«

»Du wünschst dir, das Trainingslager würde noch länger dauern?«

Ich ließ die Finger durch ihr Haar fahren. Kleine Glitzerpunkte schimmerten in den Strähnen. »Nein, nicht genug Zeit mit dir.« Die Zeit verging zu schnell. Das, worauf ich hingearbeitet hatte, war noch nicht so weit, aber auf das, was sie mich fühlen ließ, konnte ich mich nicht vorbereiten.

Sie blickte zu mir hoch und setzte sich aufrechter hin, ohne den Griff an meinem Arm zu lockern. »Es war unerwartet.« Sie hob die Hand und strich sich die Haare hinters Ohr.

Unsere Diskussion von gestern kehrte abrupt in meine Gedanken zurück. Vielleicht wurde sie von der Tatsache, dass das, was zwischen uns war, nur temporär war, daran gehindert, über unsere Zukunft nachzudenken.

Da ich sie nicht verjagen wollte, jetzt wo die Gitarre nahezu fertig war, legte ich einen anderen Gang ein. »Was wirst du am Ende des Monats machen? Schon eine Entscheidung getroffen?«

Sie knabberte an ihrer Unterlippe und stieß einen schweren Seufzer aus.

Ich machte mich darauf gefasst, dass ihr auffallen würde, dass ich heute Abend gar nicht da gewesen war. Oder dass sie mich fragte, was eigentlich mit mir los war.

Stattdessen trommelte sie mit den Fingern auf meinen Oberschenkel, als würde sie Schlagzeug spielen. »Ich dachte mir, diese Ansage hat einen Trommelwirbel verdient. Ich habe den Buchhaltungsjob heute abgesagt. Sie haben mir noch eine E-Mail geschickt, um sich danach zu erkundigen, ob ich die erste bekommen hätte. Und ich habe darauf geantwortet, dass ich einen anderen Arbeitsplatz gefunden habe.« Sie öffnete die Lippen in gespieltem Schock, bevor sie sich die Hand vor den Mund schlug.

»Ich kann noch immer nicht glauben, dass ich das getan habe.« Sie zog sich das Haarband aus dem Haar und band sich den Pferdeschwanz neu. »Meine Mom wird mich umbringen. Aber …« Sie lehnte sich zurück und ein verträumter Ausdruck trat auf ihr Gesicht. »Ich denke, mein Dad wäre stolz.«

Ich ließ meine Hand auf ihre sinken und rieb mit den Fingern über ihre weiche Haut. Zwischen ihr und ihrem Vater bestand eine Verbindung, die niemals gebrochen werden konnte. Ich hatte ihn zwar nie kennengelernt, doch nachdem er ihr das Geschenk der Musik gegeben hatte, war ich mir sicher, dass er am lautesten für sie gejubelt hätte. Und er hätte ihr vermutlich schon lange von mir abgeraten. »Er wäre stolz auf dich, egal was du tust.«

Ihre Finger strichen über meine und jagten mir elektrische Impulse über die Haut.

»Das hoffe ich. Ich weiß nicht, was Maddy nach diesem Live-Stream noch für mich bereithält, aber jetzt kann ich nicht länger auf Nummer sicher gehen. Wenn alles den Bach runtergeht, werde ich wenigstens nichts bereuen. Wenn ich das jetzt nicht durchziehe, werde ich für den Rest meines Lebens ein großes Fragezeichen mit mir herumtragen.«

Dieses Gefühl kannte ich nur zu gut. In meinem Inneren fand ein Tauziehen statt – sollte ich alles tun, um für sie da zu sein, oder mich um meine eigene Zukunft kümmern? Ich wollte nur zu gerne die Art Mann sein, die ihr die Welt auf einem Silbertablett servierte. Ich musste jedoch auch Opfer dafür bringen, um ihr ihren Triumph zu ermöglichen. Sie war mutiger als ich; sie betrat eine fremde Welt, ohne zu wissen, was als Nächstes kam. Football war schon immer Teil meines Lebens gewesen, und jeder Schritt, der mich näher ans Ende des Trainingscamp heranbrachte, ließ die Angst in mir wachsen, dass ich lediglich eine größere Bühne betrat, auf der mir alle beim Versagen würden zusehen können. »Was genau passiert bei diesem Live-Stream?«

»Der findet am Dienstag statt. Nicht direkt eine Partynacht, aber das Ganze nennt sich Audio August. Eine Reihe von Sommerkonzerten.«

Im Kopf ging ich den Plan für die Woche durch. Es standen noch so viele Trainings und Teammeetings an, doch wenigstens gab es eine Nacht, in der ich für sie da sein können würde, ohne Kopf und Kragen zu riskieren. Allerdings hieß das, dass auch das Team da sein würde. Das Bild von dem Moment, als Vince Bay aufgefangen hatte, nachdem sie auf der Treppe zur Bühne gestolpert war, kam mir in den Sinn, und mein Puls schoss in die Höhe. Wenn jemand schlecht über sie reden sollte, wäre es definitiv nicht förderlich für meinen Platz im Team, meine potenziellen Teamkameraden zu verprügeln. »Das Team geht auch da hin. Das ist der letzte gemeinsame Abend für alle, bevor entschieden wird, wer es in die Startaufstellung schafft, wer erster und zweiter Ersatz wird, wer in die Trainingsmannschafft kommt und wer raus ist.« Mehr Schlaf würde mir den Arsch retten. Vielleicht hatte ich ja extrem viel Glück und würde als zweiter Ersatz eingesetzt werden, wodurch ich an Spieltagen ein Gehalt bekommen würde, das ich auf mein Sparkonto packen konnte. Womöglich könnte ich Bay eine Reise spendieren, einen Ausflug an einen schönen Strand, an dem wir in der Sonne liegen und unsere Nächte ineinander verschlungen verbringen würden.

»Das heißt, du wirst dich nicht rausschleichen müssen.« Ihre Begeisterung über diese Tatsache traf mich mit einem Anflug von Schuldgefühlen, weil sie sich überhaupt darüber Gedanken machen musste. Allerdings erfüllte es mich auch mit Wärme, dass sie sich um mich sorgte.

»Genau, das werde ich nicht müssen.« Ich strich ihr eine lange Haarsträhne hinters Ohr und streichelte mit dem Daumen über ihre Wange. »Ich werde da sein.« Egal, was passieren würde, ich würde da sein. Es würde zur Abwechslung gar nicht schaden, wenn ich mich dafür einmal nicht würde verbiegen müssen.

Eine Sache weniger, um die ich mir Sorgen machen musste. Jetzt musste ich bloß noch sicherstellen, dass ich meinen Platz im Team bekam. Auch wenn die Vorstellung, rausgeworfen zu werden, sich nicht mehr so schlimm anfühlte wie in der Zeit, bevor ich Bay wiederbegegnet war. Es nicht zu schaffen und damit der Möglichkeit aus dem Weg zu gehen, mich auf nationaler Ebene zu blamieren – oder dass meine Vergangenheit ausgegraben werden würde –, erschien mir nicht länger wie das Ende der Welt. Mein Dad würde immer eine Gelegenheit haben, mich zu verfolgen, wenn er genau wusste, wo ich mich die ganze Saison über jeden Sonntag aufhalten würde.

Einfach zu verschwinden war wesentlich weniger angsteinflößend, wenn ihre Finger mit meinen verschlungen waren und sie mein Herz in den Händen hielt.

25

Bay

Palmen rahmten den Ausblick aufs Meer, den man von Maddys Hotelsuite in der achten Etage aus hatte. Es war dasselbe Hotel, in dem wir letzte Woche zu Mittag gegessen hatten. Während ich hoch oben aus dem Fenster schaute, kam es mir so vor, als wäre ich auf einer tropischen Insel und nicht schlappe zwanzig Minuten vom Campus entfernt. Die Suite hatte einen Balkon, und die Einrichtung wirkte sowohl modern als auch klassisch mit einer Mischung aus Leder und Stoff; nichts hier machte einen ungepflegten oder verschlissenen Eindruck.

Vom Fenster aus konnte man das Glitzern und Funkeln des Santa Monica Pier sehen. Dieses Zimmer kostete wahrscheinlich mehr als meine Studiengebühren für ein ganzes Semester, wenn man bedachte, wie lange Maddy und die Band schon hier waren.

Der Zimmerservice war sensationell. Auf meinem Teller lagen nur noch ein paar einsame Pommes. Meine Kugel Eis mit heißer Karamellsoße war so lecker gewesen, dass ich heute Nacht sicher davon träumen würde – ich leckte die Schüssel allein deshalb nicht sauber, weil sich noch andere Menschen im Raum befanden. Aber die letzten Tropfen des Karamells riefen nach mir.

Keyton ließ den Löffel in seine Schüssel plumpsen und lehnte sich neben mir auf der Couch zurück.

Das Zimmer roch nach gebratenem Fleisch, Bacon und Pommes, mit einem Hauch von Süßem.

Ich lehnte mich an Keyton.

Er öffnete die Augen und lächelte mich an, bevor er sie wieder schloss und den Kopf auf die Rückenlehne der Couch sinken ließ.

Maddy nahm sich noch eine Pommes von ihrem Teller, den sie kaum angerührt hatte. An ihrem Burger fehlte nicht ein Sesamkörnchen.

Ich nahm den Ordner vom Kaffeetisch und holte die Fotos heraus. Sie glänzten und schimmerten – zwei Wörter, die ich noch nie benutzt hatte, um mich selbst zu beschreiben. Ich blätterte sie durch, und die Person, die mir entgegenblickte, wirkte wie ein lange verschollener Zwilling, der plötzlich aufgetaucht war. Traurigkeit und Aufregung machten sich gleichermaßen in mir breit. Traurigkeit darüber, dass ich mich so verändern musste, um eine Chance auf meinen Traum zu haben. Und Aufregung darüber, dass ich endlich ausprobieren konnte, wie es war, all die Erfahrungen zu machen, von denen ich nur gelesen, die ich jedoch nie wirklich für mich in Betracht gezogen hatte.

Der Vertrag lag mitsamt herausstehenden gelben Klebezetteln auf dem Tisch. An über zehn Stellen hatte ich unterschreiben und auf mehr als fünfzig Seiten meine Initialen setzen müssen, doch nun war es getan. Ich hatte offiziell eine Managerin und einen Plattenvertrag, der möglicherweise alleine mit Studioalben erfüllt werden konnte.

Wenn Keyton nicht an meiner Seite gewesen wäre, hätte ich definitiv den Kopf zwischen die Knie geklemmt und versucht, den Wahnsinn dieser Situation mit Atemübungen zu verarbeiten. Ich war jetzt offiziell Musikerin. Eine Musikerin, die vielleicht bald bezahlt werden würde. Ich war eine Künstlerin. Heilige Scheiße. Panik überkam mich, und ich krallte die Finger in die Oberfläche, die mir am nächsten war – was zufälligerweise Keytons Oberschenkel war.

Okay, anscheinend flippte ich selbst mit ihm an meiner Seite aus.

Er schrak hoch, und sein Arm schlang sich unwillkürlich fester um meine Schultern. Er schenkte mir ein verschlafenes Lächeln und rieb sich das Gesicht.

Erschöpfung strahlte von ihm aus. Und ich lie… Ich liebte ihn dafür, dass er sich solche Mühe damit gab, für mich da zu sein. Mit erstaunlicher Leichtigkeit war er in die Rolle geschlüpft, mein Fels in der Brandung zu sein, und es fühlte sich einfach gut an, ihn hier zu haben. Ohne ihn hätte ich es nicht geschafft. Ein warmes Gefühl breitete sich in mir aus, als ich in seine verschlafenen Augen sah.

Ich hielt die Fotos hoch, damit er sie ebenfalls sehen konnte.

»Die sehen so gar nicht nach mir aus«, flüsterte ich. Wenn ich mir die Fotos anschaute, dann blickte mir jemand mit meinen Augen und etwa der gleichen Haarfarbe entgegen, doch das war es dann auch schon.

Er beugte sich herunter und küsste mich auf die Schläfe. »Egal, was du anhast oder wie viel Make-up du aufträgst, du bist immer die schönste Frau im Raum.«

Mein Herz stockte kurz, und als ich seinem Blick begegnete, glaubte ich ihm. Er gab mir das Gefühl, dass es genau so war und dass ich jeden Raum betreten konnte, ohne mich fühlen zu müssen, als müsste ich mir eine dunkle Ecke zum Verstecken suchen. Mit ihm an meiner Seite hatte ich keinen Grund, mich davor zu fürchten, ich zu sein.

»Aber das bist du.« Maddy lief mit in die Hüften gestemmten Hände auf und ab, während sie den Computerbildschirm beäugte und sich mit ihrer Pommes an die Lippen tippte. Sie musste ein Roboter sein. Ober vielleicht ein Alien. »Bei den Probeaufnahmen haben sie nicht allzu viel gephotoshoppt, du kannst also mit der Selbstabwertung aufhören. Aber es fehlt noch was. Kannst du ein bisschen Linsenreflexion einfügen?« Sie legte dem Grafiker, den sie in das provisorische Büro in ihrem Hotelzimmer mitgebracht hatte, eine Hand auf die Schulter.

Nach meiner Schicht war ich mit Keyton zum Hotel gefahren. Er war schon auf der Hinfahrt im Taxi eingeschlafen und wieder einmal fühlte ich mich schrecklich, weil ich ihn mitgeschleppt hatte, wo er doch die Zeit in seinem Apartment hätte nutzen können, um etwas dringend benötigten Schlaf nachzuholen.

Ich ließ das Kinn sinken, bevor ich mich an Keyton wandte. »Bist du sicher, dass es nicht zu gewollt aussieht?« Wie das eine Mal in der fünften Klasse, als ich extra früh aufgestanden war, um mir vor der Schule Moms Lockenstab aus ihrem Badezimmer zu mopsen. Ich hatte ausgesehen wie ein Pudel mit Dauerwelle.

»Es ist eine kostümierte Version von dir.« Er stupste meine Schulter mit seiner an. »Sieh es doch einfach mal so. Das bist nicht du, die da singt, sondern ein Charakter, den du spielst. So wie bei den Auftritten damals in Greenwood.«

»Ich bin nie Teil der Aufführungen gewesen. Stolzes Mitglied der Bühnen-AG hier.« Ich lachte und streckte meine Hand in die Höhe. Im Hintergrund zu agieren war so viel einfacher, als auf der Bühne zu stehen. Und jetzt, da ich es einige Male gemacht hatte, war mein Respekt für die Musical- und Theater-Nerds aus der Highschool extrem gestiegen.

»Wenn dir die Looks nicht gefallen, können wir andere ausprobieren.« Maddy setzte sich auf die Tischkante. »Aber ich wollte dir so viele Optionen wie möglich geben. In den meisten Fällen braucht man einen Aufhänger, wenn man es schaffen will. Einen Look. Was glaubst du, warum P!nk am Anfang pinke Haare hatte? Oder warum Lady Gaga das Fleischkleid und andere skandalöse Outfits getragen hat? Wenn du auffällst, hast du schon halb gewonnen. Aber du musst dich auch wohl damit fühlen.«

Keyton hatte recht. Auf der Bühne spielte ich eine Rolle und je mehr ich mich von dieser Version unterschied, desto weniger würde ich mich fühlen, als würden die Leute mich anstarren oder verurteilen. Stattdessen sahen sie diese Figur, die ich verkörperte.

»Nimm das, was du für das Beste hältst. Ich vertraue darauf, dass du weißt, was am besten funktioniert.«

Maddy reckte eine Faust in die Höhe und jubelte laut »Ja!«, bevor sie aufsprang, zum Computer marschierte und ein Bild aufrief. »Spaßig und frisch, aber trotzdem ehrgeizig.«

Ich rutschte nach vorne bis zur Sofakante und kaute auf meiner Unterlippe. Was auch immer da für eine Photoshop-Magie gewirkt worden war, das Bild rief nicht länger den Drang in mir hervor, mich hinter einem Kissen zu verstecken.

Darauf stand mein Nicht-Ich in dem smaragdgrünen Glitzerkleid auf einer digital erschaffenen Wiese und hatte eine Gitarre auf den Rücken geschnallt. Die High Heels waren durch kniehohe Stiefel ersetzt worden und man hatte mir einen Pony verpasst. Ich sah knallhart aus, auf eine Wir-bleiben-die-ganze-Nacht-wach-und-fahren-mit-offenem-Verdeck-Art. Ich wirkte wie das beliebte Mädchen aus der Schule, dass außerdem noch unerträglich nett war – und zusätzlich aussah, als hätte es für jedes Bild eine professionelle Stylistin zur Verfügung gehabt. Es war der Anblick einer Frau, die auf die Bühne gehörte und für die ganze Welt singen sollte.

»Wow.« Ich starrte mein Nicht-Ich an, bevor ich Keyton über meine Schulter anblickte.

Doch er schaute nicht das Bild an, sondern mich.

Wärme breitete sich in meinem Bauch aus, und meine Haut kribbelte, während er mir den Rücken rieb.

»Das ist es.«

»Du guckst doch gar nicht auf den Bildschirm.«

»Ich glaube, jetzt hast du dich endlich mal so gesehen, wie ich dich immer sehe.« Er schlang den Arm um meine Taille und zog mich mit dem Rücken an seine Brust.

Mein Herz machte einen Satz, und ich spähte vom Bildschirm zu ihm, bevor ich hastig den Blick abwandte und mir die Haare hinters Ohr strich.

»Perfekt.« Maddy steckte sich die Pommes in den Mund, bevor sie die Nase rümpfte und sie wieder ausspuckte. »Igitt.«

»Du bist die letzten fünfzehn Minuten damit rumgelaufen.«

Sie warf einen Blick auf die Uhr und verdrehte die Augen. »Verdammt.« Dann hob sie den Hörer des Telefons ab und bestellte Essen, das noch nicht schlappgemacht hatte und inzwischen bestenfalls lauwarm war. »Ich werde dir ein ähnliches Outfit für den Live-Stream besorgen und wir gucken, wie es läuft.«

Die Tür der Suite wurde aufgestoßen. »Maddy!« Camden, der Leadsänger von *Without Grey*, platzte mit einem Bier in der Hand ins Zimmer und hob sie hoch, bevor er sie herumwirbelte.

»Wenn du Bier auf mich schüttest, bezahlst du mir ein komplett neues Outfit.« Sie stemmte sich gegen seine Arme und versuchte, ihn dazu zu bekommen, sie loszulassen.

»Freut mich, dass du so wunderbare Laune hast.« Er stellte sie auf die Füße und versuchte, ihr einen übertriebenen Schmatzer auf den Kopf zu geben.

Sie wich ihm aus und funkelte ihn genervt an. »Fertig mit dem Schreiben?«

Camden hielt einen Finger in die Höhe und trank sein Bier leer.

Sie verdrehte die Augen. »Seht ihr, womit ich mich rumschlagen muss? Und alle fragen mich, warum ich eine neue Klientin will.«

»Hey, wir sind wie ein Geschenk, dass nie aufhört, dir Freude zu bereiten.«

»Ich dachte, eher wie Filzläuse.«

»Davon habe ich keine Ahnung. Hatte nie welche. Gibt es da etwas, dass du uns gerne mitteilen möchtest?« Er machte eine ausladende Geste mit dem Arm und ließ den Blick durchs Zimmer schweifen, bis er mich entdeckte.

»Hey, Bay!« Er kam auf mich zugerauscht und schlang die Arme um mich, was zu einer etwas unbeholfenen Umarmung führte, bei der er mir die Schulter an die Stirn drückte.

»Hey, Camden.« Ich war jetzt an einem Punkt in meinem Leben angekommen, an dem es nichts Ungewöhnliches war, dass Camden York meinen Namen kannte. Was passierte hier eigentlich? Ich sagte »Hey, Camden«, als wäre es keine große Sache, mit ihm abzuhängen. Meine Hände waren feucht, aber wenigstens trug ich nicht länger diesen albernen Da-steht-ein-Star-vor-mir-Gesichtsausdruck, den ich in der Highschool nicht hatte unterdrücken können.

»Wie schön, dass jemand anderes Maddy beschäftigt hält, damit sie nicht mit der Peitsche hinter uns steht«, flüsterte er, bevor er aufstand. »Und wer ist das?« Lächelnd streckte er Keyton die Hand entgegen.

Seine Muskeln verspannten sich an meinem Rücken.

»Das ist mein …« In Ermangelung eines passenden Begriffs sagte ich einfach: »Keyton. Das ist Keyton. Vielleicht erinnerst du dich noch aus Greenwood an ihn. Aber er ist jetzt hier in L.A., weil er von den Lions gedraftet worden ist.«

Camdens Augen wurden groß, und er schüttelte Keyton schwungvoll die Hand. »Glückwunsch, Mann. Das ist der Wahnsinn.« Er ließ Keytons Hand wieder los, bevor er seine Bierflasche abstellte und sich auf den Kaffeetisch setzte. »Die Saison fängt in einer Woche an, richtig? Welche Position spielst du?«

»Zehn Tage bis zum ersten Vorsaison-Spiel. Ich bin Tight End.« Er entspannte sich ein wenig und schien nicht mehr ganz so nervös wie vorher. Beim Brunch mit der Band hatte ich das gleiche Was-soll-ich-jetzt-machen-Gefühl gehabt. Es hatte eine Weile gedauert, bis ich aufgehört hatte, mich zu fühlen, als würde gleich jemand hereinkommen und mich aus dem Zimmer werfen.

»Ich bin in der Highschool aus dem Team geflogen. Ich hab Center gespielt, aber richtig schlecht. Ich werde in dieser Saison nach dir Ausschau halten.«

Keyton rieb mir wieder mit der Hand über den Rücken. Allerdings schien er das diesmal nicht zu tun, um mich zu beruhigen, sondern sich selbst. »Ich weiß nicht, ob ich in der Startaufstellung spielen werde. Das erfahren wir erst am Ende des Trainingslagers in ein paar Tagen.«

»Viel Glück, Mann.« Camden hielt ihm die Faust hin.

Keyton zögerte kurz, bevor er mit seiner dagegenstieß.

Maddy tippte mit dem Fuß auf den Boden und kniff sich in den Nasenrücken. »Gibt es einen Grund für deine Anwesenheit hier?«

Camden sagte über seine Schulter hinweg zu ihr: »Kann ich dich nicht einfach besuchen kommen?«

Sie musterte ihn mit verengtem Blick.

Er seufzte, schüttelte den Kopf und stand dann vom Tisch

auf. »Könnte sein, dass wir Lockwood verloren haben. Ich habe ihm gesagt, dass wir morgen nach Seattle fliegen, und er ist abgehauen.«

»Und das erzählst du mir erst jetzt?« Sie legte ihr Tablet beiseite und schnappte sich ihr Handy.

»Bay, du kannst gehen. Sei am Samstag um fünf im *Icarus*. Keyton, war wie immer nett, dich zu sehen.« Mit diesen Worten wirbelte sie herum, packte Camden am Arm und schleifte ihn durch die Tür, als würde sie ihn zum Nachsitzen schleppen, obwohl er mindestens zwei Köpfe größer war als sie. Der Grafiker packte sein Zeug zusammen und verschwand mit einem Nicken.

Keyton gähnte neben mir.

Er hatte furchtbar anstrengende Tage hinter sich, und ich war müde, nachdem ich ein paar Stunden auf Fotos gestarrt hatte, auf denen ich mich kaum wiedererkannte.

Ich wollte einfach nur ins Bett. Auch wenn ich wünschte, dass er neben mir liegen würde, musste er zurück in sein Apartment, um sich etwas Ruhe zu gönnen. Ich wusste, dass er hierbleiben würde, so lange ich es wollte, doch nach allem, was er für mich getan hatte, musste ich mich nun auch mal um ihn kümmern.

Also zog ich an dem Ärmel seines Shirts. »Komm, wir bringen dich zurück ins Apartment.«

Er nickte, der schläfrige Ausdruck in seinen Augen war zurück.

Auf dem langsamen stillen Weg waren unsere Finger ineinander verschlungen. Der Wagen, der uns zum Campus bringen würde, wartete bereits. Mit Maddy zusammenzuarbeiten hatte definitiv seine Vorteile.

Auf der Rückbank des Autos lehnte ich den Kopf an seine Schulter und legte unsere Hände in meinem Schoß ab. Als wir aus der überfüllten Hoteleinfahrt gefahren waren, hatte er die Augen bereits geschlossen.

»Komm am Donnerstag zu unserem Übungsspiel«, murmelte er und spähte durch seine dichten Wimpern zu mir herab.

»Ich dachte, du schläfst.«

»Hab nur kurz die Augen ausgeruht.« Sein Griff wurde fester. »Komm zum Übungsspiel am Donnerstag.«

Ich hatte ihm noch nie beim Spielen zugeschaut. Nach all dieser Zeit hatte ich immer nur die Nachwirkungen gesehen, die Schrammen und Prellungen. Vielleicht war ich dem Ganzen deshalb ferngeblieben. Ich hatte nicht das Mädchen sein wollen, das auf der Tribüne saß, sich die Augen zuhielt und bei jedem Tackle aufschrie. »Ist das für Außenstehende erlaubt?«

Er lachte schläfrig. »Was glaubst du, warum so viele Lions-Fans auf dem Campus rumlaufen? Sie dürfen bei den meisten Trainings und Drills zugucken.«

Mein Kopf zuckte nach oben, und ich rutschte auf dem Sitz ein Stück zur Seite. »Warum hast du mir nicht schon früher davon erzählt?«

Nun öffnete er die Augen komplett, und ich konnte einen Ausdruck von Überraschung darin erkennen. »Ich wusste nicht, ob du kommen würdest.«

Mit den Fingern fuhr ich den Umriss der Sehnen auf seinen Händen nach. Damit hatte er nicht unrecht. Wenn er mich in der ersten Woche gefragt hätte, sogar nachdem wir miteinander geschlafen hatten, dann hätte ich ihm gesagt, er könnte sich die Einladung sonst wohin stecken. Das erschien mir alles so lange her.

»Diesmal werde ich kommen.«

Sein verschlafenes Lächeln nahm einen sanften Zug an und wirkte dadurch unendlich süß. Ich konnte gar nicht anders, als ihn zu küssen.

Der Kuss war nicht annähernd so süß wie das Lächeln, doch er fühlte sich genauso gut an. Erst als der Wagen an der Straße in der Nähe des Wohnheims hielt, rückte ich von ihm ab. Meine Lippen kribbelten und schmeckten nach ihm. Und meine Wangen erhitzten sich, als mir wieder einfiel, dass wir nicht wirklich allein gewesen waren, während wir auf der Rückbank des SUVs rumgemacht hatten, als wären wir gerade vom Abschlussball gekommen.

Er hielt mir die Hand hin, um mir aus dem Auto zu helfen, und auf dem Weg zum Wohnheim legte er mir den Arm um die Schulter.

In diesen Moment war die Vergangenheit wie ausgelöscht, als hätten wir uns nie getrennt. Ich hatte meinen Song vor der gesamten Schule gesungen. Wir hatten den Sommer damit verbracht, jede gemeinsame Sekunde auszukosten, bevor wir aufs College mussten. All unsere Freunde waren von uns genervt gewesen, weil wir uns ununterbrochen Nachrichten geschrieben oder telefoniert hatten. Ich war zu seinen Spielen in Kalifornien gegangen und in seinen Ferien zu ihm geflogen, bevor er seinen Traum verwirklicht hatte, gedraftet worden und hierhergezogen war.

Der perfekte Anfang. Die perfekte Geschichte. Die perfekte Liebe.

Ein Teil von mir hasste die Tatsache, dass es sich nicht so abgespielt hatte. Aber nachdem ich meinen Dad so jung verloren hatte, wusste ich, dass das Leben nicht immer auf die Weise verlief, wie wir es geplant hatten oder es uns wünschten.

Im Gebäude angekommen folgten wir dem bekannten Weg zu meinem Zimmer. »Wir haben noch ein bisschen Zeit vor der Ausgangssperre. Sollen wir in dein Apartment gehen? Das habe ich die ganze Zeit über noch gar nicht gesehen.« Wenn ich einen Blick in sein Zimmer werfen könnte – auch wenn es nur zeitlich begrenzt war –, würde es sich anfühlen, als hätte ich das während unserer ganzen College-Zeit nicht verpasst.

Sein Griff an meiner Schulter wurde fester, bevor er den Arm sinken ließ. »Da willst du nicht rein. Knox ist ein extrem unordentlicher Mitbewohner.«

Ich lachte. »So schlimm kann es nicht sein.«

»Ernsthaft, es ist unheimlich, wie schnell er es geschafft hat, das Ganze in einen Saustall zu verwandeln. Wir können in deinem Zimmer abhängen. Wir stehen ja schon davor.« Er zeigte auf die Tür, die sich nur wenige Meter entfernt befand.

Darauf konnte ich nur schwer etwas erwidern. »Ich weiß.« Ich legte die Hände auf seine Brust. »Aber ich würde gerne dein Zimmer sehen.«

Er massierte sich den Nacken und trat zurück. »Und das wirst du auch. Nur nicht heute. Ich muss erst aufräumen und die Sache mit Knox abklären, um sicherzugehen, dass er niemanden dahat. Du kommst trotzdem zu meinem Spiel, oder?«

Ich spähte zu ihm hoch und versuchte einzuschätzen, wie verdächtig das Ganze war. Was hielt er in seinem Zimmer versteckt? Oder war Knox wirklich so furchtbar unordentlich? Der Typ war das menschliche Äquivalent eines Golden Retrievers, also konnte ich mir das definitiv vorstellen. »Natürlich.«

Bei der Art und Weise, wie sich sein Gesicht aufhellte, hätte man nicht gedacht, dass er gerade zugegeben hatte, mich nicht in seinem persönlichen Bereich haben zu wollen. »Ich lass ein Ticket für dich am Abholschalter hinterlegen. Versuch, früh genug da zu sein. Manchmal wird es so voll, dass sie niemanden mehr reinlassen. Sollen wir in dein Zimmer gehen?«

Ja, immer. Natürlich. Diese Worte schossen mir durch den Kopf, doch seine Augenlider machten den Eindruck, als hätten sie ein Workout im Kraftraum hinter sich. Er war vollkommen erschöpft und mit jeder Minute wurde es schlimmer. Ein Wort von mir hätte jedoch gereicht und er wäre sofort dazu bereit, bis zur Ausgangssperre mit mir einen Film zu gucken oder mir beim Gitarrespielen zuzuhören.

Nein, wir würden uns morgen sehen können, nachdem er sich ausgeschlafen hatte. Auch wenn ich mehr Zeit mit ihm verbringen wollte, schien es nötig, dass ich dafür sorgte, dass seine Bedürfnisse an erster Stelle kamen. Denn wenn es um mich ging, dann war er selbst nicht dazu in der Lage. Also musste ich das für ihn übernehmen. »Nein, ruh dich aus. Ich habe heute schon genug von deiner Zeit beansprucht.«

Er legte die Finger an mein Kinn, bevor er an der Seite meines Halses entlangstrich. Die Berührung jagte mir Wellen des Verlangens über den Rücken. »Niemals genug.«

Sanft stemmte ich mich gegen seine Brust und trat lachend zurück. »Ich lasse nicht zu, dass du mich in Versuchung führst. Geh dich ausruhen.«

Er beobachtete, wie ich in meinem Apartment verschwand.

Drinnen lehnte ich den Kopf an die Tür und schloss die Augen.

Der perfekte Anfang. Die perfekte Geschichte. Die perfekte Liebe.

Aber sie gehörte nicht uns. Und egal, wie sehr ich mir dies wünschen mochte, das wäre nicht die Geschichte, die man über uns schreiben würde. Doch so schwierig unsere Geschichte auch war, sie war genau das – unsere.

26

Dare

Um mich herum klirrten Gewichte in einer schiefen Sinfonie aus Schweiß und Entschlossenheit.

Knox schob ein weiteres zwanzig Kilo schweres Gewicht auf die Stange fürs Bankdrücken. »Warum hast du sie nicht hochkommen lassen?«

»Weil ich eine restaurierte Martin-Gitarre auf meinem Tisch liegen habe, die in wenigen Tagen fertig ist.«

»Hast du das nicht gemacht, damit du sie ihr geben kannst?«

»Ja, aber der Zeitpunkt muss stimmen.«

»Und wann wird das sein?«

»Das wird sich zeigen.«

Knox schüttelte den Kopf und wischte sich mit einem Handtuch über das Gesicht, bevor er flüsterte: »Ich kann immer noch nicht glauben, dass du mit *Without Grey* abgehangen hast.«

»Ich habe nicht mit ihnen abgehangen. Es war nur Camden da und selbst das weniger als fünf Minuten.«

»Oh, seht mich an, ich nehm's ganz genau, wenn es um das Thema Abhängen mit Rockstars geht.«

»Wohl eher Pop.«

»Rock. Pop. Taylor Swift. Sie sind trotzdem eine der größten Bands auf dem Planeten und füllen Stadien auf der ganzen Welt.«

Ich holte mir das Fünfunddreißig-Kilo-Gewicht vom Gestell und startete mit meinen Bizeps-Übungen. Meine Muskeln bettelten bereits nach dem Bankdrücken und Kreuzheben um Gnade. »Genau.«

Knox holte sich leichtere Gewichte vom Gestell. »Also bist du eifersüchtig?«

Mein Kopf zuckte nach hinten, wobei ich mir fast den Nacken verrenkte. »Ich bin nicht eifersüchtig.«

»Du machst dir keine Sorgen, dass diese irre reichen Typen, die schon Grammys abgeräumt haben, Musik genauso lieben wie Bay und dieselbe Managerin haben, ein Problem darstellen könnten?« Er hob eine Augenbraue und hob abwechselnd die Hände, in denen er die Hanteln hielt.

Ich legte meine eigenen Gewichte neben der Bank ab und starrte ins Leere, bevor ich mich zu ihm umdrehte. »Sie hat mich als Keyton vorgestellt.« In dem Moment hatte mich ihr Zögern verblüfft, und die Szene spukte mir nach wie vor im Kopf herum, während ich versuchte herauszufinden, was das für mich und sie bedeutete.

Er machte mit seitlichen Hebe-Übungen weiter. »Soll das heißen, du willst nicht mehr so genannt werden? Oder hast du deinen Namen jetzt spontan in ein Symbol oder Delfinlaute abändern lassen?«

Lachend rieb er sich mit dem Handtuch über das Gesicht und ließ die Arme sinken, bevor er sich neben mich setzte. »Warum hat dich das so aus dem Takt gebracht? Es läuft doch gerade ganz gut zwischen euch. Ich schätze, was ich zur ihr gesagt habe, hat geholfen.«

»Was meinst du?« Dass er mit ihr über mich geredet hatte, ließ Frust in mir aufkommen. Und die Tatsache, dass keiner von ihnen mir davon erzählt hatte, machte es noch viel schlimmer.

Er wischte sich mit dem Handtuch über den Nacken und fand die Dachsparren plötzlich wahnsinnig interessant.

»Was hast du zu ihr gesagt?«

»Ich habe nur gesagt, dass sie nicht mit deinen Gefühlen spielen soll. Dass du ein guter Kerl bist und Dinge in deinem Leben brauchst, die echt sind.«

Ich schoss von der Bank hoch. »Was zur Hölle? Warum hast du mit ihr geredet, als wäre sie diejenige, die mit mir Schluss gemacht hat?«

»Genau genommen hat sie das doch auch, oder nicht?« Verwirrt runzelte er die Stirn.

»Nachdem ich die Gitarre ihres Dads zerstört habe. Ich hatte es verdient.«

»Hast du es auch jetzt noch verdient?«

Ich zuckte die Achseln und wischte mir über das Gesicht. »Vielleicht.«

»Warum hat es dich dermaßen aus der Bahn geworfen, dass Bay dich Keyton genannt hat?«

»Sie hat sich unterbrochen. Sie hat ›mein‹ gesagt und dann gezögert, bevor sie Keyton gesagt hat.«

»Bist du sicher, dass sie nicht einfach gesagt hat, du wärst *ihr* Keyton?« Er stützte das Kinn auf die Hände und klimperte mit seinen viel zu verschwitzten Wimpern.

»Nein«, grummelte ich. »Der Typ von *Without Grey* kommt rein und anstatt zu sagen, dass ich ihr Freund bin, sagt sie, dass ich *ich* bin.«

»Bist du ihr Freund?«

Ich massierte mir den Nacken. »Ich weiß es nicht.«

»Scheint mir wie etwas, worüber du nachdenken solltest. Vor allem, weil das Trainingslager in drei Tagen vorbei ist.«

Die tickende Uhr lastete so schwer auf meiner Brust, als wären meinem Spotter beim Bankdrücken die Finger abgerutscht, und die Stange wäre mit voller Wucht auf mir gelandet. Und es war niemand in der Nähe, der sie anheben konnte. »Das sollte ich wohl.«

Hank betrat den Kraftraum, und ich lief sofort zu ihm.

»Hey, Hank. Kann ich dich um was bitten?«

Ich nannte ihm meine Bitte, kurz und auf den Punkt gebracht. Nachdem ich alles gefühlt in einem Atemzug herausgebracht hatte, trat ich von einem Bein aufs andere.

Hank verengte den Blick, ließ jedoch die Arme sinken, die vorher verschränkt gewesen waren, bevor er sie hochwarf. »Wenn es dir hilft, den Kopf aus dem Sand zu bekommen, dann lasse ich dir ein Tutu mit deinem Namen drauf anfertigen. Lass mich sehen, was ich so kurzfristig noch auf die Beine stellen kann.«

»Danke.«

»Dank mir, indem du dir beim Spiel am Donnerstag den Arsch aufreißt.«

»Das werde ich.«

Er nickte, wirkte allerdings immer noch ziemlich skeptisch.

Ich joggte zu Knox zurück und nahm meine Gewichte wieder auf.

»Und du willst mir jetzt nicht verraten, was es damit gerade auf sich hatte?« Er starrte mich mit schief gelegtem Kopf an.

»Nein.« Wir beendeten unser Workout, und der Kraftraum leerte sich, nachdem die Konditionstrainer alle entlassen hatten. Knox und ich waren die Letzten, daher war es in der Umkleide leiser als normalerweise. Wenigstens etwas nach diesem verwirrenden Morgen.

Als Nächstes standen Teammeetings an, die den restlichen Vormittag in Anspruch nahmen. Ich hatte gedacht, die Meetings an der Fulton U wären anstrengend gewesen, doch diese waren auf einem ganz anderen Level. Wir analysierten jeden einzelnen Aspekt unseres Teams und jedes anderen Teams, gegen das wir in dieser Saison spielen würden, bis ins kleinste Detail.

Nachdem ich beim letzten Teammeeting eingenickt war, hetzten wir zum Mittagessen und dann wieder zurück in die Umkleide für das Nachmittagstraining.

Ich konnte mich nicht davon abhalten, auf die Tribünen zu gucken. Allerdings gelang es mir, mich besser zu konzentrieren, als die letzten Male, bei denen mein Dad am Feldrand herumgelungert hatte. Bald würde jemand anderes dort sitzen. Jemand, der es verdient hatte, dort zu sitzen.

Ich fing die Pässe mit solider Präzision und nicht zu nah am Körper, während ich für den Touchdown über das Feld sprintete. Niemand jubelte mir dafür zu. Ich warf dem Personal an der Seitenlinie den Ball zu und kehrte zur Formation zurück.

Seit der Begegnung mit meinem Dad hatte es keine Nachrichten von unbekannten Nummern mehr gegeben, die ich hatte blockieren müssen. Und niemand rief mir einen anderen Namen als Keyton zu. Vielleicht war ich zu ihm durchgedrungen. Oder er war wieder in den Suff abgedriftet und würde eine Weile brauchen, bis er sich erneut blicken ließ. Das nächste Mal würde ich darauf vorbereitet sein.

Jedenfalls hoffte ich das.

Ich joggte vom Feld und leerte eine halbe Flasche Wasser.

Vinces Blick war sengend heiß, doch nach dem letzten Spielzug kam es mir vor, als hätte ich arschlochabweisende Sonnenmilch aufgetragen. Er hatte einen seiner Pässe nicht gefangen, während ich meine alle erwischt hatte.

Ich senkte den Kopf, keuchte und schnappte mir mein Wasser, von dem ich mehr auf meinem Gesicht verteilte, als in meinem Mund landete. Die eiskalte Flüssigkeit lief mir den Hals und die Brust hinab, während ich versuchte, wieder zu Atem zu kommen. Ich wartete auf Knox und trank den Rest des Wassers in gierigen Schlucken aus.

Wenn man mich tot auffinden sollte, weil ich in meinem Helm ertrunken war, würde mich das nicht wundern. Ich füllte meine Flasche erneut auf und zog mir den Helm vom Kopf, bevor ich mir einen weiteren Schwall über den Kopf goss und ihn wieder aufsetzte.

Auf dem Feld wurden die Spielzüge in Sekundenschnelle durchgezogen und endlich war Knox an der Reihe.

Er durchlief seinen Spielzug, schlitterte hinter dem Pass her, schaffte es allerdings mit dem Ball an die Brust gedrückt wieder zurück auf seine Laufbahn und trug ihn für einen Touchdown nach vorn, bevor er ihn jemandem an der Seitenlinie zuwarf.

Obwohl seine Facemask sein Gesicht halb verdeckte, konnte ich sein Grinsen erkennen.

Meine Brust schwoll vor Stolz an. Er hatte es gerockt und allen gezeigt, was jemand leisten konnte, der in der vierten Runde gedraftet worden war. Sollte es am Ende so ausgehen, wie er befürchtete – wie wir beide befürchteten –, konnte er zumindest mit der Gewissheit vom Feld gehen, dass er es allen gezeigt hatte.

Die Nächsten betraten das Spielfeld und nahmen ihre Position an der Line of Scrimmage ein.

Knox stürmte auf mich zu und rannte mich beinahe um. Dann packte er mich an den Armen und schüttelte mich. »Hast du das gesehen?« Er riss sich die Handschuhe von den Händen.

»Ja, verdammt, das habe ich. Und die Coaches auch.« Ich stieß meinen Helm an seinen.

»Keyton!«, brüllte Hank vom anderen Ende der Seitenlinie.

Ich zuckte erschrocken zusammen und während ich zu ihm hinüberjoggte, schoss das Adrenalin wieder durch meinen gesamten Körper. Wenn man von einem Coach aufgerufen wurde, konnte das nur einen von zwei Gründen haben. Und ich war nicht arrogant genug zu glauben, dass es etwas Gutes bedeuten würde. Ich zerbrach mir den Kopf darüber, wo ich Mist gebaut hatte oder bei einem Spielzug zu langsam gewesen war.

Hinter mir legte Knox die Hände trichterförmig um den Mund, bevor er mir nachrief. »Zeig's ihnen.«

Zahlreiche Leute schauten zu uns herüber, als ich bei Hank ankam. »Coach?«

»Hast du noch genug Energie für einen Gauntlet Drill?«

Ich schluckte schwer, da plötzlich sämtliche Flüssigkeit aus meinem Mund verschwunden zu sein schien. »Absolut.«

»Du hast gut gespielt. Zeig allen, was du draufhast.«

»Wird gemacht.« Nickend zog ich meine Handschuhe aus dem Bund meiner Hose und nahm meinen Platz an der mit Kreide markierten Seitenlinie ein.

Ein Pfiff und ich machte mich bereit. Noch ein Pfiff und ich drehte mich blitzschnell um hundertachtzig Grad und fing den Pass, bevor meine Augen den Wurf überhaupt registriert hatten.

Sofort wirbelte ich herum und wiederholte den Fang auf der anderen Seite, bevor ich an der 50-Yard-Linie entlangrannte, die nächsten vier Pässe fing und alle bis auf den Letzten wieder fallen ließ. Diesen hielt ich fest und sprintete damit dreißig Yards das Feld hinunter durch die Hütchen.

Jemand rief eine Zeit aus und an der Seitenlinie wurde gejubelt, gepfiffen und mehr als nur ein »Heilige Scheiße« ausgestoßen.

Ich warf dem Personal an der Seitenlinie den Ball zu und joggte wieder zurück zu Knox.

Hank und einige der anderen Coaches hatten die Köpfe zusammengesteckt, doch er nickte kurz in meine Richtung.

Ich schluckte, doch meine Kehle war so trocken, dass ich einen ganzen Wasserspender voll mit Gatorade gebraucht hätte, um wieder sprechen zu können. Der Stein in meinem Magen hatte sich in Beton verwandelt. Dies war zwar meine beste Zeit gewesen, doch würde das reichen?

Während wir darauf warteten, dass die Coaches ihre Besprechung beendeten, grinste Knox noch breiter als nach seinem Spielzug. Vielleicht deshalb, weil er nicht mehr außer Puste und kurz vorm Zusammenbruch war, aber sicher auch deshalb, weil es genau das war, was beste Freunde eben taten. Sie freuten sich über deinen Erfolg – womöglich sogar mehr als du selbst.

Und er war mein bester Freund, auch wenn ich das für eine Weile vergessen hatte.

»Vielleicht werden wir beide doch nicht nach Hause geschickt.«

Der Chefcoach stand mit dem Rest der Coaches und dem Betreuungspersonal auf dem Feld und wartete, bis wir uns alle um sie herum versammelt hatten. »Am Donnerstag findet unser Übungsspiel statt. Das ist eure Gelegenheit, einen Platz zu ergattern, in der Spielerliste aufzusteigen oder eure Taschen packen zu müssen. Das erste Spiel der Vorsaison findet in weniger als einer Woche statt und dafür muss das Team laufen wie eine gut geölte Maschine. Veteranen, werdet jetzt nicht zu bequem, und Neulinge, seid nicht zu arrogant. Holt euch alle was zu essen, entspannt euch und schlaft euch aus. Ihr seid kurz davor, eins der wichtigsten Spiele eures Lebens zu spielen.«

Meine Kehle hatte sich zugeschnürt, aber ich schluckte und versuchte, die Angst davor abzuschütteln, dass einige wenige Minuten die Richtung meiner Karriere bestimmen würden. Wenn ich es nicht schaffte, würde ich so gut wie keine Chancen mehr haben. Als Spieler, der erst in der dritten Runde gedraftet worden war, ohne Vertrag dazustehen, nachdem man es im Trainingslager nicht geschafft hatte, würde bedeuten, dass sich niemand um mich reißen würde. Diese Ängste vergrub ich allerdings tief in meinem Inneren. Heute hatte ich beim Gauntlet Drill meine absolut beste Zeit erzielt. Ich hatte alle Pässe gefangen und meine Blocks ausgeführt. Hank, der beim Rest der Assistenztrainer der Offense gestanden hatte, hatte mich zu der Seitenlinie gerufen, um mir zu sagen, was sie heute von meiner Leistung gehalten hatten. Beim Spiel würde ich eine Stunde haben, um allen zu zeigen, dass das kein Zufall gewesen war und ich meinen Platz im Team verdient hatte. Eine Stunde.

Alle schnappten sich ihre Ausrüstung und schlossen sich der Kolonne verschwitzter, erschöpfter Typen an, die den Tunnel entlangtrottete.

In der Umkleide schälte ich mich aus meinem Trikot, den gepolsterten Shorts und den Pads, bevor ich duschen ging.

Als ich endlich nicht mehr roch, als hätte ich eine Woche lang einen Hundeschlitten durchs Death Valley geschleppt, kehrte ich zu meinem Spind zurück. An der Stange unter dem Holzregal hing genau das, was ich brauchte.

Hank hatte sein Versprechen gehalten.

»Cool, bekomme ich auch eins?« Knox stellte sich mit einem Handtuch um die Taille neben mich und holte seine Klamotten aus der Tasche.

»Besorg dir selbst eins.« Ich legte es zusammen und verstaute es in meiner Tasche.

Einer der Assistenztrainer kam mit seinem Tablet unterm Arm herein.

Alle hielten inne und warteten. »Vergesst nicht das Konzert am Donnerstag. Für einige von euch«, er blickte sich gezielt um und einige erleichterte Seufzer waren zu hören, »werden das die letzten Freigetränke sein, die das Team euch spendiert. Und bitte, um Gottes willen, gebt euch Mühe, eure Handtücher und Ausrüstung zur Reinigung in die Körbe zu werfen. Die Leute vom Betreuungspersonal sind keine Babysitter oder Erzieher, die euch den Hintern abwischen.«

Das Abendessen war ruhiger als sonst. Die Luft war erfüllt von Spekulationen darüber, was das Schicksal für uns bereithalten mochte. Das Trainingslager war fast vorbei. Nun würden unsere Profikarrieren beginnen oder ein vorzeitiges Ende finden. Ich war zu einem Neuanfang bereit, der noch heller strahlte, als ich mir je hatte vorstellen können.

Der Einzige, der nicht so aussah, als würde er gleich die drei Hühnerfilets ausspucken, die er gegessen hatte, war Reid. »Es sind nur zwei Quarterbacks anwesend.« Er zog den Kopf ein und schob Knox einen Cookie zu. »Ich will ja nicht arrogant klingen, aber unser QB hat letztes Jahr ständig Verletzungen gehabt. Egal ob Startaufstellung, erster oder zweiter Ersatz – ich sehe keinen Grund, warum sie mich rauswerfen sollten.«

Knox spießte seinen gedämpften Brokkoli mit der Gabel auf. »Und lass uns den Granatwerfer nicht vergessen, den du Arm nennst, und bei jedem Training vorgeführt hast.«

»Der ist einen Scheiß wert, wenn es keine Receiver gibt, um die Granaten zu fangen.«

»Deine fehlende ›Ohne mich läuft hier nichts‹-Einstellung führt gerade dazu, dass ich dich ein bisschen hasse.« Knox schob sich das Stückchen Gemüse in den Mund.

Reid lachte. »Nacht, Gentlemen. Ich muss noch einen Anruf machen.« Er schob seinen Stuhl an den Tisch und ging.

»Gehst du aufs Zimmer oder zu Bay?« Gähnend schob Knox seinen Stuhl nach hinten.

»Zu Bay. Aber ich bin rechtzeitig wieder zurück. Sie hat mir verboten, mich nach der Ausgangssperre noch rauszuschleichen.«

»Na endlich gibt es jemanden, der dir Vernunft einbläut.« Er grummelte und bewegte sich auf die Tür zu. »Kommst du?«

Ich stemmte mich stöhnend vom Stuhl hoch. Meine Muskeln schrien nach Erlösung. Vielleicht hätte ich das Eisbad doch nutzen sollen, aber ich hatte es eilig gehabt, zum Abendbrot zu gelangen.

Wir kehrten zum Wohnheim zurück. Ich musste mich davon abhalten, die ganze Zeit über meine Schulter zu blickten. Es war schwer zu sagen, ob es besser war, wenn mein Dad im Hintergrund herumlungerte oder wenn er einfach auftauchte, wann er wollte.

Im Gebäude entdeckten wir Bay, die gerade aus dem Büro des Direktors kam, als wir daran vorbeigingen. Ihre Augen fingen an zu strahlen, und ich wurde mit einem süßen Lächeln beschenkt, das meinen Herzschlag beschleunigte.

Knox packte und drückte sie so fest an seine Brust, dass er mich ein wenig an einen Grizzlybären erinnerte, der versuchte, einen Menschen zu zerquetschen. »Danke, dass du ihn vor sich selbst beschützt.«

Er ließ sie los und hielt sie an der Schulter fest, als sie wankte.

»Was genau habe ich denn getan?« Ihre Augenbrauen zogen sich zusammen, und sie schaute von mir zu Knox.

»Nichts, er wollte gerade gehen.« Ich schob ihn beiseite und nahm Bays Hand.

Während Knox rückwärts den Flur in Richtung Aufzug entlangging, gab er schmatzende Kussgeräusche von sich.

»Fertig für heute?« Sie hüpfte bei jedem Schritt ein bisschen und lächelte mich so süß an, dass ich sie am liebsten auf die nächstbeste freie Oberfläche gedrückt und ihr gezeigt hätte, wie schwer es für mich gewesen war, fast zwanzig Stunden von ihr getrennt zu sein.

»Ja, und ich hab was für dich.«

27

Bay

Auf dem Weg zum Campus-Stadion musste ich Leuten aus dem Weg gehen, die zu mehreren nebeneinander hergingen. Den ganzen Vormittag über hatte ich damit verbracht, mich um einen Notfall nach dem anderen zu kümmern, darunter sogar ein waschechter Brand – wenn auch nur ein kleiner. Aber immerhin hatte ich jetzt mal einen Feuerlöscher benutzen können. Weniger fantastisch war allerdings die Evakuierung und der dicke Stapel an Papierkram, den ich anschließend hatte ausfüllen müssen. Aber ich war nur knapp zu spät.

Zusätzlich hatte es einen Vorfall im Postraum gegeben. Wieder einmal hatte Vince neunhundert Pakete bestellt, als wäre das Trainingslager nicht in weniger als einer Woche vorbei. Aber als einer der Mitarbeiter aus den unteren Semestern mir gezeigt hatte, was sich in einem der Pakete befand, war mir das Herz fast stehen geblieben.

Ich würde Felicia fragen müssen, wie wir mit einer Situation umzugehen hatten, bei der es um illegale Drogen ging. Ich wollte nicht, dass jemand von uns dafür Ärger bekam. Doch in diesem Augenblick musste ich mich auf etwas anderes konzentrieren. Das Stadion kam vor mir in Sicht.

Meine Sneakers erzeugten ein lautes Klatschen, während ich den Gehweg entlanghetzte.

Vereinzelte Gruppen standen neben den Drehkreuzen am Eingang.

Aus dem Stadion dröhnte Musik und der Jubel der Menschenmenge.

Mist, ich war zu spät.

Hastig zog ich mir das Trikot über und lief zum Abholschalter. Der dicke Stoff, der nicht gerade für kalifornische Sommer gemacht war, klebte mir am Körper.

Ich klammerte mich am Rand des Tresens fest und versuchte, einen zusammenhängenden Satz herauszubekommen, ohne dabei zu klingen, als würde mir jemand auf der Brust sitzen. Schweiß rann mir das Gesicht und den Nacken hinunter. Keuchend schrie ich in die Gegensprechanlage in der Mitte der Fensterscheibe: »Bay! Tickets für Bay Bishop.«

Der Typ im Lions-Aufzug hinter der Scheibe schrak hoch und starrte mich mit einer Mischung aus Angst und Verwirrung an.

Ich beugte mich näher zur Sprechanlage und räusperte mich.

»Ich bin wegen des Übungsspiels hier. Es sollte ein Ticket für Bay Bishop hinterlegt sein.«

Er presste die Lippen zu einer missbilligenden Linie zusammen. »Ich brauche den Namen des Spielers.«

Eine Sekunde lang erstarrte ich, bevor ich »Keyton« ausstieß.

Er drehte sich zur Seite und blätterte in einer Box Karteikarten durch, auf denen Namen standen.

»Hier, bitte. Es gibt einen Bereich für Familie und Freunde. Die Mitarbeiter am Eingang werden Ihnen den Weg zeigen, sobald Sie drinnen sind.« Er schob das Ticket und den Ausweis, der an einem knallblauen Schlüsselband befestigt war, durch den Schlitz unter der Glasscheibe.

»Danke.« Ich griff danach und flitzte zum torbogenförmigen Eingang des Stadions.

Hinter einem Typen, der versuchte, sich allein mit Charme und Redegewandtheit einen Weg ins Stadion zu erschleichen, wedelte ich mit meinem Ticket, um die Aufmerksamkeit des Mitarbeiters zu erlangen.

Dem grimmigen Zug um seinen Mund nach zu urteilen war er mehr als froh darüber, mich durchzuwinken. Musik dröhnte aus den Lautsprechern und schallte durch den Tunnel, der ins Stadion führte.

Als ich vor dem Kerl zum Stehen kam, blickte er auf mein Ticket und das Schlüsselband, das ich mir um den Hals gehangen hatte. »Ehefrauen, Verlobte und Freundinnen sind ganz links …«

Wenn ich Pech hatte, würde man mich am Ende noch aus dem Bereich für Ehefrauen und Freundinnen werfen und mich zwingen, vor aller Augen zu der Reihe zu laufen, die für Freunde vorgesehen war. »Oh, ich bin nicht …«

»Auch gut, One-Night-Stands, Sex-Freundinnen, Stiefgeschwister, die sich viel zu nahestehen. Wie auch immer du es nennen möchtest – ganz links.« Er scannte mein Ticket und gab es mir zurück, wobei er wirkte, als hätte er an einem Tag mit vierundzwanzig Stunden bereits sechsunddreißig davon gearbeitet.

»Danke«, murmelte ich, trat ein und schirmte meine Augen gegen die Sonne ab. Wenn man bedachte, dass Keyton im letzten Monat zweimal täglich in dieser Hitze trainiert hatte, dann grenzte es eigentlich an ein Wunder, dass er überhaupt noch Energie übrig hatte.

Ich schuldete ihm etwas. Mehr als nur etwas. Mir war nicht entgangen, dass sich unsere Rollen vertauscht hatten. Meinem Traum so nahe zu sein ließ die rasiermesserscharfen Kanten der Vergangenheit weicher erscheinen.

Oben auf der Betontreppe hielt ich nach dem mir zugewiesenen Bereich Ausschau. Auf meinem Ticket stand weder Reihe noch Sitznummer.

Einer der Platzanweiser entdeckte mich mit meinem neonblauen Schlüsselband und winkte mich die Treppe herunter, bevor er auf den einzigen Anschnitt zeigte, wo jemand saß. Nicht, dass der Rest leer gewesen wäre, aber dies war der einzige Bereich, in dem niemand stand.

Mit jedem Schritt stieg mein Nervositäts-Thermometer weiter in die Höhe. Es fühlte sich so an, als würde ich wieder die Cafeteria in Greenwood betreten. Nur hatte ich diesmal nicht Piper an meiner Seite.

Dort saßen Frauen, die aussahen, als hätten sie sich auf den roten Teppich vorbereitet statt auf mehrere Stunden in der prallen Sonne. Gemachte Haare und volles Make-up waren nicht gerade meine Vorstellung vom passenden Dresscode für ein Footballspiel, aber was wusste ich schon?

Als ich aufs Feld hinausblickte, traf es mich wie aus dem Nichts. Das war mein allererstes Footballspiel. Ich hatte Keyton noch nie spielen sehen. Ich stieg die Treppe zwischen den Sitzreihen hinauf und hätte mich eigentlich lieber auf die Stufen gesetzt, als zu versuchen, mich in eine Reihe zu quetschen, in der es am anderen Ende noch ein paar freie Plätze gab.

Das hatte mir gerade noch gefehlt, eine Schar von Frauen, die der Meinung waren, dass ihre Handtaschen einen eigenen Sitzplatz brauchten. Jetzt war das Highschool-Gefühl mit voller Wucht zurück. Das war genau der Grund, warum ich in der Highschool nicht gewollt hatte, dass jemand von uns wusste. Und warum ich nicht einmal auf die Idee gekommen wäre, zu einem Spiel zu erscheinen.

Als ich einen Platz fand, der nur zwei Sitze vom Gang entfernt war, tippte ich der Frau am Rand auf die Schulter. »Ist da noch frei?«

Sie sah lächelnd zu mir auf. Ihr Gesicht war weicher und erschien mir weniger künstlich als die der Frauen weiter vorne.

»Sicher doch. Rutsch durch.« Sie stand auf, genau wie die Frau neben ihr.

Sie stellten sich mir vor. Zuerst nannten sie den Spielernamen, dann ihren eigenen – Bella und Nicole. Ihre Freunde waren Veteranen im Team, die ihre zweite und dritte Saison spielten.

Meine Unerfahrenheit wurde mit jeder Frage deutlicher, die ich mich zu stellen gezwungen fühlte, damit ich nichts Wichtiges vom Spiel verpasste. Aber ich wollte am Ende nicht wie eine Idiotin dastehen, wenn Keyton mich im Anschluss fragte, was ich davon hielt.

»Mach dir keine Sorgen wegen der Regeln. Für dieses Spiel sind sie nicht wichtig, da alle eigentlich zum selben Team gehören.« Bella richtete den Kragen ihres Trikots.

Musik dröhnte durch das Stadion. Menschen wedelten mit Flaggen, stellten ihre bemalten Bäuche zur Schau und bildeten Sprechchöre. Die Atmosphäre war so aufgeladen wie vor einer Musikshow. Auf beiden Seiten des Spielfeldes waren riesige Bildschirme angebracht, die die wilde Aufregung der Fans auf den Tribünen zeigten.

Nicole spielte an ihrem Zopf herum. »Ich verstehe immer noch nicht, wie es möglich ist, dass du noch nie bei einem Spiel dabei warst.«

Ich zog an meinem Schlüsselband. »Keyton und ich sind noch frisch. Ich hatte vorher einfach nie Gelegenheit dazu.«

Die beiden wechselten einen vielsagenden Blick. Dann beugte Nicole sich mit einem Lächeln vor. »Du musst auf Verdammt-schwer-zu-haben machen, wenn er dir hierfür Tickets gegeben hat.«

Meine Wangen wurden warm, und ich stotterte etwas Unzusammenhängendes. Man konnte es wohl nicht gerade schwer zu haben nennen, wenn man daran dachte, wie ich in der ersten Woche des Trainingslagers über ihn hergefallen war. »So ist das nicht. Wir kennen uns schon lange, sind uns aber erst vor Kurzem wiederbegegnet.«

Erneut musterten mich die beiden mit einem wissenden Ausdruck auf dem Gesicht. Großartig, jetzt dachten sie, dass ich nur hinter seinem Geld her war und deshalb vor seiner Tür aufgetaucht war, sobald er gedraftet worden war.

Glücklicherweise oder unglücklicherweise – je nachdem, ob ich nun zu den Frauen gezählt werden wollte, die ihren Ruhm von einem Spieler abhängig machten – wurde ich dadurch gerettet, dass der polternde Bass der Lautsprecher nachließ und ein Ansager ins Mikrofon schrie, um die Menge noch mehr anzustacheln. Er ging die Startaufstellung der beiden Teams durch – eins trug das Marineblau der Lions, das andere das Silber.

»Als Nächstes haben wir für Silber die Nummer 33, Darren Keyton.« Der Ansager knurrte die letzte Silbe seines Namens und listete seine Erfolge auf.

Ich klatschte und hielt mir die Hände trichterförmig vor den Mund, um zu jubeln. Als er aufs Feld joggte und den Tribünen zuwinkte, war ich wahnsinnig stolz.

Also stand ich auf und wedelte wild mit den Armen – eine Sekunde später hörte er auf, die Menge nach mir abzusuchen, und grinste mich stattdessen an. Selbst unter dem Helm und der Facemask konnte ich das strahlende, sonnige Lächeln wahrnehmen, das nur für mich bestimmt war.

Die Kameras an den Seitenlinien schweiften über unseren Bereich, und wir wurden auf die gigantischen Bildschirme projiziert. Ein Schriftzug identifizierte uns als »Ehefrauen und Freundinnen der Spieler«. Bei einigen der Frauen der

Veteranen wurde ihr Name unter ihrem lächelnden Gesicht eingeblendet, immer nach dem gleichen Schema: #12 Jeremy Richardson – Amy Richardson – Ehefrau.

In meiner Brust bildete sich ein Knoten. Ich musterte die Frauen um mich herum aus dem Augenwinkel; alle lächelten, winkten und riefen die jeweilige Spielernummer ihres Partners.

Ich fühlte mich wie eine Betrügerin, eine Hochstaplerin, die sich in die Gruppe eingeschlichen hatte und jeden Augenblick entlarvt werden würde. Oder schlimmer noch – das würde nicht passieren, und ich würde im Rest der Leute untergehen, deren Name lediglich eine Fußnote war. Die Kamera schwenkte wieder zurück aufs Feld und der Knoten löste sich etwas.

Ein ähnliches Gefühl wie auf der Bühne stieg in mir hoch, im Scheinwerferlicht hatte ich jedoch wenigstens meine Gitarre und meine Songs, die ich wie einen Schild aus meinen eigenen Emotionen schützend vor mich halten konnte. Es handelte sich zwar um meine Texte und meine Musik, doch auch wenn ich sie tief im Inneren spürte, konnte ich so tun, als wäre ich nicht ich, wenn ich auf der Bühne stand. Das war eine andere Version von mir.

Draußen auf dem Spielfeld handelte es sich immer um Keyton. Nur er befand sich da unten, ganz ohne Fassade.

Die Blaskapelle auf der Tribüne begann zu spielen, und die Teams liefen aufs Feld, wo sie den Schiedsrichter für den Münzwurf an der 50-Yard-Linie trafen. Mit ein wenig Hilfe von Nicole und Bella war ich in der Lage, dem Spiel zu folgen – jedenfalls größtenteils.

Es war kein erbitterter Kampf, da sie genau genommen alle zum selben Team gehörten. Das bedeutete allerdings nicht, dass es keine Momente gab, in denen ich das Gesicht hinter den Händen versteckte und versuchte, das Aufeinanderprallen von Helmen auszublenden.

Keyton blockte Kerle, die es auf den Quarterback abgesehen hatten, und an einem Punkt stand er frei und fing den Ball, den er dann bis in den Bereich zehn Yards vor der Endzone brachte.

Wir waren alle aufgesprungen, einige riefen nach dem Sieg und andere schrien, dass ihn jemand verhindern solle.

In der letzten Hälfte des Spiels holte das silberne Team mit einem Field Goal knapp den Sieg.

Ich sprang mit Bella und Nicole auf und ab; unbändige Freude über Keytons ersten Sieg erfüllte mich, auch wenn dieser nur im Rahmen des Trainingslagers stattgefunden hatte.

Lächelnd, aber froh, dass es vorbei war, verließ ich meinen Platz mit meinen beiden neuen vorübergehenden Freundinnen.

»Bay, wirst du bei den Spielen in einer der Boxen sein oder auf der Tribüne?« Nicoles silbern angemalte Wangen waren rosig und voll.

»Ich weiß nicht, ob ich dabei sein werde.«

Bella sprang eine Stufe herunter, um neben mir zu gehen. »Warum nicht?«

»Wie gesagt, Keyton und ich sind noch frisch, außerdem arbeite ich gerade an meiner Musik.«

Sie hakte sich bei mir unter. »Oh, wie Jasmine. Sie hat gerade ein Album aufgenommen. Und jetzt zwingt sie alle Clubs, in denen sie feiert, es zu spielen.«

Ja, genau wie Jasmine.

Ich nickte einfach. »Ich weiß nicht, wo ich beim Saisonstart sein werde.«

»In unserer Box wirst du immer einen Platz haben, wenn du möchtest.«

Wir warteten im Tunnel. Ihre Männer kamen heraus, drückten sie fest und überschütteten sie mit Küssen.

Dann wurde die Tür aufgestoßen, und Keyton trat hindurch.

Seine Augen leuchteten auf, und er eilte herüber, bevor er mich hochhob und im Kreis wirbelte.

Es hatte keinen Sinn, gegen das Flattern in meinem Bauch anzukämpfen.

Er roch nach frischer Wäsche und Seife. Als er mich abgestellt hatte, küsste er mich. Es war kein Kuss, der einem den Atem raubte und die Knie weich werden ließ, sondern eine süße Berührung, die ein Ziehen in meinem Herz verursachte.

»Großartiges Spiel.«

»Ich bin froh, dass du gekommen bist.« Sein Blick war von einem Staunen erfüllt, das dafür sorgte, dass sich mein Magen überschlug.

»Ich hab doch gesagt, ich würde da sein.«

Er strich mir einige Haarsträhnen hinters Ohr. Dabei kitzelten mich seine Finger am Ohr. »Ja, das hast du.« Er verschränkte die Finger mit meinen, und wir verließen das Gebäude.

Draußen strahlte die Sonne blendend hell. Fans versammelten sich, jubelten und riefen Spielern zu, dass sie für Fotos und Autogramme anhalten sollten.

»Keyton! Keyton! Hammer Blocks da draußen. Freust du dich schon auf die Saison?« Ein Sportreporter befand sich in dem abgesperrten Bereich und hatte gerade sein Interview mit einem der anderen Spieler beendet.

Keyton schaute mich an.

»Geh schon!« Lachend schob ich ihn in Richtung der winzigen Rundfunkstation, die man vor den Fans aufgebaut hatte.

Die nächsten Minuten waren angefüllt mit Begriffen und Sätzen, die ich nicht verstand. Was ich aber verstand, war, wie sehr ihn das Ganze glücklich machte. Er interessierte sich für das, worüber er sprach, und liebte das Spiel, das er spielte.

Nach dem Interview riefen einige Leute hinter der Absperrung seinen Namen. Wieder warf er mir einen Blick zu, und ich scheuchte ihn in ihre Richtung. Er strahlte bei jeder Unterschrift und jedem Foto, bei einigen drehte er sogar noch mehr auf.

Er liebte es, und ich wusste, wie wichtig so was war. Etwas zu finden, das man liebt, brachte so viel Freude ins eigene Leben.

Wir schafften es bis ans Ende der Reihe der wartenden Fans und gingen dann zum Wohnheim.

Ich hielt mich an ihm fest und streichelte seinen Unterarm. Die festen, sehnigen Muskeln glitten unter meinen Fingern entlang.

»Du hast da draußen gut ausgesehen.«

In seinem Blick glänzte Belustigung. »Du hattest keine Ahnung, was auf dem Feld vor sich ging, oder?«

»Ich habe neben ein paar Lions-Fans gesessen, die mir ein bisschen geholfen haben, alles zu verstehen. Aber ich meinte nicht nur auf dem Feld, auch wenn das ziemlich spektakulär war. Ich meinte den Moment eben, als du über das Spiel gesprochen und mit den Fans interagiert hast.«

»Es will mir immer noch nicht in den Kopf, dass jemand mit mir reden will, wo es doch noch so viele andere im Team gibt.«

»Ich kann es ihnen nicht verübeln. Du bist der Heißeste von allen.«

Lachend warf er den Kopf in den Nacken. Auf dem Weg über den Campus erklärte er mir alles, was ich während des Spiels womöglich verpasst haben könnte. Bis zu diesem Zeitpunkt war mir gar nicht bewusst gewesen, wie sehr er dieses Spiel liebte. Dabei ging es nicht nur um seine Fähigkeiten auf dem Spielfeld – er liebte es, Teil eines Teams zu sein. Ich wollte nicht, dass er jemals darauf verzichten musste.

28

Bay

Während ich heiße Schokolade in Tassen goss, kaute ich auf meiner Unterlippe. Ich hatte über eine Lösung nachgedacht, aber bis jetzt war mir nichts eingefallen. »Wir müssen uns was überlegen, wie ich ohne dich singen kann.« Ich zog mir das Haargummi aus den Haaren und band mir den Pferdeschwanz neu, so als würden alle Antworten auf magische Weise erscheinen, sobald ich meine Haare in Ordnung gebracht hatte.

Ich holte die Sprühsahne aus dem Kühlschrank. Da ich meine Klimaanlage kühler als nötig eingestellt hatte und immer alle Zutaten für heiße Schokolade kaufte, hatten wir dieses Beisammensein zu einem Ritual gemacht.

Seine geballten Fäuste lagen auf dem Tisch, und er starrte geradeaus.

»Hey.« Ich versuchte, ihn dazu zu bringen, in meine Richtung zu schauen, doch er reagierte nicht. »Was ist los?«

Ich stellte die Tassen auf den Tisch und setzte mich auf seinen Schoß, bevor ich die Arme um ihn legte. Das Trainingslager war fast vorbei. Seine Sorgen wegen der Saison häuften sich, und ich heulte hier wegen meines Gesangs herum. Das war ein Traum, den ich bereits begraben hatte, bevor er wieder aufgetaucht war. Während Football für ihn praktisch sein Lebensinhalt war, seit er ein Kind gewesen war.

»Das hast du«, erwiderte er und bedachte mich mit einem elendigen Blick. Dann kniff er die Augen zusammen und legte sich die Hände in den Nacken. Sein Bizeps war angespannt, genau wie sein Rücken.

»Was habe ich?« Ich strich mit den Fingerknöcheln über seinen stoppeligen Kiefer.

»Du hast ohne mich gesungen.«

Fast wäre ich von seinem Schoß gefallen, aber mit rasendem Herzen hielt ich mich gerade noch rechtzeitig an der Tischkante fest. »Was? Wann?« Verwirrung, Sorge und Angst breiteten sich schlagartig in mir aus, wenn ich an das Ereignis dachte, das laut seiner Aussage bereits stattgefunden hatte.

»Der Vector Showcase. Ich war spät dran. Als ich aufgetaucht bin, hast du gerade ein Lied zu Ende gesungen und mit dem nächsten angefangen.«

Mein Herz geriet ins Stocken. Ich rutschte nach hinten, als hätte mich eine Windböe mit einer Geschwindigkeit von sechzig Stundenkilometern getroffen. Nachdem ich von seinem Schoß gesprungen war, band ich mir meinen gerade frisch gebundenen Pferdeschwanz erneut und wirbelte zu ihm herum. »Du … Warum hast du mir das nicht erzählt?«

Er beugte sich vor, stützte die Unterarme auf seine Beine und ließ den Kopf hängen. »Ich wusste nicht, was ich sagen sollte.«

»Wie wär's mit: ›Bay, ich war zu spät und du hast es geschafft! Du hast endlich ohne mich gesungen.‹? Das wäre doch ein guter Anfang gewesen.« Jetzt schossen mir Fragen durch den Kopf. Wie hatte ich das geschafft? Würde ich es noch einmal hinbekommen? Warum hatte er es mir nicht erzählt?

»Und was dann?« Er blickte mit schmerzverzerrter Miene zu mir hoch, als würde ihn jemand schlagen und nicht von ihm ablassen.

Und da traf mich die Erkenntnis mit voller Wucht. »Du wolltest nicht, dass ich davon weiß.« Die geflüsterten Worte schienen wie eine Explosion in meinem Kopf nachzuhallen.

Ihm traten Tränen in die Augen, und er wandte den Blick ab. »Wie lange hätte es gedauert, bis ich nicht mehr der Typ gewesen wäre, an den du dich wendest, wenn du Hilfe suchst? Bis du mich nicht mehr brauchen würdest?«

»Wir reden hier über mein Leben. Ich zerbreche mir den Kopf darüber, wie ich es endlich alleine schaffen kann, damit ich deine Karriere und alles, wofür du gearbeitet hast, nicht sabotiere. Ich versuche herauszufinden, wie ich in deiner Nähe bleiben und wenn nötig trotzdem noch in der Saisonpause auftreten kann. Und du hast seit über einer Woche gewusst, dass ich alleine singen kann.«

»Ich wusste, dass es nur eine Frage der Zeit wäre, bis du mich nicht mehr brauchen würdest.«

»Also hast du gelogen.«

Er öffnete den Mund, doch ich schnitt ihm das Wort ab. »Indem du es mir verheimlicht hast. Was wolltest du damit erreichen? Dass ich versage und einfach aufgebe?«

Er trat auf mich zu und legte mir beide Hände auf die Schultern. »Natürlich nicht.« In seinen nachdrücklichen Worten schwang wilde Entschlossenheit mit, die meine kochende Wut besänftigte. »Das ist dein Traum. Du hast schon immer davon gesprochen. Ich wollte, dass du ihn verwirklichst, mich allerdings trotzdem brauchst.« Er senkte den Blick und ließ die Schultern hängen.

Am liebsten hätte ich ihn getröstet. Ihm gut zugeredet. Und ihm ordentlich in den Hintern getreten.

»Und du wolltest eine Beziehung, die darauf aufgebaut ist, dass ich mich fühle, als könnte ich die eine Sache, die ich liebe, nicht ohne dich machen?« Das tat weh. Wir hatten nicht darüber gesprochen, wie unser Leben nach diesem Monat aussehen würde. Doch obwohl ich es Felicia gegenüber abgestritten hatte, wollte ich, dass er Teil meines Lebens war und ich zu seinem gehörte. Tränen traten mir in die Augen, während sich die kalten Finger des Verrats um meine Kehle schlossen.

Mit einer Hand griff er nach meiner und legte die andere an meine Wange, wo die raue Wärme seiner Berührung mich zu besänftigen versuchte. »Ich liebe dich, Bay. Mehr als ich je irgendetwas oder irgendjemanden geliebt habe. Ich liebe dich. Zu einhundert Prozent.« In seinen Worten lag eine verzweifelte Dringlichkeit.

Ich versuchte, mich gegen die Angst in seinen Augen zu wappnen, genau wie gegen die wilde Art, auf die er sich an mich klammerte, als würde eine Trennung von mir ihm einen Schlag verpassen, von dem er sich niemals erholen können würde. »Du hättest es mir erzählen sollen.«

»Und riskieren, dass ich dir nicht mehr von Nutzen wäre? Von Anfang an bist du der Meinung gewesen, dass das zwischen uns nur temporär ist. Du hast nur mit mir gesprochen, weil du mich gebraucht hast oder mit mir schlafen wolltest. Was hätte ich also tun sollen? Die letzte Verbindung zu dir aufgeben und dich gehen lassen?«

Ich wich zurück, weg von seiner Berührung. »Das hätte meine Entscheidung sein sollen.« Meine Stimme brach. »Denkst du, ich verlasse dich, sobald ich dich nicht mehr zum Singen brauche?«

»Sag du es mir.« Dieser kurze Satz triefte vor Niedergeschlagenheit.

Seufzend schlang ich die Arme um mich selbst. Wenn ich tief in mein Inneres blickte, wusste ich, dass er nicht ganz unrecht hatte. »Am Anfang … ja. Ich hätte dich verlassen. Das Risiko, das du für mich dargestellt hast, Keyton … Das wollte ich einfach nicht eingehen. Ich habe gedacht, du wärst jemand, mit dem ich kein weiteres Mal klarkommen würde. Aber jetzt …«

»Aber jetzt?« In seiner Stimme keimte Hoffnung auf.

»Jetzt weiß ich nicht, was ich tun soll. Deine Saison fängt in einer Woche an.« Ich ließ die Schultern hängen. »Ich werde das mit der Musik ausprobieren, und ich habe keine Ahnung, wo ich damit landen werde. Wie sollen wir etwas miteinander anfangen, wenn wir beide uns gerade auf einem Pfad ins Ungewisse befinden und noch versuchen herauszufinden, wer zur Hölle wir eigentlich sind?« Ich setzte mich aufs Bett.

Er nutzte die Gelegenheit, um zu mir herüberzueilen und sich vor mich auf den Boden zu knien. »Das können wir zusammen überlegen. Egal, was passiert, wir können füreinander da sein.«

»Was ist, wenn Maddy eine irre Bustour für mich arrangiert und du innerhalb einer Woche in drei verschiedenen Städten bist?«

Er hob einen Mundwinkel. »Nur eine Stadt pro Woche. Und die Footballsaison läuft neunzehn Wochen lang. Das war's. Wir haben uns vier Jahre lang nicht gesehen, und auch wenn ich nicht noch mal so lange von dir getrennt sein möchte, werden wir sicher ein paar Wochen durchstehen, wenn es sein muss.«

»Und was, wenn du es hasst, immer Zeit für mich finden zu müssen, während ich von einem Gig zum nächsten hetze und mich von Snacks aus Automaten ernähre? Oder was, wenn ich es nicht ertragen kann, dass du so viel unterwegs bist, und ich dabei zusehen muss, wie du auf dem Feld wieder und wieder Treffer einkassierst? Was, wenn wir irgendwann nur noch genervt voneinander sind? Oder uns hassen?«

Die Granate der Angst war gezündet und befand sich kurz vor dem Aufprall.

Keyton stand auf und setzte sich neben mich.

»Das ist unmöglich.«

Ich wandte ihm den Kopf zu. »Wie kannst du da sicher sein?«

Keyton starrte ins Leere. »Er hat mich verabscheut. Er hat mich gehasst. Für alles, was ich ihm genommen habe. Seine Freiheit. Sein Geld. Seine Ehefrau.« Er fuhr sich mit den Fingern über den Mund, als wäre ihm der letzte Teil gegen seinen Willen entschlüpft. »Jedes Mal, wenn er mich angeguckt hat, hat er allein das gesehen, was ich ihm genommen habe.«

Als ich den Schmerz in seiner Stimme hörte, formte sich ein Kloß in meinem Hals, und Wut gegenüber dem Mann, über den er sprach, stieg in mir auf. »Dein Dad.«

Nickend blickte er mich an.

Ich nahm seine Hand und hielt sie fest. Sein Puls hüpfte wild unter meinen Fingern. »Er ist ein kaputtes Stück Scheiße, das nicht mit seinem eigenen Schmerz fertig geworden ist, also hat er ihn an dir ausgelassen. Lass ihn nicht einfach ungeschoren davonkommen, indem du die Verantwortung für seine verkorkste Sicht auf die Welt auf dich lädst.« Ich drückte seine Finger noch fester und lehnte mein Gesicht an seine Wange, wo seine Stoppeln meine Haut streiften. »Nichts davon war deine Schuld.«

Er schnaubte und lehnte den Kopf stärker an meinen. »Vielleicht nicht. Aber es hat ihn nicht daran gehindert, so zu empfinden. Meine Anwesenheit war eine ständige Erinnerung an das, was er verloren hat. Und ich könnte nie so für dich empfinden. Ich könnte dich niemals hassen.« Er hob unsere verschränkten Hände an die Lippen und drückte einen Kuss auf meinen Handrücken. »Ich könnte dir gegenüber nie so etwas fühlen.«

Selbst die Überzeugung in seiner Stimme war nicht genug, um die Sorge in meinem Hinterkopf zu beseitigen, dass das nicht stimmte. Egal, wie sehr er sich verändert hatte, er hatte Greenwood nicht vollkommen hinter sich gelassen. Auch wenn er schnell und weit gelaufen war, hatte ich immer noch vor Augen, wie es in ihm gebrodelt hatte, wenn er Vince begegnet war. Genau wie andere Anzeichen dafür, dass das, von dem er so großen Abstand hatte nehmen wollen, nach wie vor in ihm wohnte.

Seinen Erzählungen nach zu urteilen war er ruhig und ausgeglichen gewesen, seitdem er Greenwood verlassen hatte.

Ich war die Variable.

Als Vince im Postraum mit mir geflirtet hatte, war Keyton bereit gewesen, über den Tresen zu springen und sich auf ihn zu stürzen. Ich hatte die Anspannung in seinem Körper gespürt. Ich war seine Achillesferse.

Ich war die Person, die seine Welt ins Chaos stürzte, und machte es mit dem, was kommen würde, nur noch schlimmer. Reisen, Touren, Auftritte – nichts davon war beständig oder vorhersehbar. Wie lange noch, bis ihm klar werden würde, dass ich der Zünder war, der ihn dazu drängte, jemand zu sein, der er nicht sein wollte? Und würde Keyton mir gegenüber genauso empfinden, wenn ihm das erst einmal bewusst geworden war? Würde er mich eines Tages mit Verbitterung in den Augen ansehen, weil ich ihn seinen Lebenstraum gekostet hatte?

29

Dare

»Und du bist sicher, dass du nicht mitkommen willst?« Bay hielt meine Hand und zog mich spielerisch zur Treppe, die zur Backstage führte.

Die Location war voll mit Leuten – Hunderte von Gästen liefen umher, suchten nach ihren Freunden und nahmen möglichst viel Platz an der Bar ein. Es half nicht gerade, dass eine der Bars komplett vom Team eingenommen worden war, sodass alle anderen sich mit der hinteren Bar begnügen mussten.

Eine Flasche zerbrach, das helle Klirren durchdrang den Lärm der Menge.

Ich hatte Bay geschrieben, als ich bei der Treppe angekommen war, und sie war angerauscht gekommen.

Ihre Augen glitzerten, allerdings nicht wie die Deko in einem Kindergarten, sie schimmerten vielmehr, was vom schwachen Licht unterstrichen wurde. Ihre Lippen waren rosa und ungeschminkt, so als wäre ich genau in dem Moment angekommen, während sie noch zurechtgemacht wurde. Die Wellen in ihren Haaren wirkten perfekt gestylt und hatten einen Touch von »gerade aufgestanden«, wobei ich wusste, dass er nicht von meinen Fingern verursacht worden war.

Sie trug nach wie vor Jeans und T-Shirt, doch mir war klar, dass das nicht lange so bleiben würde. Vermutlich wartete eine ganze Meute von Stylisten darauf, ihre Transformation zu Ende führen zu dürfen.

Ich legte die Finger an ihr Kinn und zog sie an mich, bevor ich eine Hand an ihren unteren Rücken legte.

Sie japste, während sie sich gleichzeitig an mich lehnte.

»Du kannst das. Tu so, als wäre ich nicht da. Du hast es vorher schon mal geschafft.«

»Nur, weil ich dachte, dass du da wärst.« Sie zupfte am obersten Knopf meines Hemds.

»Dann gehe ich raus und beweise dir, dass du es kannst.«

Ihr Griff an meinem Oberarm wurde fester. »Lass uns das nicht riskieren.«

Lächelnd küsste ich sie auf den Mund, während ich darüber nachdachte, ob ich es wagen sollte, ihr zu beweisen, dass sie so viel mehr draufhatte, als sie glaubte. »Hoch mit dir und mach dich fertig, bevor Maddy hier rauskommt und mir dafür in den Hintern tritt, dass ich dich ablenke.«

»Bay!« Ein Ruf schallte durch das Dröhnen der Menge.

»Es wird schon nach dir gerufen«, flüsterte ich an ihren Lippen.

»Eine ganz schöne Piratenparty hast du hier am Laufen.« Die Stimme wurde lauter, kam näher.

Sie lehnte sich zurück und spähte über ihre Schulter. »Spencer! Du bist hier.« Sie ließ mich los und ging um mich herum, um ihren Freund zu umarmen. Den, der sich im Restaurant auf meinen Platz gesetzt hatte. Der sich gerade an sie schmiegte.

Was zur Hölle war eine Piratenparty?

»Wie könnte ich mir das bitte entgehen lassen? Du hast es mir bis zur letzten Minute verheimlicht.« Er drückte ihren Arm mit der Hand.

Während die beiden inmitten eines Menschenmeers diesen intimen Moment teilten, fühlte ich mich wie ein Außenseiter.

Sie senkte den Kopf. »Ich war nicht sicher, ob ich jemanden hier haben will.«

»Danke für die Einladung. Das hättest du nicht tun müssen. Ich weiß …« Er hatte den Mund geöffnet, als wollte er noch mehr sagen.

»Mach dir deswegen keine Gedanken.«

Gedanken worüber? Was hatte er getan? Ich ballte die Hände an den Seiten zu Fäusten.

»Spencer, das ist D… Keyton. Ihr seid euch schon mal begegnet.«

»Das sind wir.« Spencer streckte mir die Hand entgegen.

Dann wurde Bay von hinter dem Vorhang gerufen.

Wenn ich Spencer in diesem Augenblick die Hand geschüttelt hätte, hätte ich ihm garantiert die Finger zerquetscht. Wofür hatte er sich entschuldigen wollen? Welche Verbindung bestand zwischen den beiden?

Bay wandte sich uns wieder zu. Den unangenehmen Moment zwischen Spencer und mir hatte sie verpasst. »Wo ist Cheryl?«

»Sie holt Drinks. Wir sehen uns dann nach deinem Auftritt. Das Getränke-Special endet gleich.«

»Klingt gut.«

Spencer wurde von dem Ozean aus Getränken und Betrunkenen verschluckt, und wir waren wieder allein – so allein, wie wir in einem Saal voller Leute eben sein konnten.

Bay spielte mit ihren Haarspitzen. »Und du bist sicher, dass du nicht mit hinter die Bühne kommen willst?«

»Hör auf, Zeit zu schinden.« Ich drehte sie in meinen Armen um und gab sie frei, bevor ich ihr einen sanften Klaps auf den Hintern verpasste.

Sie schürzte die Lippen, aber ihre Augen lächelten. Die Hand hatte sie immer noch mit meiner verschränkt.

»Wir sehen uns nach der Show. Du schaffst das, Bay.«

Sie ließ den Kopf sinken und strich sich das Haar hinters Ohr. »Du und deine Zuversicht schon wieder.« Ihr Daumen beschrieb einen nervösen kleinen Kreis auf meinem Handrücken.

»Immer, wenn es um dich geht.« Ich drückte ihre Hand.

»Wenn mir jemand vor vier Wochen erzählt hätte, dass wir jetzt hier sein würden, hätte ich ihm gesagt, dass er seinen Kopf untersuchen lassen sollte.« Ihr Grinsen war ansteckend. Ihre Freude darüber, hier zu sein, und zwar gemeinsam mit mir, sorgte dafür, dass ich mich auf eine Art und Weise vollkommen fühlte, die ich nicht missen wollte. Sie ließ meine Hand los und machte einen Schritt in Richtung Backstagebereich.

Der Security-Typ vor dem Backstageeingang bedachte uns mit einem gelangweilten Blick.

»Es war vorherbestimmt.«

Sie strahlte, bevor sie den Blick über die Bühne schweifen ließ. »Scheint so.«

Dann sprang sie wieder von der Stufe, legte beide Hände auf meine Schultern und küsste mich, bevor sie die Treppe hochrannte.

»Hey, Bay.«

Sie war schon halb hinter dem Vorhang verschwunden, spähte jedoch mit einem erwartungsvollen Blick noch einmal dahinter hervor.

Ich leckte mir über die Lippen. »Ich …« Die Worte befanden sich so dicht unter der Oberfläche und waren kurz davor, die Ketten zu sprengen, die ich um sie gewickelt hatte. »Genieß deinen Auftritt.«

Mit einem Daumen nach oben verschwand sie und ich schüttelte angesichts meiner Feigheit den Kopf. Nach der

Show – dann würde ich es ihr sagen. Wenn sie von ihrem Auftritt ganz aufgeputscht war und noch zu sehr in Hochgefühlen schwelgte, um mich auf ihrem Weg zum Ruhm fallen zu lassen.

Kameras waren auf Plattformen aufgebaut und versperrten jedem, der hinter ihnen stand, den Blick. Ich würde sicherstellen müssen, dass wir einen guten Platz ergatterten, damit ich jede Sekunde ihres Auftritts mitbekam.

Nachdem ich meinen Ausweis vorgezeigt hatte, betrat ich den Bereich, der für die Lions abgesperrt worden war. Ich musste mich fast durch das gesamte Team kämpfen, um zu Knox und Reid sowie ein paar anderen Neulingen zu gelangen, die an einem der Stehtische standen, die sich seitlich von der Bühne befanden.

»Die Runde geht auf mich.« Reid schob mir ein Glas zu.

Ich hob es an, meine Hand erstarrte jedoch auf halbem Weg zu meinem Mund. »Sind die Getränke nicht kostenlos?«

Knox und Reid brachen in schallendes Gelächter aus und prosteten sich zu, als hätten sie nur auf diesen Witz gewartet, seitdem ich gegangen war, um Bay zu finden.

»Ja, aber du stellst dich für die nächsten in die Schlange. Wir haben fünfzehn Minuten gebraucht, um die hier zu bekommen.« Knox zeigte auf die anderen drei Gläser auf dem Tisch.

Die Moderatorin begab sich auf die Mitte der Bühne. Sie kam mir vage bekannt vor, wie jemand aus den sozialen Medien oder einer Realityshow. Sie trug schwarze Stiefeletten und ein schimmerndes Kleid, das wie eine Mischung aus Discokugel und Solarpaneelen wirkte.

Einige der Typen um uns herum wurden ganz wild, als hätten sie noch nie zuvor eine hübsche Frau gesehen. Es wurde gepfiffen, lautstark nach ihrer Nummer gefragt und nach Backstagetreffen verlangt.

Bei einigen der Dinge, die gemurmelt – und in einigen Fällen auch gebrüllt – wurden, stellten sich mir die Nackenhaare auf. Ich packte die Tischkante. Ab jetzt würde das so weiterlaufen. Ruhig bleiben und Bay unterstützen. Das waren meine Ziele für den Abend und jede weitere Performance, die sie von jetzt an geben würde.

»Vielen Dank für das herzliche Willkommen. Wir haben heute einen ganz besonderen Abend für euch alle vorbereitet. Es handelt sich um einen speziellen Live-Stream von einigen Nachwuchskünstlern und auch ein paar Acts, von denen ihr vielleicht bereits gehört habt. Außerdem haben wir auch noch die L.A. Lions im Haus, frisch aus dem Trainingslager. Wie geht es euch, Jungs?«

Ein Grölen ertönte um uns herum – die meisten Typen hatten sich eindeutig schon sehr ausgiebig an den Freigetränken bedient, so als würde um Mitternacht eine neue Prohibition eingeführt werden.

Das Betreuungspersonal behielt alle im Blick, vermutlich machten sie sich gleichzeitig Notizen über diejenigen, die während der Saison Probleme machen könnten.

Sich bei einem Teamevent abzuschießen war extrem dämlich. Und ich war nur zu gerne bereit zuzulassen, dass die anderen das auf die harte Tour herausfanden.

Eine Performance ging in die nächste über. Eine Kamera, die an Führungsdrähten an der Decke befestigt war, nahm Bilder von der Menge auf. Es war eine direkte Übertragung und einige Leute holten ihre Handys heraus, um sie mitzuverfolgen. Das würde nicht das einzige Mal sein, dass jemand Aufnahmen von uns sah. Ein Leben im Rampenlicht. Der nervöse Knoten in meinem Magen wurde fester. Tausende von Menschen würden diese Performance sehen; am liebsten hätte ich mich backstage aufgehalten, um noch mehr in ihrer Nähe zu sein. Aber sie musste erkennen, dass sie die Stärke besaß, das Ganze ohne mich zu schaffen. Auch wenn mir das einen Stich versetzte.

Ich umklammerte mein Glas, als die Solar-Disco-Queen Bay aufrief, bevor sie den Arm ausstreckte und sie herbeiwinkte.

Ich duckte mich ein wenig, als würde sie mich in dem Meer aus Gesichtern sehen können. Ich wollte, dass sie das hier ohne mich schaffte, war aber dennoch darauf vorbereitet, mich augenblicklich zum Rand der Bühne vorzukämpfen, wenn sie ins Stocken geraten sollte.

Dann kam sie winkend heraus. Das Schimmern in ihren Augen wurde von ihrem Kleid widergespiegelt. Es reichte ihr etwa bis zur Mitte der Oberschenkel und ihre langen Beine ließen mir das Wasser im Mund zusammenlaufen. Ihr magisches Makeover-Team hatte ganze Arbeit geleistet und dafür gesorgt, dass ihr Outfit und ihre Haare einfach toll aussahen, ohne künstlich zu wirken. Gerade so, als wäre sie mit diesem Look aus dem Bett gerollt. Allerdings wirkte sie trotzdem nicht halb so schön, wie wenn sie neben mir aufwachte oder sich bei einem Actionfilm an mich kuschelte. Oder wenn sie mein Trikot trug.

»Wie geht es euch allen da draußen?«

Drinks wurden gehoben und Rufe ertönten aus der Menge.

»Ich bin hier, um ein paar Songs zu singen, die hoffentlich gut zu euren Drinks passen. Wer reserviert mir ein paar?« Sie sprach mit einer Leichtigkeit ins Mikrofon, die ich vorher noch nicht bei ihr erlebt hatte. Meine Nerven beruhigten sich ein wenig, doch gleichzeitig fühlte ich mich, als würde die Verbindung, die es mir erlaubt hatte, ihr nahe zu sein, sich langsam auflösen. Das Wissen, dass sie mich gebraucht hatte, hatte mir die Sicherheit gegeben, dass ich einen Platz in ihrem Leben hatte, egal, was auch kommen mochte.

»Freut mich zu hören. Ich werde darauf zurückkommen.« Sie lächelte und stellte die Höhe des Mikrofons ein.

Während sie die Augen schloss und tief durchatmete, war es einige Sekunden lang still.

Ein winziger Teil von mir wünschte sich, dass es beim letzten Mal nur ein Glückstreffer gewesen war. Dieser Teil wollte, dass ich angerauscht kommen und ihren Auftritt retten musste. Er wollte, dass sie mich immer noch brauchte.

Als Erstes sang sie einen Coversong: »Since U Been Gone«. Am Anfang des ersten Refrains hatte bereits die Hälfte des Publikums mit eingestimmt. Dieses Mal trafen mich die Worte nicht wie ein Messer. Es fühlte sich an, als würde der Song von jemand anderem handeln, einem ausgedachten Typen, der sie verarscht hatte. Oder als würde sie aus der Sicht einer Freundin singen. Während der Performance starrte sie nicht anklagend in meine Richtung. Stattdessen lächelte sie und animierte die Menge, lauter zu singen. Jetzt ging es allein um ihre Fähigkeit und die Kraft ihrer Stimme.

»Das ist die Karaoke-Braut«, rief jemand hinter mir.

Ich biss die Zähne zusammen, bevor ich einen Schluck von meinem Bier nahm und versuchte, die Funken der Wut zu unterdrücken, die kurz vor der Zündung waren. Karaoke-Braut? Sie hatte einen Namen, verdammt. Sie war ans Mikrofon getreten und hatte ihn laut verkündet. Sie war so verdammt viel mehr als »die Karaoke-Braut«.

Durch den Lions-Bereich ging ein Raunen, als alle bemerkten, dass Bay die Frau war, die in unserer ersten Woche hier gesungen hatte. Als würden sie sie alle kennen, nachdem sie drei Minuten lang sturzbetrunken gesungen hatte.

Sie beendete das erste Lied. »Als Nächstes möchte ich euch einen meiner eigenen Songs vorsingen. Hat jemand hier schon mal eine schreckliche Trennung erlebt, nach der man denkt, dass man nie darüber hinwegkommen wird? Und alles dafür geben würde, die Erinnerungen daran loszuwerden?« Es wurde zustimmend gegrölt.

»Dachte ich mir. Dieses Stück heißt ›Razor‹.«

Mit jeder Zeile schossen die Gefühle an die Oberfläche. Auch wenn ich wusste, dass dies ein Ausschnitt ihrer Gefühle von damals war, hasste ich es, dass ich sie je so hatte empfinden lassen. Irgendwie war es etwas anderes, wenn ich den Text las oder sie ihn in einer Tonkabine sang, als wenn sie das Ganze vor Hunderten von Leuten sang, die sich alle wünschten, dass sie mir in die Eier treten könnten.

Jemand stieß mir gegen den Rücken.

Ich wandte mich um, um die Entschuldigung entgegenzunehmen, und starrte meiner eigenen dunkelsten Erinnerung entgegen. Nur, dass sie als leibhaftige Person vor mir stand.

»Sohn.« Mit nur einem Wort erinnerte ich die nach Whiskey stinkenden Drohungen, die damals stets einer Tracht Prügel vorangegangen waren. »Ich habe jemanden gefunden, der bereit ist, sein Portemonnaie für einen alten Mann zu öffnen. Und er ist nicht mal mein eigen Fleisch und Blut.« Er grinste und sah über seine Schulter, bevor er näher auf mich zuwankte.

Zusammenkrümmen. Schutz suchen. Zurückweichen. In der Menge konnte ich nicht entkommen. Ich stolperte rückwärts und stieß gegen den Tisch. Glas zerschlug auf dem Boden. Meine Brust wurde eng und panische Atemzüge erschwerten mir das Lufthᴏlen.

»Wenigstens einer hier weiß, wie man jemanden behandelt, der aus einer anderen Stadt zu Besuch ist.« Er hob sein Glas in Vinces Richtung.

Das Blut in meinen Adern pulsierte, es kochte und erhitzte meinen ganzen Körper. Die Lunte war gezündet und brannte in Sekundenschnelle in Richtung des Pulverfasses ab.

»Du hast meinen verdammten Vater hergebracht?« Wütend starrte ich über die Schulter meines Dads hinweg und achtete darauf, eine Armlänge Abstand zwischen uns zu behalten.

Menschen stießen mir auf der Suche nach einem Platz an der Bar in den Rücken. Mein Herzschlag beschleunigte sich und der Nebel umhüllte mich.

Vince grinste, als hätte er endlich einen Treffer gelandet, ohne dabei auch nur die Faust ballen zu müssen. »Dein Dad und ich haben ein bisschen geplaudert, nachdem du ihn auf der Straße verprügelt hast.«

»Ich habe nicht mal zu einem Schlag ausgeholt, er hingegen schon. Und er hätte noch um einiges mehr verdient.«

»Ich komme her, um meinen Sohn zu sehen, und so behandelst du mich? Jetzt, wo du ganz groß bist, willst du nichts mehr mit mir zu tun haben? Betty hat mich wegen dir sitzen gelassen.« Er ließ die Hände herabhängen. Er trug ein weißes Polohemd und eine olivgrüne Jacke, die für einen kalifornischen Sommer zu dick war. »Vince hier hat mich in einem netten Hotel einquartiert. Mir ein wenig Geld gegeben. Er weiß, wie man ältere Menschen behandelt.«

Mein Kiefer knackte. Der Kampf-oder-Flucht-Reflex setzte mir schwer zu.

Er war hier. Er war hier aufgetaucht, schwenkte seinen Drink und zerriss sich nur wenige Meter entfernt den Mund über mich.

»So, wie du es verdient hast?« In meinen Adern kochte das Blut, als würde es sich um Lava handeln.

»Du bist mein Sohn.« Er versuchte, mich an der Schulter zu packen.

Ich entging seiner Berührung, indem ich zurückschrak, als hätte jemand einen Schwall Säure nach mir geworfen. Er würde nie wieder Hand an mich legen – nie wieder. Ich behielt mindestens zwei Schritte Abstand zwischen uns. »Das glaubst du doch selbst nicht! Du darfst gar nicht hier sein.«

»Wie soll ich denn nach Hause zurückkommen?« Sein Blick bohrte sich in meinen.

»Ist mir scheißegal. Kriech von mir aus.« Die Worte fühlten sich auf meiner Zunge wie zerbrochenes Glas an. Ich trat zur Seite, weil ich ihm nicht den Rücken zudrehen, aber so schnell wie möglich von hier wegwollte.

»Was ist mit dem, was mir zusteht?«

Ich wirbelte herum, obwohl mein Hirn mir zuschrie, dass ich abhauen sollte. »Was dir zusteht? Was zur Hölle glaubt dein vom Whiskey vernebeltes Hirn denn, was dir zusteht?«

Vince trat neben meinen Dad und legte ihm eine Hand auf die Schulter. »Barry, bei dem, was er verdienen wird, wird er dir gar nichts geben können.«

Sein arrogantes Grinsen spannte die Feder, die in meinem Inneren aufgezogen wurde, nur fester. Ich konnte nicht mal ansatzweise verstehen, wie man so tief sinken konnte. Er hatte dafür gesorgt, dass mein Dad blieb, und hatte ihn hergebracht, weil er wusste, dass Bay und ich hier sein würden. Nur um den Rest seiner Karriere zu bewahren. Er versuchte, mein Leben wegen eines verdammten Spiels zu ruinieren.

Meine Haut brannte, mein Körper schrie, während der Nebel sich an den Rändern meines Sichtfeldes ausbreitete.

»Wenn du erst mal zweiter Ersatzspieler bist, wird deine Braut vielleicht lieber mit jemandem zusammen sein wollen, der in ihrer Liga spielt.« Er grinste breit und boshaft. Es war die Art von Grinsen, bei dem man eigentlich hätte sehen müssen, dass wie bei einem Cartoon Wellen des Gestanks von ihm ausgingen, so niederträchtig wirkte es.

Meine Faust traf auf seinen Schädel. Meine Hand schrie vor Schmerz, doch ich ließ nicht ab. Es war mir scheißegal, ob ich mir die Knöchel brach, solange sein Gesicht zuerst dran war. Der rote Nebel, den ich so lange im Zaum gehalten hatte, flutete mich. Ich bekam einen Tunnelblick und hatte nur noch ein Ziel. Ihn zu zerstören.

Ich ließ all die Schläge auf ihn herabregnen, die mir der Mann, den er mitgebracht hatte, um mich fertigzumachen, in der Vergangenheit verpasst hatte. Vince stand stellvertretend für alles, was sich zu lange in mir angestaut hatte. Und ich explodierte wie ein Pulverfass, das mit Granatsplittern gefüllt war, um so viele Menschen wie möglich auszuschalten.

Ein Schlag traf mich in den Bauch, gleichzeitig erklang ein befriedigendes nasses Geräusch, als ich meine Faust in sein Gesicht rammte. Meine Hand würde nachher höllisch wehtun, er würde allerdings eine Zeit lang ein blaues Auge haben.

Danach nahm ich nichts mehr um mich herum war, abgesehen von meinen Fäusten und seinem Körper.

Hände griffen nach mir, um mich zurückzuziehen, aber ich stieß sie beiseite. Ich steckte Schläge ein und verteilte eigene. Während ich aufgewachsen war, hatte ich eine doppelte Dosis an Schlägen einkassiert – zu Hause und auf dem Spielfeld.

Menschen zogen an mir, und die Stimmen wurden lauter. Dröhnend. Sie schrien mir ins Ohr. Wurden höher, dringlicher. Doch sie riefen nicht nach Dare. Sondern nach Keyton. Und es waren nicht die Jungs. Sondern eine Frau. Sie schnitt durch den erstickenden, giftigen Dunst. Ein Sonnenstrahl inmitten des Nebels der Wut, der mich gefangen hielt.

Mein Arm bewegte sich nicht mehr. Jemand hielt ihn fest. Ich wirbelte herum, und sie starrte mich mit großen Augen an. Die Gitarre hatte sie auf den Rücken geschnallt.

Ich erstarrte, als die Energie aus meinem Arm wich, als hätte jemand den Stecker gezogen. Und genau so, wie der Vorhang vorhin zugezogen worden war, wurde er jetzt wieder zurückgezogen.

Alle starrten mich an. Mein keuchender Atem ließ mich mehr wie ein Tier klingen, kaum noch menschlich. Meine Finger lösten sich von Vinces Shirt, und ich ließ die andere Hand sinken, die bereit gewesen war, ihn mit noch mehr Blut zu bedecken.

Mein Gesicht pochte, und meine Seiten schmerzten.

Alle Blicke waren auf uns gerichtet. Handys und die Konzertkameras ebenfalls. Auf mich gerichtet.

Bay zerrte an mir, zog mich zurück. Und dieses Mal ließ ich sie. Ihre kleine Hand lag auf meinem Arm und erdete mich. Mit Tränen in den Augen starrte sie zu mir hoch.

Eine Explosion in meiner Brust. Der Krater, der zurückblieb, würde wohl nie wieder aufgefüllt werden können.

Kopfschüttelnd sah sie mich an, schniefte und öffnete den Mund, als würde sie nach Worten ringen.

Ich hatte ebenfalls die Fähigkeit verloren, irgendetwas über die Lippen zu bringen.

»Bay …«

»Du bist so was von am Arsch, Grünschnabel.« Vince wischte sich über die blutige Nase. »Und die Kameras haben alles aufgezeichnet. Ich hoffe, du hast es genossen, denn das war der letzte Treffer der Saison für dich.«

Der brodelnde Zorn kochte erneut hoch, und ich drehte mich um, damit ich ihm nicht den Rücken zugewandt hatte. Aber ich behielt den Blick auf Bay gerichtet. Ich streckte die Hand nach ihr aus.

Doch sie schreckte zurück.

Ich starrte auf meine Hand, die blutverschmiert war – wund – und schmerzte.

Sie wandte den Blick ab, und es fühlte sich an, als hätte eine Lanze meine Rippen durchstoßen.

Das hier war das Ende.

30

Bay

Wir saßen auf der Rückbank des Autos. Meine Gitarre lag zwischen uns.

Meine Nasenflügel bebten, und ich blinzelte einige Tränen weg, bevor ich mir übers Gesicht wischte und aus dem Fenster starrte. Ich würde jetzt nicht zusammenbrechen. Ich würde nicht genau hier ausflippen. Das sparte ich mir für später auf, wenn ich alleine war und Zeit hatte, darüber nachzudenken, wie mir der Traum, dem ich so nahe gekommen war, einfach hatte entrinnen können.

»Bay …« Sein Atem bebte vor Elend.

Ich konnte allerdings nicht mit meiner und seiner Zerstörung gleichzeitig fertigwerden. Das Atmen fiel mir schwer, und ich schaffte es kaum, mit dem klarzukommen, was ich gerade verloren hatte. Der Abend war ruiniert, zerstört und in tausend Stücke zerschmettert wie eine filigrane Vase – schon wieder.

Als wir das Wohnheim erreicht hatten, verließen wir das Taxi. Unsere Schuhe scharrten über die Steintreppen und die Industriefliesen. Ich hielt ihn auf, bevor wir den Gang zu meinem Zimmer entlanggingen.

Seine aufgeplatzte Lippe und den blauen Fleck auf seiner Wange zu sehen versetzte mir einen Stich. Ich hasste es, dass dies nicht das erste Mal war, dass er mit so etwas fertigwerden musste.

»Du solltest auf dein Zimmer gehen. Dein Gesicht mit etwas Eis kühlen.«

Er errötete und trat auf mich zu. »Bitte lass mich das alles erklären.«

Ich lehnte die Gitarre hinter mir an die Wand. Die Wut in seinen Augen war mir vorhin nicht entgangen. Es war der gleiche Zorn, den ich gesehen hatte, als er damals in der Highschool vor der Bühne gestanden und mich angestarrt hatte. Dieses Mal war sie nicht gegen mich gerichtet, doch sie war da gewesen. Von der Bühne aus hatte ich beobachten können, wie sich ein Kreis gebildet hatte, wie Flaschen und Gläser zerbrochen waren, während die Leute ihre Handykameras herausgeholt hatten, um das Ganze zu filmen. Selbst die Kameras, die für die Show aufgebaut worden waren, hatten sich die Chance, eine Schlägerei zwischen Profispielern aufzunehmen, nicht entgehen lassen.

All die alten Gefühle kamen wieder hoch, die Angst und der Drang zu fliehen. Diesmal hatte ich versucht, ihn vor sich selbst zu retten, doch es war bereits zu spät gewesen. Die Schläge hatten ihr Ziel gefunden. Die Fingerknöchel waren blutig, der Schaden angerichtet.

Sein Blick folgte meiner Bewegung, und ein schmerzerfüllter Ausdruck legte sich auf sein Gesicht. »Ich würde doch nie …«

»Hast du aber schon mal, Dare.«

Sein Kiefer verspannte sich, und die Blutung an seiner Lippe, die bereits nachgelassen hatte, wurde wieder stärker.

Mist, das war mir so leicht herausgerutscht. Und einfach so waren wir wieder dort, wo alles angefangen hatte. All die Gründe, warum ich ihm hatte fernbleiben wollen, waren mir wieder vor Augen geführt worden. Ich wusste nicht, wie ich es in Ordnung bringen sollte. Ich atmete tief durch, um mich zu beruhigen.

»Keyton. Das hast du schon einmal getan und du erzählst mir die ganze Zeit, dass alles gut wäre und du dich unter Kontrolle hättest. Aber was heute passiert ist, hat gezeigt, dass es nicht so ist.«

Seine Miene wirkte mit einem Mal verschlossen, so als wäre die einzige Möglichkeit, mit all dem klarzukommen, seine Gefühle zu unterdrücken, sie zu zügeln und fest im Griff zu halten. Seine Worte klangen verkrampft und ein wenig mechanisch. »Womit ich zu kämpfen hatte … hätte deine Performance nicht behindern sollen. Es tut mir leid. Ich bin ausgerastet und dafür gibt es keine Entschuldigung. Ich arbeite jeden Tag daran, nicht so ein Monster zu werden wie mein Vater. Die letzten vier Jahre habe ich versucht, der Mann zu sein, der deine Liebe verdient hat. Der die Liebe von irgendjemandem verdient hat.« Tränen schimmerten in seinen Augen, eine Flut aus Schmerz.

Meine harschen Worte an jenem Nachmittag in Greenwood dröhnten mir in den Ohren; Worte, von denen ich vergessen hatte, dass ich sie im Affekt gesagt hatte, mit dem Ziel, ihn zu verletzen. Ich hatte gewollt, dass er sich auch nur halb so schlecht fühlte wie ich, und es hatte funktioniert. Er hatte es die ganze Zeit mit sich herumgetragen. Mich überkam eine Welle von Schuldgefühlen, weil ich so hart zu ihm gewesen war, als er sich ohnehin schon schwer gekränkt gefühlt hatte. Was er getan hatte, war falsch gewesen, so verdammt falsch. Doch dass ihn noch Jahre später Gedanken an meine Worte heimsuchten, war nie meine Absicht gewesen.

»Natürlich hast du das. Ich hätte nie etwas anderes behaupten sollen. Ich war verletzt und wollte dir genauso sehr wehtun, wie du mir wehgetan hast.«

»Ich hatte es verdient.«

Ich kniff die Augen zusammen. Wenn er das damals beim Abschluss zu mir gesagt hätte, dann hätte ich ihm mitgeteilt, dass er das wirklich verdammt noch mal verdient hatte, und sogar noch mehr. Doch jetzt, wo ich wusste, in welcher Situation er zu jener Zeit gesteckt hatte und wie viel er seitdem gewachsen war, war mir klar geworden, dass das nicht stimmte. Allerdings hatte ich keinen Schimmer, wie ich ihn zu der Einsicht bekommen konnte, dass er nicht von jetzt bis in alle Ewigkeit Buße leisten müssen würde.

»Ich weiß, dass ich besser für dich sein kann. Ich kann dieser Mann sein. Wenn ich mit dir zusammen bin, dann *will* ich dieser Mann sein.«

Er hatte so lange versucht, sein Gleichgewicht zu finden, doch dann war ich aufgetaucht und hatte sein ganzes Leben auf mehr als eine Art auf den Kopf gestellt. »Aber vielleicht kann ich nicht diese Frau sein. Du darfst das nicht für mich wollen. Du kannst nicht alles von mir und meinen Wünschen abhängig machen. Es geht hier nicht um mich.« Ich strich mit meiner Hand über seine Wange, und mir brach das Herz aus einem völlig anderen Grund.

Er umklammerte meine Hand, als könnte ich bei einem starken Windzug einfach fortgeweht werden.

»Du musst das für dich selbst in Ordnung bringen. Du musst an dir arbeiten und dir die Hilfe finden, die du brauchst, um deine Wunden zu heilen – für dich. Nicht für mich.«

»Aber ohne dich kann ich das nicht.« Sein Blick bohrte sich in meinen, die Traurigkeit darin wurde von Angst überlagert.

Der Gedanke, sein Ein und Alles zu sein, war angsteinflößend. Ich wusste nicht einmal, wie ich mit meinem eigenen Leben zurechtkommen sollte. Wie sollte ich da mit der Vorstellung umgehen, dass sein Leben von meinem abhing? »Das kannst du. Du hast es schon so weit geschafft. Du hast deinen Traum ohne mich verwirklicht.« In meinem Kopf machte sich Panik darüber breit, wie schnell sich alles veränderte. Wir hatten es doch langsam angehen lassen wollen.

»Nein.« Er senkte den Kopf, ohne den Blickkontakt zu unterbrechen. »Nicht mal annähernd.«

Ich starrte auf die Mitte seiner Brust und bewegte meine Finger in kleinen Kreisen. Der weiche Stoff strich über meine Fingerkuppen. Mein Herzschlag geriet ins Stocken und beschleunigte sich, als hätte ich gerade dreißig Kilometer eines Marathons hinter mir.

Er legte die Hände an meine Wangen. »Ich brauche dich, Bay.« Während er die Finger an meine Haut drückte, wanderten seine Daumen über meinen Kiefer. Er hielt sich an mir fest, als wäre ich eine Boje in dem wilden Sturm, der ihn umgab.

Gerne wäre ich das für ihn gewesen. Sein sicherer Hafen, so wie er meiner gewesen war, als er mir geholfen hatte, meine Stimme wiederzufinden, und damit auch meinen Traum. Er hatte mir einen Teil meiner selbst zurückgegeben, von dem ich geglaubt hatte, dass er für immer verloren war. Ich wischte mir die Tränen von den Wangen, und meine Finger begegneten seinen Daumen.

Ich fürchtete mich davor, dass wir von der Flut unserer Emotionen überrollt werden würden, die zu stark und zu schwer zu ertragen war. Wir würden kentern und ineinander verschlungen auf den Grund des Ozeans sinken.

»Keyton.« Ein scharfer Ausruf riss uns aus der Erstarrung.

Für den Bruchteil einer Sekunde wurde sein Griff fester, bevor er seine Stirn gegen meine sinken ließ und mich losließ. »Ich komme später zu dir.«

Ich steckte ihm meinen Schlüssel zu und drückte seine Hand.

Er erwiderte die Geste mit einem dünnen Lächeln und wandte sich um, bevor er auf die Quelle der Stimme zuging.

»Hast du vollkommen den Verstand verloren?«, knurrte Hank, der Coach, der am ersten Tag des Trainingslagers da gewesen war.

Ich konnte spüren, wie Keyton bei jedem Schritt um Kontrolle rang und versuchte, die Situation nicht noch zusätzlich zu verschlimmern.

»Hast du auch nur die geringste Ahnung, in was für einer Scheiße du steckst, Junge?«

Keyton zuckte zusammen, ging jedoch weiter auf ihn zu.

Ich wollte ihm hinterherlaufen, ihn in meine Decke einwickeln und ihm sagen, dass alles wieder in Ordnung kommen würde. Aber das konnte ich nicht einmal mir selbst einreden.

Ich zog mich in mein Apartment zurück, stellte die Gitarre ab und schaltete mein Handy ein. Wie viele Leute hatten den Live-Stream tatsächlich verfolgt? Es wurden doch ständig Tausende von Streams, Shows und Filmen gleichzeitig gezeigt. Eine unbekannte Musikerin, die vor einem kleinen Publikum spielte, war keine große Sache.

Meine Frage wurde direkt beantwortet. Eine Menge Leute hatten meinen Auftritt mitverfolgt.

Ganz oben auf der Liste meiner Nachrichten waren einige von Piper.

Piper: WAR DAS DARE?
Piper: SEID IHR ZUSAMMEN?
Piper: WIE LANGE IST ER SCHON BEI DIR?
Piper: SAG MIR, WAS ABGEHT!

Noch bevor die ganzen Nachrichten geladen werden konnten, klingelte das Handy bereits. Ich hob es ans Ohr und bereitete mich auf Maddys Enttäuschung vor.

»Ich könnte Keyton abknutschen.«

Das schreckliche Klingeln in meinen Ohren ließ »abknallen« seltsamerweise wie »abknutschen« klingen. »Sorry, kannst du das noch mal sagen?«

»Du hast es in die landesweiten Nachrichten und auf Sports Central geschafft.«

Ich ließ mich auf die Bettkante sinken. War das jetzt gut oder schlecht? Berichteten sie von einer Performance, die so mies war, dass die Anwesenden sich auf der Suche nach Unterhaltung lieber prügelten? »Habe ich das?«

»Bist du nicht mit Nachrichten bombardiert worden? Seitdem du gegangen bist, habe ich nur schlappe zwanzig Mal versucht, dich anzurufen.«

»Ich hatte mein Handy aus. Und ich habe mich gerade von Keyton getrennt.«

»Er bekommt eine Flasche mit fünfundzwanzigjährigem Whiskey, wenn ich ihn das nächste Mal sehe.«

Ich öffnete den Mund, schloss ihn jedoch wieder, während ich mir ihre Worte noch einmal durch den Kopf gehen ließ. Kein Hauch von Verärgerung oder dem Wunsch danach, ins Wohnheim zu kommen, um ihm in den Hintern zu treten. Das klang doch gut. Aber warum war es gut, dass Keyton in eine schwere Schlägerei geraten war? »Du freust dich über die Schlägerei?«

»Ich mag gut sein bei dem, was ich tue. Aber nicht mal ich schaffe es, Aufmerksamkeit dieser Größenordnung auf die YouTube-Performance einer Newcomerin zu lenken. Die Leute lieben eine gute Schlägerei. Ist er in Ordnung?«

»Er hat eine aufgeplatzte Lippe, ist aber ansonsten okay,

körperlich jedenfalls. Sein Coach hat ihn gerade zur Seite genommen.« Würde er ruhig bleiben können, wenn die Coaches ihm die Hölle heißmachten? Ich konnte mir kaum vorstellen, wie schwer es in diesem Augenblick für ihn sein musste, angeschrien zu werden, wo er doch ohnehin schon so aufgewühlt war.

Ich rieb mir übers Gesicht und wünschte mir, dass ich bei ihm sein könnte, um ihn zu beruhigen. Allerdings würde ich nicht immer für ihn da sein können.

»Oh je, ich befürchte, das Ganze wird für ihn nicht so gut ausgehen wie für dich.«

»Also, wie genau sollte es denn bitte gut für mich sein, dass sich zwei Typen bei meinem Auftritt die Seele aus dem Leib geprügelt haben?«

»Nicht einfach zwei Typen. Profisportler. Profisportler, die während des Trainingslagers ausgegangen sind und dann eine Show aufgemischt haben. Die Gerüchteküche brodelt, und in jedem dieser Clips ist dein Lied zu hören. Auf jeder Website fragt jemand in den ersten fünf Kommentaren, was das für ein Song ist. Zum Glück hast du weitergesungen, als die Rauferei losging.«

»Ich habe zuerst gar nichts mitgekommen. War mit den Gedanken woanders.« Wenn ich die Menge nach seinem Gesicht abgesucht hätte, dann hätte ich vielleicht eher mitbekommen, was geschah. Hätte schneller bei ihm sein können. Stattdessen hatte ich mich dem wohligen Gefühl hingegeben, dass er einfach da war. Deshalb hatte ich mich an die Gewissheit geklammert, dass zumindest eine Person hier war, die jeden Ton liebte, den ich herausbrachte, selbst wenn ich am Ende alles in den Sand gesetzt hätte.

»Hast du gut gemacht. Das Video hat jetzt schon drei Millionen Views.«

Ich verschluckte mich an meiner Spucke. Keuchend versuchte ich, mir darüber klarzuwerden, wie viel Zeit vergangen war, seitdem wir das Konzert verlassen hatten. Eine Stunde, vielleicht zwei. Über drei Millionen Menschen hatten sich die Schlägerei bereits angesehen. »Ist das dein Ernst?«

»Nein, ich lüge wie gedruckt, damit du dich besser fühlst.« Ihr trockener Kommentar beendete meine Panikspirale. »Ja, ich sage die Wahrheit. Und die andere Performance, die du vorher gegeben hast, sammelt auch immer mehr Klicks.«

»Das ist unglaublich.« Ich zog mir das Haarband aus den Haaren und ließ die Strähnen herabfallen. War er schon aus dem Team geworfen worden? Schrien die Coaches ihn an? Drängten ihn näher an den Abgrund, von dem er gerade erst mit Mühe und Not ein wenig Abstand genommen hatte? Würden sie die Polizei einschalten?

»Du hörst dich überhaupt nicht glücklich darüber an.«

Ich runzelte die Stirn und drückte mir den Hörer etwas stärker ans Ohr, um mich zur Konzentration zu zwingen. »Mir schwirrt nur gerade viel im Kopf rum.«

»Wir wäre es dann mit dieser kleinen Nachricht? *Wild Knight* schafft es nicht zum Konzert von *Without Grey* morgen Abend in Seattle.«

»Ist ja scheiße.« Warum versuchte sie, mich damit abzulenken? Vielleicht würde Keyton dieses Wochenende hier bei mir bleiben können. Ich würde nicht vor nächster Woche ausziehen müssen. Wir könnten heiße Schokolade trinken und Action-Klassiker gucken, während wir so taten, als würde der Rest der Welt einfach nicht existieren. Ich könnte morgens in den Laden gehen und Zutaten fürs Frühstück holen. Zimtschnecken würden zu lange brauchen, aber French Toast wäre machbar.

»Aber es ist super, dass ich einen anderen Act habe, der noch besser passt.«

Ich war müde, allerdings würde Maddy wohl nicht damit aufhören, bis sie alles gesagt hatte, was sie loswerden wollte. »Wen?«

Eine lange Pause entstand, sodass ich dachte, das Gespräch war unterbrochen worden. »Bist du high?«

Sollte ich darauf wirklich antworten?

»Dich, Bay.«

»Mich? Aber …« Alles um mich herum wurde still, bevor die Umgebungsgeräusche tosend wiederkehrten und auf meine Ohren eindrangen. Ein Konzert. Die Eröffnung für *Without Grey*. Meine Finger wurden taub, sodass mir das Handy aus der Hand rutschte. Ich fing es gerade noch rechtzeitig auf, bevor es auf den Boden fiel.

»Es ist so weit. Alles oder nichts. Ich bin nicht so zuversichtlich wie vorher, aber wir müssen so oder so wissen, wo wir stehen.«

»Kann ich darüber nachdenken?«

»Verarschst du mich gerade?«

»Nein, es ist nur … Ich muss erst was klären.«

»Du hast genau eine Stunde.«

Die Tür piepte und wurde geöffnet. Mein Herz blieb stehen und mir wurde heiß. Mein Mund wurde ganz trocken. Hier saß ich und erlebte den größten Erfolg, den man nur haben konnte, und Keyton hatte womöglich alles verloren.

Er trat ein und ließ die Tür hinter sich zufallen. Der dumpfe Knall erschien mir nicht mehr ganz so ominös, als ich das entspannte Lächeln auf seinem Gesicht entdeckte.

»Okay, wir reden später.«

Er setzte sich auf mein Bett, kickte die Schuhe von den Füßen und zog mich auf seinen Schoß.

»Du hast also keinen Ärger?«

»Ich habe extrem viel Ärger. Wahrscheinlich mehr, als jemals jemand im Trainingslager gehabt hat.«

»Warum lächelst du dann?«

»Weil ich mit dir hier bin und du dich offenbar freust, mich zu sehen.«

Ich drückte mich mit der Schulter von seiner Brust ab. »Jetzt mal im Ernst. Was haben die Coaches gesagt?«

»Ich bin doch ernst. Morgen Abend wird es ein Meeting geben. Da wird über mein Schicksal entschieden.« Sein Tonfall klang auf scherzhafte Weise unheilvoll.

»Wie kannst du dabei so entspannt sein?« Ich stieß mich von ihm ab und starrte ihn über meine Schulter hinweg an. »Wir sprechen hier über deine Zukunft.«

»Und vor zwei Wochen hast du noch gedacht, dass du alles zusammenpacken und als Buchhalterin arbeiten würdest. Ist das hier nicht besser? Wo es hinführen könnte? Außerdem habe ich in meinem Leben schon Schlimmeres durchgemacht. Und dich zu verlieren wäre das Schlimmste. Solange du bei mir bist, ist mir egal, was entschieden wird.«

»Du bist also bereit, alles wegzuwerfen, wofür du gearbeitet hast?«

»Manche Menschen finden das romantisch.«

»Oder idiotisch. Wie kannst du so was überhaupt denken? Sag ihnen, du wirst alles tun, um im Team zu bleiben. Biete an, in der Pause Hotdogs zu verkaufen oder die Toiletten zu putzen. Geh zur Therapie.«

Er verzog das Gesicht, und mein Herz stockte. Ich kniff die Augen zusammen und blickte wieder geradeaus.

Dann rutschte ich von seinen Beinen herunter und setzte mich neben ihn, bevor ich ihn anschaute. »Du bist wieder ausgeflippt. Derselbe Dare, der in Greenwood die Beherrschung verloren hat. Der ist heute Abend hier gewesen.«

Ich nahm seine Hand und legte sie mir in den Schoß, bevor ich beide Hände darum schloss.

Sein Puls klopfte wild unter meiner Berührung, und er schüttelte den Kopf, als hätte ich gerade die große Enthüllung des Films bekannt gegeben, dass er der Serienmörder mit der gespaltenen Persönlichkeit war. »Der Typ bin ich nicht mehr.«

»Deinen Namen zu ändern ändert gar nichts. Ja, du bist gewachsen, älter und weiser geworden, aber du hast das, was dir passiert ist, nach wie vor nicht verarbeitet.« Angst kroch mir die Wirbelsäule hinauf. Meine Furcht hatte nachgelassen, als sein Blick klarer geworden war, nachdem ich seinen Namen gerufen hatte. In diesem Augenblick katapultierte sie mich allerdings erneut geradewegs in den Raum, in dem wir nach dem Talentwettbewerb in Greenwood gewesen waren. Diese andere Person steckte in ihm und würde womöglich wieder alles an mir auslassen, sobald die unbändige Wut sie packte. Ich atmete zittrig ein und leckte mir über die Lippen.

»Du denkst, ich sollte mich auf ein Sofa legen und jemanden in meinem Kopf rumwühlen lassen? Damit der alte Mist ausgegraben wird, der tot und begraben bleiben sollte?«

»Ich bin mir sicher, dass du sitzen darfst. Du musst dich nicht hinlegen.«

Er versuchte, mir seine Hand zu entziehen, doch ich hielt sie fest.

»Was ich damit sagen will, ist, dass ich kein magisches Wesen bin, das mit einer Berührung alles in Ordnung bringen kann.«

»Warum fühlt es sich dann so an, wenn du bei mir bist? Wenn ich in deiner Nähe bin, dann weiß ich, dass ich der Mann sein kann, den du verdient hast.«

Ich legte eine Hand an seine Wange. »Ich möchte doch nur, dass du du selbst bist.«

Er verringerte den Abstand zwischen uns und stürzte sich mit einer Wildheit und Verzweiflung auf meinen Mund, die mir den Atem raubte.

In Sekundenschnelle hatten wir uns unserer Kleider entledigt. Er versenkte seinen in Latex gehüllten Schaft in mir, und ich schlang die Beine um seine Taille, während wir uns im selben Takt bewegten. Unsere Verzweiflung hatte zwei sehr unterschiedliche Gründe.

Der Höhepunkt war intensiv und roh, erschütterte mich und entlockte mir einen stummen Schrei.

Ich verlor mich in seinem verhangenen Blick, und er starrte mich an, als läge der Schlüssel zu seinem Glück in meinen Augen versteckt. Als ich meine Gliedmaßen wieder spüren konnte, vergrub ich das Gesicht an seiner Brust.

Er stieg aus dem Bett und schaltete das Licht auf der anderen Seite des Zimmers aus, von wo aus er mich musterte.

»Was ist?«

»Ich liebe dich – mehr werde ich nie brauchen.«

Mein Herz zog sich zusammen, und der Schmerz darin verschlimmerte sich mit jedem Atemzug. Ein unheimliches Gefühl erfasste mich, als würde das pochende Organ nicht in meinen Brustkorb passen, als er zurück in mein zu schmales Bett kam und mich an sich zog, bevor er die Arme vor meiner Brust verschränkte.

Er vergrub die Finger in meinem Haar, bevor er es zurückstrich und über meine Wange streichelte.

Der sanfte Rhythmus seines Atems hätte mich beruhigen sollen, stattdessen steigerte sich meine Sorge ins Unermessliche. Ich konnte nicht schlafen, also starrte ich in die Dunkelheit. Eine Träne stahl sich aus meinem Auge und floss an meiner Nasenspitze entlang.

Auf dem Boden, halb begraben unter unseren Klamotten, leuchtete mein Handy auf.

Ich schlüpfte aus dem Bett, griff danach und setzte mich auf die Bettkante. Die Displaybeleuchtung befand sich auf der niedrigsten Einstellung, dennoch kam es mir wie ein Flutlicht vor. Der Rest des Zimmers war in stille Dunkelheit gehüllt; selbst auf dem Gang draußen gab es kein Licht, das durch den Schlitz unter der Tür hereindrang. Unaufhörlich kamen Nachrichten an. Über meine Schulter hinweg beobachtete ich ihn beim Schlafen.

Er wirkte sanft und rau zugleich. Ruhig, hatte jedoch auch scharfe Kanten. Ich zeichnete mit dem Finger seine Gesichtszüge nach. Die Stoppeln an seinem Kinn streiften über meine Fingerspitzen.

Ich kniff die Augen zusammen. Nach einem kurzen Moment öffnete ich sie wieder, und mit wässrigem Blick schickte ich Maddy meine Antwort.

Mein Handy vibrierte erneut. Ich hatte alle Nachrichten stumm geschaltet, außer eine. Maddy tippte wie eine Wahnsinnige.

Maddy: Der Wagen wird in dreißig Minuten da sein. Bist du bis dahin fertig?
Ich: Was ist mit meinen Sachen? Ich muss bis Samstag aus dem Apartment raus.
Maddy: Darum wird sich jemand kümmern. Wir lassen alles einpacken und einlagern.
Ich: Das geht alles so schnell.
Maddy: Wär's dir lieber, wenn es im Schneckentempo voranginge? Das ist deine Chance. Dein Song war der Soundtrack zu einem Video, das Millionen Mal angeguckt wurde. Wir müssen das Eisen schmieden, solange es heiß ist.
Ich: Okay.
Maddy: Bist du dabei oder nicht? Das ist kein einfaches Leben. Keine Entscheidung ist endgültig.

Noch einmal blickte ich über die Schulter.

Seine Brust hob und senkte sich gleichmäßig. Die Lippen hatte er leicht geöffnet. Ich konnte ihre Berührung noch auf meinen spüren, an meinem Nacken, an meinen Rippen und den Innenseiten meine Schenkel.

Ich beugte mich über ihn und drückte den Mund auf seinen, ganz flüchtig. Dann kniff ich die Augen zusammen, um die Tränen einzufangen, die sich dort ansammelten.

Wenn ich ging, würde sich das hier ändern. Sein Anker zu sein … Wie sollte ich sein Ein und Alles sein? Wie sollte ich ihn erden und alles in Ordnung bringen, so wie er sich das vorstellte? Ich war keine magische Fee, die mit einem Fingerschnippen alles rückgängig konnte, was er durchgemacht hatte. Wenn überhaupt machte ich alles nur schlimmer.

Seinen Erzählungen zufolge hatte er das College gut gemeistert. Er hatte es sogar in die Profiliga geschafft. Sobald ich aufgetaucht war, hatte es Probleme gegeben. Sein Platz im Team stand auf der Kippe. Er war in einem viralen Video zu sehen, das kein bisschen dabei helfen würde, seinen Ruf zu retten oder ihm einen Platz auf dem Spielfeld zu sichern – ganz im Gegenteil. Doch das würde er selbst nie so sehen. Nie zugeben. Er würde es nicht glauben, bis er seine Chance verpasst hatte und ich am Ende alles war, was ihm noch blieb.

31

Bay

Die einzigen Geräusche, die man in der frühen Morgendämmerung hören konnte, waren das Tschilpen der Vögel und das Summen der Käfer – wenn man einmal vom gedämpften Grölen der Leute absah, die von den Bars nach Hause liefen. Die Ledersitze des Autos rochen neu, und ich rutschte bei jeder Kurve über den Rücksitz, während der Anschnallgurt sich immer fester zuzog. Vielleicht bildete ich mir das aber auch nur ein.

Alle paar Häuserblocks blickte ich zurück und hatte den Eindruck, ich würde die letzten Akkorde eines Songs hören, der Teil meiner Lebensgeschichte war. Ich hatte nach der Schachtel gegriffen, in der ich das Stück der Gitarre meines Dads aufbewahrte, und sie in meine Tasche gesteckt, bevor ich aus der Tür meines Apartments geschlichen war.

Eine tiefe, polternde Stimme rief vom Fahrersitz des SUVs aus: »Wir haben nur zwanzig Minuten.«

Mein Blick schoss von dem Zettel in meinem Notizblock hoch, den ich mindestens genauso lange angestarrt hatte. Ich nickte und schluckte den Kloß in meinem Hals herunter. »Ich muss das hier nur schnell abliefern.«

Das reißende Geräusch von Papier, das sich von der Metallspirale löste, war der einzige Laut im Wagen. Ich faltete den

Zettel und steckte ihn zusammen mit dem anderen in einen Umschlag. Ich knipste das Oberlicht aus, stieg aus dem Auto und sprang auf den Asphalt.

Meine Finger zerknitterten das Papier in meiner Hand. Mein Griff war so fest, dass ich nicht wusste, ob ich es schaffen würde, das Ganze durchzuziehen. Ich würde sehen müssen, wie es in Seattle lief. Vielleicht würden mir die Worte im Hals stecken bleiben und ich wäre direkt wieder hier, würde geradewegs in seine Umarmung laufen und mein Gesicht an seiner Brust vergraben. Seine starken Arme würden mich vor der harten Welt beschützen. Seine Schultern hatten schon so viel getragen.

Ich zog scharf die Luft ein. Und dann was? Würde ich es bereuen, dass ich ihn ablenkte? Dass ich seine Konzentration störte? Dass ich zuließ, dass meine Angst mich an einem Ort gefangen hielt, an dem ich mich stets fragen würde: »Was wäre wenn?«

Das Wohnheim der Doktoranden ragte vor mir auf. Ich trat durch den Torbogen, der in den Innenhof führte, und folgte dem Weg zu Felicias Wohnung, den ich schon oft gegangen war. Als ich die grüne abgenutzte Metalltür erreicht hatte, klemmte ich den Umschlag hinter die Türklinke. Nachdem ich ihn dort hineingesteckt hatte, trat ich einen Schritt zurück und streckte noch einmal die Hand danach aus, bevor ich sie wieder zurückzog.

Das Herz hämmerte in meiner Brust. In den Stunden vor der Dämmerung war ich in Schreiblaune gewesen. Als Erstes hatte ich eine E-Mail verfasst, in der ich dem Trainerstab detailliert mitgeteilt hatte, welche leistungssteigernden und weniger leistungssteigernden Mittel ihrem Spieler Vincent Fisher geliefert worden waren. Dem Schreiben hatte ich Beweise aus dem Postraum und vom Putzpersonal beigefügt. Innerhalb eines

Tages würden hoffentlich zwei von Dares Problemen aus seinem Leben verschwunden sein.

Die anderen Nachrichten waren mir schwerer gefallen. Der Umschlag beinhaltete zwei Briefe. Einen mit Anweisungen und einen weiteren. Als ich das Auto erreicht hatte, drehte ich mich noch einmal um und starrte in die Richtung der Tür, wo ich ihn zurückgelassen hatte. Während ich rückwärts ging, stolperte ich vom Bordstein und knallte mit dem Rücken gegen den SUV.

Die Fahrertür schwang auf.

Ich winkte den Fahrer zu »Alles okay.« Meine Stimme klang dünn und zittrig, denn das entsprach nicht einmal ansatzweise der Wahrheit.

Mit jeder Abbiegung, die wir nahmen, wollte ich schreien, dass er anhalten und umkehren sollte. Ich krallte die Finger ins Leder unter meinen Beinen.

Die warme Sommerluft wurde vom Beton der Gebäude um uns herum nur noch mehr aufgeheizt. Mein Herz schlug mir bis zum Hals, so als würde ein Frosch versuchen, aus meinem Mund zu entkommen.

Der Rest der Fahrt war so nervenaufreibend wie nichts, was ich bisher in meinem Leben durchgemacht hatte. Beinahe rechnete ich damit, bei der Adresse anzukommen und festzustellen, dass es sich nur um ein leeres Feld handelte, oder um einen verlassenen Ort, an dem eine Notiz für mich lag, auf der »reingefallen« stand.

»Sind Sie Bay?« Eine uniformierte Frau stand am Fuß der Treppe.

»Ja.«

»Hier entlang, bitte.« Sie führte mich die Treppe hoch in das Flugzeug. Ein Privatflugzeug. Drinnen roch es fünfmal so intensiv wie ein neues Auto. Es gab weniger als zehn Sitzplätze, die alle aus Leder und so groß wie Fernsehsessel waren. Ein Dreisitzer trennte die einzelnen Plätze vorne von den vier einander zugewandten im hinteren Bereich, wo ich sitzen würde.

Sie brachte mich zu dem Mann, den ich hier treffen sollte.

Er sprang auf, ließ seine Dokumente fallen und stieß sich die Beine an dem Tisch vor ihm.

»Sorry.« Er verzog das Gesicht und trat seitlich in den Gang. »Ich bin Holden. Schön, dich kennenzulernen. Maddy hat mir genaue Anweisungen gegeben, wie ich mich um dich kümmern soll, um sicherzugehen, dass du die Reise nach Seattle gut überstehst.« Er trug einen Blazer über einem gestärkten weißen Hemd und sah nicht viel älter aus als ich. Vielleicht lag sein Alter genau zwischen dem von Maddy und meinem eigenen. Er hatte ein Grübchen im Kinn und einen perfekt getrimmten Drei-Tage-Bart. Mit den Fingern fuhr er sich durch sein kurzes dunkelblondes Haar.

Vor einem Monat wäre ich vermutlich ein wenig nervös geworden und hätte vor Verlegenheit heiße Ohren bekommen. Jetzt war er nichts weiter als eine Reißleine an meinem Notausstieg.

»Wunderbar.« Ich nickte und fühlte mich in dem Jet, der vermutlich mehr kostete, als ich in meinem ganzen Leben verdienen würde, mit meiner Umhängetasche aus Segeltuch, meinem T-Shirt und der Jeans total fehl am Platz. Ein Teil von mir wollte einfach aus dem Flugzeug stürmen, geradewegs zurück in mein Apartment, um mich zu Keyton ins Bett zu legen und so zu tun, als wäre ich nie gegangen.

»Hätten Sie gerne etwas zu trinken, bevor wir abheben?« Die Flugbegleiterin musterte uns fragend.

»Ein Wasser genügt.« Ich legte meine Tasche ab und setzte mich. Das Leder war butterweich und glatt unter meinen Beinen.

Holden lehnte sich vor und schenkte der Flugbegleiterin ein strahlendes Lächeln, wobei er leuchtend weiße Zähne zur Schau stellte. »Hätten Sie zufällig Champagner da?«

Sie schwankte ein wenig nach hinten, als würden seine Pheromone es ihr schwer machen, ihm so nahe zu sein. Ihre Augenlider flatterten, und sie hielt die ledergebundene Speisekarte an ihre Brust gedrückt. »Natürlich. Wir haben einen 2006 Ruinart Blanc de Blancs und einen Ruinart Rosé. Welcher wäre Ihnen lieber?«

»Überraschen Sie mich.« Er zwinkerte ihr zu.

Die Flugbegleiterin wandte sich um und stolperte über die Luft, bevor sie ihre Haare berührte und davonrauschte.

Die Tür des Flugzeugs wurde zugeknallt.

Keyton heute Morgen zu verlassen hatte sich angefühlt, als hätte ich einen Teil meiner frisch zusammengekitteten Seele zurückgelassen. Aber ich konnte einfach nicht bleiben. Ich wusste nicht, wie ich ihm helfen sollte. Letztendlich würde es bloß dazu führen, dass es uns beide zerstörte.

Ich war eine Zweiundzwanzigjährige, die sich verloren fühlte und herauszufinden versuchte, wie ihr Leben aussehen sollte. Ich würde niemals genug sein, um den Schaden zu reparieren, dem er sich nicht stellen wollte. Und ich konnte nicht dabei zusehen, wie er alles ruinierte, wofür er gearbeitet und was er sich aufgebaut hatte, seitdem er Greenwood verlassen hatte.

Solange ich weiterhin der Trigger für all die alten Gefühle war, die er hinter sich zu lassen versuchte, würde er mir das irgendwann nicht mehr verzeihen können. Wenn ihm sein Traum genommen wurde oder er seine Chance darauf verspielte, dann würde er mir das übel nehmen. Vielleicht nicht heute oder morgen, nicht einmal in einigen Jahren, aber es würde passieren. Ich würde es nicht ertragen können, wenn er mich mit einem anderen Gefühl als Liebe in den Augen anschaute.

Wenn ich jetzt ging, würde ich wenigstens niemals den Tag erleben, an dem sich seine Gefühle mir gegenüber änderten. Irgendwann würde er merken, dass er nicht so tun konnte, als würden die Dinge, die ihm passiert waren, und das Leben, das er gelebt hatte, ihn nicht beeinflussen. Denn das hatten sie. Jedes Mal, wenn er wütend mit den Zähnen knirschte, kam er dem Kontrollverlust einen Schritt näher. Erst gestern war genau das geschehen. Und das war nur ein Bruchteil der Wut gewesen, die er damals in der Highschool gezeigt hatte.

Ich war nicht stark genug, um ihm zu helfen. Nur er würde dazu in der Lage sein. Also ging ich auf das Unbekannte zu, das mich erwartete. Ich tat das für uns beide. Außerdem war ich feige. Ich hatte Angst davor, ihm alles von mir zu geben, die gebrochenen Teile zusammenzusetzen und sie festzuhalten, indem ich meine Liebe als Kleber benutzte, nur um am Ende festzustellen, dass ich es einfach nicht konnte. Dass ich allein nicht genug war. Ich wollte, dass meine Umarmungen, meine Küsse und meine Liebe reichten, um ihm zu helfen. Doch mir war bewusst, dass das nicht stimmte. Das würde nie der Fall sein, solange er glaubte, dass er bereits geheilt war.

Also tat ich jetzt genau das, womit er gerechnet hatte, sobald ich ohne ihn singen konnte. Was ich versprochen hatte, nicht zu tun. Ich war eine Heuchlerin. Ängstlich. Feige.

Holden trommelte mit den Fingern auf den Tisch und tippte sich mit seinem Stift an die Unterlippe. »Ich spüre, dass etwas nicht stimmt. Normalerweise drehen Menschen, die das erste Mal in einem Privatflugzeug fliegen, total durch.«

»Woher weißt du, dass das mein erstes Mal ist?« Ich verschränkte die Arme vor der Brust.

Er hob eine Braue und sein Lächeln wurde breiter. »Wie recht du hast.« Er lehnte sich zurück und ahmte meine Haltung nach.

Die Flugbegleiterin kehrte mit zwei Gläsern Champagner und meinem Glas Wasser zurück. Sie stellte alles zusammen mit einer kleinen Schüssel gemischter Nüsse auf Servietten ab.

Holden schob mir ein Glas Champagner über den Tisch hinweg zu.

»Ich bleibe bei Wasser.« Ich zog mein Glas zu mir heran und hielt es fest, als könnte er es mir wegnehmen.

Er wandte den Kopf der Flugbegleiterin zu. »Ich würde nur ungern alleine trinken. Möchten Sie mir Gesellschaft leisten?«

Ihr Blick zuckte zum Cockpit. »Das darf ich nicht, solange ich im Dienst bin.«

»Schade.« Er schürzte die Lippen und zog einen richtigen Schmollmund, doch überraschenderweise wollte ich ihn nicht dafür schlagen. Stattdessen wollte ich der Flugbegleiterin sagen, dass sie einfach endlich mit ihm rummachen sollte. »Vielleicht, wenn wir gelandet sind.«

Sie strahlte und ihre Wangen erröteten. Nun verstand ich, warum Maddy mich Holden anvertraut hatte. Er konnte einfach jeden um den Finger wickeln.

Durch die Lautsprecher, die ich nicht sehen konnte, kam eine Durchsage.

»Bitte legen Sie ihre Gurte an und bleiben Sie angeschnallt. Wir heben in Kürze ab.«

Sie lief zur kleinen Bordküche vor dem Cockpit.

Als wir in der Luft waren, holte ich mein Handy heraus und tippte damit auf meine Handfläche.

Die Flugbegleiterin kam mit weiteren Snacks zurück. »Während wir in der Luft sind, können Sie keine Anrufe tätigen. Aber sobald wir wieder gelandet sind, wird das wieder möglich sein. Sie können Ihr Mobiltelefon während des Fluges ausschalten.« Es war eine nette Art zu sagen: »Was zur Hölle machst du da? Schalte das Ding aus.« Und ich wollte nicht dafür verantwortlich sein, dass dieser Vogel abstürzte. Außerdem versteckte ich mich vor dem, was so viel Sinn ergeben hatte, als wir noch nicht abgehoben hatten. Hier oben in der Luft hätte ich am liebsten geschrien, dass sie das Flugzeug wenden und zurückfliegen sollten.

Ich starrte auf mein Handy, bevor ich den Knopf an der Seite drückte und der Bildschirm schwarz wurde. Dann blickte ich aus dem Fenster und sah der Sonne dabei zu, wie sie langsam am Horizont aufging.

Keyton würde bald aufwachen. Würde Felicia ihm den Brief rechtzeitig geben? Würde er mich bis zum Frühstück bereits hassen?

»Und ich führe einfach weiter Selbstgespräche.«

Holdens Stimme zerrte mich aus dem Strudel, der sich in meinem Kopf zusammenbraute.

»Wie bitte?«

»Ich habe gesagt, ich habe hier deinen Programmablauf. Du wirst vor der Show ein wenig Freizeit haben, aber nicht sonderlich viel. Bist du bereit für das alles?«

Mein Herz stockte, als hätte jemand einen schiefen Akkord angeschlagen. Das Ganze ohne Keyton zu machen grenzte ans Unmögliche, aber ich schloss die Augen und atmete ein, um in dem Gefühl zu versinken, das ich stets empfand, wenn ich auf der Bühne spürte, wie er mich ansah.

Ich spähte aus dem Fenster auf die Sonne, die durch die Wolken brach. Der Anblick wirkte hoffnungsvoll, wie ein Neuanfang. Ich konnte jedoch nur an meine Vergangenheit denken.

Das hier war zu seinem Besten. So sehr er auch glauben mochte, dass ich alles für ihn in Ordnung brachte, das tat ich nicht. Ich war das Feuerzeugbenzin auf dem Streichholz, das er so sehr versuchte auszupusten. Bald würde ihm das auch klar werden. Ich würde es nicht ertragen können, wenn er mich hasste. Ich würde es nicht durchstehen, wenn er mir noch einmal wehtat.

Also war ich gegangen, bevor er meine Meinung hatte ändern können. Und ich zweifelte nicht daran, dass er das konnte. In seinen Armen fühlte ich mich richtig, aber ich konnte ihm nicht helfen. Ich konnte mir ja selbst kaum helfen.

»Und ich bin wieder bei den Selbstgesprächen …« Holden schob mir den Zettel über den Tisch zu und stupste damit gegen meine Finger.

»Bist du bereit für das hier, Bay? Es erfordert absolute Konzentration und es wird das Schwerste sein, was du je getan hast.«

Seine Frage hing drohend über mir.

Ich starrte auf den ausgedruckten Zettel. »Das bezweifle ich.«

»Wenn du es nicht tun willst …« Er zog den Zettel zurück und runzelte die Stirn noch stärker.

Ich schlug mit der Hand auf den Zettel. »Ich will es. Ich werde tun, was nötig ist.«

»In dem Fall denke ich, dass wir wunderbar miteinander klarkommen werden.« Er ließ eine Hand unter meine gleiten und legte die andere oben drauf. Seine Haut war warm und seine Fingerkuppen weich. Keine Schwielen, kein Dreck vom Feld unter seinen perfekt manikürten Nägeln. »Ich kümmere mich um alles, was du brauchst. Und du wirkst deine Magie. Dann wirst du in einem Jahr Tausende von Fans haben, die deinen Namen schreien.« Sein Lächeln wirkte ansteckend. Von dieser Sache hatte ich immer geträumt. Das hatte ich immer gewollt, doch das Rampenlicht war verblichen, und es fühlte sich nicht annähernd so strahlend an wie in meinen Träumen.

Aber es gab Menschen, die auf mich zählten. Maddy. Holden. Mein Dad. Das hier war eine noch nie da gewesene Chance. Ich schuldete es ihm, nachdem er mir alles beigebracht hatte und selbst so oft versucht hatte, diesen Moment zu erleben.

Ich sah Holden in die Augen. »Ich bin bereit.«

Das Flüstern in meinem Hinterkopf wurde von den Flugzeugturbinen übertönt. »Bin gleich zurück.«

Ich schnallte mich ab und eilte an der Flugbegleiterin vorbei ins Badezimmer.

Nachdem ich die Tür verriegelt hatte, schloss ich den Toilettendeckel, setzte mich darauf und vergrub den Kopf in den Händen.

Die Schluchzer rüttelten meinen gesamten Körper durch. Ich konnte nicht atmen. Ich konnte mich nicht bewegen. Ich konnte nicht glauben, dass ich mitten in der Nacht aufgestanden und gegangen war.

Es tat so viel mehr weh als damals, als er meine Gitarre kaputt gemacht hatte. Keuchend schnappte ich nach Luft, Tränen versperrten mir die Sicht. Vor meinen Augen tanzten Sterne, und ich klammerte mich am Toilettensitz fest. Meine Tränen tropften auf den Boden, landeten auf meinen Sneakers und tränkten den Stoff.

Meine erstickten Schluchzer verwandelten sich in einen unangenehmen Schluckauf. Ich zwang mich aufzustehen, drehte mich zum Waschbecken und spritzte mir kaltes Wasser ins Gesicht. Das wiederholte ich, bis meine Ärmel klitschnass waren und meine Brust sich nicht mehr anfühlte, als hätte sie jemand mit einer Säge aufgeschnitten.

Mit einem der flauschigen Handtücher neben dem Waschbecken trocknete ich mir das Gesicht ab. Dass ich geheult hatte, würde ich nicht verbergen können. Doch ich konnte hoffen, dass Holden die Flugbegleiterin endlich davon überzeugt hatte, mit ihm rumzumachen, bevor wir landeten.

Ich verließ das Badezimmer und blieb nur kurz beim Tisch stehen, um mir mein Kapuzenshirt zu nehmen und mit gesenktem Kopf mit Holden zu reden. »Ich habe nicht viel geschlafen. Ich werde mich ein wenig aufs Ohr legen.« Ich winkte mit meinem Sweatshirt, während ich jeglichen Blickkontakt vermied.

Nachdem ich den Reißverschluss geschlossen und die Kapuze übergezogen hatte, legte ich mich auf die Couch.

Holden versuchte vermutlich, ein Loch in den Stoff vor meinem Gesicht zu starren, aber wenigstens kam er nicht zu mir herüber.

Ich zog an den Kapuzenbändern und rollte mich zusammen.

Eine Hand auf meiner Schulter rüttelte mich wach. Mit geschlossenen Augen wandte ich mich der Wärme zu, die durch mein Sweatshirt drang. Doch als ich die Augen öffnete, war es nicht Keyton, der auf mich herabblickte.

Ich versuchte hochzuschießen, aber der Gurt drückte in meine Hüfte. Es war kein Traum. Es war alles real.

Holden zog den Kopf ein. »Hat so ausgesehen, als hättest du den Schlaf nötig. Also habe ich die Flugbegleiterin darum gebeten, dich anzuschnallen, statt dich zu wecken.«

Meine Finger rissen an der vergoldeten Schnalle des Gurtes, und ich stand auf, bevor ich mich in der Kabine umsah.

»Sind wir schon da?«

»Vor fünf Minuten angekommen.« Er hielt mir meinen Rucksack und mein Handy entgegen.

»Du hast es auf dem Tisch liegen gelassen, als du ins Bad gegangen bist.«

Ich starrte meinem Spiegelbild auf dem leeren Bildschirm entgegen. Ich sollte es anschalten. Ich sollte anrufen. Alles erklären.

Der Abend würde womöglich ein Reinfall werden. Vielleicht würde ich auf die Bühne gehen und so jämmerlich versagen, dass Maddy mich gleich morgen fallen lassen würde.

Ich musste es wissen.

Holden schlang sich meinen Rucksack über die Schulter und wedelte mit meinem Handy vor meiner Nase herum.

»Bay, bist du bereit?«

32

Dare

»Ich liebe dich.«

Die geflüsterten Worte an meiner Stirn, gefolgt von einem Kuss, waren alles, was ich nicht zu verdienen geglaubt hatte. Ich wollte nach ihr greifen, sie an mich ziehen und ihr sagen, dass ich nie aufgehört hatte, sie zu lieben. Auch wenn ich dachte, dass ich es nicht verdient hatte. Auch wenn ich ganz tief in meinem Inneren wusste, dass ich das nicht tat, hoffte ich, dass sie mich eines Tages wieder auf diese herzerwärmende Weise lieben würde, die mich immer übermannte, wenn ich sie beim Schlafen beobachtete.

Also, nein. Ich öffnete nicht die Augen. Ich atmete gleichmäßig weiter, auch als die Matratze sich senkte und sie unter den Laken hervorglitt. Wenn ich die Lider öffnen und ihr alles erzählen würde, was ich im Herzen trug, würde sie zu spät zu ihrem Meeting und ich zum Training kommen. Es bestand keine Möglichkeit, dass dann noch einer von uns das Bett in den nächsten Stunden verlassen würde.

Sie zog sich leise an und schlich sich auf Zehenspitzen aus ihrem eigenen Apartment. Es folgte ein kurzer Luftzug und das Klicken des Schlosses; ich blieb in der Stille zurück.

Alle meine Pläne für den heutigen Abend fügten sich zusammen. Die Schraubzwingen würde ich nachher von der

Gitarre nehmen, die ich die ganze Zeit über in meinem Zimmer verstaut hatte. Sie war endlich wieder ein Ganzes, genau wie wir. Sie war scheinbar irreparabel zerstört worden, doch jetzt war sie wiederhergestellt und bereit für Bays Berührung. Bereit dafür, dass sie ihr ganzes Herzblut hineinsteckte und sang, wie sie es immer schon gekonnt hatte.

Nachdem ich mich angezogen hatte, ging ich zurück in mein Apartment. Knox' Taschen waren schon gepackt und standen neben der Tür.

Ich sollte vermutlich das Gleiche tun. Nach gestern Abend bestand absolut keine Chance, dass ich noch im Team war. Das, was mich einst mit einer Angst erfüllt hatte, die ich sonst nur in meinen Alpträumen verspürte, traf mich nun bei Weitem nicht mehr so hart. Es war, als hätte ich einen Schutzschild, den nichts durchdringen konnte, weil Bay in meinem Leben existierte. Und sie liebte mich. Ich würde ihr die Gitarre geben und dann würden wir tun und lassen können, was wir wollten.

Ich rief nach Knox, aber er antwortete nicht. Er musste seinen Anruf bereits erhalten haben. Niemand würde sein Zimmer verlassen, wenn er dabei Gefahr lief, den Anruf des Coaches zu verpassen.

Der Antrittsbonus gehörte mir, egal was auch geschah. Ich hatte das College abgeschlossen. Ich würde mir einen Job suchen, das Geld investieren und uns ein schönes finanzielles Polster anlegen. Es wäre nicht das Gehalt, das man in den Hollywood Hills verdiente, aber egal, wohin Bay auch gehen wollte, wir würden es hinbekommen.

Vielleicht würde ich sie von Gig zu Gig fahren. Wir könnten uns den verrosteten Van kaufen, von dem sie immer gesprochen hatte.

Ich schaltete das Stimmgerät ein und schlug die G-Saite an. Die von der Marke Elixir waren die besten auf dem Markt.

Nach all der Zeit war mein Gehör mittlerweile recht gut darin, die richtigen Töne herauszuhören, aber ich wollte, dass die Gitarre perfekt gestimmt war.

Die Tür wurde zugeschlagen.

»Wie war das Meeting?«, rief ich durch die halb geöffnete Tür meines Zimmers. Vermutlich um ein Vielfaches besser, als meins laufen würde, aber das machte mir keine Angst mehr.

Knox hatte die ganze Woche über wegen seiner Aussichten total am Rad gedreht. Nicht, dass man ihm das verübeln konnte. Seine Zeiten waren besser geworden, doch keiner von uns wusste, ob es reichen würde.

Ein verpatzter Pass in einem Vorsaison-Turnier konnte einen Spieler geradewegs auf die Ersatzbank bringen. Wollte ich riskieren, vor einem Stadion mit Tausenden von Menschen und den Zuschauern im Fernsehen zu versagen? Der Mist mit meinem Dad machte es mir leichter, einfach aufzugeben. Niemand würde in meiner Vergangenheit wühlen. Oder während einer neunzehnwöchigen Saison ständig bis ins kleinste Detail darüber berichten, wo ich gewesen war. Niemand würde über mich urteilen.

Vom Wohnzimmer her war nichts als Stille zu hören.

»Hey, Knox. Alles gut?« Ich öffnete meine Schlafzimmertür komplett und entdeckte Knox, der in der Wohnungstür stand und aus dem Fenster starrte.

Sein Ausdruck wirkte, als hätte er gerade einen Bombenangriff überlebt.

Vielleicht bedeutete das, dass er die Nachricht bekommen hatte, dir wir befürchtet hatten. Die, die ich später auch bekommen würde.

Ich kniff die Augen zusammen, und ein Eisklumpen bildete sich in meinem Magen – seinetwegen und auch meinetwegen.

Ich trat vor ihn und legte ihm die Hände auf die Schultern.

Er schrak zusammen, als hätte er nicht gesehen, dass ich nur wenige Meter von ihm entfernt gestanden hatte.

»Wie ist das Meeting gelaufen?«

Ich spürte einen Stich im Herzen. Er hatte mir immer den Rücken freigehalten und es bis hierher geschafft. Vielleicht würde er mit Bay und mir auf Reisen gehen können. Das würde ihn auf andere Gedanken bringen.

»Sie haben gesagt, dass ich ein Teamplayer bin, der Entschlossenheit und Charakterstärke gezeigt hat.« Er schnaubte und seine Augen wurden groß. »Ich hab's geschafft«, murmelte er und klang dabei so benommen, als hätte ihm jemand Betäubungsmittel injiziert.

Ich drückte seine Schultern und rüttelte ihn kurz, weil ich nicht sicher war, ob ich richtig gehört hatte. Er hatte es geschafft. Eine verdammte Marschkapelle schien in meiner Brust aufzutreten. Er hatte es geschafft! »Ist das dein Ernst?«

Er starrte mich an, als könnte er es selbst nicht glauben, bevor er zu lachen anfing. »Ja. Sie meinten, ich hätte mich ordentlich angestrengt und ins Zeug gelegt. Ich werde erster Ersatz.« Sein Grinsen war so breit, dass man seine Backenzähne sah.

»Das ist der Wahnsinn.« Ich drückte ihn fest an mich. Erleichterung und Freude darüber, dass mein Freund bekommen hatte, was er sich gewünscht hatte, durchströmten mich. Er hatte es sich hart erkämpft.

Er klopfte mir mit der Faust auf den Rücken.

Ich ließ ihn los und grinste genauso breit wie er. »Du hast es geschafft.« Meine Stimme war von Staunen erfüllt, allerdings nicht, weil ich geglaubt hatte, er würde es nicht schaffen können, sondern weil ich wusste, wie sehr er es sich gewünscht hatte.

Und ein Teil von mir wünschte es sich auch – obwohl ich so tat, als würde er nicht existieren. Dieser Teil fühlte sich, als würde ich ihm einen Kindheitstraum stehlen, an dem er sich in all den dunklen Nächten festgeklammert hatte, in denen er hungrig und mit Schmerzen zu Bett gegangen war.

Ich schüttelte den Kopf und vergrub diese Gefühle wieder tief in meinem Inneren, damit sie nicht die Freude dämpften, die ich für Knox empfand.

»Ja, jetzt muss ich mir wohl eine Bleibe suchen. Das erste Vorsaisonspiel ist schon in einer Woche.« Er fischte sein Handy aus der Tasche. »Ich muss meine Eltern anrufen.«

Haareraufend ging er auf und ab, die Aufregung ließ ihn strahlen wie einen Stadionscheinwerfer.

»Ich habe es geschafft«, krähte er in den Hörer. »Ich hätte schwören können, dass ich gehen muss. Ihr müsst für mein erstes Spiel herfliegen. Ich buche euch eine Hotelsuite, weil ich an eurem Jahrestag nicht da gewesen bin.«

Er lachte und lief weiter im Wohnzimmer umher. »Das habt ihr verdient, nachdem ihr jahrelang meine stinkende Ausrüstung herumgefahren habt. Er ist hier.« Sein Lächeln ließ etwas nach und sein Blick zuckte zu mir. »Wissen wir noch nicht. Er trifft sich erst später mit den Coaches.« Er massierte sich den Nacken. »Natürlich.«

Dann drehte er sich um und hielt mir das Handy hin. »Sie wollen mit dir sprechen.«

Meine Hand zitterte, als ich es entgegennahm. Emotionen drohten mich zu übermannen. So hatte ich mich jedes Mal gefühlt, wenn Marcie das Dare-Paket nach unten gebracht und mir die einzige Zuflucht ermöglicht hatte, die ich je gekannt hatte. Ich hatte sie vermisst, genau wie ich Knox vermisst hatte. Die Angst, dass die Menschen, die ich zurückgelassen hatte, ohne mich besser dran waren, hatte mich jedoch stets begleitet und war am Ende stärker gewesen. Meine Kehle war wie zugeschnürt und ich räusperte mich, bevor ich das Handy ans Ohr hielt.

»Dare.«

»Keyton.«

Mein alter und mein neuer Name erklangen im Chor.

»Schatz, du weißt doch, dass er jetzt Keyton genannt wird.«

»Richtig, sorry, Marcie. Wie geht's dir, Keyton?« Knox' Dad betonte meinen Namen so, dass ich lachen musste, und mein Herz zog sich zusammen, weil sie sich dermaßen freuten, mit mir zu sprechen. Bis zu diesem Zeitpunkt hatte ich mir selbst verboten, darüber nachzudenken, wie sehr ich sie vermisste. Ihr Haus war immer eine sichere Zuflucht gewesen, die mir ohne Fragen oder Vorbehalte angeboten worden war.

»Hey, Marcie und Dale. Schön, euch zu hören.«

Marcies sonniges Gemüt strahlte selbst durch den Hörer zu mir herüber. »Wir können kaum glauben, dass ihr beide euch ein Apartment teilt. Knox hat sich so darüber gefreut, wieder Zeit mit dir zu verbringen. Er hat seinen besten Freund vermisst, als du aufs College gegangen bist.«

Ich musterte Knox, der mit den Händen am Kopf im Apartment umherlief und fassungslos auf und ab sprang.

»Ich habe ihn auch vermisst.«

»Ihr werdet also zusammen spielen, wenn die Saison anfängt.«

Ein Kloß bildete sich in meinem Hals. »Das weiß ich noch nicht. Mein Meeting findet erst später statt.«

Dales tiefer Bariton meldete sich. »Ich bin sicher, sie heben sich das Beste für den Schluss auf. Ihr beide redet schon seit der vierten Klasse von nichts anderem. Ich habe eure Hoffnungen nie zerschlagen wollen und bin froh, dass ich es nicht getan habe. Ihr seid auf dem richtigen Weg.«

»Und lass dich mal wieder bei uns blicken. Wir erwarten dich zu Thanksgiving.«

Bei dem Gedanken, wieder nach Greenwood zu gehen, kam mir die Galle hoch. »Ich …«

»Wir werden Knox besuchen kommen. Sonst wird er ganz sicher Bierkästen und Kartons als Möbel benutzen.«

Erleichterung traf mich wie Eiswasser nach einem langen Spiel. Ich würde nicht zurückkehren müssen. »Das fände ich schön.«

»Wir haben dich vermisst«, verkündete sie mit Nachdruck.

»Ich habe euch auch vermisst.« Die Worte kamen kaum an dem Kloß in meinem Hals vorbei.

Knox nahm mir das Handy ab, als ich ihn damit heranwinkte, und verschwand dann in seinem Zimmer.

Ich kehrte in mein Zimmer zurück und schloss die Tür hinter mir. Als ich auf meinem Bett saß, ließ ich den Kopf in die Hände sinken und kniff die Augen fest zu, um die Emotionen zu unterdrücken, die mich mit aller Macht zu überwältigen drohten.

Alles würde gut werden. Ich atmete zittrig ein und mein Blick fiel auf die Gitarre.

Ich legte sie mir auf den Schoß und schlug die Saiten an, deren warmer Klang mich beruhigte. Sobald Bay sie in den Händen hielt, würde sie all meinen Schmerz beseitigen.

Als ich mich nicht mehr fühlte wie ein ausgefranster Faden, verließ ich mein Zimmer wieder.

Knox zog gerade den Reißverschluss seines Rucksacks zu. »Da bist du ja.«

»Du gehst?«

Er nickte. »Ich habe einen Last-Minute-Flug nach Hause gebucht. Für das Spiel bin ich wieder hier.«

»Ich bin sicher, sie werden sich freuen, dich zu sehen.«

Er schlang sich den Rucksack über die Schulter und hatte den Ausdruck im Gesicht, den er während der Highschool immer getragen hatte, wenn er mir gesagt hatte, dass ich bei ihm übernachten würde – keine Widerrede. »Sie würden sich auch freuen, dich zu sehen, wenn du jemals zurückkommen möchtest.«

Ich rieb mir übers Gesicht. »Meine Zukunft ist nicht gerade klar vorgezeichnet. Vielleicht steht mir nur ein Busticket bevor.«

Das Strahlen in seinen Augen ließ etwas nach. »Wenn sie mich genommen haben, besteht gar keine Chance, dass sie dich nicht nehmen. Vielleicht können wir uns zusammen eine Wohnung suchen.« Er packte den Griff seines Koffers.

»Vielleicht.« Ich schob die Hände in meine Hosentaschen.

Als hätte ihn die Bewegung angespornt, packte er mich und umarmte mich fest, bevor er mich vom Boden anhob. »Kein Vielleicht. Und ich verlasse mich auf die gemeinsame Bude.« Er warf einen Blick auf sein Handy. »Mein Taxi ist hier. Sag Bescheid, sobald du weißt, wo du spielen wirst.«

Ich nickte.

Mit dem Klicken der Tür, die ins Schloss fiel, breitete sich Stille im Raum aus.

Die Sonne stand tief am Horizont und ich hörte noch mehr Koffer, die auf dem Weg zu den Aufzügen durch die Korridore gerollt wurden.

Meine Nachrichten an Bay waren unbeantwortet geblieben. Ihre Gitarre lag glänzend neben mir auf dem Sofa.

Die herannahende Nacht tauchte das Zimmer in Dunkelheit. Knox war vor Stunden abgereist, und ich hatte noch immer keinen Anruf erhalten.

Das Telefon an der Wand klingelte. Mein Schicksal rief nach mir. Irgendwie hatte ich das ungute Gefühl, dass Bay etwas passiert war. Das konnte ich nicht abschütteln und ich musste aufstehen. War sie in einen Autounfall geraten?

Das unangenehme Schrillen trieb mich auf die Füße, weg von meinem Handy.

Mit der Hand berührte ich die glatte Rückseite des altmodischen Wandtelefons, genau in dem Moment, als es an meiner Tür klopfte.

Mein Blick huschte vom Telefon zur Tür, und ich traf die Entscheidung, ohne nachzudenken.

Ich riss die Tür auf. Eine Frau, die ein Baby umgeschnallt hatte, stand im Gang.

»Ich glaube, Sie haben sich an der Tür geirrt.«

»Du bist Keyton, richtig? Bays Freund.«

Ich zog die Tür ganz auf. »Ja, ist mit ihr alles in Ordnung?«

»Ihr geht's gut, aber sie wollte, dass ich dir das hier gebe.« Sie wiegte sich von einer Seite zur anderen und strich über den Kopf des Babys in der Trage.

Das Telefon im Apartment klingelte immer noch.

»Warum geht sie nicht an ihr Handy?«

Ich starrte auf das Stück Papier, das mir entgegengestreckt wurde. Angst kroch mir den Rücken hinauf und packte mich wie ein Schraubstock am Nacken.

»Ich weiß es nicht.«

Das Telefon klingelte weiter.

»Tut mir leid, dass ich erst so spät hier bin. Mein Ehemann hatte bis zum Nachmittag Dienst, und ich habe nicht gesehen, dass er mir den Umschlag hingelegt hat.«

»Hast du mit ihr gesprochen?« Mein Blick huschte von ihrer ausgestreckten Hand zu ihrem Gesicht.

»Ich denke, du solltest das hier lesen.«

Sie hielt mir den Zettel entgegen, und ich hätte am liebsten die Tür zugeschlagen und mich im Apartment verbarrikadiert.

So getan, als wäre das Trainingslager nicht vorbei. Ich würde einfach hierbleiben, bis sie zurückkam.

Doch die wilde Angst in meiner Brust flüsterte mir zu, dass sie das vielleicht gar nicht tun würde.

Das Telefon klingelte erneut, und das Baby fing zu weinen an.

»Es tut mir wirklich leid.«

Sie drückte mir den Umschlag in die halb geschlossene Faust und beruhigte ihr Kind, bevor sie kehrtmachte und mich alleine mit der tickenden Bombe zurückließ, die Bay mir hinterlassen hatte.

Ich ging zurück ins Zimmer und hob den Telefonhörer ab. Mich meinen wütenden Coaches zu stellen würde nicht schlimmer sein können als das, was auf diesem Stück Papier auf mich wartete.

Also schob ich den Brief in meine Hosentasche und ließ den Kopf hängen. »Bin unterwegs.« Auf dem Weg den Flur hinunter und in den Aufzug machte sich eine eisige Kälte in meinen Knochen breit.

Ich saß in dem Raum, der den Coaches übergangsweise als Büro diente. Meine Augen fühlten sich an, als hätte mir jemand eine Handvoll Sand ins Gesicht geworfen. Gebrochen und mit verschleiertem Blick hockte ich auf dem Stuhl und klammerte mich an den Armlehnen fest, um nicht auch noch das bisschen zu zerstören, was von meinem Leben übrig geblieben war.

Drei der Coaches saßen mir gegenüber, starrten mich an und fragten sich vermutlich, wie ich meine Chance so dermaßen hatte in den Sand setzen können.

Denn das hatte ich. Mit Bay.

Die Worte der Trainer prallten an mir ab wie Wasser von Teflon. Vom Team ausgeschlossen. Ins Trainingsteam verbannt. Würde an keinen Spielen teilnehmen dürfen. Gehalt gestrichen.

Worte, die mich noch vor einem Monat bis ins Mark erschüttert hätten, durchdrangen jetzt kaum die Qual, die mich in meinem eigenen Körper gefangen hielt. Sie schaufelten nur büschelweise Dreck auf einen ohnehin schon riesigen Berg.

All die Ängste, die ich versucht hatte, beiseitezuschieben, vor denen ich hatte weglaufen wollen, indem ich auf Bay zugesprintet war, waren hervorgekramt worden und mir dort auf einem silbernen Tablett serviert worden. Sie hatten sich dort eingenistet, wo vorher mein Herz gewesen war.

Ich ging zurück in mein dunkles, stilles Zimmer. Auf der Couch lag der Gegenstand, von dem ich gedacht hatte, dass er alles richten würde. Der eine Gegenstand, den ich aufgehoben hatte, um das in Ordnung zu bringen, was ich zerstört hatte. Das Licht der Straßenlaternen, das durch das Fenster hereinfiel, ließ den lackierten Korpus glänzen.

Mit zitternden Händen zog ich den Brief aus meiner Hosentasche.

Keyton,
es ist immer noch seltsam, dich so zu nennen.

Ein Teil von mir betete, dass ich falschlag. Dass das hier nicht ihre Version von einem Abschiedsbrief war. Vielleicht wartete sie irgendwo mit einer Überraschung auf mich und wurde schon ganz hibbelig, weil ich so spät kam.

Wenn du das hier liest, werde ich bereits fort sein. Maddy hat mir eine Chance angeboten, die ich nicht ausschlagen kann – ähnlich wie die, die dir durch den Football gewährt wird. Es ist eine einmalige Gelegenheit. Ich kann sie mir einfach nicht entgehen lassen und du solltest das auch nicht.

So viele Dinge habe ich mir gewünscht, seitdem du wieder in mein Leben getreten bist. Ganz oben auf der Liste steht der Wunsch, dass es der richtige Zeitpunkt für uns wäre. Aber das ist er nicht.
Ich hoffe, dass du in dem Meeting mit deinen Coaches zeigst, wie sehr du spielen möchtest. Und dass du ohne die Ablenkung durch mich alles für das Spiel geben wirst, das du immer schon geliebt hast. Konzentrier dich auf das, wofür du so hart gearbeitet hast. Finde deinen eigenen Weg, wie du mit dem Schmerz umgehen kannst, den du schon so lange zu begraben versucht hast.
Du bist es wert, geliebt zu werden, und du verdienst jemanden, der dich liebt. Aber diese Person kann nicht das sein, was dich heilt.
Nur wir selbst können uns heilen.
Ich versuche noch herauszufinden, wer ich bin. Es ist mir unmöglich, deinen Kopf über Wasser zu halten, wenn ich in meinem eigenen Ozean schwimme. Ich weiß, dass ich es bereuen würde, wenn ich jetzt nicht gehe. Und ich weiß, dass du es bereuen würdest, dem Football den Rücken zuzukehren, weil du glaubst, dass ich die Antwort bin.
Denn die bin ich nicht. Ich bin 22 und habe keinen blassen Schimmer, was ich eigentlich tue. Ich muss meinen eigenen Weg finden. Aber ich wollte, dass du eines ohne jeden Zweifel weißt:
Ich vergebe dir
Doch ich kann nicht mit dir zusammen sein.
Es tut mir leid.

Der Brief war unsigniert.

Das Papier roch noch nach ihr. Es war aus dem Notizblock gerissen worden, in das sie früher Liebes- und Trennungs-Songs über mich geschrieben hatte. In das sie weiterhin Lieder schreiben würde. Ihr Stern würde aufsteigen, während meiner im Dreck versank. Ich war ganz und gar der Versager und die Enttäuschung, die mein alter Herr immer in mir gesehen hatte.

Ein stiller Abschied, während mein Herz und mein Leben vor meinen Augen in blutige Fetzen zerrissen wurden.

Ich konnte nicht atmen, doch erst nach einer Weile begriff ich, dass es daran lag, dass ich schrie. Ein urtümliches Brüllen entkam meiner Kehle, reizte meinen Hals und zerrte an meinen Stimmbändern.

Metall knallte auf den Boden. Alles, was nicht festgenagelt war, wurde von meinem Zorn getroffen. So lange hatte ich versucht, alle Emotionen in ein Bündel zu packen, das ich hübsch verschnürt unter das Bett schieben konnte – wie ein Monster, das dort unten lauerte. Und ich hatte mich unter der Decke verkrochen und mir geschworen, nie wieder nachzusehen.

Allerdings war ich nicht länger dieses Kind. Ich war das Monster.

Keuchend und mit schmerzenden Händen stieg ich über die zerstörten Elektrogeräte. Meine Sneakers verfingen sich in dem wirren Knäuel aus Kabeln und zerbrochenem Glas.

Ich beugte mich vor, legte die Finger um den Hals der Gitarre und blickte auf das hinab, was eigentlich der Schlüssel zu meiner Erlösung hätte sein sollen. Blut tropfte von meinen Fingerknöcheln, und ich starrte das Gebilde aus Holz und Metall an, das so zart und zerbrechlich war und mich verspottete, weil ich jemals hatte glauben können, dass dies irgendetwas würde richten können.

Weil ich so naiv gewesen war und tatsächlich gedacht hatte, dass ich mein Happy End bekommen könnte. Oder dass ich jemals Bays Traumprinz hätte sein können.

Sich in ihn zu verlieben stand nicht auf ihrer To-Do-Liste

Maya Hughes
THE MEMORIES WE MAKE
Aus dem amerikanischen
Englisch von
Katrin Reichardt
400 Seiten
ISBN 978-3-7363-1449-8

Persephone ist ein Mathegenie, liebt Organisation – und hat das „normale" Collegeleben irgendwie verpasst. Daher hat sie sich vorgenommen, bis zum Ende des Semesters unvergessliche Erinnerungen zu sammeln. Seph will feiern gehen, Freunde finden, sich verlieben – ihr erstes Mal erleben. Doch dafür braucht sie den richtigen Partner. Kurzerhand veranstaltet sie ein Casting und ist überrascht, als ausgerechnet College-Football-Star Reece Michaels sich dazu bereit erklärt, ihr zu helfen – ausgenommen beim Verlieben und dem Sex ...

»Ein Football-Hottie mit einer süßen Seite? Nichts wie her damit!« KERI LOVES BOOKS

LYX

Wenn dein Herz in tausend Scherben liegt ...

Julie Johnson
WE DON'T TALK
ANYMORE
Aus dem amerikanischen
Englisch von
Anika Klüver
400 Seiten
ISBN 978-3-7363-1666-9

Josephine und Archer sind unzertrennlich, obwohl sie unterschiedlicher nicht sein könnten: Während Josephine mit Privilegien aufwächst, muss Archer für seine Chancen und Erfolge kämpfen. Doch als aus ihrer Freundschaft Liebe wird, ändert sich alles zwischen ihnen. Archer und Josephine halten ihre Empfindungen verborgen. Zu groß ist ihre Sorge, einander verlieren zu können. Und dann ist da noch ein Schatten in Archers Umfeld, der all ihre Träume zerstören könnte ...

»Julie Johnsons Geschichten sind voller wundervoller, atemberaubender und teils auch schockierender Momente, in die sie viel Liebe und Weisheit gesteckt hat.« @CHAPTERSABOUTISY

LYX